霧中的男孩

Skumtimmen

Johan Theorin

尤翰・提歐林——著　宋瑛堂——譯

獻給厄蘭島耶洛夫森（Gerlofsson）家

厄蘭島，一九七二年九月

大塊大塊的岩石鑿成圓形，砌成這堵牆，表面佈滿灰白色地衣，牆與這男童等高。小男孩穿著涼鞋踮腳尖，才勉強看得到牆頭另一邊。牆外灰霧茫茫一片，簡直像世界盡頭，但他明白，其實牆外另有一片天，另有一個廣大的宇宙，正在外公外婆家的庭院外面等他。翻牆去探索的念頭勾引著他，心頭癢了一整個夏天。

他想攀牆，兩次都抓不穩粗岩，害他向後跌到潮濕的草地上。

男孩不死心，第三次總算成功了。

他深吸一口氣，引體向上，緊握冰冷的牆頭，終於攀上圍牆。

對於快六歲的他，這無異是打一場勝仗。有生以來，這是他頭一次爬牆成功。他在牆頭坐一會兒，儼然是寶座上的國王。

牆外的世界好大，浩瀚無垠，但也顯得灰沉沉而模糊不清。今天下午，霧飄到這島上，使得男孩現在不太能看清庭院外的景物，但在牆腳，他看得見一小片黃褐色牧草地。更遠的地方，他依稀可見幾棵扭曲的杜松矮樹叢和幾塊佈滿青苔的岩石，突出在地面上。地表平坦，和背後那座庭院一樣，不同的是，牆外的一切看起來多了幾分粗獷的氣息，顯得詭異，顯得誘人。

男孩右腳踩上半露地面上的巨岩，然後下牆來，踏上牆外的牧草地。這是他生平第一次獨自離開庭院，沒人知道他去哪裡。母親今天離島去內地了，地點不明。不久前，外祖父去海邊。剛才，男孩穿上涼鞋，悄悄走出家門時，外祖母睡得正熟。

他想做什麼，就能做什麼。出去野一下。

他縮回握住牆頭的手，跨出一步，走上草地。野草稀疏，容易通行。他再走幾步，前方的景物慢慢變得稍微清晰。他看得見遠處的杜松輪廓。他走過去。

地面鬆軟，聲響全被吸收，腳步只成微弱的草地窸窣聲。即使雙腳一起蹦跳，或用力猛跺腳，也只能產生悶悶的砰聲。腳一抬起來，被踩到的草馬上挺直腰，足跡瞬間化為烏有。

他再前進幾步，同樣是蹦一下，砰一聲。蹦一下，砰一聲。

男孩離開草地，來到比他高的杜松，不再併雙腳蹦跳。他吐一口氣，吸進涼爽的空氣，游目張望一陣。

剛才蹦過草地的時候，前方飄忽的霧已默默包圍他，遮蔽他的退路，草地另一邊的石牆已變得模糊，深褐色的別墅也完全消失了。

一時之間，男孩考慮回頭跨越草地，翻牆回去。他沒戴錶，確切時分對他而言毫無意義，但頭上的天空如今陰沉沉，周圍也比剛才更冷。他知道太陽快下山了，就要天黑了。

他想踏著軟地，再往前走幾步。畢竟，他不是不知道自己在哪裡；即使看不見別墅，他也知道別墅就在後方，外婆正在裡面睡覺。他繼續走向濃霧砌成的牆。他一靠近，看得見卻摸不著的霧牆就向前閃躲一小步，彷彿逗著他玩。

男孩停下來。不敢呼吸。

四下無聲，看不見任何動靜，但他忽然覺得附近有人。

剛才是不是聽見霧裡傳來聲響？

他轉身。現在，他再也看不見圍牆和草地，只見身後的野草和杜松。四周到處是杜松叢，一動也不動，他知道它們不像人能活蹦亂跳，但他仍忍不住心想，它們好高大。杜松一叢叢包圍他，身影烏黑而沉默，可能會趁他不注意時接近他。

他又轉身，又看見杜松。只見杜松和霧。

他已經搞不清小屋的方位，但恐懼心和孤寂感押著他前進。他握緊拳頭，在草地上飛奔，想找石牆和庭院，可惜怎麼找也只找到草地和樹叢。最後，他甚至連這兩種東西也看不見，因為視線全被淚水模糊了。

男孩暫停動作，深吸一口氣，止住淚水。這次他又在霧裡看見杜松，不同的是，其中一棵多了兩根粗枝——突然間，男孩發現那棵樹會動。

是人。

一個男人。

男人朝他過來，步出灰濛濛的霧靄，來到他面前幾小步的地方停下。他身形高大，肩膀寬闊，穿深色衣褲。他剛看見了小男孩。他站在草地上，腳踩厚重的靴子，低頭看著男童，黑色小帽壓得低低的，遮住額頭，看起來有點歲數，但不比外公老。

男孩站著不動。他不認識這人，而且媽咪交代過，遇到陌生人要小心。幸好，現在身邊不只有霧中的杜松了。如果對方是壞人，他可以轉頭就跑。

「哈囉。」男人沉聲說。他呼吸沉重，好像剛在霧裡走了好遠，也好像剛剛在賽跑。

男孩不回應。

男人連忙轉頭，東張西望。然後，他再注視小男孩，臉上無笑容，輕聲問：

「你自己一個人嗎？」

男孩默默點頭。

「迷路了嗎？」

「好像吧。」男孩說。

「沒關係……我很熟悉石灰岩草原[1]地形。」男人朝他接近一步。「你叫什麼名字？」

「彥斯。」男孩說。

「彥斯，姓什麼？」

「彥斯・大衛森。」

「好。」男人說。他猶豫一下又說，「我名叫尼爾斯。」

「尼爾斯，姓什麼？」彥斯問。

有點像在玩遊戲。男人短促笑一聲。

「我姓名是尼爾斯・坎特。」他說，再往前走一步。

彥斯靜止不動，但他不再左看右看。霧裡再看也只有草、石頭和樹叢。而這個陌生人尼爾斯・坎特已開始對他微笑，好像兩人已經是朋友了。

迷霧包圍過來，聽不見絲毫聲響。連鳥鳴聲也沒有。

「沒事了。」尼爾斯・坎特說著，對他伸出一手。

這時候，兩人站得相當近。

彥斯暗想，從沒見過像尼爾斯·坎特這麼大的手，隨即發現自己想跑也來不及了。

❶ alvar，底層是石灰岩的薄土草原區，厄蘭島的石灰岩草原面積在歐洲居冠。

1

十月某星期一晚間，將近一年沒聯絡的父親耶洛夫來電時，尤莉亞聯想到枯骨，幻想著被海水沖上卵石灘的骨骸。

被浪濤拋光、白如珍珠母的骨頭，幾乎和水濱的灰卵石一樣雪亮剔透。

殘缺不全的碎骨。

岸邊是否真有骨頭，尤莉亞不清楚，但她已經等了二十多年，只知這一天終究還是會來。

那天白天，尤莉亞在電話上和社會安全局對壘許久，過程如同今年秋天、年初到現在的一切一樣難熬。

怕聽見社安局人員嘆息的她，照常又盡可能一拖再拖，不願主動聯絡他們。等到她總算拿起電話打到社安局，電話那頭的自動應答機請她輸入個人號碼。數字全輸入完，她被送進電話迷宮的下一站，和被推進深淵的心情沒兩樣。她只能呆立在廚房，望著窗外，聽電話彼端傳來的微弱嘩嘩聲。這種聲音若有似無，猶如遙遠的流水聲。

假如尤莉亞憋氣，聽筒緊貼耳朵，有時能聽見遠處迴盪著精靈的話語。有時，精靈們壓低嗓門沉吟，有時尖嗓嘶吼，情緒癲狂。她受困在電話線交織成的冥界中。在廚房抽菸，風扇有時發出這種懇求的語音，也令她難以自拔。鬼聲在公寓大樓的通風系統裡迴盪呢喃，她幾乎連一個字也聽不懂，但她照樣聚精會神聆聽。只有一次，她聽見女聲字正腔圓說：「現在真的是時候了。」

她在廚房，佇立窗前，聽著流水聲，瞭望街頭。外面風大，冷颼颼。秋黃的樺樹葉落地，掉在雨濕的路面上，奮力爬起，想逃離疾風的魔掌。落葉被車輪輾成深灰色爛泥，堆積在人行道邊緣，再也無法離地自由行。

她心想，會不會正好有她認識的人路過吧。也許，彥斯會從大陽台盡頭的轉角漫步而來，穿西裝打領帶，像個不折不扣的律師，手提公事包，頭髮剛理過。邁步向前走，目光充滿自信。他會隔窗看見母親，在人行道上訝然止步，然後舉一手揮一揮，對她展笑顏……

流水聲忽然消失，充斥尤莉亞耳際的是煩躁的語調：

「社安局。我是英格。」

負責處理尤莉亞個案的新人應該是瑪達蓮娜或者是瑪德琳娜吧？雙方沒見過面。

她深吸一口氣。

「我名叫尤莉亞．大衛森。我想請教妳能不能——」

「個人號碼是什麼？」

「是……我剛在電話上輸入過了。」

「號碼還沒顯示在我螢幕上。妳能再報一次號碼嗎？」

尤莉亞報號碼，對方不語。她幾乎連流水聲都聽不見了。難道對方故意掛她電話？

「尤莉亞．大衛森？」對方說，彷彿剛才沒聽見尤莉亞自我介紹。「我能幫妳什麼忙？」

「我想延長。」

「延長什麼？」

「我的病假。」

「妳在哪裡上班？」

「在厄斯特醫院，骨科，」尤莉亞說，「我是護士。」

還算是護士嗎？近幾年她請假無數日，骨科上上下下可能根本早已無人想念她了。她當然一點也不想念病人，因為病人總為了小到不像話的毛病呻吟，痛徹心腑的事他們絲毫沒概念。

「醫生有沒有開給妳診斷書？」對方問。

「有。」

「妳今天去看過醫生嗎？」

「沒有。上次是上禮拜三。心理醫師。」

「那妳為什麼不早點來電？」

「呃，我一直不太舒服，自從……」尤莉亞心裡嘀咕著：出事之前也不見得好。胸中總有一份渴望的痛楚。

「妳當天就應該來電通知一聲……」

尤莉亞聽見對方明顯的呼吸聲，說不定對方甚至在嘆氣。

「好吧，我只好這麼辦，」對方說，「我只好進電腦裡，為妳破個例。下不為例。」

「太感謝妳了。」尤莉亞說。

「稍候……」

尤莉亞依然在窗前望著街景。萬物無動靜。

不久後，人行道上來了一個人，從人車較密集的一條街轉進來；是男人。尤莉亞先是覺得胃腸被冰冷的魔掌揪住，然後發現這男人太老，而且禿頭，五十多歲，穿著油漆斑斑的粗藍布連身工作服。

「喂？」

她看著男人停在對面的樓房前，輸入密碼開門進去。

不是彥斯。只是一個尋常的中年男子。

「喂？尤莉亞？」

對方回到線上。

「什麼？我還在。」

「好，我剛在電腦裡註記說，診斷書寄出了，妳還沒收到。」

「好。我……」尤莉亞講不下去。

她再望窗外。

「還有其他事嗎？」

「我覺得……」尤莉亞抓緊話筒，「我覺得明天會變冷。」

「對，」對方說，彷彿一切正常得不得了，「妳的帳號資訊有沒有更動？和以前一樣嗎？」

尤莉亞不回應。她思考著，想以普通而正常的言語應聲。

「我有時候會跟我兒子講話。」她總算說。

對方啞言一下子，隨即又開口：

「如如我剛才說的，我已經加了註記……」

尤莉亞急忙掛電話。

她繼續站在廚房裡，凝望窗外，以為路面上的落葉排出一串訊息，奈何她看再久也看不出端倪。她迫切渴望彥斯趕快放學回家。

不對，應該是下班回家。彥斯好幾年前就出社會了。

你後來從事哪一行，彥斯？消防隊員嗎？律師嗎？或者當老師了？

同一天，打完電話後，尤莉亞坐在床上，對著擺在這單間公寓狹小客廳裡的電視機。她正在收看教育節目，主題是劇毒的蝰蛇。後來，她轉台看烹飪節目，見一男一女正在煎肉。看完電視，她回廚房，檢查碗櫥裡的酒杯是否需要擦拭。嗯，拿起杯子對著燈，就能看見灰塵的小白點附著在表面。於是她從碗櫥取出葡萄酒杯，一個接一個擦乾淨。尤莉亞共有二十四只酒杯，輪流換著用。每晚，她喝兩杯紅酒，有時三杯。

這天晚上，她躺在床上看電視，身上穿著衣櫥裡唯一的乾淨上衣，這時候，廚房裡的電話響起。

鈴響第一聲，尤莉亞愣了一愣，但她沒反應。她不想接，電話並不是非接不可。

電話又響了。她決定假裝不在家，正在外面辦大事。

她不必抬頭就能望見窗外，但只看得見街頭的屋頂、未亮的路燈、高高在上的樹梢。夕陽已沉入市區地平線以下，天空正緩緩黯淡下來。

鈴響第三聲。

黃昏了。遲暮時分。

鈴響第四聲。

尤莉亞不下床接聽。

電話再響最後一次，隨後歸於平寂。窗外的路燈開始閃光，漸漸將燈光灑上路面。

今天過得相當不錯。

才怪。其實，日子沒有一天好過。只是，有些日子過得比較快。

尤莉亞總是孤伶伶。

如果當初再生一胎，或許比較好。米凱爾本想為彥斯添個弟妹，被尤莉亞否決。當初她始終不夠確定，最後米凱爾也懶得要求。

通常，尤莉亞拒接電話，之後能獲得語音留言的犒賞。這天晚上，電話鈴響停止後，她下床拿起聽筒，只聽見嘩嘩流水聲。

她放下聽筒，打開冰箱上方的碗櫥。今天喝的酒放在裡面，而一如往常，今天喝的這瓶是紅酒。

確切而言，這瓶是本日第二瓶紅酒，因為午餐時她喝光昨晚喝剩的那一瓶。

開酒時，軟木塞發出柔和的啵聲。她倒一杯，迅速一飲而盡。她再倒一杯。葡萄酒的暖意擴展至全身，現在她能轉頭望窗外了。天色已全暗，路燈只照亮圓圓的幾片路面。燈光下的萬物皆靜止。躲在黑影裡的東西呢？看不到。

尤莉亞將視線從窗外轉回來，喝光第二杯。現在鎮定多了。和社安局講完電話後，她的情緒一直緊繃，幸好現在鎮定了。值得再來一杯葡萄酒，但這杯可以端到電視機前慢慢喝。過一會兒，她可能會播放一點音樂來聽，也許聽聽法國音樂家薩堤❷的曲子吧，吞一顆藥，午夜之前就寢。

後來，電話又響了。

響到第三聲，她在床上坐起來，垂著頭。響到第五聲，她下床；第七聲，她終於站進廚房裡。

在電話響第九聲之前，她拿起聽筒。她低聲說：

「我是尤莉亞．大衛森。」

對應的不是流水聲，而是清晰溫和的人聲：

「尤莉亞？」

她知道是誰。

「耶洛夫？」她輕聲回應。

對他，尤莉亞早已不喊爸爸了。

「對……是我。」

再一次無言，她只好耳朵緊貼聽筒。

「我認為……我又掌握到事發經過的一點線索。」

「什麼？」尤莉亞盯著牆壁看，「什麼事發經過？」

「呃，不就是……彥斯嘛。」

尤莉亞乾噍一下。

「他死了？」她問。

這感覺有如手持一張號碼單。總有一天會輪到你的號碼，你可以上前去領取資訊。拋開彥斯怕水的事實，尤莉亞想起殘缺的骨骸被沖上斯坦維克[3]岸邊。

「尤莉亞，他一定是——」

「找到他了嗎？」她搶著問。

「沒有，不過……」

她愣一愣。「那你幹嘛打電話給我？」

「沒有人找到他。不過我已經——」

「既然沒找到，就別打給我！」她破口大罵，摜下話筒。

她閉目停留原地，站在電話機旁邊。

❷ Satie，1866-1925。

❸ Stenvik，作者虛構的一個位於厄蘭島西北部海岸的村子。

一張號碼單，排隊等著叫號。但今天不適合，尤莉亞不希望彥斯在今天被尋獲。

她來餐桌前坐下，視線轉向窗外的暗夜，什麼事也不想，然後再看電話一眼。她站起來，走向電話機，等著，但電話一直不響。

我這麼做，全是為了你，彥斯。

尤莉亞拿起話筒。多年來，一張便條一直貼在廚房麵包盒上方的白瓷磚上。她照便條上的號碼撥號。

響第一聲，父親立刻接聽。

「耶洛夫．大衛森。」

「是我。」她說。

「尤莉亞，對。」

沉默。尤莉亞鼓起勇氣。

「我剛不應該摔你電話。」

「哎，是……」

「無濟於事。」

「呃，也對，」父親說，「這種事常有。」

「厄蘭島的天氣怎樣？」

「冷，而且灰沉沉，」耶洛夫說，「我今天沒出過門。」

雙方再度無言，尤莉亞深吸一口氣。

「你找我有什麼事？」她說，「一定是發生了什麼事。」

父親遲疑一陣才回答。

「對……這裡發生了幾件事，」他說，緊接著又說，「不過我什麼也不清楚。不比以前更瞭解。」

不比我更清楚，尤莉亞心想。對不起，彥斯。

「我以為有什麼新的進展。」

「不過，我一直在思考，」耶洛夫說，「我覺得我們可以採取一些行動。」

「行動？為什麼？」

「這樣才能有進展啊。」耶洛夫話音剛落就急忙問道，「妳能過來一趟嗎？」

「什麼時候？」

「盡快。我覺得妳最好來一趟。」

「我不能說走就走。」她說。但是，她並非走不開——她已經請了長假。她繼續：「你找我去是為了什麼……總該告訴我吧。不能講嗎？」

父親默然無語。

「那一天他穿什麼，妳記得嗎？」他久久之後才問。

那一天。

「記得。」那天早晨，她親自幫彥斯穿好衣服，事後才想到，他穿的是夏裝，而時序已進入秋季。「他穿黃色短褲和紅色棉衫，」她說，「上面印著漫畫書英雄幻影（Phantom）。衣服本來是他表哥的，圖案自己在家用熨斗就可以印，用那種薄薄的塑膠……」

「妳記得他穿什麼樣的鞋子嗎？」耶洛夫問。

「涼鞋，」尤莉亞說，「褐色皮涼鞋，黑膠鞋底。右腳的腳趾繫帶有一條鬆了，左腳有幾條繫帶也快鬆開了……夏天快結束時，涼鞋繫帶老是鬆掉，不過被我縫好……」

「縫的是白線？」

「對。」尤莉亞反應快。然後，她思索一會兒。「對，我想是縫白線。問這做什麼？」

父親沉默幾秒。然後他回答：

「我書桌上擺著一隻舊涼鞋。用白線縫過。尺寸看來適合五歲小孩……我坐在這裡，正在看涼鞋。」

尤莉亞身體搖晃起來，挨向流理台站穩。

耶洛夫又開口，但她掛電話了，世界再次沉寂下來。

號碼單——她領到的就是這號碼，不久有人即將呼喚她的名字。

她現在心平氣和了。過了十分鐘，她拿起話筒，撥號給耶洛夫。響第一聲，父親立刻接聽，彷彿一直在等她來電似的。

「你在哪裡找到鞋子的？」她問。「哪裡？耶洛夫？」

「一言難盡，」耶洛夫說，「妳曉得我怎麼……尤莉亞，妳曉得我行動不方便。一天不如一天。所以我才真的希望妳來一趟。」

「我不確定……」尤莉亞閉眼，只聽見聽筒傳來流水聲。「我不確定能不能去。」她能想見自己在卵石灘上遊走，謹慎撿拾地上所有碎骨，拿起來緊貼胸口。「也許吧。」

「妳記得什麼？」耶洛夫問。

「什麼意思？」

「那一天的事。妳對什麼事特別有印象？」他問。「我真的希望妳好好想一想。」

「我記得彥斯失蹤……他……」

「我暫時不想回憶彥斯的事，」耶洛夫說，「妳另外記得什麼？」

「什麼意思？我不懂……」

「妳記得那天濃霧籠罩斯坦維克嗎？」

尤莉亞不語。

「對，」她輕聲說，「霧……」

「思考一下，」耶洛夫說，「盡量回想那場霧。」

那場霧……霧是厄蘭島往事裡不可或缺的一部分。

尤莉亞記得那場霧。厄蘭島北部起濃霧不是新聞，但秋季有時濃霧會從海峽飄進來。天氣變得濕冷。

然而，那天在濃霧裡，究竟出了什麼事？

出了什麼事，彥斯？

厄蘭島，一九三六年七月

一九三〇年代中期的他年僅十歲，長大後卻在厄蘭島掀起哀傷與恐懼的狂濤。他擁有一座岩岸和一大片水域。

男孩名叫尼爾斯．坎特，皮膚有曬傷的跡象，盛夏時期穿著短褲，坐在圓形大海岩上曬太陽，俯瞰斯坦維克的房屋船庫。他在沉思。

這一切全是我的。

沒錯，因為這片海邊全屬於坎特家。在厄蘭島北部，他家是大地主；坎特家族坐擁這地區長達數世紀之久。三年前，尼爾斯的父親去世後，他就開始覺得，照顧這片土地是他的責任。尼爾斯不懷念父親，只記得父親是個高大、寡言、嚴厲的男人，有暴力傾向。他家是岸上的一棟木造民房，家中只有母親薇拉在等他，他覺得是好事。

除了母親之外，他誰也不需要。他用不著朋友；他知道，沿岸的村莊裡住著年齡不等的兒童，而他村裡的大哥哥們已經去採石場做工——但這一片海岸只屬於他一人。上坡那間鋸木廠裡的工人，以及進出坡脊上那些船庫的漁夫，全不對他構成威脅。

尼爾斯準備從大海岩上跳下去；他想再游一次泳，游過癮才回家。

「尼爾斯！」有個男童以高亢的嗓音叫嚷。

尼爾斯不轉頭，但他聽得見上面的砂石和卵石被踩鬆了，順著坡地滾落，然後是急促的腳步聲接近中。

「尼爾斯！媽也給我太妃糖了！好多太妃糖！」

是弟弟艾克索，比尼爾斯小三歲，活力充沛。弟弟手裡拿著打結的灰布包。

「看！」

艾克索匆匆走向他，在大海岩旁邊停下，興奮地仰望哥哥，解開布包，攤開裡面的物品。布包裡有一支小折疊刀和幾顆太妃糖——黑亮的奶油太妃糖。

尼爾斯數一數，共有八顆。今早出門前，母親只給他五顆，他早已吃光了，見弟弟拿到這麼多，一股突如其來的怒火燒得他心跳加速。

艾克索拿起一顆太妃糖，看一下，塞進嘴巴，凝望水光瀲灩的海面。他緩緩嚼著糖果，面露滿意狀，彷彿不只太妃糖是他的，連這片海邊、海水、頭上的天空也全屬於他。

尼爾斯看不下去，轉頭。

「我想游個泳。」他說，面向海水。他縱身跳下去，脫掉短褲放在大海岩上。

他轉身，背對著艾克索，舉步走進海浪中。卵石上有海苔，滑溜溜，他謹慎踏著走，褐色海藻被踩成細絲，卡進腳趾縫。

豔陽烤暖了海水，水濱浮著海沫，尼爾斯離岸十幾步之後下水。今年夏天，他學會憋氣潛水式。他長長吸一大口空氣，潛到水面下，扭身游向佈滿石頭的海床，然後掉頭破水而出，再度迎向陽光。

艾克索站在海岸線上。

尼爾斯在水裡划來划去，水花濺得周遭都是，旋身翻跟斗，整個頭被晶瑩的氣泡包圍。他再朝大海游幾碼，遠到雙腳無法觸及海底。

水深處有一塊方正的巨岩，潛伏水面下，宛如正在睡懶覺的海怪。尼爾斯爬上海怪的背，腳丫正好被海水淹沒，然後跳水。他踩不到這裡的海床。他漂浮著，踩踩水，見弟弟依然站在水邊。

「你還沒學會游泳嗎？」他喊著。

他知道弟弟是旱鴨子。

艾克索不答，視線向下墜，瀏海下的表情羞怒交加，臉色越來越難看。他脫掉短褲，放在海岩上的太妃糖旁邊。

尼爾斯在巨岩周圍安詳游泳，先是背朝上，然後改游仰式，示範給弟弟看游泳多麼容易。他雙腳打一下水，又回到巨岩上了。

「我可以幫你！」他對艾克索呼喚，一時之間考慮說話算話，發揮手足情，今天教弟弟游泳。但他覺得太費事了。

他只對弟弟招手。

「快來啊！」

艾克索走進水裡一步，重心欠穩，以腳丫試探卵石，雙臂晃來晃去，彷彿走在深淵邊緣搖搖欲墜。尼爾斯默默看著弟弟從岸邊蹣跚走來。

艾克索走了四步，被水淹到大腿以上，立定不再前進，繃著臉皮望尼爾斯。

「你夠膽嗎？」

調侃一下，他只是想消遣消遣弟弟。

艾克索搖搖頭。尼爾斯一溜煙從巨岩上跳水，游向岸邊。

「這裡滿安全的，」他高聲說，「一路幾乎都能踩到海底。」

艾克索彎腰向前，伸手想搆他。他後退，弟弟不由自主再往前一步。

「很好，」尼爾斯說。現在水深及腰了。「再走一步。」

照他的話，艾克索再跨一步，然後望向他，面帶緊張的笑容。他也對艾克索微笑，點點頭，艾克索再走一步。

尼爾斯彎腰，伸出雙臂，徐徐向後仰，以顯示海水多麼柔和。

「每一個人都會游泳，艾克索，」他說，「我自己游游就會了。」

他用雙腳打水，慢慢游向巨岩。艾克索跟著他前進，雙腳一直有海底可踩。水深及胸了。

尼爾斯又跳上巨岩。

「再三步就到！」他說。

其實不然，再走大約七、八步才行。但艾克索再向前一、二、三步，向上伸長脖子，以免嘴巴吃水。距離巨岩仍有三碼。

「記得要換氣。」尼爾斯說。

艾克索急喘一小口。尼爾斯坐下，對弟弟伸出雙手，態度平靜。

艾克索向前撲。然而，他做這動作時吸一大口氣，嘴巴和喉嚨被冷水灌滿，立刻滿臉悔恨似的，雙手亂拍，眼睛盯著哥哥看。巨岩還是搆不到。

弟弟在水中掙扎，尼爾斯看著他一兩秒，然後急忙彎腰，拉弟弟上巨岩脫險。

艾克索緊抓住巨岩，咳著嗽，呼吸短促而不均勻。尼爾斯在他身旁站起來，說出一直在他心頭的想法：

「這片海岸是我的。」

語畢，他從巨岩躍下，以箭直的身段鑽進水面，在幾碼外浮出來，划水動作長而篤定，游至手碰到岸邊卵石，對弟弟的消遣才算完成。現在，他能好好享受了。他甩甩頭，清一清耳道，走向攤著艾克索布包的石頭。

艾克索脫掉的小短褲也在石頭上。尼爾斯拿起短褲，想像能看見一隻跳蚤在接縫上爬行，一把甩開短褲到岸上。

然後，他彎腰看布包。奶油太妃糖堆在布上，在陽光下閃耀。他拿起一顆，慢慢放進嘴裡。

他聽見怒吼的聲音從巨岩發出，經由水面傳來，但他置之不理。他細嚼慢嚥，再拿一顆太妃糖。

嘩嘩的打水聲從巨岩飄過來。尼爾斯抬頭望去；弟弟終於從巨岩跳下海了。

尼爾斯身上的水快被曬乾了。他最初直覺是游去救弟弟，但這衝動被他硬壓下去。他轉而從石頭上拿起第三顆太妃糖。

拍水聲持續，尼爾斯觀望著。艾克索當然踩不到海底，拚命想回到巨岩上，可惜手怎麼抓也抓不住。

尼爾斯嚼著太妃糖。速度不夠，是衝不上巨岩的。艾克索的速度是零，他轉身想游回岸上。他兩手狂亂打水，激起泡沫，整個人卻在原地不進不退。他瞪大眼睛，驚恐地看著尼爾斯。

尼爾斯也看著他，嚥下太妃糖，再拿起一顆。

沒多久，拍水聲轉弱。弟弟喊著話，尼爾斯聽不清楚他在喊什麼。接著，浪淹沒艾克索頭頂。

這時候，尼爾斯才朝大海跨出一步。

艾克索的頭竄出水面，但高度大不如前。尼爾斯真正能見到的只有泡水的頭髮。接著，艾克索再度沉到水面以下。氣泡升上來，被一陣小浪推走。

尼爾斯這時加快身手，跳進水裡，兩腳打水激起水花，奮力用雙手划水，視線直盯巨岩。但他看不見艾克索的蹤影。

尼爾斯急忙游向巨岩，快到時改潛水，可惜他不太容易在水裡睜眼。他閉眼，在漆黑的冷水裡摸索，雙手摸不著東西，只好重回水面，頂著太陽。他兩手抓住巨岩，咳一咳，按住巨岩往上蹬。

無論他再怎麼看，四周除了海水還是海水。日光在海浪上閃耀，海面下的萬物全被遮蔽。

艾克索不見了。

尼爾斯在海風中等了又等，不見動靜，最後他開始覺得冷，跳水下去，慢慢游回岸邊。他想不出辦法。他走出海水，吐氣，挨在大海岩邊。

尼爾斯站著曬太陽，許久沒動作。他靜候水聲再度嘩嘩，等著弟弟再發出呼聲，但他始終沒聽見。

一切歸於平靜。

艾克索的布包還剩四顆太妃糖，尼爾斯看著它們。

他思索著母親和其他人將對他提出什麼質疑，思考著如何回應。隨後，他想到父親過世後，葬禮在瑪內斯鎮的教堂舉行，儀式拖得好久，一切顯得陰鬱，人人一身黑，唱著和死亡相關的聖歌。

尼爾斯試著啜泣一聲。聽起來還不錯。他打算回家找媽媽，哭一哭，告訴她說，艾克索還在海邊。艾克索想留下，但尼爾斯想回家。等大家開始去找艾克索，他能回想父親葬禮上的風琴悲歌，陪母親痛哭。

尼爾斯想馬上回家；到家後，他知道什麼能坦白，什麼不能講。

但他想先吃完弟弟的太妃糖再說。

2

在瑪內斯鎮的老人安養院，耶洛夫．大衛森坐在房間裡，看著窗外夕陽西下。伙房第一次搖鈴，鈴聲剛停息，晚餐就快上桌了。他想站起來，走去飯廳。他的人生還沒走到盡頭。

他老家在名叫斯坦維克的漁村。假如今天仍住那裡，他可以坐岸邊欣賞夕陽徐徐沒入卡爾馬海峽。無奈的是，瑪內斯位於東岸，換言之，每天黃昏只見夕陽掉進樺樹林的另一邊，落入安養院和西邊的瑪內斯教堂之間。每年這段時期，也就是十月，樺樹將近全禿，樹枝像纖細的手臂伸向紅澄澄的落日。

晚霞來了——被鬼故事嚇破膽的時刻到了。

童年住斯坦維克時，在霞光漸暗的這時段，一天的農事忙完，船庫的工作也結束，暮色低垂之際，大家聚集在小屋裡，但還不到動用煤油燈的時候。長者坐在暮色中，討論今天完成的工作，聊聊村裡其他地方發生的事。偶爾，他們會講故事給小孩聽。

耶洛夫總認為，最恐怖的故事才最精采，例如厄蘭島荒野的厲鬼、警世語、醜靈、惡行。或者講講輪船航向陸地，衝撞岩岸，被海岩粉碎。

伙房搖第二次鈴。

船長受困風雨中，小船太靠近岸邊，遲早會聽見海礁摩擦船的龍骨，音量越來越強，從此踏上末路。有時，他可能憑技巧碰運氣下錨，逆風慢慢將船轉回深海區，但多數船隻一旦擱淺便無法動彈。通常，船長必須緊急棄船逃生，盡可能在驚濤駭浪中逃向陸地，然後站在岸上，渾身濕透，寒徹骨髓，看著擱淺的船隻在風雨中越來越難行動，最後被狂濤瓦解成碎片。

小貨船一旦擱淺，宛如一只遭摧殘的棺材。

伙房鈴響最後一次，耶洛夫抓著木桌邊緣，撐著身子站起來。修格蘭症候群又發威了，影響到四肢，他能感覺到，很痛苦。輪椅停在床尾，他考慮過去坐，但他從未在室內坐過輪椅，現在不想破例。他用右手拿枴杖，緊緊握住，走向掛戶外衣服的玄關，鞋子也整齊排在那裡。他停下，倚著枴杖，然後開門進走廊。他走出門，左右看一看。

他聽得見走廊上蹣跚的腳步聲，看見院友一個接一個進走廊，步伐遲緩，有的拄枴杖，有的使用助行器。瑪內斯安養院的院友們聚餐時刻到了。

有些人彼此低聲打招呼，有些人則一直定睛注視地板。

在這條走廊上匯流的知識多麼豐富啊，耶洛夫心想。他順著這股疲乏的人流，漂進飯廳。

「晚安，很高興見到大家！」玻兒說。她負責這一區，在伙房外的餐車之間微笑。

大家找各人的老位子，圍桌小心坐下。

太多知識了。耶洛夫旁邊有一位製鞋匠、一位教會委員、一位農夫，各個具備的經驗和知識都再也無法引起任何人興趣。至於耶洛夫本身，他能閉眼綁航海基本繩結「稱人結」，幾秒鐘就能打好，又有啥用呢？

「今晚可能會下霜喔，耶洛夫。」瑪雅．尼曼說。

「對，現在吹北風。」耶洛夫贊同。

坐他身旁的瑪雅滿臉皺紋，身材瘦小，但腦筋比在座任何人更靈活。她對耶洛夫微笑，耶洛夫也以笑臉回應。她是少數能以正確發音喊他名字的人。

瑪雅是斯坦維克人，長大後嫁進農家，一九五〇年代住在瑪內斯東北邊。耶洛夫當船長後遷居波爾貢。兩人將近四十年沒見面，進安養院之後才重逢。

耶洛夫拿起一塊裸麥脆餅，開始吃，如常又暗喜自己仍有嚼食的能力。頭禿了，視力衰退，體力虛弱，肌肉痠痛——幸好至少牙齒還健在。

甘藍菜香從伙房洋溢而出。今天有甘藍菜濃湯可喝，耶洛夫拿起湯匙，等著餐車過來。

晚餐後，多數院友坐下來看電視消磨睡前時光。

年代不一樣了。厄蘭島沿岸的擱淺船隻全消失了，再也沒有人在霞光淡去的時刻講故事了。

晚餐結束。耶洛夫回房間。

他把枴杖杵在書架邊，坐回書桌前。窗外是一片夜色。如果他上身傾向桌面，鼻尖湊向窗戶，差不多還看得見瑪內斯以北的田野，也能見到更遠的海岸和黝黑的海水。波羅的海，他的老職場。但這動作對他不啻為軟骨功，現在他辦不到，只能看看老人院後院的樺樹林就偷笑了。

主事者已經為這地方改名了，不再以「老人院」稱呼，但這裡當然是老人院。現代人總愛發明更中聽的新詞，但這裡依然是一群老頭被集中的場所，有太多院友閒坐著等死。

書桌上有一疊報紙，旁邊是一本黑皮筆記簿，他伸手取來。剛進安養院時，耶洛夫坐書桌前，乾瞪著窗外，整整一星期，他才振作起來，進村裡，找小雜貨店買下這本筆記簿。然後，他鬚！寫在第一頁最上頭，從不刪掉，因為這是每日活動。刮鬍是必做的事項，是今早他記得做的動作。

筆記簿裡有他的想法，也有備忘事項。他寫下待辦的事情，辦完後刪除，例外的一項是刮鬍

開始寫東西。

筆記簿裡最早的想法是：

不輕易發怒者勝過勇士，制伏己心者強如取城。

這是《聖經》〈箴言〉（Proverbs）十六章的佳言。耶洛夫從十二歲開始讀《聖經》，數十年如一日。

筆記簿最後有三行尚未被刪掉，分別是：

繳這月費用。

尤莉亞週三晚過來。

找恩斯特談。

待繳的費用有電話費、報費、亡妻艾拉的掃墓費、安養院月費，下星期才繳。

女兒尤莉亞已經出發了，終於依約前來。他一定不能忘記這件事。他希望女兒在厄蘭島多待一陣子。事隔這麼多年，女兒仍滿懷悽愴，他盼能拉她脫離苦海。

最後一項同樣重要，也和尤莉亞相關。恩斯特是斯坦維克石匠，是近年來少數終年定居斯坦維克的居民之一。每星期，他和耶洛夫以及共同認識的朋友約翰通電話。有時候，三個好友甚至坐在暮色中，彼此講老故事聽。儘管耶洛夫多半聽過了，他仍真心喜歡聽故事。

然而，幾個月前，有天晚上，恩斯特來到瑪內斯鎮，講了一個新故事，內容攸關耶洛夫外孫彥斯的命案。

耶洛夫不太想回憶小彥斯，無心聽恩斯特講這故事，但恩斯特已經在他床上坐下，堅持講給他聽。

「我最近一直在想，事情是怎麼發生的。」恩斯特沉聲說。

「喔，對。」坐書桌前的耶洛夫說。

「我就是不信你外孫自己去海邊玩水溺死了，」恩斯特當時說，「我在想，說不定他走進草原的大霧裡。我認為，他在草原遇到兇手。」

「兇手？」耶洛夫說。

恩斯特不語，長滿繭的雙手交握在一邊的膝蓋上。

「誰啊？」耶洛夫問。

「尼爾斯．坎特，」恩斯特說，「我相信，他在霧裡遇見的人是尼爾斯．坎特。」

耶洛夫無言看著他，但恩斯特的目光正經。

「我真的相信，事實是尼爾斯．坎特渡海回國了，」他說，「我相信他不知從哪裡回來了，又再為非作歹。」

那天恩斯特不多說閒話。只在入夜時分講個簡短的故事。但耶洛夫聽了無法忘懷。他希望恩斯特快回來，再多講一點。

耶洛夫翻閱著筆記簿。和備忘事項相形之下，他寫下的想法少之又少，不久就翻到最後一頁了。

他闔上筆記簿。他在書桌上能再做的事不多，但他繼續坐著，看著樺樹在夜色裡飄搖。樺樹有點讓他聯想起勁風鼓帆的樣貌，進而聯想到自己佇立甲板上，迎向秋風，看著厄蘭島海岸緩緩滑走，有時可近看礁岩和民房，有時只遠遠見天邊一道黑線。正當他遙想那片景色之際，桌上的電話機突然鈴聲大作。

在幽靜的房間裡，電話聲尖銳嘹亮。耶洛夫讓它再響一聲。他通常能預感來電者是誰；這一次，他無法確定。

響第三聲之後，他拿起話筒。

「我是大衛森。」

對方不應。

電話接通了，他聽得見電話線上電流嘶嘶聲，但對方握著話筒不講話。

耶洛夫以為自己能料到對方的意圖。

「我是耶洛夫，」他說，「東西我收到了。如果你來電想談的是涼鞋。」

他隱約聽得見對方沉沉的呼吸聲。

「東西在幾天前寄到我這裡了。」他說。

沉默。

「我認為寄件人就是你，」耶洛夫說，「你寄涼鞋做什麼？」

只有沉默。

「你在哪裡撿到的？」

耶洛夫只聽見嘶嘶響。如果聽筒緊貼耳朵夠久，他漸漸覺得全宇宙只剩他一人，獨自坐著，聆聽黝黑的外太空不言不語。或者像在聽海。

過了三十秒，對方重重咳一聲。

隨即喀嚓一聲。對方已經掛掉電話。

3

尤莉亞的胞姊蓮娜．崙奎斯特緊握著鑰匙，緊張看著轎車。她瞄尤莉亞一眼，然後將視線轉回姊妹倆共用的這輛車。

這輛紅色小福特車並非新車，但烤漆仍閃亮耀眼，夏季輪胎也堪用。車子停在路邊，緊鄰蓮娜家的車庫進出口。蓮娜和丈夫理查住在哥特堡托斯蘭達區的一棟磚造樓房，有一座大庭院，儘管無海景可欣賞，海邊僅在咫尺外，尤莉亞以為能嗅到一絲絲海水的臭味。從打開的窗戶，她聽見尖笑聲，因此明白所有小孩都在家。

「我們不太想借人開……妳多久沒開車了？」蓮娜問。

她一手仍握著鑰匙，雙臂穩穩交叉胸前。

「今年夏天，」尤莉亞說，然後趕緊提醒姊姊：「不過，這車子是我的……至少，一半是我的。」

一陣濕冷的陰風從海邊襲上街頭。蓮娜只穿一件薄薄的開襟毛衣和裙子，但她不請妹妹進家裡禦寒，方便進一步商量——就算她請妹妹進家裡坐，妹妹也絕對不接受。理查一定也在家，尤莉亞不想見姊夫和幾個青少年子女。

理查是富豪汽車公司某部門的高級主管。他當然有公司車可開，蓮娜也是。蓮娜在哥特堡的希辛延島一家小學擔任校長。這一對夫妻非常幸運。

「反正妳用不著，」尤莉亞接著說，語氣堅定。「車子放在妳這裡的原因只是……我前陣子不想開車。」

蓮娜再看著車子。「嗯，是沒錯啦，不過理查的女兒每兩個禮拜回來一次，她想要──」

「汽油錢全由我負擔。」尤莉亞打斷她。

她不怕姊姊，從小就不怕，而且她已下定決心駕車去厄蘭島。

「對，我知道油錢妳自付，原因不是這個，」蓮娜說，「我總覺得不太好。另外就是保險。理查說──」

「我只開車去厄蘭島而已，」尤莉亞說，「然後開回哥特堡。」

蓮娜抬頭看自己家，幾乎每個房廳都隔著窗簾透著光。

「耶洛夫叫我去看他，」尤莉亞繼續說，「我昨天和他通過電話。」

「可是，為什麼現在去？」蓮娜說，然後不等她回應又繼續。「而且，妳打算睡哪裡？總不能去安養院過夜吧？就我所知，那裡又沒有客房。何況，斯坦維克的別墅和船庫，已經被我們封起來過冬了……」

「我會自己想辦法。」尤莉亞連忙說，隨即領悟，自己其實不知該去哪裡借住。她連想都沒想到。「不過，車子能讓我開走吧？」

尤莉亞能意識到，姊姊的心意瀕臨讓步。尤莉亞想速戰速決，以免姊夫出來幫蓮娜撐腰拒借。

「這個嘛……」蓮娜說，「好吧，車子就借妳。我只想拿走車上幾個東西。」

蓮娜走過去開車門，取出一些文件、一副太陽眼鏡，還有半根瑪樂布巧克力。她回到尤莉亞身旁，伸出握鑰匙的一手，鬆開，尤莉亞接住鑰匙。接著，蓮娜再給她一個東西。

「這個也帶去，」她說，「方便聯絡妳。我剛領到公家發的新機。」是一支黑色行動電話。也許並非最小的一款，卻也夠小巧了。

「這種東西我不會用。」尤莉亞說。

「很簡單。妳要先輸入密碼……就是這個。」蓮娜拿一張紙寫給她，也寫下電話號碼。「想打電話的時候，只要連同區號輸入，然後按這個綠色鍵。這門號還有一點點餘款，用完後，妳得自己付錢買。」

「好。」尤莉亞接下手機。「謝謝。」

「好吧……開車要小心喔，」蓮娜說，「代我向爸問好。」

尤莉亞點點頭，走向車子，上車，嗅到姊姊的香水味，發動，開走。

暮色深沉了。她驅車穿越希辛延島，速度低於速限二十公里，心裡想著，她和姊姊永遠無法視線相接超過連續幾秒。姊妹倆以前很親近——畢竟很久以前尤莉亞遷居哥特堡就是衝著姊姊而來——但如今，兩人已形同陌路。心結的起點在於幾年前，有個星期五晚上，尤莉亞去蓮娜和理查家小聚，小孩不在場，晚餐最後理查放下葡萄酒杯，從餐桌起身問：

「事情已經發生二十年了，我們非得百般談這種無聊事不可嗎？我只是想知道。有必要提起嗎？」

微醺的他正在氣頭上，語氣粗暴——而尤莉亞僅僅一語帶過彥斯失蹤案，用來說明自己個人的心境。

蓮娜看著妹妹，語氣平和，然後講了一句話，令兩年後尤莉亞拒絕和她去厄蘭島為父親從斯坦維克搬去安養院：

「他永遠不可能回來了，」蓮娜當時說，「大家都曉得……彥斯死了，尤莉亞。連妳也該明白吧？」

站起來隔餐桌對姊姊破口大罵是無濟於事的舉動，但尤莉亞照做不誤。

尤莉亞回到家，車停外面，進門去打包行李。她準備十天份的衣物、幾件盥洗用品、幾本書（再加上兩瓶紅酒和一些藥丸），吃三明治，以水代酒喝，然後就寢時間到了。

然而，她上床後，躺著直盯黑暗，無法成眠。她下床，進浴室，吞一顆處方藥，然後回床上。

一個小男孩的鞋子。一隻涼鞋。

她閉眼看得見自己變回少婦，為彥斯穿上涼鞋，伴隨此情此景回來的是一個黑沉沉的重擔，壓住她胸口，令她無所適從，沉痛到她在被單下顫抖。

彥斯二十餘年無影蹤，如今小鞋子出現了。在厄蘭島全面大搜索之後，在無以數計的失眠夜、輾轉思索之後。

安眠藥慢慢生效了。

期望黑暗不再有，她半睡半醒之中想著。助我們找到他。

清晨拖沓許久才到，尤莉亞醒來時，屋外仍舊漆黑。她吃完早餐後洗澡，鎖公寓，上車，發動車子，啟動雨刷清走落葉，最後把車子開出她住的這條街，在日出時分的晨間車流中駛出市區。最後一座號誌燈轉綠，她朝東駛上高速公路，脫離哥特堡，進入鄉間。

最初幾公里，她開著車窗，好讓冷冽的晨風驅散姊姊殘留的香水味。

彥斯，我來了，她心想著。*我真的來了，這次沒人能阻止我。*

她自知不該對兒子講話，甚至連自言自語也不行。這是心理不平衡的現象，但自從彥斯失蹤後，她一直斷斷續續這麼做。

通過布羅斯之後，高速公路到了盡頭，民房越來越小，分布也變得稀疏。斯摩蘭省的冷杉密林簇擁著馬路。她大可轉而前往一個未知的目的地，但深入森林的小路看起來荒涼無比。她繼續開車，穿越鄉野，朝內地東岸前進，盡量以一個想法讓自己開心：這是多年來她走最遠的一趟行程。

快到海岸的幾公里前，她開進加油站，加滿油，買了一種既黏又難嚼的燉肉，勉強吃幾口，不划算，然後再度上路。

厄蘭島大橋就在前方。大橋在卡爾馬市以北，連接內地與厄蘭島，二十多年前開工，秋天竣工開放通行……就在那一天。

她不願再想那件事了，到達目的地再說。

厄蘭島大橋高聳而穩固，橫跨海峽，以壯碩的鋼筋水泥柱支撐，車子被陣陣強風颳得晃悠悠，大橋卻不為所動。橋面寬敞而平直，唯有在接近內地的部分拱起，以利較高的舟船從橋下通過。橋面拱起處讓人能居高望遠，她能將平坦的厄蘭島盡收眼底。厄蘭島由北向南在地平線上延伸。

灌木林和平坦的草地覆蓋了厄蘭島的大部分。壓低的烏雲如同一艘艘身形修長的飛船，在原野上緩緩飄移。

遊客和當地居民都很喜歡到那邊散步和賞鳥，但尤莉亞對那灌木林並無好感。面積太大了——一旦天公變臉，大雨傾盆，根本無處可躲。

過橋後，她向北轉，駛向波爾貢。沿西岸的馬路近乎呈完美直線，延續好幾公里。如今旅遊旺季已結束，一路上車子不多。尤莉亞把視線固定在正前方的路面，以免望向蒼涼的草原，也避免看見另一邊的汪洋，同時盡量不去想一隻繫帶縫補過的小涼鞋。

那不代表什麼，未必有任何意義。

下橋北上波爾貢，車程將近半小時。進市區後，她只遇到一個十字路口，有一座號誌燈，她決定在這裡左轉，駛向海邊的小鎮。

剛來到商店街，她就在蛋糕店前停車，藉此迴避港口、廣場和教堂。她和父母的老家在教堂後面，當時耶洛夫自擁一艘貨船，想住港口附近。尤莉亞的童年在波爾貢度過。她不想重溫兒時情景，不願見九歲的自己像灰白的幽靈在廣場周圍的馬路上跑著玩，美好的人生等著她去開創。她不想遇見任何年輕男子在路上走向她，擔心因此想起彥斯。在哥特堡，能勾起彥斯往事的景象已經夠多了。

蛋糕店門上方的鈴鐺叮叮響。

「午安。」

櫃檯裡的金髮女孩長相甜美，表情卻是悶到極點。尤莉亞為父女倆點兩個肉桂甜點和兩份草莓奶油蛋糕，女店員聽著，神情木然。

假使時光倒流三十年，蛋糕店的店員很可能是她，然而，尤莉亞才十八歲就搬離厄蘭島，二十二歲不到，就已經在卡爾馬和哥特堡居住並工作過。在哥特堡，她認識米凱爾，交往才幾星期就懷了彥斯，缺乏定性的特質也一去不回——甚至分居之後也一樣。

「現在人不多啊，」尤莉亞說。女店員這時從玻璃櫥窗裡取出蛋糕。「我是指秋天這時候。」

「對。」店員說，臉上毫無笑意。

「妳喜歡住這裡嗎？」尤莉亞問。

女孩搖一下頭。「有時候吧。可是，這裡沒事可做。波爾貢只在夏天才熱鬧。」

「誰說的？」

「大家啊，」女孩說，「總之是斯德哥爾摩來的人。」她綁好蛋糕盒，交給尤莉亞。「我快搬去卡爾馬了。」她說，「還需要別的東西嗎？」

尤莉亞點頭。她大可說，少女時期的她也曾在波爾貢工作過，地點是港口邊的簡餐店，當時的她也覺得悶，等待著人生繽紛起來。接著，她忽然想談談彥斯，談心裡的哀傷，談談引她回島上的那份冀望。信封裡的小涼鞋。

她不語。風扇嗡嗡運轉著；除此之外，蛋糕店內無聲。

「妳是觀光客嗎?」女孩問。

「對……不是,」尤莉亞說,「我想北上斯坦維克住幾天。我家在那裡有一棟小屋。」

「那邊現在跟北九省差不多了,」女孩邊找零邊說,「所有房子差不多都空了。連個鬼影都看不到。」

尤莉亞步出蛋糕店時已是下午三點半。她走看街景。波爾貢幾乎是鬧空城。全鎮有十幾人、一兩輛車,僅此而已。小山上的荒廢大古堡俯瞰著全鎮,窗戶全是漆黑的空洞。

冷風掃街,尤莉亞信步走回停車處。幾乎安靜到詭異的程度。

她路過一面大佈告欄,上面東拼西湊著各式各樣的海報,一張蓋過另一張:美國動作片在波爾貢上映、古堡舉辦搖滾樂演唱會、各種夜間課程。海報全被曬得褪色,角落也被風啃得斑駁。

長大成人之後,時節這麼晚才回島上,這還是頭一遭。在淡季,在厄蘭島靜下來的時候。她走回停車的地方。

我這就來了,彥斯。

鎮北,乾燥平坦的石灰岩草原在道路兩旁延續。馬路從海岸慢慢轉進島心,直線深入平原。在這裡,長滿地衣的灰色圓岩被開採,砌築成綿長的矮牆,在草原上交錯成巨大圖形。

在無垠的蒼天之下,輕度曠野恐懼症在尤莉亞心中滋生,她渴望來一杯紅酒——愈接近斯坦維克,這份渴求愈強烈。在家,她盡量不要再天天喝酒,開車前也絕對不沾一滴,但在這片荒涼的土地上,似乎只有行李中的幾瓶葡萄酒討她歡心。她想找個地方閉關,全心關照它們,直到它們見底。

北上的途中，她只見到兩輛車，分別是公車和耕耘機。她駛過黃色路標，上面印著沿途小村落名稱。以前走這條路，這些村名已烙印她腦海中，她能像兒歌一樣朗朗上口。多年來，這些地方她只路過，從未停車造訪。對父母親而言，每年夏天只來斯坦維克，住在他們在一九四〇年代末建築的度假別墅。許多年後，遊客才發現斯坦維克村。對尤莉亞而言，秋冬和春季在波爾貢度過，夏季總是在斯坦維克。去瑪內斯鎮探望耶洛夫之前，她想回斯坦維克看一看。斯坦維克有不堪的往事沒錯，卻也不乏許多美好回憶。漫長炎炎夏日的往事。

她遠遠看見黃色路標：斯坦維克，一公里，下面的露營區被黑膠布遮掩。她踩煞車，轉進通往斯坦維克的路，離開石灰岩草原，朝海峽行駛。

前進五百碼後，第一群避暑別墅出現了，目前已全封閉，屋裡的白色百葉窗全關著。隨後她經過書報攤，這裡是村民夏季聚集的場所，門面上的告示、廣告、旗幟全清除一空，窗戶以窗板封住。書報攤旁有個路標指向南邊的露營區和迷你高爾夫球場。露營區負責人是耶洛夫的朋友，她記得。

馬路通往海邊，向右轉北上，沿著岩石坡瞭望海景，又見關閉的別墅並排在馬路東側。另一邊是海岸，佈滿海岩和卵石；小浪弄皺了海峽裡的海面。

尤莉亞放慢速度，通過老風車。以堅固的木頭為底盤的風車聳立水面上。尤莉亞．大衛森有記憶以來，那風車一直被棄置在那裡。現在，紅風車幾乎全褪色成灰色，風板也已殘破成交叉斷裂的板條。

過了風車，再走大約一百碼，就是大衛森家的船庫。紅木牆、白窗、瀝青黑屋頂，看起來保養良好。有人最近過來粉刷過。是蓮娜和理查嗎？

印象中，尤莉亞記得夏天耶洛夫坐在船庫前板凳上，補著長網，姊妹倆和親戚的小孩在岸邊跑來跑去，刺鼻的瀝青臭味充斥。

但是，耶洛夫去了船庫清理比目漁網。在那一天。

現在，船庫前無人。枯草在風中哆嗦。一艘漆成綠色的木艇側躺在船庫旁的草地上——是耶洛夫的老船，船身嚴重乾裂，尤莉亞看得見較上面的木板之間透出一道道日光。

她熄火但不下車。她這身衣服和鞋子不是厄蘭島秋風的對手，更何況，她看得見船庫門上扣著一根鐵桿，外加大鎖一個。小窗戶裡的百葉窗降到底，和村子裡的別墅一樣。

斯坦維克成了空村。佈景，全村不過是夏季劇場的佈景而已。以尤莉亞個人而言，村子演的是一齣催淚劇。

好吧。她想去看看耶洛夫的老家，那棟度假別墅。房子是耶洛夫親手打造的，建在家族擁有多年的土地上。她發動車子，駛在村道上，前方有岔路。她走右邊那條，通往島心。這裡有一叢叢低矮的樹林，蔽護著少數冬季有人住的民宅，但在海風終年吹襲下，每一棵樹都稍微朝陸地彎腰。

大庭院裡有一棟高大的黃色木屋，前方種植高樹叢，房子看似隨時有可能坍塌粉碎。牆上的油漆斑駁，屋瓦崩裂，覆蓋著青苔。現在房子歸誰，尤莉亞不記得了，但在她印象裡，這房子向來不顯得乾淨俐落、維護完善。

馬路岔出一條窄徑，鑽進樹木之中，窄徑中央長出一道及膝的黃草。尤莉亞把車子開進去，熄火，然後穿上外套，下車進入冷風中。

海風颯颯颳著樹上的枯葉，後面又是浪拍海岸的悶響。但除此之外別無聲音：沒有鳥鳴，沒有人聲，沒有車流。

蛋糕店的女店員說得對：這裡和北九省的山區沒兩樣。

通往耶洛夫別墅的窄徑盡頭是一道矮鐵門，嵌在石牆上。尤莉亞打開這道院子門，聽見輕微的吱嘎聲。她走進庭院。

我來了，彥斯。

這棟小房子漆成褐色，白屋簷，看起來不如斯坦維克多數別墅那麼封閉。然而，如果耶洛夫仍住這裡，他絕不會任憑草長得那麼高，也不允許松針和落葉掉滿院。

耶洛夫和尤莉亞的母親艾拉是一對勤奮的夫妻。艾拉終生是家庭主婦，有時宛如穿越十九世紀而來的時光訪客，來自貧寒的古代，在島上沒空也沒閒情歡笑，沒有美夢，廚房裡每一張紙巾都必須晾乾，以重複使用多次。體態嬌小的艾拉話不多，有一份堅忍不屈的執著；廚房是她的王國。偶爾，母親會在尤莉亞和蓮娜臉頰輕拍一下，但從來不抱抱。尤莉亞童年時期，多數日子耶洛夫當然出海不在家。

庭院裡萬物靜止不動。尤莉亞小時候，草坪中間有一座壓水機，高一碼，塗著綠漆，出水口很大，壓水桿弧形優美，如今壓水機撤掉了，僅剩一塊水泥蓋遮住井口。別墅東邊有一座石牆，牆外是草原的起點。草原向東延展至天邊。要不是被樹遮住，尤莉亞看得見如黑箭的瑪內斯教堂矗立地平線上。出生才幾個月，她就在瑪內斯教堂裡受洗。

尤莉亞背向草原，走向別墅，繞過一個藤蔓亂爬的格子架，踏上粉紅色的石灰岩門階。小時候，這幾階顯得好高大。門階通往一座小遊廊，木門關著。

尤莉亞握住門把往下壓，但不出她所料，門鎖著。

這裡是她這一站的起點，也是終點。

這棟別墅還在，算是奇蹟一樁了，尤莉亞心想，因為自從彥斯失蹤後，世界上千變萬化，有新國家誕生，有國家滅亡。在斯坦維克，一年多數時候村裡幾乎無遊人——然而，彥斯那天離開的房子卻仍健在。

尤莉亞在門階坐下，嘆一口氣。

我好累，彥斯。

耶洛夫收集了幾塊石頭，在屋前堆積，頂端是一顆凹凸不平、偏灰色的黑石，他堅稱是從天而降的火石，十九世紀末在採石場砸出一個巨坑。當年耶洛夫的父親和祖父在採石場工作。如今，這塊天外古岩表面鳥糞斑斑。

那一天，彥斯從這塊隕石旁邊走過去，穿上小涼鞋，趁外婆睡覺溜出去，踏這道門階進入庭院。唯一能確認的事實只有這一項。至於他後來去哪裡，為什麼一去不回，沒有人知曉。

那天晚上，尤莉亞從內地回島上的別墅，以為彥斯會衝出家門迎接媽媽。沒想到，等候她的是兩位警察，身旁是啜泣的艾拉和繃著臉皮的耶洛夫。

現在，尤莉亞想抽出一瓶紅酒。想坐在門階上，一口接一口喝，迷失在夢裡，直到夜幕降臨——但她打消這股衝動。

佈景。和村裡一樣，這座空蕩蕩的庭院形同舞台佈景，但戲早在多年前就落幕了，所有人也都回家了，尤莉亞覺得寂寞難耐。

她在門階上多逗留幾分鐘，紋風不動坐著，海潮聲之外多了一種聲響。引擎聲。有車子來了，一輛疲憊的老爺車，緩緩從村道上噗噗駛過來。

車聲並未遠去。車子持續接近，來到非常靠近庭院的地方，然後熄火。

尤莉亞站起來，彎腰向前看，透過樹木縫隙，瞥見一輛圓圓的破車。一輛富豪PV舊車。路邊院子門發出吱嘎聲，有人開門進來。尤莉亞拉直外套，自發性伸手梳一梳淺褐色頭髮，等著來人。

腳步聲踏著落葉而來，聽得出此人身材矮壯。

老人不發一語走向她，來到門階最下面站住，抬頭看尤莉亞，神態嚴峻。尤莉亞和他一樣矮壯。他令她聯想起父親，原因她也說不上來；也許是小帽、寬鬆長褲、象牙色羊毛衣讓他像個正宗船長。但他比耶洛夫矮，枴杖也顯示他許久沒出海了。他的雙手佈滿新舊不等的擦痕。

尤莉亞隱約記得多年前見過他。他是斯坦維克的長住居民之一。一年到頭住村裡的人還有多少？

「哈囉。」她說，嘴角強擠出笑容。

「祝妳日安。」

老人也對她點頭致意。他摘下小帽，尤莉亞看得出稀薄的灰髮被梳蓋禿頭。

「我只是路過進來看看。」她說。

「對……這房子需要有人不時來照應。」他說。他的厄蘭島腔是尤莉亞聽過最濃的一個，是一種低沉而刺耳的方言。「這是他的心願。」

尤莉亞點頭。「看起來真的很不錯。」

沉默。

「我是尤莉亞，」她說，連忙以下巴指向別墅。「耶洛夫・大衛森的女兒。我住哥特堡。」

老人點點頭，彷彿一眼看得出。

「當然，」他說，「我名叫恩斯特・亞德福森。我家在那邊。」他指向背後斜對角的北邊。「耶洛夫和我彼此認識。我們常聊天。」

尤莉亞想起來了。他是石匠恩斯特。即使在她小時候，在村裡走動的恩斯特簡直像博物館的展覽品。

「採石場還在開嗎？」她問。

恩斯特視線往下沉，搖搖頭。

「沒了。那裡沒活兒可幹了。有時候有人來撿一撿瑕疵石……不過，已經不開採新石頭了。」

「可是，你還在那裡工作吧？」尤莉亞問。

「我用石頭做做手工藝品，」恩斯特說，「歡迎妳來參觀，看看有沒有想買的東西……我今晚有客人，不過明天歡迎妳。」

「好。我可能會去。」尤莉亞說。

她大概買不起，但純參觀總可以吧。

恩斯特點點頭，慢慢回身，步伐小而欠穩。一直到恩斯特完全轉身背向她，她才明白對話結束了。但她還沒講完，所以她深吸一口氣。

「恩斯特，」她說，「二十年前，你一定已經住在斯坦維克了吧？」

老人停下來，回頭再面對她，但身體只轉一半。

「我在這裡住了五十年了。」他說。

「我剛在想……」

尤莉亞講不下去；她剛才根本沒在想什麼。她想做的事是發問，卻不知該問什麼才好。

「當年我的孩子失蹤了，」她鼓足力氣才繼續說，彷彿為了個人的哀慟感到羞愧。「我兒子彥斯……你記得那件事嗎？」

「當然。」恩斯特匆匆點一下頭，面無表情。「我們正在調查。耶洛夫跟我，我們正在調查。」

「可是……」

「見到妳父親時，幫我帶個口信給他。」恩斯特說。

「什麼事？」

「告訴他，拇指才最重要，」恩斯特說，「而不是手。」

尤莉亞困惑看著他，但恩斯特繼續：

「這謎題能解開。這事情由來已久，能一路溯及大戰時代……不過終究能解開。」

說完，他再度轉身，步伐短而欠穩。

「大戰？」尤莉亞對著他背後說，「哪一場？」

但恩斯特．亞德福森不回應就走了。

厄蘭島，一九四〇年六月

馬車來到岸邊，卸下最後一批岩石，然後回採石場。這批是新開採並拋光的石灰岩，工人可以開始運上船了。這項工作靠蠻力，近半年以來一直徒手進行，因為採石場的兩輛卡車已經被國家徵用為軍卡。

第二次世界大戰進行中，但在厄蘭島，日常工作必須持續不間斷。石灰岩必須開採，搬上貨輪。

「貨物上船！」碼頭的工頭拉斯－延．奧古斯特森嚷著。

他在勁風號貨輪甲板上發號施令，伸著大手指揮搬運工。在粗糙的石灰岩塊摧殘下，他的雙手乾裂。他身邊的搬運工正等著搬岩塊上船。

勁風號停泊在離岸約一百碼處，和海岸保持安全距離，防的是暴風雨突襲厄蘭島海岸。在斯坦維克，港口裡不設碼頭，輪船無處避風雨，而岸邊淺水灘礁石遍布，正想伺機整垮大小船隻。

岩塊先上兩艘開放式小艇，由工人划槳至輪船。其中一艘的右舷槳手是船夫尤翰·阿姆奎斯特，十七歲，從事採石工兼槳手兩三年了。

左舷的槳手是尼爾斯·坎特。還是個新手，十五歲的他已經像個成年人了。

尼爾斯在校考試不及格，母親薇拉只好為尼爾斯在坎特家族採石場安插工作。母親決定不顧尼爾斯年紀太小，叫他擔任槳手，而他心知，他將逐漸負擔重任，最後從舅舅手中接下整座採石場。他知道，總有一天，他將在山腰深深刻上自己的印記。他立志開採整個斯坦維克村。

有時候，尼爾斯夢見自己在深夜沉進黑水，一直往下掉，但在白天，他鮮少想起弟弟艾克索溺死的事。無論村人講什麼閒話，那件事不是謀殺，而是意外。艾克索的遺體始終沒出現，已經沉到海峽底了。很多人溺死後永遠沒再浮上來。意外一件。

艾克索只留下一張裱框的相片，擺在母親桌上。艾克索死後，薇拉和尼爾斯更加親近許多。薇拉常說，尼爾斯是她今生僅剩的一切，令尼爾斯更加明白自己的重要性。

岸邊有一座木造的臨時小碼頭，突出於岸邊十幾碼，供小艇停靠，等著載運岩塊至輪船。一箱箱岩塊抵達岸邊，高高堆起，然後由川流不息的男女老少運上小碼頭。少數青壯男丁尚未接到徵兵令，也來這裡做工。這裡也有女孩子；尼爾斯見到瑪雅·尼曼穿著紅格子洋裝，在碼頭上走來走去。他知道，瑪雅明白他有時在看她。

大戰宛如陰影，籠罩著厄蘭島。大約一個月前，挪威和丹麥已經被德軍侵略，不費吹灰之力。每天，電台廣播著新聞快報。瑞典真的具備退敵的軍力嗎？海峽裡已有外籍戰艦出沒的跡象，斯坦維克村民更數度謠傳，厄蘭島南部已經被攻佔了。

如果德軍來了，島民知道唯有靠自己才能自保，因為大家懂得歷史的教訓：幾世紀以來，每逢敵軍登陸厄蘭島，內地的救兵總是來不及伸出援手。

島民說，國軍打算讓厄蘭島北部某些地區淹水，以防止敵軍入侵。反諷的是，春季草原上發生嚴重水災，近幾天總算才開始在陽光曝曬下逐漸退卻。

那天一大早，引擎聲從海面遠遠飄過來時，卸下岩塊的工作暫停，人人焦急望著陰天。唯有尼爾斯例外。他遐想著，真正遇到戰機轟炸會是什麼樣的情景。炸彈會不會從天呼呼降落，炸成火球，激起濃煙、淚水、慘叫，導致天下大亂？

然而，戰機並未出現在厄蘭島上空，於是工作繼續。

尼爾斯討厭划船。搬岩石可能也好不到哪裡去，但划船的過程乏味，從一開始就令他頭疼。以槳運送笨重的貨物，害尼爾斯．坎特無法想事情，而且從頭到尾都被人監視。工頭拉斯戴著鴨舌帽，帽簷低到遮住眉毛，大呼小叫地監工，掌握小艇的進度。

最後一塊岩石上小艇後，工頭吼叫：「多加把勁，坎特！」聲音從水面傳過來。

小艇卸貨後，划回碼頭比較輕鬆，工頭一見尼爾斯槳力過大，又吼：「慢一點，坎特，當心碼頭！」

「動作快一點，坎特！」工頭高喊。

小艇划向貨輪時，尼爾斯一路狠狠瞪他。尼爾斯擁有這座採石場。更確切而言，主人是母親和舅舅，結果工頭竟然不顧這事實，從一開始就把他當成奴隸來差遣。

「貨物上船！」工頭叫嚷著。

早上，大家開始卸貨時，彼此有說有笑，氣氛幾乎像聚餐，但無言的大石頭奇重無比，而且邊緣尖銳，一整天下來，歡樂氣氛被無情挫傷，現在大家以蠻力搬運，挺不直腰桿，腳步蹣跚，衣褲佈滿石灰岩的白灰。

大家累得不講話，他也不在乎；反正他有必要才開口。但他不時望向碼頭上的瑪雅．尼曼。

「滿了！」工頭喊著。岩塊在尼爾斯負責的小艇堆積一碼高，眼看著水線即將漫過舷緣。兩名搬運工下船，坐在岩塊上，居高看著一個九歲小男童在船上舀水。男童拿起木桶前，偷偷看尼爾斯一眼，神態惶恐，然後才開始從船底舀水出去。小艇並非密不透水。

尼爾斯用力踢腿划槳。小艇徐徐滑向貨輪，另一艘小艇剛在輪船卸貨。

來來回回划著槳，來回不休息。尼爾斯手痠了，手臂和背肌也痛得難受。他渴望現在就聽見德軍轟炸機呼嘯而來。

小艇終於撞上貨輪身，隱隱砰一聲。兩名搬運工趕緊去船尾，彎腰握住岩塊，開始運送岩塊上勁風號的舷緣。

「大家多使點勁啊！」甲板上的工頭咆哮著。他穿著骯髒的上衣站著，肥油肚腩突出。岩塊越過舷緣，來到艙口，然後順著一塊寬木板，滑進貨艙。

尼爾斯也負責幫忙卸貨。他搬幾塊石灰岩上貨輪，然後在小艇邊一不留神，厚厚一塊掉回小艇，砸中他的左腳趾，痛得要命。

他一時氣得失去理智，搬起同一塊石頭，扔上輪船，也不管落點在哪裡。

「去他媽的！」他對海天嘟噥一句，在槳旁坐下。

他脫掉鞋子，摸摸痛腳，輕輕按摩腳趾。一定是被砸斷了。

最後幾塊已經從小艇卸下，搬運工跳上輪船，進貨艙排列岩塊。右槳手阿姆奎斯特跟著他們走。尼爾斯和舀水童待在小艇上。

「坎特！」輪船上的工頭從舷緣向下喊。「上船來幫忙！」

「我受傷了。」尼爾斯嘴巴說，心裡訝異自己語氣多麼平和。其實他內心裡有一整個中隊的轟炸機像一群氣呼呼的蜜蜂，正嗡嗡備戰。他以同樣平和的態度，一手放在槳上。「我腳趾被砸斷了。」

「站起來。」

尼爾斯站起來。其實不太痛，工頭對著他搖搖頭。

「上來這裡，開始搬東西，坎特。」

尼爾斯再次搖頭拒絕，一手握槳。炸彈掉下來了，在他心裡呼呼空降下來。

他解開槳箍，微微抬起槳。

他手中的槳慢慢向後移。

「腳趾斷了……」另一名搬運工說。這矮子肩膀雄壯，尼爾斯不記得他叫什麼名字。矮子挨在舷緣，和工頭並肩站。「最好跑回家找媽咪啦！」他語帶輕蔑。

「這交給我來就行了。」工頭轉頭向搬運工說。

失策。工頭沒見到尼爾斯衝著他揮槳。

槳葉正中他的後腦勺。他慘叫一聲「啊」，拖得很長，雙腿軟掉。

「我才是老闆！」尼爾斯怒吼。

他一腳踩小艇邊，再一次揮槳，這次擊中工頭背部，看著工頭像一袋麵粉從舷緣翻下船。

「搞什麼屁！」貨輪上有人大叫著，只見工頭向後倒栽蔥入水，掉進小艇和貨輪之間，激起響亮的水聲。

岸上的叫聲迴盪到船上，但尼爾斯不理會。他打算宰了工頭！他舉起槳，朝海水直擊，打中工頭伸出來的手，咔嚓一聲，手指被打斷，頭向後猛縮一下，整個人沉到水裡。

尼爾斯舉槳，再對著水面劈。工頭的身體往下沉，白泡沫形成漩渦。尼爾斯舉著槳，有意繼續砍他。

不知什麼東西從尼爾斯耳邊飛過來，打中他左手，手還沒開始痛到發麻，幾根指頭就已經歪了。尼爾斯站不穩，也握不住槳；槳掉進小艇裡。

他緊閉眼皮一陣子，然後抬頭看。剛才取笑他的搬運工正站在舷緣，手上多了一支鉤桿，兩眼直瞪著尼爾斯，面帶恐懼但意志堅決。

搬運工再舉起鉤桿，但這時尼爾斯已經用槳戳貨輪身，讓小艇遠離輪船，朝岸上前進，拋開輪船上的搬運工，讓工頭往海底沉沒。他把槳固定在左舷槳箍上。

然後，他直朝著岸邊划，左手斷指陣陣疼痛。舀水童蹲在船頭，猶如頻頻打顫的船首像。

「救他上來！」他背後有人喊著。

他聽見貨輪船來水聲和叫聲。這時，工頭癱軟的身體被吊上輪船，有人強迫他吐水，把他搖晃到甦醒。不諳水性的他命大。全村會游泳的人不多，尼爾斯是其中之一。

尼爾斯的視線固定在更遠的地方，注視著筆直的地平線。太陽在滿天雲層裡找到漏洞，正對著海面照耀，粼粼波光看似一地銀子。

一切沒事了，唯有左手疼痛。剛才，尼爾斯以行動向大家證明誰才是斯坦維克的主人。不久後，他將稱霸整個厄蘭島北部。如果德軍入侵，他也將拚死捍衛自己的土地。

小艇腹摩擦到海岩，尼爾斯拿起槳，跳下船。他已有打架的準備，但沒人敢攻擊他。搬運工站在小碼頭上，男女和小孩彷彿全變成石頭人。大家默默凝視他，目光驚恐。瑪雅．尼曼看似差點飆淚。

「去死吧！」尼爾斯．坎特對這群人咆哮，把槳甩到前方的卵石灘上。

然後，他奔回村子，回去那棟黃色大房子找母親薇拉。

但是，薇拉和所有人不知尼爾斯心知肚明的一件事：他註定做大事，心比斯坦維克大，比世界大戰更大。有朝一日，他的名聲將傳遍厄蘭島，將成為話題人物。他有預感。

4

在安養院的房間裡，耶洛夫．大衛森等女兒到來。

地方報《厄蘭島郵報》放在他眼前的桌上，今日新聞有一則是八十一歲老人罹患失智症，在厄蘭島南部的凱斯勒薩近郊失蹤了。前天，老人不告而別，離開小屋，從此杳然無蹤；警民正在石灰岩草原上搜尋他——甚至出動一架直升機協尋。然而，昨夜酷寒，他安然獲救的希望渺茫。

老年失智症，加上年高八十一。耶洛夫只比他小約莫一歲；耶洛夫的八十大壽即將來臨。八十歲不如一般人觀念那麼老，但是，老人失蹤當然比小孩失蹤來得正常。耶洛夫闔上報紙，看時鐘。三點十五分。

「我很高興妳來了，」他自言自語。他停頓一下，咳一聲，再續：「妳和我印象中的妳一樣美，尤莉亞。既然妳來到厄蘭島，有些事我們應該做。有些事，妳也可以自行處理。另外，我們可以談……我知道，妳小時候，我常不在家，不是一個時時刻刻盡職的好父親。我出海時，妳和妳姊常在波爾貢陪母親看家。我身負船長的職責，負責運送貨物往來波羅的海，遠離家庭……不過，現在的我，哪裡也不去了。」

耶洛夫沉寂下來，低頭凝視桌面。他把想對尤莉亞說的話寫在筆記簿裡。打從女兒通知即將來島上，耶洛夫就一遍又一遍把這些話背下來——聽起來也像照稿宣讀。語調一定要改，聽起來要像父親以平常心對小孩講話的調調。

「我很高興妳來了，」耶洛夫再練習。「妳和我印象中的妳一樣美。」漂亮才對吧？描述多年不見的女兒，漂亮可能比較貼切。

最後，快到四點時，也就是晚餐前只剩一小時，終於有人敲他的門。

「進來。」他說。門打開。

玻兒探頭進門來。

「對，他在裡面。」玻兒輕聲對背後的人說，然後加大音量：「耶洛夫，有客人來看你了。」

「謝謝妳。」他說。玻兒微笑退下。

另一位女人上前來；她走幾步進入玄關，耶洛夫深吸一口氣才把想說的話說出口：

「我很高興妳來了……」他起個頭，隨即語塞。

他見到玄關有一位中年婦人，身穿皺舊外套，望著他。婦人的眼神疲倦，額頭起皺紋。才過兩三秒，她的視線從他臉上移開，雙手抱著掛在肩膀上的包包，把包包當成擋箭牌似的。她再往房間前進幾步。

從對方臉上的眉間紋和嚴肅的表情，耶洛夫逐漸認出她是女兒，但尤莉亞臉上的倦意之深，遠超出他預期。倦意深，體態也比以前瘦多了。女兒令他想到哀怨自憐。

女兒變老了。所以自己究竟變多老了？

「哈囉，耶洛夫，」尤莉亞說，然後閉嘴不語幾秒。「呃，我又來了。」

耶洛夫點點頭，聽出她仍不願喊爸爸，甚至面對面也不喊。她口裡的耶洛夫暗示著，這男人是遠親。

「過來的路上好走吧？」他問。

「還好。」

她解開外套鈕子，掛上玄關的衣鉤，包包放地板。耶洛夫覺得，她的動作遲緩，有氣沒力。

他想關心她一句，卻又覺得也許太急了。

「對。」又沉默。「好久不見了。」他說。

「四年了吧，我想，」尤莉亞說，「超過四年。」

「對。不過我們一直以電話保持聯絡。」

「對。你從斯坦維克搬來這裡的那次，我本來想來幫忙的，可惜不……」

尤莉亞縮口，耶洛夫點點頭。

「反正搬家過程順利得很，」他說，「當天幫手很多。」

「那就好。」尤莉亞說。她走進房間，坐到床沿上。

耶洛夫忽然想起來他一直練習的那番話。

「既然妳來了，」他說，「有些事我們應該——」

但尤莉亞打斷他。

「東西在哪裡？」

「什麼東西？」

「你知道，」尤莉亞說，「涼鞋。」

「在這裡。在書桌抽屜裡。」耶洛夫看著她。「不過，我認為我們可以先——」

「可以給我看嗎？」尤莉亞又插話。「我真的很想看。」

「妳可能會失望。不過只是一隻鞋子罷了。沒有……沒有實際的解答。」

「我想看一看，耶洛夫。」

尤莉亞起身。從進門起，她連個笑臉也不擺，現在更以炯炯目光盯著耶洛夫，讓耶洛夫開始懷疑父女該不該重逢。或許，當初根本不應該打電話通知她。但事態演變至此，他無法說停就停。

儘管如此，他想盡量拖得越久越好。

「妳怎麼沒帶別人一起來？」他問。

「帶誰？」

「彥斯的父親吧，」耶洛夫說，「馬茲……他叫什麼來著？」

「米凱爾，」尤莉亞說，「不能帶他來，他住馬爾默。我們幾乎已經沒有聯絡了。」

「瞭解。」耶洛夫說。

又啞言。尤莉亞再往前走一步，但耶洛夫想起另一件事：

「妳有沒有照我電話裡的建議去做？」他問。

「做什麼？」

「妳有沒有想想那天霧多濃？」

「對……有吧。」尤莉亞心不在焉點一點頭。「大霧跟這事有什麼關係？」

「我認為……」耶洛夫字斟句酌的說著，「我認為……要不是那天霧那麼濃，事情就不會發生，不會變得那麼糟。我們厄蘭島上常常起霧嗎？」

「不太常見。」尤莉亞說。

「對。一年頂多三、四次吧。霧像那天那麼濃的情況很少見。很多人事先知道那天會有濃霧；氣象預報過。」

「你怎麼知道？」

「我打電話請教過氣象局，」耶洛夫說，「他們保留著氣象預報資料。」

「霧有那麼重要嗎？」尤莉亞說。

「我在想……有人想趁機利用那場大霧，」耶洛夫說，「那人不想在當地被看到。」

「你意思是，那人不想在那一天被看到？」

「完全不想被看到。」耶洛夫說。

「所以，那人利用那場濃霧……拐走彥斯？」尤莉亞說。

「我不清楚，」耶洛夫說，「不過我在猜想，綁架是不是那人的目標。彥斯那天溜出去，有誰能預知？沒有人吧。對不對？連彥斯自己都不曉得，他只是……見機偷溜出去。」耶洛夫看得出，話題觸及兒子失蹤案，尤莉亞已開始緊緊抿嘴。他緊接著說：「不過，那天會起霧……是事先料得到的狀況。」

尤莉亞不語。她現在只凝視著書桌。

「我們應該朝這方向思考，」耶洛夫堅稱，「我們需要想想看，最能從那一場大霧撈到好處的人是誰。」

「現在可以給我看了吧？」尤莉亞說。

耶洛夫明白，再拖也拖延不下去了。他點頭，轉動椅子面向書桌。

「在這裡。」他說。

他拉開最上面的抽屜，伸手進去，謹慎取出一件小物體。這東西的重量看似只有幾盎司，以白色薄紙包住。

5

耶洛夫打開桌上的小包裹時，尤莉亞走向他，看著他的手，從他手背的皺紋、老人斑、粗化的血管看得出他的歲數。他抖著手指，掀開包裝紙的動作慌亂。打開包裹時，薄紙窸窸窣窣，聽在尤莉亞耳裡簡直震耳欲聾。

「要我幫忙嗎？」她問。

「不用，沒事。」

費了幾分鐘，他才打開包裹——或者感覺上是好幾分鐘。最後，他掀開最後一層包裝紙，尤莉亞見到躲在裡面的東西。涼鞋裝在透明塑膠袋裡——她看得目不轉睛。

我不會哭出來，她心想，不過是隻鞋子而已。隨即，她覺得眼眶一陣劇熱，不得不眨掉眼淚，以免看不清楚。她見到黑膠鞋底，以及年久乾裂的棕皮繫帶。

一隻涼鞋，被小男孩穿舊的涼鞋。

「鞋子對不對，我沒概念，」耶洛夫說，「以我的印象，這的確像他的涼鞋，不過也有可能是——」

「是彥斯的涼鞋。」尤莉亞打斷他，語帶哽咽。

「不能確定吧，」耶洛夫說，「太確定也不好，對吧？」

尤莉亞不回應。她知道。她用手抹去臉頰上的淚水，然後小心拿起塑膠袋。

「我一收到，馬上放進塑膠袋裝著，」耶洛夫解釋，「上面可能有指紋……」

「我知道。」尤莉亞說。

涼鞋好輕好輕。做母親的人，為年幼的兒子穿鞋前，會隨手從外門地上拿起涼鞋，根本不會想到涼鞋的輕重。拿起涼鞋後，母親會站到兒子身旁，彎腰，感受到兒子的體熱，握住小腳，他則抓住母親毛衣以維持重心，默默站著，或者講著童言童語，她只聽一半，因為她忙著想其他事。想著該繳哪些費用。想著該買什麼食品。想著不在身旁的男人。

「我教彥斯自己穿涼鞋，」尤莉亞說，「教了一整個夏天。後來秋天，我去大學上課時，他已經會穿了。」她仍握著小涼鞋。「所以那天，他才可以自個兒溜出去……他自己穿好涼鞋。要不是我教他穿，他就不會……」

「不能往那方面想。」

「我的意思是……我只是貪圖省一點時間才教他穿，」尤莉亞說，「都怪我自私。」

「不能怪罪自己，尤莉亞。」耶洛夫說。

「謝謝你的勸告，」她說，不看他一眼。「不過，我已經自責二十年了。」

父女無言。尤莉亞忽然發現，腦海裡的影像不再是斯坦維克岸上的碎骨了，如今她能想見活生生的兒子，費好大的力氣彎腰穿涼鞋，小香腸手指不太聽他使喚。

「誰撿到的？」她問。

「不知道。有人寄來的。」

「誰寄的？」

「沒寫寄件人姓名。寄到這裡的只是一個褐色包裹，郵戳模糊不清。不過我猜寄件地點是厄蘭島。」

「沒附帶一封信？」

「什麼也沒有。」耶洛夫說。

「你也不清楚是誰寄的？」

「對。」耶洛夫說，但他已不再注視尤莉亞的眼睛；他低頭看著桌面，尤莉亞問不出進一步答案。也許，他心中另存疑念，只是不願向女兒透露。

不回應。尤莉亞嘆氣。

「不過，有其他幾件事我們倒是可以做。」耶洛夫趕緊補上這句。然後不語。

「例如……？」尤莉亞說。

「呃……」

耶洛夫乾眨眼，不回應，只看著她，彷彿已經忘記為什麼找女兒跑這一趟。

反觀尤莉亞，她也不明白兩人下一步該怎麼走，也講不出話。她霎然理解，自己尚未好好看一看父親的房間；她全心沉迷在涼鞋上，只顧著一直看手中的鞋子。

她四下看一看。身為護士，她馬上留意到，牆上有一排緊急呼叫按鈕。身為女兒，她發現耶洛夫把老家的航海紀念品搬來這裡擺飾。他的三艘貨輪——破浪號、勁風號、諾列號——裱在漆木上的船名高掛牆上，下面是各貨輪的裱框黑白照。另一面牆壁掛著裱框的輪船登記證，上面蓋著戳印。書桌旁的書架擺著耶洛夫的一排皮裝本航海日誌，旁邊有兩三艘模型小輪船，各自縮進一個玻璃瓶中。

一切都宛如海事博物館，整齊陳列著，乾淨而雪亮。尤莉亞理解到，她羨慕父親能在往事圍繞之下過日子，他不必走出房間，用不著踏進現實世界，無須成就什麼事，無須佯裝年輕反應快，不必汲汲於證明個人價值。

耶洛夫床頭櫃上有一本黑皮《聖經》和六、七瓶藥罐子。尤莉亞的視線再度移向書桌。

「你還沒關心我的近況，耶洛夫。」她小聲說。

耶洛夫點一點頭。「妳也還沒喊我爸爸。」他說。

沉默。

「好吧，妳最近還好嗎？」他問。

「還好。」尤莉亞語氣冒失。

「妳還在醫院上班嗎？」

「對啊，」她說，避而不提她請了長假。她只說：「來這裡之前，我開車穿越斯坦維克，去看一看那棟別墅。」

「好。那裡的情況看起來怎樣？」

「老樣子。全封起來了。」

「窗戶沒破吧？」

「沒有，」尤莉亞說，「不過，那裡有個男人。不對，應該說是，他在我到的時候出現。」

「我猜是約翰，」耶洛夫說，「不然就是恩斯特。」

「他姓名是恩斯特・亞德福森。我想你們彼此認識吧？」

耶洛夫點頭。「他是雕刻師。是個老石匠。他家鄉在斯摩蘭省，不過……」

「你意思是，儘管搬這麼遠，他日子過得還好？」尤莉亞立刻說。

「他在這裡住好久了。」耶洛夫說。

「對，我隱約記得小時候見過他……他臨走前講了一句話，說什麼大戰時期的故事。他指的是二次世界大戰嗎？」

「恩斯特幫我留心別墅的狀況，」耶洛夫說，「他住在採石場那邊，有時候會撿以前留下來的瑕疵岩去創作。以前，採石場有五十個工人，現在只剩恩斯特……他一直在幫我辦這件事。」

「這件事？你指的是彥斯失蹤案？」

「對。我們討論過，稍微推敲過，」耶洛夫說，隨即問：「妳想在島上住多久？」

「我……」這問題令尤莉亞措手不及。「我不知道。」

「待兩個禮拜再走吧。兩個禮拜就好。」

「兩個禮拜太久了，」尤莉亞連忙說，「我不回家不行。」

「不行嗎？」耶洛夫說，彷彿聽了愕然。

他瞄向桌面上的涼鞋，尤莉亞的視線跟著他走。

「我可以待一陣子，」她說，「我能幫忙你。」

「幫哪方面？」

「幫……都可以，看你的需要。我們總得向前看。」

「好。」耶洛夫說。

「那麼，我們接下來怎麼辦？」她問。

「我們可以去找人聊聊……聽他們講故事。就像以前那樣。」

「你指的是……不止一個人？」尤莉亞說，「照你這麼說，涉案的人不止一個？」

耶洛夫看著涼鞋。

「厄蘭島上有幾個特定人物，我想找他們聊一聊，」耶洛夫告訴她。「我相信他們知道內情。」

再一次，他避免正面回答尤莉亞。她愈談愈厭倦，真的很想一走了之，但她終究還是待在這裡——而且她還帶了蛋糕來。

我會留下來的，彥斯，她心想。多住幾天。為了你。

「這附近買得到咖啡嗎？」她問。

「通常買得到。」耶洛夫說。

「那我們可以喝喝咖啡、吃吃蛋糕。」尤莉亞說。儘管她嫌姊姊老是為將來做好盤算，講話不客氣，現在她覺得自己也有姊姊的影子。她問：「我今晚可以住哪裡？你能推薦嗎？」

耶洛夫慢慢走向書桌。他拉開抽屜，伸手進去摸索一陣，發出小東西碰撞聲，取出一串鑰匙。

「給妳，」他說著遞給女兒。「今晚睡船庫吧……現在裡面有電可用。」

「可是我不能……」

尤莉亞站在床邊，看著耶洛夫。眼前發生的每件事，他似乎全早有規劃。

「裡面不是堆了好多漁網之類的東西嗎？」她問。「浮筒、石頭、瀝青罐之類的。」

「全清掉了，我已經不捕魚了，」耶洛夫回答。「斯坦維克沒有漁夫了。」

尤莉亞接下鑰匙。「船庫裡塞好多東西，以前根本不太進得去，」她說，「我記得……」

「全被收拾乾淨了，」耶洛夫說，「妳姊把裡面整理得很棒。」

「要我單獨一個人睡在斯坦維克嗎？」她說。

「村裡又不是沒人。只是顯得冷清而已。」

離開安養院半小時之後，尤莉亞回到斯坦維克，來到海邊，站在黑水前面。天空和早上一樣陰霾，黑影密布。快到晚上了，尤莉亞渴望喝一杯紅酒——然後再追加一杯。葡萄酒，或者吞一顆藥丸。

都是因為海浪的緣故。今晚的海浪安詳地沖刷著岸上的鵝卵石，但每當風雨來襲，浪高動輒六英尺，朝岸上直撲而來，發出長長的雷鳴聲，能帶動海峽底部的任何物體——廢船、死魚，或碎骨。

鵝卵石灘上有什麼東西，尤莉亞不想太近看。那一天之後，她再也不肯下斯坦維克游泳。她回過身子看船庫。在岸上的船庫看起來好渺小，好寂寞。

我離你很近很近，彥斯。

尤莉亞不清楚自己為何接下父親給的鑰匙，順著父親的心意睡這裡，但只睡一晚或許無所謂。她從小就不特別怕黑，也習慣獨處。住一天，或許住兩天，應該無所謂。然後，打道回府。

最後一道冷風從海峽颳上岸，推她進暗夜，她打開船庫白門上的大鎖。進船庫後，她關上門，呼嘯的秋風被陡然斬斷。船庫裡面靜悄悄。

她打開頭上的大燈，站在門口。

耶洛夫說得沒錯。船庫的確和她的印象不同。

這裡不再是漁夫工坊，不再擺滿臭漁網、破浮筒、泛黃的《厄蘭島郵報》堆一地。一定是姊姊全面整修這船庫，裝潢成度假小別墅，牆壁是拋光木板，松木地板也塗了亮光漆。屋裡有一台小冰箱和電暖氣機，面海的窗前有一個電磁爐。面向陸地的窗戶下面有一張餐桌，擺著一副大船指南針，材質是青銅加光亮的黃銅；又是耶洛夫的航海生涯紀念品。

船庫裡的空氣乾燥，有一種若有似無的瀝青味，只要尤莉亞拉開百葉窗，打開小窗，室內空氣就能更清新。除了與世隔絕的問題外，她能在這裡安居無憂。

住採石場的恩斯特應該是最靠近她的鄰居。恩斯特開的是富豪PV老爺車，現在如果他開車從村子過來，她會很高興的，但她從指南針上方望窗外，不見任何動靜，只見坡脊上稀疏的野草在風中搖頭。即使是海鷗也不見了。

船庫裡有兩張窄床。她在其中一張床上打開行李：衣物、盥洗包、備用鞋子，一疊平裝本羅曼史被塞進行李最底下；她私下讀這種書。她把羅曼史放在門邊桌上。

門邊牆上有一面小鏡子，鏡框塗著亮光漆。尤莉亞照鏡子，面容有皺紋，也顯得疲憊，但膚色不比在哥特堡時暗沉。島上的疾風居然在她臉頰上颳出一點血色。

現在該做什麼？去探望耶洛夫後，她在老人院隔壁的小攤位買一條熱狗，嚐起來索然無味，現在她不餓。

讀書嗎？不要。

酒帶來了，喝吧？還不是時候。

她決定出去探探險。

尤莉亞離開船庫，慢慢走向海邊，然後沿著水濱往南散步。小學時在斯坦維克，她曾整天在海邊跑跳，從來不跌跤，如今，她在鵝卵石灘上行走，漸漸重拾童年那份天生平衡感，愈走愈輕鬆。

在船庫斜對面的海灘上，綽號灰眼的巨岩還在，但在海浪沖刷和冬天結凍的影響下，已慢慢接近海邊。灰眼的形狀狹長似馬背，長達一碼。尤莉亞曾經把它視為個人專屬的石頭，如今經過時拍它一下。歲月似乎把它壓矮了一些。

鋸木廠也似乎變小了。老風車是斯坦維克最高的建築，位於船庫以南兩三百碼的坡脊邊緣，但當尤莉亞來到風車時，岩石坡太陡，她爬不上去。

風車南邊另有幾棟船庫，矗立在海灣內側。每逢夏季，斯坦維克會在這裡搭建長長的小平台，供民眾戲水用。現在連個鬼影也沒有。

尤莉亞往上走上馬路，改往北走，路過耶洛夫的船庫。她駐足望海，瞭望內地。斯摩蘭只不過是天邊窄窄一條灰紋。完全看不見輪船。

她轉身看周遭所有景象，彷彿海岸景物是一道謎題，找對了線索就能迎刃而解。

如果大家擔心的事真的發生，如果那天彥斯有辦法走到海邊，那麼，那天晚上他必定走過這裡。她現在可以追尋兒子的蛛絲馬跡，但地毯式搜索當然老早進行過了。她找過，警察找過，斯坦維克所有人也都找過。

她繼續散步。走了幾百碼，她抵達採石場。

採石場當然是關閉了。已經沒有人想開採石灰岩了。濱海道路旁立著一面木頭招牌，上面隱約寫著斯坦維克採石公司，油漆斑駁脫落。這裡有一條岔路通往石灰岩草原，但岔路和棕黃色的景物都陡然終止，地表出現一個寬大的坑。尤莉亞挨近坑緣，看見坑壁和坑底呈九十度直角。

採石場頂多深四、五碼，但面積比幾座足球場加起來還大。厄蘭島居民在此地採石的歷史長達數世紀，對著地底的石灰岩層猛鑿，但看在尤莉亞眼裡，彷彿哪天大家突然扔下工具不幹了，回家去，永遠不再來。開採出來的岩塊仍閒置在砂石地上，整齊排列著。

採石場對面有幾個高大灰白的人影，排在草原上；天色太暗，他們也太遠，尤莉亞無法看仔細，但過了一會兒，她發現那些是石雕，看似一系列岩石鑿成的藝術品，尺寸不一。採石場邊緣立著一塊高約六英尺的尖頂岩石，看似中世紀教堂的尖塔。也許是仿造瑪內斯教堂外觀的作品。

尤莉亞發現，眼前是恩斯特的石雕創作。

雕像後方有一棟木造民房，深紅色，長方形，座落於草原上，四周是長不高的樹和杜松樹叢。房子旁邊停放著恩斯特那輛笨重、圓圓的富豪老爺車。屋裡有幾個窗戶亮著燈。

她決定，明早在離開斯坦維克之前，才去近看恩斯特的作品。

從這裡，她也能依稀看見布洛瓊富倫島，在地平線上隆起一小塊藍灰色。這島別名布洛庫拉。根據傳說，巫婆都去那裡和撒旦同樂。整座島是國家公園，不住人，但民眾可搭船去一日遊。年幼的尤莉亞曾在大晴天和父母姊姊一起去過。

在那島上，岸邊有許多漂亮渾圓的鵝卵石，父親警告她不許撿石頭帶走，否則會霉運上身，所以她不敢撿。然而，厄運當然照樣找上她。

尤莉亞轉身背對巫婆島，朝船庫走回去。

二十分鐘後，她坐在船庫的床上，聆聽風呼呼吹，絲毫無倦意。十點左右，她從她帶來的羅曼史裡找一本《莊園的秘密》讀讀看，但讀得意興闌珊。她闔上小說，凝視著門邊桌上的古董指南針。

假如今天她在哥特堡，她會坐在廚房餐桌前，有一杯葡萄酒作陪，看窗外路燈對著冷清的街頭灑下光輝。

斯坦維克漆黑一片。她剛出去小便，在石地上踉踉蹌蹌，差點在離船庫才幾碼的黑暗中迷失方向。她再也看不見坡底的海水；她只聽得見海浪的嘆息和鵝卵石滾上岸邊的聲響。在她頭上，濃密的雨雲在島的上空競走，宛如惡靈。

她在黑暗中蹲下，光著屁股吹風，心思不知不覺轉向一個鬼故事。

她記得祖母莎拉在入夜時分說，二十世紀初，這地方有個幽靈，半夜出現在海邊。祖母說，那天颳風下大雨，她丈夫和他的哥哥去海邊把小漁船全拉上岸避風，以免被狂浪打壞。

他們站在冒泡的海水邊，忙著把木作的魚叉拉上岸，黑暗中突然出現一個人影。那人一身厚重的防水裝，正開始把一艘小漁船往反方向拉進海裡。爺爺對他吼，他也吼叫回應，講的是不標準的瑞典文，一再重複同一句：

「厄索島！」他尖叫著。「厄索島！」

妳爺爺和伯公跟他搶拉小船，那人卻突然轉身，衝進巨浪裡，消失在暴風雨裡，不見了。

在船庫外的步道旁邊，尤莉亞趕緊解決內急，匆匆回溫暖的室內，關門鎖好。隨後，她想起，這裡沒接自來水，用水必須走上坡路去別墅才有。

那場可怕的暴風雨過三天，有新聞從厄蘭島最北端傳來：三天前有艘輪船在波達村（Böda）擱淺，被浪打得七零八落。船來自愛沙尼亞的厄索島，所有船員在風浪中罹難，因此妳爺爺和伯公見到並聽到的那名水手早就沒命了。溺死了。

在半暗半明的夜色中，祖母對著尤莉亞點點頭。

岸上的幽靈。

尤莉亞信以為真；這故事很動聽；她在暮色裡聽見的古老故事，她全相信。在這道海岸線上，溺斃水手的孤魂必定仍在某處徬徨不去。

尤莉亞不想再外出了。她不願去打水；今晚睡前只好不刷牙了。

窗台上有幾根紅色粗燭。臨睡前，她用香菸打火機點燃其中一根，讓它燒一陣子。為彥斯燃燭。也為他的母親。

在燭光裡，她決定一件事：今晚不喝酒，也不服用安眠藥。她想對抗內心的哀慟。反正哀慟處處可見，不只斯坦維克才有。每次她在街上看見小男孩，心中仍倏然湧現一股哀慟的狂浪，令她難以自抑。

她看見床上擺著她的一本小聯絡簿，旁邊是蓮娜的舊手機。衝動之下，她把聯絡簿和手機拿過來，翻找到一組號碼，撥號。

手機還能用。響兩聲、三聲、四聲。

然後是悶悶接電話的男音。「喂？」

今天非假日，已經晚上十點三十分了。尤莉亞這通電話打得太晚，但她只能硬著頭皮繼續。

「米凱爾？」

「什麼事？」

「我是尤莉亞。」

「喔……嗨，尤莉亞。」

他的語氣是疲倦大於錯愕。她努力回想米凱爾長什麼樣子，腦海卻拼湊不出明確的長相。

「我在厄蘭島上。在斯坦維克。」

「喔……嗯，我在哥本哈根，老樣子。我剛睡了。」

「我知道時間不早了，」她說，「我只想告訴你，有新線索了。」

「線索？」

「我們兒子失蹤案的線索，」她解釋，「彥斯。」

「喔。」他說。

「所以我來這裡……我認為你一定想知道。這線索大概不重大，不過也有可能……」

「妳最近好嗎，尤莉亞？」

「還好……如果有進展，我可以再通知你。」

「可以，」他說，「妳好像還留著我的號碼。不過，妳下次來電，如果能早一點點比較好。」

「好的。」她趕緊說。

「好吧，再見。」

米凱爾掛掉，電話線上轉為無聲。

尤莉亞拿著手機坐著。好。手機試過了，能用，但她知道她選錯對象試手機。

米凱爾很早就開始新生活了，甚至在他們分居前。從一開始，他就確信彥斯下水淹死了。有時候，她恨米凱爾那麼篤定，有時她只是羨慕到無法自持。

幾分鐘後，尤莉亞熄燈上床，長褲和毛衣不脫，這時候，整晚蓄勢待發的豪雨才傾盆而下。雨來得非常突然，急促捶打著船庫的鐵皮屋頂，雨聲狂亂。尤莉亞躺在黑暗中，聆聽雨水匯聚成的小溪潺潺往下坡流去。她知道，船庫很安穩；這棟船庫挺過無數暴風雨，屹立至今，於是她閉眼，沉沉睡去。

半小時後，雨停了，她沒聽見。她也沒聽到暗夜裡採石場附近是否有腳步聲；她完全沒聽見。

厄蘭島，一九四三年五月

尼爾斯是這片海邊的主人，是斯坦維克的村主，如今更擁有村子四周的整片石灰岩草原。母親不找他做家事或整理院子時，他每天會去草原邁大步漫遊。在黃黃的日光下，他走過厄蘭島草原，肩挑一個背包，獵槍在手。

野兔見他來，通常嚇得不敢動，壓低身子，直到自認被人發現了，牠們才拔腿逃命，舉槍上肩的動作不快不行。尼爾斯出來打獵時，總有隨時開槍的準備。

幾年前，他打傷工頭後，母親不准他回採石場工作，從此家裡和草原成了他的全世界。採石場工人沒有一個希望他回來。不能上班，尼爾斯並不在意；反正他拒絕回去上班，也拒絕道歉。唯一討人厭的一點是，工頭的手指受傷不能上班，工資必須由尼爾斯的母親貼補。

可惡。整件事本來就是工頭的錯！

打人事件也在尼爾斯身上留下痕跡：他左手斷了兩根指頭。儘管痛，他拒絕去瑪內斯看醫生，手指因此復原不良向內彎，越來越難握拳。這也沒關係，他慣用右手，依然能持槍。

最近，村民見尼爾斯就迴避，這也無所謂。他在草原上，有幾次看見瑪雅．尼曼遠遠站在村道上，但瑪雅只無言看著他，和其他村民一樣。瑪雅有一對藍色大眼睛，但沒有她，尼爾斯的日子照樣能好好過。

母親給尼爾斯一支雙管胡斯瓦納霰彈槍為伴，而他出去打到的野兔全帶回家給她煮，可以省下買肉錢。村裡農夫是小氣鬼，肉賣得很貴。

瑪內斯教堂的白塔在東方地平線上，清晰可見，但尼爾斯用不著地標。草原上有綿長的石牆，有巨岩，有樹叢，有無止境的青草平原，形成天然迷宮，他早已學會認路。

他前方有一座紀念石塚，由一小堆石頭堆砌而成，紀念幾百年前遭逢不測的某個神父或主教，兇手是發瘋的家僕。至今，路過的民眾有時仍在上面堆小石子。尼爾斯從來不做這種事，但這裡很適合坐下來吃午餐。

他停下，思考一會兒，注意到肚子餓得微微胃痛。他走向石塚，移開兩三塊不平整的石頭，然後坐下，獵槍靠近身邊，背包放在大腿上。

他打開背包，發現油紙包著起司三明治和香腸三明治各兩個，另有一小瓶牛奶。是母親為他準備的；尼爾斯不經她許可，自行拿她放在食品儲藏室地上的干邑酒，裝滿他的銅製扁平隨身酒壺。

午餐時間一開始，他打開酒壺，咕嘟大灌一口，陣陣暖意從咽喉往下擴散。然後他打開三明治，閉眼吃喝，任思緒胡亂遊走。

尼爾斯想到打獵的事。他今天還沒獵到野兔，但他仍有一整個下午的時間。

隨後，他想到大戰。每次開收音機，新聞仍然條條是大戰的消息。

瑞典尚未受攻擊，只不過，在一九四一年夏天，厄蘭島南方近海出現三艘德軍驅逐艦，誤入水雷區，被炸得支離破碎，希特勒的走狗有一百多人落海，不是溺死，就是被浮油燒焦。翌年夏天，許多厄蘭島居民認為戰火絕對延燒到島上了，因為基於不明因素，德軍戰機飛到波爾貢的古堡，對著下面的森林投下八顆炸彈。

轟炸聲一路傳到斯坦維克，悶悶的轟隆聲吵醒尼爾斯，樂得他心跳如鼓。他凝望漆黑的窗外，自認聽得見戰機飛離厄蘭島時的引擎聲。可能是梅塞施密特戰鬥機。他豎耳聽著，渴望再聽見轟炸聲，渴望聽見炸彈如雨而下，掉在斯坦維克的四面八方。

然而，德軍遲遲未入侵厄蘭島，如今如果希特勒動歪腦筋也無計可施了。尼爾斯從報紙得知，年初德軍在酷寒苦戰之後，在史達林格勒慘敗投降。希特勒似乎陷入戰敗的一方。

尼爾斯聽見背後有馬聲蕭蕭。

他睜開眼轉頭看。背後來了幾匹野馬。四隻幼馬，白褐色，走向石塚，目前圍站在他前方，垂著頭，腳邊塵土飛揚。馬蹄踏草而來，幾乎靜悄悄。

野馬。牠們盡情在草原成群亂跑。有幾次，尼爾斯將獵物鎖定野兔，一不留神，靴子踩進厚厚一堆馬糞。馬糞拉得到處都是，像棕色的小石塚。

這一小群馬似乎有明確目的地，但尼爾斯以短促的口哨聲叫住牠們，左手伸進背包，帶頭的一匹放慢腳步，頭轉向他。

整群馬站住了，看著尼爾斯。有一匹低頭磨蹭草原上的枯草，並沒有開始啃食。牠們等著更好吃的東西出現。

尼爾斯左手在背包裡摸索，揉得不含三明治的油紙沙沙響，右手則悄悄伸向身旁的石子。

馬群遲疑一陣，嗅一嗅空氣，以馬蹄扒一扒地面。尼爾斯再揉紙，帶頭的深褐色野馬謹慎朝他側跨一步，其他三匹慢慢跟進，鼻頭微微抽抖著。

帶頭的馬又停止動作，現在離他五碼。

「快來呀，吃飯時間到了。」尼爾斯說，面帶期望的微笑。

野兔騙不到，只能拐馬過過癮。

帶頭的一匹甩一甩大頭，沉沉以鼻子呼氣一聲。

然後，牠再上前兩三步，尼爾斯迅速舉起右手，扔出第一塊石頭。

神準！有稜有角的石灰岩擊中馬鼻上方，馬像遭電擊，猛然縮頭，嚇得後退，撞到身後的同伴，倉皇旋身，尼爾斯也立刻站起來，拋擲第二塊石頭。這一塊比較扁，也比較銳利，像鋸子似的飛出去。

這一塊打中帶頭馬的臀部。牠發出驚恐的高音，整群馬終於意識到危機，轉身全速在草原上奔馳，蹄聲隆隆，躲進草叢裡。

尼爾斯稍微心慌一陣子，第三塊石頭偏太左邊。失了準頭。他趕快再彎腰，可惜第四塊扔得不夠遠。

帶頭馬逃走前，尼爾斯見到的最後一眼是馬身右側有一道血淋淋的傷口，傷勢頗深，可能短短幾天無法癒合。回家前，尼爾斯想去找那塊石頭，看看上面有沒有沾血。

慌亂逃逸的馬蹄聲沉寂了。靜謐重回石灰岩草原上。尼爾斯呼出一口氣，坐回石塚上，回味著第一塊石頭正中野馬時，馬臉一副困惑的傻樣，他不禁微笑起來。

該死的馬。

尼爾斯讓牠們嚐到教訓了。野馬這下子明白，斯坦維克這一代的草原是他的天下。挑起背包時，他臉上的笑容仍未消。母親有沒有為他準備奶油太妃糖、壓在背包最底下？

6

晚間，在瑪內斯安養院，耶洛夫坐在房間裡，筆記簿攤開在桌面，手握原子筆，卻寫不出東西。

每當耶洛夫坐在桌前，他三言兩語就能勸自己相信，他的年齡不如想像中來得老，元氣還很充沛。過一兩分鐘，他即將以強健的雙腳站起來，伸伸腰，出發。

到外面。走向斯坦維克的岸邊，推輕舟下水，划向在深水處等待的輪船。起錨，揚帆，航向大千世界。

總令耶洛夫暗暗稱奇的是，從厄蘭島水域出發的船長，想去任何海岸都行得通。憑著一點點運氣，加上豐富的技巧、正確的器材以及眾多物資，他能從厄蘭島航進全球任何一個海港然後折返。太棒了。自由得沒話說。

兩三分鐘後，晚餐的鈴聲響起，耶洛夫的思緒縮回羸弱的軀殼。他雙腳僵硬，手臂再也無力展帆。

行船的那些年過得好快啊。其實，出海的歲月並不長。一九二〇年代末，耶洛夫在父親的雙桅帆船英格麗．瑪利亞號擔任大副。五年後，父親上岸擔任輪船仲介，他升任船長，改船名為勁風號，從斯摩蘭省運送原木和木製品至厄蘭島。他二十二歲當上船長。

第二次世界大戰期間，他在厄蘭島外海擔任引航員，兩度目睹船長不照引航路線走，擅作主張，結果誤觸水雷，他眼睜睜看著輪船和所有船員落難。

在那幾年，耶洛夫分分秒秒提心吊膽怕水雷。當時他常做一種惡夢，至今仍常嚇得他冷汗涔涔地驚醒：他站在引航船的舷緣，海面滿是夕陽金光，他往下看，突然看見黑黑一大顆水雷躲在水面下。這顆生鏽的舊水雷佈滿隨波晃動的海藻，船過幾秒即將撞上觸針，引爆水雷。

他停不下船，只能看著船靜靜接近觸針……就在船身撞上水雷前一瞬間，耶洛夫總是驚醒。

戰後，他買第二艘小貨輪，命名破浪號，開始往返波爾貢和斯德哥爾摩兩港，航經南泰利耶運河，船上的貨物是厄蘭島大理石——一種紅色石灰岩，用於首都斯德哥爾摩的建築工地，回程通常載油料或萊姆至波爾貢的農產品合作社。沿途的港灣總不乏他認識的船隻，行船人有需要必定能相互照應。

當年沒有競爭對手。一九五一年十二月某夜，破浪號載運的亞麻籽油起火，當時停泊在昂索，許多人對耶洛夫伸出援手。耶洛夫和大副約翰．哈格曼甫趕上甲板，烈火已吞噬全船。兩人都不會游泳，幸好有艘來自奧斯卡港的貨輪停泊在附近，救他們上船。他們想要的支援是有求必應，但兩人只能斬斷破浪號的錨繩，任其在黑夜中漂泊。

對耶洛夫而言，儘管他當時有所不知，在冬夜失火沉沒的貨輪能適切象徵厄蘭島的船運業。火災案經調查確認他無罪，事後他大可以改行，但基於頑強的固執心，他以保險理賠金再買一艘有輪機的新貨輪，再當九年的船長。新船命名為諾列號，是他今生最後一艘，也是最漂亮的一艘——流線型，船尾優美，具有突突作響、性能優越的壓燃式發動機。有時候，在即將入眠之前，引擎突突聲仍會在他腦海迴盪。

一九六〇年，他賣掉諾列號，回岸上在波爾貢的商會上班，從此開始靜態的辦公桌生涯。坐辦公桌的好處當然是能每夜回家和艾拉共枕。他錯過了女兒的大半童年，如今至少能看著少女時期的女兒長大。六〇年代末，小女兒尤莉亞懷孕了，耶洛夫不在乎她有沒有結婚——他照樣愛她生下的小男娃，他的外孫。

彥斯．耶洛夫．大衛森。

結果，那天來了。

那時是秋季，但由於尤莉亞攻讀護理學位只上半天課，能比平日更常在斯坦維克照顧彥斯。彥斯的父親米凱爾留在內地。那天午餐後，尤莉亞留下兒子給父母照顧，自己駛過新橋前往卡爾馬。喝完咖啡後，耶洛夫留下妻子和外孫，毫不遲疑，絲毫沒有壞事即將降臨的預感，出門去處理糾纏不清的漁網，因為他打算隔天上午出海撒網。

在船庫，他看著濃霧從卡爾馬海峽飄來。自從告別航海生涯至今，這是他見過最濃的一場霧。大霧飄上岸時，他的皮膚有感，不禁打哆嗦，彷彿置身寒風凜冽的輪船甲板上。一會兒後，天地全變成霧濛濛一片，伸手不見五指。

當時他理應回家，回去艾拉和彥斯身邊。他確實考慮過。但他還是留在船庫，再忙漁網大約一小時。

過程就這麼單純。然而，由於他待在船庫附近，耳力很靈，所以他敢確定一件事——他說破嘴也沒人相信的一件事，也許尤莉亞除外：彥斯那天沒有下海。如果有，耶洛夫一定聽得見。濃霧能稍微蒙住聲響，但他照樣能聽到。警方認定，彥斯溺死了，屍體被捲遠，沉到卡爾馬海峽底，但耶洛夫相信彥斯沒有溺水。

不知道彥斯去哪裡了，總之不是去玩水。

耶洛夫彎腰，在桌上寫下一句：

灌木林就像大海。

沒錯。那裡能發生的事何止千萬種，事情發生了也無人知曉。

他放下筆，闔上筆記簿，打開抽屜時又見到用薄紙裹著的小涼鞋，旁邊有一本今年初出版的薄書。

這本回憶錄只有六十頁，封面上寫著《馬姆船運公司成立四十週年紀念》，書名底下是一張輪船照。

兩星期前，恩斯特來找他，借這本書給他讀。

「這書可能有線索，」恩斯特當時說，「翻到第十八頁看看。」

耶洛夫打開書，翻至十八頁，在內文底下有一小張黑白照。他已經反覆研究過這相片了。

這張相片是舊照，背景是小海港，有一座岩石碼頭，旁邊有一疊長木板。木板後面斜放著一艘小型貨運帆船，看得見黑色船尾。這艘和耶洛夫從前的船相似。木板旁邊有一群男人身穿工作服，戴著鴨舌帽排成一行，前面有兩個男人，其中一人一手放在另一人肩膀上，姿勢友善。

耶洛夫注視著這兩人，這兩人也盯著他。

有人敲門。

「咖啡時間到了，耶洛夫。」玻兒隔著門說。

「我來了。」耶洛夫說，推椅子向後。

他從書桌前起身，有些吃力。

但他難以轉移視線，一直看著書中附圖裡的男人。

這兩人臉上毫無笑容，耶洛夫也不對他們微笑，因為上次恩斯特和他交談過後，他多少能確定，這張舊照裡的兩人之一導致外孫彥斯身亡，讓他的屍體永不見天日。

他只是不清楚兇手是哪一個。

他小嘆一聲，闔上書，推進抽屜裡，然後拿起枴杖，慢慢走向交誼廳去喝咖啡。

7

厄蘭島上，晨曦從地平線上透光，宛如一道無聲、輝煌的光條，但在十月這天清晨，睡夢中的尤莉亞錯過了日出。

耶洛夫的船庫裡有三扇窗戶，全裝著捲軸式小窗簾。很久以前，窗簾是深紅色，年久被曬成淺粉紅。八點二十幾分，最靠近尤莉亞的窗簾突然砰一聲，自動捲上去，在靜謐的環境裡宛如一計雷響。

尤莉亞睜開眼睛。她不是被窗簾聲吵醒的，而是被朝東的窗戶突然透光進來而曬醒。她眨眨眼，從溫暖的枕頭抬起頭來。她看得見秋黃的枯草在窗外風中搖擺，這才想起自己身在何處。風很大，空氣很清冽。

斯坦維克，她心想。

她再眨眨眼，盡量不要再躺回床上，可惜她的頭又沉向凹陷的枕頭裡。在早晨，她總是萎靡不振，從小就如此，而近二十年，睡到不省人事的誘惑通常令她下不了床。出事那天之後，幾度發作的憂鬱症常讓她浪擲太多人生在睡夢中。話說回來，要人生無特定目標的她早起是強人所難。

在斯坦維克早起更是難上加難，原因是沒有溫暖的室內廁所可上。想上廁所，只能從船庫下到鵝卵石灘，踩進冰冷的海水。

尤莉亞隱約記得，昨夜一陣暴雨打得屋頂叮咚響，但她現在只聽見船庫外的海浪，韻律感的潮聲令她考慮跳下床，剝掉衣服，衝到海邊去跳水，但這想法不了了之。

她在窄床上多躺幾分鐘，然後下床。

空氣濕冷，外頭仍多風，但她總算穿上夾克，打開門，出去一看，斯坦維克不再是昨夜見到的那幅鬼影幢幢的景象。

昨夜一場驟雨滌清所有陰霾，太陽又露臉了，厄蘭島的岩岸出脫得乾淨、簡樸、秀麗。斯坦維克是一座小海灣，水不深，海岸呈弧形，向左右開展，在海峽的這一岸擁抱一泓閃亮的海水。離岸幾百碼，海鷗在浪頭起起落落，雙翼攤平，在風中對著彼此尖叫或尖笑。

景物在陽光下帶有一分哀愁，好像並非萬物皆如表面上的美好，但尤莉亞盡量壓抑這種感覺。她只想心情舒暢。今早，她不願想到碎骨，不願和彥斯的往事交談。

她聽見狗快樂的吠叫聲，轉頭見一名穿著紅色羽絨夾克的白髮婦人走在濱海道路上，帶著一條淺褐色的小狗，不繫狗繩，狗來回奔跑著，嗅嗅路面。他們背對著尤莉亞轉彎，迅速走進馬路對面的民房之一。

尤莉亞明瞭，恩斯特並非斯坦維克唯一的長住居民。

睡意一掃而空，她精力倍增。她拿起一個裝飲水用的塑膠壺，快步往上坡走向耶洛夫的房子，想去院子裡的水龍頭裝水。在陽光下，這棟別墅儘管周圍雜草叢生，看起來巴不得迎賓進門，然而耶洛夫並未給她別墅鑰匙，她無法進去看看自己童年的臥室。

水嘩嘩流進壺嘴之際，她發現自己其實能在厄蘭島待上不止一天。如果耶洛夫能振作一點，能建議幾項她辦得到的事，能叫她去調查什麼，她能再多住兩天或三天，不至於閒著沒事做。

接著，她四下看著空蕩蕩的庭院，決定了。算了吧。她還是今天回哥特堡，不想多待幾天。

她握緊水壺回船庫途中，看見山楂樹叢後面有一棟黃色房子，在別墅和船庫之間。她停下來看。這棟房子周圍以高大的白楊樹為籬笆，從外面幾乎看不到，但能看見的部分並不美觀。那棟房子不僅沒人住，而且是整棟荒廢，五葉爬山虎爬滿牆壁，也開始覆蓋有裂痕的窗戶。

以前有位老婦人住那裡，尤莉亞略有印象。老婦人足不出戶，也從不和村民往來。奇怪的是，那棟房子儘管裂縫多，本身還不錯，屋主居然任其荒廢。應該找人整修一下才對。

尤莉亞快步走回船庫，泡一杯茶，煮早餐。

四十五分鐘後，她把船庫門鎖好，肩挑包包，另一包拎在另一手。船庫裡的床鋪已整理妥當，電源切掉，窗簾向下拉好。船庫恢復無人狀態。

尤莉亞越過坡脊，來到停車處，海邊到處見不到人影。她坐上車，啟動引擎，再對船庫看最後一眼。她看著坡頂，看著落魄的風車，看著水波蕩漾的海面，覺得哀愁又回來了。

她趕快把車頭轉進幹道。

她駛過如今已改成避暑別墅的農場，經過棄置的黃屋，經過耶洛夫別墅的院子門。再見，再見。

再見了，彥斯。

村道左邊另有一條路，通往另一群避暑別墅，路旁有一塊長方形石灰岩插進地面，以白漆註明：岩雕藝品前方一公里，頂端立著一根鐵柱，以圖形表示此路是死巷。

尤莉亞看見這路標，想起她曾考慮今早去逛逛採石場，參觀恩斯特的雕像。

她沒有閒錢買藝術品，但她想參觀一下也好。也許她會盡量再問一些關於彥斯的問題，問恩斯特是否記得彥斯失蹤案，是否願意說明當天的去向，問問也無妨。

她一轉彎進小路，這輛福特小車子立刻蹦跳起來，左歪右斜。前進厄蘭島以來，這條是尤莉亞駛過最顛簸的路，主因無非是昨夜那場暴雨。雨水仍蓄積在輪痕，形成狹長的水池；她減慢車速，換成一檔，牛步前進，但車子照樣在泥濘中打滑。

車子把避暑別墅拋在後面，在石灰岩草原邊緣行進。小路沿著濱海道路，慢慢轉向採石場，然後打直，接近恩斯特家。恩斯特的小屋低矮，門前有一圈圓形的車道，恩斯特的白色富豪老爺車仍停在這裡。

她看不到生命跡象，只見又一塊拋光的平板岩石，豎立在圓環中間，以黑字寫著：岩雕藝品—歡迎光臨。

尤莉亞把車停在富豪後面，熄火下車，從皮包中取出薄薄的皮夾帶走。

風在高高的野草叢中嘆息。院子裡幾乎不見樹木。庭院一邊是山腰一個龐大的破洞，是採石場所在地，另一邊極目所及，只見草和零星的杜松。石灰岩草原。

她轉身，看著恩斯特家。

門關著，一切無聲。

「哈囉？」她喊著。

風颳走她的呼聲，沒人回應。

有一條佈滿碎石灰岩的寬步道通往側門，上面有個門鈴。

尤莉亞走過去按。

依然無人應門。恩斯特的車子停在門口，人會去哪裡呢？

衝動之下，她伸手開門試試看。門沒鎖，一推就開，宛如邀約客人上門。

她探頭入內。

「哈囉？」

沒人回應。燈關著，玄關陰暗。她聆聽是否有沉重的腳步聲，聽聽有無楞杖敲地板的聲響，但屋內一片寂靜。

他不在家——去找耶洛夫吧，心裡有個聲音在催促她。但她好奇心難耐。厄蘭島居民出門難道不鎖門？居民仍這麼信任彼此？

歡迎光臨。門邊的綠色塑膠踏墊寫著。尤莉亞擦擦鞋子兩三次，走進門去。

「哈囉？」她說，「恩斯特？我是尤莉亞。耶洛夫的女兒……」

玄關天花板垂掛著幾艘小木船組成的吊飾，正在風中航行。右邊是廚房，乾淨而整潔，有一小張餐桌和兩張木椅。左邊是臥房，有一張窄床，寢具整理過。

走廊通往客廳，裡面有一張沙發和一台電視機，以及一扇觀景大窗戶，能瞭望採石場和更遠的蔚藍海峽。桌上有幾疊報紙和書，但客廳裡沒人。牆上掛著六角形時鐘，以拋光石灰岩為素材，指針以石板裁製。

恩斯特家中唯一值得一提的是，岩石製品似乎只有時鐘這一項。難道是恩斯特在外接觸太多岩石了？

她退回走廊，四下再看一兩次，彷彿擔心隱形歹徒從牆壁縫跳出來攻擊她。她回到外面，謹慎關上門。

尤莉亞站在陽光下，木然不動，不知下一步該怎麼走。恩斯特．亞德福森一定在這附近：他只是忘了鎖門而已。

她望向採石場邊緣的岩雕群，一旁有漆成紅色的一小間工具室，周圍種著樺樹。工具室外面有一疊大小不等的石塊，有幾塊略有雕琢過但未完成的跡象，也有幾塊酷似畸形人，尤莉亞心想。從這些作品，她看得出扭曲的臉孔和黑眼眶，令她聯想到傳說中的醜靈。據說醜靈會拐走人類的小孩，帶小孩進深山，永遠不放人。耶洛夫曾告訴她，在過去，採石場每次發生工具失竊事件，工人總把罪賴給醜靈。工人們難以想像自己人是小偷。

她從岩雕上抽離視線，再一次望向立在採石場峭壁邊緣的岩雕成品。這裡的作品光滑，有幾座小燈塔、圓井蓋、高大的日晷、兩塊寬墓碑。墓碑上的名牌仍空著。

這裡缺了一樣東西。一字排開的岩雕之間有個很寬的空檔，尤莉亞走過去看。昨晚，在採石場另一邊的她曾看見一座狀似瑪內斯教堂的尖塔，現在獨缺這一座。採石場邊緣的砂石地面有一小淺坑。

尤莉亞緩步上前去，來到岩雕群之間的空位，採石場在她眼前越來越大，宛如偌大的空水池。

採石場這一邊只有幾碼深，但坑壁陡峭。她站在坑邊，默默瞭望這片不毛的岩石地形，陡然看見教堂尖塔就在她正下方。尖塔想必是從坑緣垂直掉進採石場，現在側躺在坑底，塔尖朝西，指向海邊。

落地的尖塔並未碎裂。

恩斯特被尖塔岩雕壓住，手腳攤開仰躺著，從坑底直瞪著天空，嘴巴淌血，全身有多處骨折。

厄蘭島，一九四五年五月

一切都變了。劇變即將降臨，外界如此，尼爾斯．坎特的人生亦然。他能從風中嗅到變局的氣息。

石灰岩草原上空的太陽比以前更潑辣，厄蘭島上的風變得更清新，空氣變得更乾淨，花朵盛開著。地上野草綠油油，尚未被盛夏豔陽烤焦。天空有幾個若隱若現的小點，漸漸變大，原來是一群燕子，像黑箭頭似地，朝地面俯衝，速度加快後又掉頭朝天飛，轉眼間再度在天上翱翔。

復仇伴隨著春天重返厄蘭島，尼爾斯．坎特能從空氣裡嗅到變局。現在他快二十歲了，終於長大成人，完全無拘無束。他人生前景大好，大事等著他去開創。他全身從頭到腳都能感受到這份契機。

尼爾斯不是小孩了，不能再來草原悄悄獵野兔。他另有計畫。他想等大戰結束後出國，去見見世面，去任何國家都行。瑪雅．尼曼住在斯坦維克的坡頂附近，他想帶瑪雅同行。他記得瑪雅的長相，時常想她。但兩人從來沒有交談過，頂多是在無旁人時見面打聲招呼。如果他再沒機會好好跟瑪雅對話，他只好單獨出國。

在這一天，他離開斯坦維克，走得比平常遠，幾乎來到厄蘭島東部。在他過大馬路之前，他射中兩隻野兔，留在樹叢底下，回家路上再帶走。他打算再獵殺一兩隻，然後才回家孝敬母親，也許回程射幾隻燕子玩玩。

草原上仍有冬雪融化形成的大池子，感覺有點像走在沼澤區，小湖到處都是。在烈日曝曬下，積水乾得快。尼爾斯穿著堅韌的大皮靴，想涉水而過的話也不成問題。他完全無拘無束，是全世界的主人。

希特勒曾想主宰全世界。他死了，大概一星期前在柏林舉槍自盡。德國玩不下去了。現在的德國人缺乏意志和體力，再也無法擊退俄軍和美軍。

尼爾斯踏著水花走出一個小水塘，撥開杜松叢穿越而過。他記得小時候喜歡希特勒；希特勒意志力堅強，令他極為景仰。

母親在客廳開收音機時，他曾抱著崇敬的心，收聽德國傳來的希特勒振聾發聵的演講。幾年來，他期待德國轟炸機飛越厄蘭島上空，一直等著戰火延燒到島上，但如今希特勒死了，德國的強權被英軍轟炸得落花流水。

德國好像不太能引人興趣了。反過來說，英國倒是讓人心癢。美國也顯得廣大，充滿希望，但已有太多厄蘭島民一去不回了；在十九世紀，有幾千人移民過去之後失去蹤影。尼爾斯想環遊世界，然後像個皇帝，風風光光回斯坦維克。

尼爾斯突然聽見了什麼聲音，雖然低沉，卻很有力。他停下腳步。

見不到野兔的跡象，但尼爾斯覺得好像……

這裡不只他一個人。

還有別人。

他聽見風送來的聲響，短短的一聲，不是鳥叫聲，也不是蟲鳴，更不是野馬蕭蕭聲。他在草原上縱橫多年，知道事物應有的相貌，有異狀也能及時警覺。目前的現象絕對不對勁。他頸背和脊骨發涼，忐忑不安。

不是野兔，而是另有不知名的東西。

狼群？尼爾斯作古多年的外婆曾講過草原野狼的故事。以前草原上有狼群。現在絕跡了。

人類？

難道有人正潛伏向他？

尼爾斯慢慢解開肩上的獵槍，以雙手握著，準備射擊，用拇指打開保險栓。益妥彈藥公司出品的兩顆子彈即將順著槍桿激射而去。

他掃視四周，這裡幾乎到處都有杜松，多數被風吹得彎曲，高度不超過一碼，但枝葉照樣濃密，視線無法穿透。尼爾斯站起來的話，可以略過樹叢，一望無際，沒人能偷偷進攻他，但他一蹲下，樹叢似乎變高了，高高籠罩著他。

剛才如果真的聽見聲響，現在他完全聽不見了。也許是想像力太豐富；單獨置身草原上的他曾有類似經驗。

尼爾斯靜靜站在草地上，一動也不動等著。他呼吸平靜，空閒多的是。野兔等得受不了，從藏身處衝出來，不顧一切，蹦蹦跳跳想逃離獵人，總會被尼爾斯等到。這時候，他只需鎮定舉槍至肩窩，瞄準棕毛茸茸的兔子，扣扳機，然後走過去，撿起微微抖動的兔屍。

尼爾斯屏息聆聽著。

他現在聽不見聲響，但這時突然來一陣微風，他嗅到一絲錯不了的汗酸味，以及沾油的布料味。隨風飄向他的是人體的臭味，可能不止一人。

附近有人，離他非常近。

尼爾斯向右轉，手指停在扳機上。

大約一碼外，杜松叢裡有驚恐的眼珠盯著他看。

對方是人，尼爾斯和對方視線相接。

在濃密的杜松影中，隱約可見一張男人臉，臉上沾著泥巴，一頭亂髮，身體趴在地上，穿著寬鬆的草綠裝。是軍服，尼爾斯認出來了。

這男人是士兵。外國軍人，沒戴鋼盔也沒荷槍。

尼爾斯舉著獵槍，覺得心臟噗噗跳，連帶震動到手指尖。他舉高槍口一兩英寸。

「出來。」他大聲說。

士兵張嘴講話，講的不是瑞典文，至少不是尼爾斯聽過的瑞典方言。是外語。聽起來像德文。

「什麼？」尼爾斯迅速回話。「你在說什麼？」

士兵緩緩舉起雙手——他的手骯髒龜裂——就在這當兒，尼爾斯發現，杜松叢下不止躲一人。士兵後面的杜松叢裡另外躲著一個男人，穿著骯髒的軍服，趴在草地上躲著。這兩人都有一種被追殺的表情，彷彿想逃離恐怖的記憶。

「請不要開槍。」最靠近尼爾斯的士兵以德語低聲說。

8

尤莉亞以恩斯特家的電話通知耶洛夫，說她發現恩斯特陳屍採石場。

耶洛夫明瞭女兒的語意，但他盡可能不要想太多，不要太激動，幾乎把心思全放在傾聽女兒的語調上。女兒的口氣當然緊繃，但沒有飽受驚嚇的意味。尤莉亞態度淡定。

「所以說，恩斯特死了，」耶洛夫說，「妳確定？」

「我是護士。」尤莉亞說。

「妳報警了沒？」

「我打急救專線，他們正要派人過來。不過，他們用不著出動救護車救恩斯特……來不及了。」她語塞。「不過，就算是意外，警方也一定會趕來。他……」

「我這就過去找妳，」耶洛夫說。話出口的同時他才下決定。「警方一定會馬上過去，不過我也想去。妳在恩斯特家的沙發坐一下，等警察上門。」

「好，我會等著，」尤莉亞說，「等你。」

她的口氣依然鎮定。

掛電話後，耶洛夫在書桌前坐了一兩分鐘，鼓足勇氣。

恩斯特。恩斯特死了。耶洛夫反芻著這事實。在今天之前，他人生中僅存兩位摯友——約翰和恩斯特。如今，他只剩一個。

他拿起枴杖，站起來。儘管他因為風濕和悲慟纏身，更加不良於行，他仍執意動身前往。他走出房間，進走廊，聽見伙房傳來歡笑聲，朝伙房走去。

玻兒和一位新來的不知名女孩站在伙房裡，顯然玻兒正在教她用洗碗機，兩人瞥見耶洛夫，玻兒對他微笑，然後見他神情有異，自己的表情霎時轉為嚴肅。

「玻兒，我非去斯坦維克一趟不行。那裡出了一件意外。我最要好的朋友過世了，」耶洛夫語氣堅定說，「一定要有人帶我去才行。」

語畢，他不移開視線，最後玻兒點點頭。她不喜歡變動日常作息，但這次她不多說什麼。

「等我兩分鐘，我載你去。」玻兒告訴他。

車子開到北轉的地方，可以從斯坦維克通往採石場，這時耶洛夫舉起一手，指向正前方。

「我們走南邊那條路。」他說。

「為什麼？」玻兒說，「你剛不是說，你想去——」

「我在斯坦維克有兩個朋友，」耶洛夫說，「一個是恩斯特，我想去通知另一個。」

她繼續往前行駛，不久來到南轉的路口，露營區的標誌被膠布遮住，意思是夏天結束了，斯坦維克露營區目前不開放。貼膠布的人是約翰．哈格曼。不貼其實也沒關係，反正現在十月了，不太可能有人帶帳篷或開露營車前來。

休業的書報攤在前方，然後是迷你高爾夫球場，有一名身穿綠色運動服的中年男子正在掃小路；車子經過時，他帶著羞怯的表情看車。這中年人是安德斯．哈格曼，是約翰的獨生子。安德斯是單身漢，很少開口，而且耶洛夫每次見他，他幾乎總穿那套邋遢的運動裝——也許他家有好幾套。

通往露營區的小路出現了。

「這裡，」耶洛夫告訴玻兒，「就是那邊那棟房子。」

他指向路邊一棟不高的小民宅，窗戶狹窄，看似衛兵哨。一輛生鏽的綠色福斯Passat停在門外，顯示約翰在家。

玻兒煞車停下。耶洛夫開門下車，倚著枴杖，幾乎在此同時，小房子的門也開了。一名身穿深藍色粗布工作服的矮男走出來，穿著襪子站在木製門階上。他頭髮灰白，打個小結，紮在頸背。他是約翰·哈格曼。每次有人來訪，他總是盡快出來。

夏季的幾個月，約翰和兒子安德斯共同經營這座露營區。安德斯多半在波爾貢過冬。約翰終年定居在斯坦維克，兒子不在時，露營區的日常維修事宜全由約翰承擔。對老人而言，這是苦差事——若非耶洛夫比他更老，耶洛夫願意幫忙他。

耶洛夫對約翰點頭，約翰也點頭回禮，然後穿上擺在門階上的一雙黑雨靴。

「耶洛夫？」約翰見他走來時說，「沒想到你會來。」

「對。出了一件意外。」耶洛夫說。

「在哪裡？」

「採石場。」

「恩斯特嗎？」約翰輕聲說。

耶洛夫點點頭。

「他受傷了嗎？」

「對。很嚴重，」耶洛夫說，「非常嚴重。」

約翰和耶洛夫的交情將近五十年。在船上共事幾年，兩人上岸後依然保持聯絡。單從耶洛夫的神情，他似乎能意會事態多嚴重。

「有沒有人在他身邊？」他問。

「現在應該有人到了，」耶洛夫說，「我女兒尤莉亞說她會打電話找人。她正在恩斯特家。昨天她才從哥特堡來。」

「好。」約翰走回屋內，再出門時，手裡多了一件羽絨夾克和一串鑰匙。「我們可以開我的車去，」他說，「等我先去交代幾句。」

耶洛夫點頭，心想，有車也好。玻兒一定想盡快回安養院，而且沒有第三者在車上，他和約翰比較容易談事情。

約翰走向兒子安德斯，停在他前面，指一指高爾夫球場，小聲說幾句。安德斯搖搖頭。約翰指著他，耶洛夫聽得出約翰提高音量。耶洛夫知道哈格曼父子關係有點緊繃——父子倆太互相依賴了。

最後，安德斯點頭，約翰搖搖頭，轉身背對著兒子。兩人吵完架了。

約翰解開自己車子的鎖，耶洛夫緩步走向玻兒，感謝她送他這一程。

「照你這麼說，恩斯特死了。」約翰坐進駕駛座，說。

「是尤莉亞的判斷。」坐在副駕駛座的耶洛夫說。他看向窗外，瞭望濱海道路下方的海邊和亮晶晶的海水。

「一塊岩石掉在他身上。」約翰說。

「一塊大岩石。是尤莉亞說的。」耶洛夫解釋。

他知道，採石場六十多年沒發生過重大意外事件——如今停業後，恩斯特竟然被岩石壓死。

「我帶了備用鑰匙，」約翰說，「以防萬一他被帶走。」

「他交代鑰匙給你？」耶洛夫說。恩斯特從未託付鑰匙給他。反過來說，他也未曾託付自己家的鑰匙給恩斯特。或許，兩人不是真的信任對方。

「恩斯特知道我不會亂翻他家東西。」約翰說。

「說不定，我們現在應該去他家翻一翻，」耶洛夫說，「我不太知道該找什麼東西。不過，我們應該看一看。」

「對，」約翰說，「情況變了。」

耶洛夫不再說話，只凝視擋風玻璃以外的前方，因為濱海道路上有輛救護車，朝著他們而來。耶洛夫從未在斯坦維克見過救護車。

救護車從採石場的方向慢慢開過來，車頂的深藍色警燈沒亮。這不是個好兆頭，但符合約翰和耶洛夫的預期。和救護車交錯而過時，約翰放慢車速，然後轉彎駛上通往村子的北路。

「今年夏天，他的作品銷路真的很不錯，」約翰過一會兒後說，「我們拿這事開了一點玩笑，說恩斯特的顧客比我網到的魚還多。」

耶洛夫只點點頭；目前沒什麼話好說。恩斯特的死訊仍宛如肩頭上的重擔。

約翰轉進一條窄路，前進採石場上方的高地。耶洛夫看得出，有幾輛車的輪痕印在泥地上。恩斯特和尤莉亞的車分別停在前面，車子後面停了兩輛警車，另外有一輛私家車——亮晃晃的藍色富豪車，車子旁邊站著一名男子，戴著小帽，相機垂掛在腹部上。

「邦特．尼伯格又買新車了。」耶洛夫說。

「報社編輯的收入大概不錯吧。」約翰說。

「是嗎？」耶洛夫說。約翰這時把車子開來岩雕藝品—歡迎光臨的招牌邊，熄火停車。

耶洛夫下車，顯得有點吃力；最近疏於上下車的他，僵硬如常的手腳對他提出抗議。他用枴杖穩住重心，打直腰桿，以下巴指向《厄蘭島郵報》的北部版編輯。邦特．尼伯格信步走過來，一手壓著照相機。

「救護車剛載他走了。」尼伯格說。

「我們知道。」耶洛夫說。

「我也錯過了。我剛拍了幾張警方的照片，也拍了下面那個大記號，不過，報社大概不能刊登。取決權當然是在波爾貢分社手裡。」

聽他的口氣，好像他今天拍照的新聞事件是車子跌進溝渠或窗戶被人敲破似的。尼伯格一向粗神經，耶洛夫心想。

「最好別登。」耶洛夫說。

「屍體是誰發現的，你知道嗎？」尼伯格邊說邊按相機上的一個按鈕。底片呼呼倒轉起來。

「不知道。」耶洛夫說。

他開始慢慢走向採石場邊緣。尤莉亞在哪裡？

「回家寫新聞稿吧，邦特。」在耶洛夫背後的約翰對編輯說。

「也好，」尼伯格說，「欲知詳情，你們明天看報紙就知道。」

他走向新車，上車發動。

耶洛夫走過恩斯特家和工具室，繼續往前走向採石場，離邊緣幾碼時，一名穿制服的警官正想從採石場爬出來。他一腳先蹬上邊緣，上來後彎腰，拉另一名較年輕的警官上來。然後，他氣喘吁吁看著耶洛夫。他不認識耶洛夫和約翰。這兩名警察一定是從波爾貢或內地趕來的。

「兩位是親屬嗎？」較年長的警官問。

「老朋友，」耶洛夫回答，「他的家屬住在斯摩蘭省。」

警官點點頭。「這裡沒什麼好看的。」他說。

「是意外嗎？」

「是工作意外。」警官說。

「他去崖邊想搬雕像，」較年輕的警官指向邊緣，砂石地上有個小凹痕。「他站在這裡，一定是抱住雕像了，然後……」

「他不是踩滑了，就是一步沒站穩，摔下去，被雕像壓到。」較年長的警官說。

「想必是一瞬間就走了。」較年輕的警官說。

耶洛夫再往前一步，倚著枴杖。現在他一目瞭然了。

恩斯特最大一尊岩雕——教堂尖塔——平躺在採石場裡，墜落地點一看就知道，因為坑底的砂石上有個深痕。

恩斯特留下的一絲跡象。耶洛夫急忙轉移視線，望向採石場，但他這時想到，這片山腰遭摧殘多年，開採出無數墓碑和墓石，他讓視線飄得更遠，望向海邊和海水，然後心頭才總算舒坦點。

接著，他改看右側的崖邊，上面並排著幾尊雕像。恩斯特每隔幾碼擺一尊，但那邊有個較寬的空檔……耶洛夫走過去。

另有一尊雕像掉下去了，比尖塔小，掉在坑底，他看得見——橢圓形，可能是蛋，也可能是醜靈的頭。和教堂尖塔岩雕不同的是，這一尊摔裂成兩半。

耶洛夫轉身，慢慢走，以免在不平坦的砂石上跌跤。他開始走向恩斯特家。

「尤莉亞‧大衛森還在嗎？」他問警官。警官正在查看恩斯特的工具室，裡面塞滿鐵鎚、獨輪推車、一輛飛機舊岩雕，另有更多尺寸不一的雕像。

「她和亨利克森在屋子裡。」較年長的警官回答，指向恩斯特家。

「謝謝你。」

家門開著一小道縫，照這麼看，約翰已經進門了。耶洛夫費力踏上不高的門階，然後在踏墊上擦擦鞋底，最後推開門。

門口有幾雙戶外鞋擋到他的路，他用枴杖掃走才進得去。彎腰脫鞋是他辦不到的事，所以他穿著鞋子，繼續走進狹窄的玄關。牆上掛著裱框的採石照，主角是拿著鋤頭和鏟子的老採石工。

他聽得見前方有人在低聲交談。

約翰站在大客廳的窗前，看著窗外。尤莉亞和一名穿制服的警官坐在沙發上；這位警官有點年紀，進屋子後脫帽以示禮貌。

耶洛夫對警官點頭。「哈囉，雷納特。」

雷納特・亨利克森在警界服務將近三十五年了，整個厄蘭島北部都歸他管轄，但他家住瑪內斯鎮北邊，派出所位於港口旁邊。他的頭髮灰白，退休日正緩緩接近。通常他表情相當無精打采，制服裡的寬肩下垂，但此刻，在尤莉亞身旁的他坐得抬頭挺胸。

「哈囉，船長。」亨利克森對耶洛夫說。

「嗨，爸。」尤莉亞輕聲說。

這是她多年來首次喊爸爸，耶洛夫因此明白女兒心神不寧。他慢慢走過去，在茶几前站住。

「過來坐下吧？」雷納特說。

「我還可以，雷納特。我偶爾需要運動一下。」

「你氣色不錯嘛，耶洛夫。」

「謝謝你。」

氣氛僵了一陣。大家背後的約翰這時轉身離開，不發一語。

「尤莉亞剛告訴我，她是你女兒。」雷納特說。

耶洛夫點點頭，又無言以對。

「救護車走了嗎？」尤莉亞看著耶洛夫說。

「對……約翰和我在路上遇到了。」

尤莉亞點頭。「所以說，他走了。」

「對。」他看著雷納特．亨利克森。「有醫生來嗎？」他問。

「有。一個年輕的波爾貢醫生……我不認識。他只證實事發經過。」

「他說是意外？」耶洛夫說。

「對。然後他就走了。」

「可是，恩斯特昨晚躺在外面淋雨。」耶洛夫說。

「對，」雷納特說，「事情一定是發生在昨天晚上。」

「所以現場沒有血跡，」耶洛夫說，「我猜所有微物證據全被洗掉了？」

為什麼問這些問題，問了又能怎樣，他自己也不太清楚，只猜自己是自以為了不起。他心想，自以為了不起的需求，可能是人老時最後消失的一種心理。

「他臉上有血，」尤莉亞說，「一點點血跡。」

耶洛夫點頭。玄關傳來叩叩叩的腳步聲，較年輕的警官探頭進客廳。

「我們辦完了。雷納特，」他說，「我們要走了。」

「好。我想再待一會兒。」

「由你作主。」

年輕警官語帶一點類似敬意的口氣，耶洛夫心想。也許是念在雷納特服務警界的資歷，也許他有一個因公殉職的警察父親。

「開車小心點。」雷納特說。警官點頭後離開。

約翰站在他身後，拿著一個褐色大皮夾。他遞給耶洛夫、尤莉亞和雷納特。

「三千兩百五十八克朗，賣岩雕的收入，」約翰說，「錢放在廚房最下面的抽屜，藏在塑膠袋下面。」

「就交給你看管吧，約翰，」雷納特說，「錢留在空屋裡是傻子才會做的事。」

「我可以收著，等親屬過來分遺產。」耶洛夫伸手說。

約翰似乎如釋重負，把皮夾交給他。

客廳再度沉默下來。

「好，」雷納特最後說。他彎腰向前，從沙發起身時略顯吃力。「我想我也該走了。」

「謝謝你剛……」尤莉亞仍坐在沙發上，思索著該謝什麼。「……謝謝你趕來。」

「不客氣。」雷納特端詳著她。「發現意外命案現場的人心裡不好過。當然，這些年來我遇到過幾次。感覺相當……寂寞。無力感。」

尤莉亞點頭。「還好我現在比較舒服了。」

「那就好。」雷納特戴上小帽。「我在瑪內斯有個辦公室。有事歡迎妳來找我。」他看著約翰和耶洛夫。「你也一樣，當然。隨時歡迎各位。可以麻煩你們鎖門嗎？」

「交給我們。」耶洛夫說。

雷納特．亨利克森點頭道別後出門。

屋裡的人聽見車子啟動後徐徐遠去。

「我們一會兒後也該走了。」耶洛夫對尤莉亞說。他把恩斯特的皮夾塞進自己口袋，然後看著約翰。「可以陪我去外面一下嗎？」他問。「我只想帶你去看一個東西……我剛在外面注意到的現象。」

「我可以跟著去嗎？」尤莉亞說。

「沒必要。」

出門後，約翰讓耶洛夫帶頭走。耶洛夫半身斜倚枴杖，走下門階，踏上砂石地，繞過屋角，朝採石場邊緣前進。

「你想帶我去看什麼？」約翰問。

「就在崖邊，我進屋裡之前才留意到……這裡。」

耶洛夫對著坑底指向一個抛光的雕像。這岩雕看似一顆大蛋，也像一顆奇形怪狀的頭，碎裂成一大一小的兩塊。

「你認得出來吧？」他對約翰說。

約翰慢慢點著頭。「是恩斯特取名為『坎特岩』的那一尊，」他說，「開玩笑的說法。」

「被人推下去的，」耶洛夫繼續說，「對不對？」

「對，」約翰贊同，「看起來是。」

「這一尊，夏天還立在房子後面。」耶洛夫說。

「上禮拜我來這裡時，它立在這裡，」約翰說，「我敢確定。」

「是被恩斯特故意推下去的。」耶洛夫說。

「八成是。」

兩名老友對看著。

「你有什麼想法？」約翰問。

「我不太清楚。」耶洛夫嘆氣。「我不清楚。不過我認為，尼爾斯・坎特可能回來了。」

9

尤莉亞刻意泡濃咖啡給兩位慟失好友的老男人喝。恩斯特的白瓷茶具上面畫著厄蘭島的黃太陽，尤莉亞借來用，在兩人離開之前各讓他們喝一杯。她終於擺脫了自己是廢物的感覺。約翰和耶洛夫坐在沙發上，輕聲聊著恩斯特。

他們只聊著瑣碎的往事和片段回憶，通常無特定用意。談談恩斯特剛搬來厄蘭島時，在採石場是新手，常犯哪些錯誤。談談恩斯特年老後創作的精美岩雕。尤莉亞這才明瞭，恩斯特除了戰時在波羅的海航海幾年外，成年後一直與岩石為伍。採石場在一九六〇年代倒閉後，恩斯特獨自走下去。採石場開採出來的岩石如果被退貨棄置一旁，他會撿來回收，雕鑿拋光，塑造藝術品。

「他熱愛這座採石場，」耶洛夫望著窗外說，「我相信，假如他當年有錢，他一定會向朗維克[4]的袞納・隆耶爾頂下這一座採石場；他不想搬去別的地方住。什麼樣的岩石該怎麼切割運用，他全曉得。」

「墓碑沒有人比恩斯特做得更好，」約翰說，「不信去瑪內斯的教會墓園走走，不然去波爾貢也行。」

尤莉亞坐著不吭聲。恩斯特茶几上有一疊以本地為主題的舊書，她默默盯著書。她也在聽約

---

[4] Långvik，作者虛構地名。

翰和耶洛夫的對話，但她難以淡忘恩斯特陳屍的景象。

先前，率先趕到現場的警官是雷納特．亨利克森。他盡速從車上帶毯子過來，蒙住恩斯特，帶她進房裡，守著她，話不多，讓她心安。彥斯失蹤那天之後，她聽過太多空泛的安慰語，全是不請自來的言語。

「妳能開車載我回去嗎，尤莉亞？」耶洛夫問。這時咖啡喝完、故事也講完了。

「當然。」

她起身進廚房洗咖啡杯，幾乎被耶洛夫剛才的問題惹惱。

我發現有人被一塊岩石壓住，她想著，他嘴巴流血，眼珠子蹦出眼眶。但我又不是沒見過血，又不是沒見過死屍。比這更恐怖的經驗我又不是沒有過。

她想了又想，突然回憶起一件可能很重要的事，趕緊轉身面對父親。

「他要我代轉一個口信給你，」她說，「我忘了講。」

耶洛夫抬頭看她。

「是恩斯特，」她解釋著，「我昨天到斯坦維克時，在別墅外面遇到他。他叫我轉告你一件事……是他臨走前說的。」她歇口，努力回想著。「好像是，最重要的是拇指，而不是手。」

「拇指最重要？」耶洛夫說。

尤莉亞點頭。「他指的是什麼，你知道嗎？」

耶洛夫搖搖頭，若有所思。他看著約翰，「你懂嗎？」

「沒概念，」約翰說，「該不會是哪門子的諺語吧？」

「總之他是這麼說的。」尤莉亞說，然後進廚房。

尤莉亞開著福特車，送耶洛夫回露營區，約翰開自己的車跟進。灰雲已飄來，籠罩卡爾馬海峽，太陽如今被遮蔽了。那個在老人們口中曾經繁榮的斯坦維克，那個人們一年到頭辛勤工作、每棟房產和每一條小徑都有自己名字的那個斯坦維克現在回去睡回籠覺了。所有民宅都成了空屋，全封閉起來，風車不再旋轉，海峽裡也不見捕鰻籠。

尤莉亞轉彎，停進迷你高爾夫球場旁，約翰也停車，走向他們。耶洛夫搖下車窗，約翰看著尤莉亞：

「好好照顧妳爸。」

這是約翰．哈格曼首度正面對她開口，她忽然發現。

尤莉亞點點頭。「我盡量。」

「保持聯絡，約翰，」她身旁的耶洛夫說，「如果看見任何人……任何陌生人，一定要通知我。」

陌生人，尤莉亞心想。她憶起一九五〇年代的一件童年往事。夏天，有個笑容燦爛的黑人出現在斯坦維克，完全不通瑞典語，英文也菜，提著一個行李箱，挨家挨戶敲門，嚇得村民鎖門拒開——後來終於有人鼓起勇氣問他想做什麼。原來，黑人根本不是什麼強盜，他只是肯亞來的基督徒，想推銷《聖經》和聖歌集。斯坦維克民眾不喜歡陌生人。

「改天再聊。」約翰．哈格曼說。

尤莉亞看著他走向他家。他拿起掃帚，好像掃帚是他最珍視的財產似的，然後走向高爾夫球場，又對著兒子安德斯招手。

「約翰經營這座露營區二十五年了，」耶洛夫告訴尤莉亞，「現在責任落在安德斯身上，可是安德斯成天像在夢遊，所以掃地、補漆的工作還是得由約翰處理，不然整個露營區會大亂……他不應該自我要求這麼高，可是他不聽我勸告。」

他嘆一口氣。

「沒事了，」他說，「我們可以開車回別墅了。」

尤莉亞搖搖頭。「送你回安養院才對吧。」她說。

「我真的想看一看別墅，」耶洛夫說，「今天有一個這麼優秀的專車司機，不把握怎麼行？」

「時候不早了，」尤莉亞說，「我本來打算今天回家……」

「急什麼急呢？」耶洛夫說，「哥特堡又跑不掉。」

後來，尤莉亞不記得是她或耶洛夫提議在別墅過一夜。

可能是，耶洛夫不脫外套，走進客廳，一屁股在唯一的扶手椅坐下，沉沉嘆一口氣，當下決定過一夜。也可能是，尤莉亞出去路上，打開井蓋底下的止水栓，接通廚房裡的電源，這才決定過夜。也可能是，她開燈，啟動電暖器，泡兩杯接骨木花茶，然後才決定留下。無論決定的關鍵何在，父女倆在無言中達成默契，決定今晚在斯坦維克過夜。尤莉亞開啟手機，好讓耶洛夫打電話通知安養院他今晚不回去。

打完電話，耶洛夫出去院子裡散步。

「沒見到老鼠。」他回屋裡心滿意足地報告。

這棟避暑別墅裡的房廳格局小，採光不佳，她遲疑地看著，感覺像置身博物館中。她的生命史有一部分留存在這裡，最遠可溯及童年，但如今恍如往昔全被鎖進玻璃櫃裡面。

這棟別墅裡有什麼好看的？不多。五個窄小的房廳，家具被白布覆蓋防塵，六張毫無寢具的窄床，小廚房裡有一扇小窗戶，死蒼蠅趴在玻璃上，宛如草體字。屋角有一座書架。牆上掛著一張厄蘭島北部的舊航海圖，被曬得褪色。櫃子上有一張裱框的六〇年代黑白照，拍到笑得勉強的尤莉亞，一旁是姊姊蓮娜。除此之外，整棟房子幾乎缺乏私人物品，猶如一棟出租別墅。

木製地板上沒有地毯，走在上面冷若冰霜。尤莉亞印象中的童年事物幾乎蕩然無存。

然而，私人物品不只那張舊照。尤莉亞來到童年睡的房間，拉開書桌最下面的抽屜，竟發現一張裱框的相片，裡面是一個被曬得紅通通的小男童，穿著白棉上衣，對著鏡頭羞赧微笑。多年來，這張相片擺在書桌上，如今卻被人藏進抽屜去。

尤莉亞把相片歸回原位。她細看著失蹤兒子的留影，渴望紅酒的滋潤；喝幾杯能暖和身心，有助於她遺忘，也能讓這棟房子更適合她逗留。但她不願讓耶洛夫看見她貪杯。

耶洛夫似乎沒注意到她的心情；他慢慢在屋子裡走來走去，彷彿這裡才是他真正的家。其實也算是。退休後，他每年夏季和每週末都來這裡住，先是帶著愛妻艾拉，後來就尤莉亞印象所及，他一直獨居。夏天，兩個女兒從內地過來度假幾星期，她記得離開時見他站在院子門邊揮別。

現在不是夏天，而且我馬上就得走，尤莉亞心想。她這時拿著車子鑰匙，站在門旁邊，但她對耶洛夫說出口的卻是：

「蓮娜和我以前來這裡時……我都睡上鋪。」

耶洛夫點點頭。「大家來這裡度假時，這房子不夠大，不過我記得倒沒有人發牢騷。」

「對。我只記得所有親戚都來，住整個夏天，感覺很棒……我印象裡，天天都出大太陽，」尤莉亞邊說邊看時鐘。「不過我們該上床了……」

「已經想睡了？」耶洛夫說著伸手，把背後牆上的航海圖扶正。「妳不想多問幾個問題嗎？」

「問題？」尤莉亞說。

「對……」耶洛夫撤掉客廳扶手椅的防塵布，摺好。「儘管問吧。」他說。

他緩緩坐下，就在這當兒，手機響了。尤莉亞剛才把手機放在夾克口袋裡，夾克吊在陰暗的玄關。

在靜謐中，嘟嘟電子音聽起來不太協調，她急忙過去接聽。

「喂，我是尤莉亞。」

「嗨。妳好嗎？」是蓮娜——全世界大概只有她知道尤莉亞的電話號碼。「妳到了沒？」

「到了……嗯……對，我到了。」

尤莉亞該怎麼說呢？她瞥見黑漆漆的窗戶映著她不安的表情，不太想對姊姊報告今天發生的事——彥斯的涼鞋和採石場命案。「一切都好。」她最後說。

「妳有沒有見到耶洛夫？」

「見到了……我們正在別墅裡。」

「在斯坦維克那棟別墅？」蓮娜說，「你們該不會想在那裡過夜吧？」

「是啊，」尤莉亞說，「我們已經開通自來水和電源。」

「不能讓爸著涼啊。」蓮娜警告。

「他不會著涼的，」尤莉亞說，覺得丟臉，隨即因為自覺丟臉而感到丟臉。「我們只坐著聊天……妳找我有什麼事？」

「呃……是車子的事。瑪莉卡來電說，下週末在達爾斯蘭有個戲劇研習營，她想開那輛去，我說可以……反正，妳不會一直待在厄蘭島吧？」

「我打算多待一陣子。」尤莉亞說。

瑪莉卡是蓮娜丈夫理查和前妻生的女兒。尤莉亞本以為，瑪莉卡和蓮娜感情不睦，但照姊姊這麼說，繼母女現在和好了，好到姊姊可以幫瑪莉卡向尤莉亞借車。

「待多久？」

「很難講……幾天吧。」

「對，給個數字嘛……三天？」蓮娜說，「所以，妳禮拜天會把車子開來這裡？」

「禮拜一。」尤莉亞趕快說。

無論蓮娜提議哪一天，她會多拖一天。

「那就早點來吧。」蓮娜說。

「我盡量，」尤莉亞說，「蓮娜……」

「那就好。代我向爸問候。再見。」

「蓮娜……把彥斯相片收進抽屜的人是不是妳？」尤莉亞趕快說。

但蓮娜已經掛電話。

尤莉亞嘆一聲，關掉手機。

「是誰啊？」扶手椅上的耶洛夫問。

「你的另一個女兒，」尤莉亞說，「她要我問候你。」

「啊哈，」耶洛夫說，「她是不是叫妳回家？」

「對。她想檢查我乖不乖。」

尤莉亞在耶洛夫的斜對角坐下。添了蜂蜜的接骨木花茶半涼不熱，幾乎冷掉了，但她照喝不誤。

「她是不是在擔心妳？」耶洛夫說。

「有點吧。」尤莉亞說。

總之是擔心車子，她在心裡嘀咕。

「這裡比哥特堡安全。」耶洛夫微笑說。

但隨後，他似乎想起今早在採石場發生的事，收起笑臉。他看著地板。尤莉亞也不講話。別墅裡的氣溫徐徐上升。窗外的夜色漸深；快九點了。尤莉亞納悶，這別墅裡有被單嗎？一定有吧。

「我不怕死，」耶洛夫突然說，「年輕時，出海時，好多年來，我一直怕死——唯恐船擱淺，或撞上水雷，遇到暴風雨——不過，現在我年紀太大了……何況，艾拉住院以後，以前怕的東西很多都消失了。那年秋天她失明了，慢慢脫離我們。」

尤莉亞點頭不語。她也不願想起母親之死。

那年九月那一天，彥斯之所以能蹺家迷失大霧裡，主因有兩個。一是，耶洛夫不在家。二是，下午兩三點，彥斯的外婆艾拉躺著躺著睡著了。那年夏天，艾拉時時喊累，平日的活力一點一點流失。當時大家覺得完全無法理解，但隔年經醫師診斷，真正病因是糖尿病。

彥斯失蹤後，過幾年外婆過世了。因為那天睡著的事，她哀慟加自責，身體狀況一日不如一日。

「人老了，死神變得有點像朋友，」耶洛夫說，「至少也算是點頭之交。為避免妳以為我沒法子接受事實，我要妳知道……我能接受恩斯特去世的事實。」

「好。」尤莉亞說。

但她其實沒空關心耶洛夫的心境。

「日子還是要過下去。」耶洛夫說著喝茶。

「沒辦法也要想辦法。」尤莉亞說。

兩人沉默一兩分鐘。

「你剛是不是希望我問你什麼事？」尤莉亞終於說。

「對。儘管問。」

「哪方面的事？」

「呃……採石場不是有個圓圓的雕像被推下去嗎？妳想不想知道那雕像名叫什麼？」耶洛夫看著尤莉亞。「那個四不像的岩雕……波爾貢來的警官也許問過妳？雷納特．亨利克森也問過吧？」

「沒有，」尤莉亞說。她思索一下。「他們好像根本沒看見；他們的重點比較遠一點，聚焦在教堂尖塔岩雕上，而且……」她停嘴。「我本來也沒多想到那一座。那一座有什麼特別的地方嗎？」

「或許有，」耶洛夫說，「不過，主要是名字。」

「到底取什麼名字嘛？」

耶洛夫深吸一口氣，靠向椅背，長長吁氣。

「恩斯特對那作品不太滿意……」耶洛夫說，「雕到一半，岩石裂開了，他覺得後來雕不太順手，乾脆把它叫做『坎特岩』。指的是尼爾斯．坎特。」

耶洛夫看著尤莉亞，彷彿她應該有所反應，但她不明白有什麼好反應的。

「尼爾斯．坎特。」她說。

「妳聽過這姓名吧？」耶洛夫問，「妳小時候，有沒有聽人提起過？」

「沒印象，」尤莉亞說，「不過，我不知道在哪裡聽過坎特這個姓。」

父親點點頭。

「坎特家族在斯坦維克定居，」他告訴女兒。「家族裡出了尼爾斯這個敗類……不過，戰後妳出生時，他已經不在島上了。」

「這樣啊。」

「他離開了。」耶洛夫說。

「尼爾斯．坎特到底做了什麼傷天害理的事？」尤莉亞問，「是不是殺了人？」

厄蘭島，一九四五年五月

尼爾斯．坎特站著，舉起霰彈槍，對準兩名外籍軍人，手指停在扳機上。風聲、鳥鳴和草原上所有聲響全平息了。景物朦朧起來，尼爾斯只看得見獵槍的雙管，槍口一直鎖定眼前的兩個目標。

軍人彷彿聽得懂命令，慢慢站起來。他們的腿似乎無力，抓著草才有力氣爬站。站好後，他們高舉雙手。但尼爾斯不放下槍。

「你們來這裡幹什麼？」他問。

兩人茫然注視他，雙手朝天，不回答。

站在前面的一個往後退半步，撞到後面那 人，停止動作。他外表比後面那人年輕，但兩張臉都佈滿灰土和泥濘，也有微微的黑鬍碴，實際年齡無法判定。兩人的白眼球佈滿血絲，眼睛看似百歲人瑞。

「你們是哪裡來的？」尼爾斯問。

不回答。

尼爾斯向下瞄一眼，不見士兵帶背包或槍械。他們的灰綠色制服膝蓋處快磨破了，接縫也脫線，前面的一個在長褲膝蓋上方有條大裂縫。

尼爾斯雖然舉著槍，心情卻無法鎮定。他盡量以鼻子慢慢吸氣呼氣，以免手臂不穩導致獵槍歪斜。他的耳上方好像多了一個隱形鐵環，漸漸勒緊他的頭，頭痛得缺乏清晰思考能力。

「不要開槍。」前面的士兵再以德文說。

尼爾斯聽不懂，但他認為，這語言和收音機裡的希特勒很接近。這表示，他們是大戰來的德軍。他們怎麼會跑來這裡？

坐船來的，他猜。他們一定是划船橫渡波羅的海。

「你們……跟我走。」他說。

他一字一字慢慢講，好讓士兵聽懂。這裡應該由他發號施令才對；畢竟舉著槍的人是他。

他對著軍人點頭。

「你們懂我說的話嗎？」

即使他們聽不懂，開口講話有助於他排除恐懼，比較能對抗腦殼裡的麻痺症。尼爾斯能帶他們去斯坦維克；他可望成為英雄。村裡的人怎麼想，並不重要，母親能引以為榮就好。

站在前面的士兵也點頭，慢慢放下手。

「我們想去英國，」士兵用德文說，「我們想投奔自由。」

尼爾斯看著他。整句話，他只聽得懂「英國」，因為這字的發音和瑞典文相同，但他確定他們不是英軍。他多少確定他們是德國人。

後面的士兵放下一手，伸向口袋。

「不准！」

尼爾斯心臟狂跳，張開嘴巴。

士兵伸手進口袋，雙手的動作太快，尼爾斯看得目不暇接，非採取行動不可，於是他說：

「舉起……」

轟然巨響淹沒了接下來的言語。獵槍抽動一下。

硝煙從槍管陣陣飄出，一時之間遮蔽眼前的兩人。

尼爾斯其實無心開槍。剛才他為了讓槍口向上，握槍的手稍微緊了一些些，沒想到獵槍竟然走火，一群霰彈直衝而出，前面的士兵應聲倒地，彷彿被防色狼辣椒噴劑射中。

在尼爾斯眼中，前面的士兵宛如煙裡的影子，一個倒地抽抖著、躺在草地上的影子。

煙散後，萬籟俱寂，倒地的軍人仍側躺著，夾克殘破。最初幾秒，他似乎全身無傷，但隨即鮮血從破布滲流出來，形成逐漸擴散的黑水灘。士兵閉著眼睛，看起來奄奄一息。

「可惡……」尼爾斯低聲自言自語。

完了。他射中了士兵——更糟的是，他射錯人了。伸手進口袋的不是前面這一個，倒地淌血的卻是他。

尼爾斯對著人類開槍，把他當成野兔來射；射中士兵的人是他，不是別人。

倒地士兵緩緩眨眼，吐氣，但再也不吸氣。他的制服沾滿血。他的視線四處遊走，來來回回，最後不再動，定睛注視著蒼天。

剛伸手進口袋的士兵站在他後面，嘴巴抿成一條細線，目光呆滯。他傻傻站著不動，左手拇指和食指掐著一個東西。槍響前，他伸手進口袋掏的正是這物品。

不是槍，體積比槍小，看起來像深紅色小石子，儘管草原上空不見太陽，這東西仍爍爍發光。

尼爾斯握著槍，士兵握著小石子，兩人的視線都不下墜。

射中人了，射死人了。最初的恐慌感退潮後，一股冷冰冰的鎮靜充滿心胸。尼爾斯穩住心情了。

尼爾斯吐氣，朝士兵邁出一步，下巴指向小石子。

「東西給我。」他鎮定說。

10

尤莉亞問尼爾斯・坎特是否殺過人，耶洛夫不回答。他僅僅指向她背後，指向窗外的黑夜。

「坎特家族以前就住那下面，」他說，「住在那棟黃色大房子裡。我們建這棟別墅前，他們已經住很久了。」

「我記得小時候，有個老太婆住那間。」尤莉亞說。

「她是尼爾斯的母親薇拉，」耶洛夫說，「她在七〇年代初去世了。在那之前，她獨居了好多年。她是富婆……她家族在斯摩蘭開一間鋸木廠，自己在海岸也擁有很多地，不過我認為她從來沒因為自己是有錢人而開心。我猜她的親戚還在為了爭遺產而爭吵，因為那棟房子被擱在哪裡，快倒塌了。或者，可能沒人敢住那。」

「薇拉・坎特……」尤莉亞說，「我對她只有模糊的印象。她不太受歡迎，對吧？」

「對，她個性太拗了，而且常抱著宿怨不放，」耶洛夫說，「假如妳外公對她做了一件不公道的事，她會恨妳母親，恨妳，連妳家的狗也一起恨，恨到妳死為止。薇拉很固執，個性也高傲。她丈夫一過世，她馬上改掉夫姓。」

「她也從來不進村子去？」

「對，薇拉是個隱士，」耶洛夫說，「她多半坐在家裡，渴望兒子回來。」

「他到底做了什麼壞事？」尤莉亞再問。

「很多……」耶洛夫說，「他小時候，村民懷疑他在海邊把弟弟溺死了。顯然，事情發生時，只有尼爾斯和弟弟兩人在場，事後尼爾斯發誓是意外……所以，我們永遠不知道那件事的真相。」

「你們是朋友？」

「沒有，沒有。他比我小幾歲，我長大不久就離鄉出海了。所以，在他小時候，我幾乎沒有見過他。」

「他長大以後呢？」

耶洛夫本想笑，但話題如果牽涉到尼爾斯．坎特，就沒什麼好笑了。

「他長大以後絕對沒見過，」他回答。「我說過，他離鄉了。」耶洛夫抬手指向客廳角落的窄書架。「那邊有本關於尼爾斯．坎特的書。至少有一部分寫他。書放在從上面數下來的第三層，黃書脊，很薄。」

尤莉亞起身，走向書架，找了一會兒，終於從第三層取出一本書。她讀出書名。

「《厄蘭島刑案》？」

她以質疑的目光看著耶洛夫。

「這一本，沒錯，」他說，「邦特．尼伯格的地方版同事幾年前發表的。妳讀讀就能解開多數疑問。」

「好。」她看時鐘。「可是今晚不行。」

「對。該睡覺了。」耶洛夫說。

「我想睡我以前的房間，」尤莉亞說，「你不介意的話。」

他不介意。耶洛夫選隔壁臥房，也就是他和艾拉同床多年的那間。原有的雙人床不見了，換成兩張新床。耶洛夫上廁所時，尤莉亞幫他鋪好其中一張床；父親已無力鋪床了。

鋪完床，尤莉亞回自己房間，耶洛夫脫到只剩衛生褲和T恤，然後上床。和他最近睡習慣的床墊對比，這彈簧床墊比較硬。

他在黑暗中躺一會兒，想著事情，然而，安養院不像家，這棟別墅也不見得仍有家的味道。當初承認自己老了，無法在斯坦維克獨居，所以搬到瑪內斯安養院，不啻為邁出一大步，但也許當初的決定是正確的。至少他不必再洗餐具，不必再自行泡咖啡。

耶洛夫聆聽風吹樹聲一陣子，然後睡著。夜裡，他夢見自己躺在採石場的一床硬石上。

夜空是深藍色，颳著風，但說也奇怪，地面依然瀰漫著一層薄霧。

恩斯特．亞德福森站在崖邊，黑眼窟瞭望著採石場。

耶洛夫張嘴想問，推岩雕下去的人是不是他，如果真是他，用意到底何在——但這時有人沉聲講一句話，令恩斯特轉身。

「全是我殺的。」

講話的人是尼爾斯．坎特。

「耶洛夫……你外孫託我問候你。」

尼爾斯．坎特帶著冒煙的獵槍，從草原漫步而來，現在站在恩斯特家的屋角附近，不久即將過來。耶洛夫抬頭屏息，充滿期待，終於能見識尼爾斯．坎特長大後變老的模樣了。他禿頭了嗎？或是滿頭灰白髮？是不是滿臉大鬍子？

然而，轉身消失在屋角的人卻是恩斯特。他悄悄遁入薄霧，宛如一艘靜悄悄的鬼船。耶洛夫對著他背後呼喚，但他已經走遠。

耶洛夫終於醒來時，慟失恩斯特的感覺令他身心癱瘓。

翌晨，在車上，耶洛夫對尤莉亞說：「左轉。」

尤莉亞看他一眼，然後煞車。

「我們不是要去瑪內斯嗎？」她問，「不是要回安養院？」

「過一會兒就回去。暫時不要，」耶洛夫說，「我想先在斯坦維克喝一杯咖啡。」

尤莉亞盯著他看了幾秒鐘，然後向左轉。車子朝濱海道路往回走。耶洛夫不由自主望向自家的船庫，以確定沒有窗戶被砸破。

「再左轉，」他說，指向濱海道路旁的一棟民宅。「我們去那裡。」

尤莉亞煞車，不查看有無來車，甚至不看後照鏡就穿越馬路。

駛向民宅前準備停車時，尤莉亞說：「有個老太太住這裡。我前天見到她……」她接著說：「她帶狗出來散步。」

「她沒那麼老啦，」耶洛夫說，「我敢說，艾絲翠．林德爾才差不多六十七歲，也可能六十八。她最近才退休……在波爾貢行醫好多年。不過，她在這裡長大。」

「她全年定居斯坦維克嗎？」

「現在是。我從避暑別墅搬走了，不過艾絲翠守寡後反其道而行。她搬進她的別墅住。」耶洛夫開車門，身體在座椅上扭動時，四肢一陣痛。他嘆氣。「當然，她的身體比我好一點。」

耶洛夫勉強把腳盪下車，尤莉亞下車繞過來扶他，他才有辦法站起來。他匆促點頭一下，表達謝意，然後兩人一同走向艾絲翠家。

「我回斯坦維克時，總假裝所有的房子裡都有人住，不分四季，」耶洛夫說，東看西看。「有時候，我以為別墅裡的窗簾在動。在村道上，眼角能察覺小動作，可以看見影子走來走去……用眼角看，最能清楚觀察到幽靈。」

尤莉亞不回應。

院子以矮牆圍成，有一道木門，尤莉亞伸手打開。庭院裡無人，但擺著家具。門前有一座石灰岩矮陽台，有一張小塑膠桌，周圍放著四張白色塑膠椅，旁邊立著一尊灰瓷小玩偶，是個穿著綠帽兜的北歐地精，永遠微笑凝望著海灣。

電鈴甚至還沒按，屋裡就傳出激動的狗吠聲。

「安靜，威利！」婦人喊著，但狗不理。

門打開時，從屋裡竄出一個像白棕色閃電的小東西，衝過來繞著尤莉亞和耶洛夫的腳團團轉，耶洛夫不得不抓住女兒，以免失去重心。

「別鬧了，你這條笨狗！」艾絲翠又吼。

她出現在門口，白髮的她身形嬌小，在耶洛夫眼裡是個大美人。

「哈囉，艾絲翠。」

艾絲翠揪住獵狐㹴的狗繩，緊緊扣住，然後抬頭。

「哈囉，耶洛夫，你回家了嗎？」旋即，她看見尤莉亞，趕緊問：「天啊——你帶了新女友回來呀？」

雖然豔陽高照，吹拂島上的秋風仍直吹不捨而且寒徹骨。儘管如此，艾絲翠．林德爾在陽台擺桌，準備晨間咖啡，取毛毯給耶洛夫禦寒，自己多加一件綠色羊毛衣。

「我應該穿毛衣。」耶洛夫說。

「你用不著。這裡空氣很新鮮。」艾絲翠說著端出咖啡和一盤點心。她不愛烘焙，點心只是四個從店裡買來的瑪芬糕。她倒完咖啡坐下。

耶洛夫剛介紹尤莉亞是他的小女兒。她和艾絲翠互道哈囉，閒聊幾句威利活力多麼充沛，看著牠漸漸乖順，在桌子下面趴著。沒有人提起恩斯特。

耶洛夫以為艾絲翠不記得尤莉亞，所以聽艾絲翠忽然輕聲開口時感到意外：

「尤莉亞，妳大概不記得我了，不過……那天在海邊搜救時，我也加入了。我丈夫也在。」

隔著桌面，耶洛夫見尤莉亞一怔；她慢慢張嘴，想找適切的對應語。

「謝謝妳，」她終於說，「我不記得了……那天所有事情亂糟糟的。」

「我瞭解，我瞭解。」艾絲翠點頭喝咖啡。「大家忙著到處跑。警方派船進海峽，不過沒人知道該去哪裡找。有一群村民被派去海邊往南找，我們跟另一群人往北找。我們在海邊走了又走，下水找，翻開晾在岸上的船向下找，也找每一塊岩石後面。最後，天黑了，再也看不到東西，甚至黑到伸手不見五指的地步……只好往回走。好可怕。」

「對，」尤莉亞說，凝視著咖啡杯。「那一晚大家都出動了。一直搜救到天黑。」

「太可怕了，」艾絲翠說，「而且，他既不是頭一個，也不是最後一個掉進海峽的人。」

三人講不出話。風輕輕吹著。威利嗅一嗅，在主人腳邊不安分地動一動。

片刻後，耶洛夫說：「小孩的涼鞋出現了。」

他看著艾絲翠，但眼角瞥見尤莉亞錯愕的神情。

「喔，」艾絲翠說，「是從水裡打撈上來的嗎？」

「不是，」耶洛夫說，「是在陸地上。一定是被人保留了這麼多年，可惜目前為止，我們不清楚是誰。」

「天啊，」艾絲翠說，「可是，他不是……溺水了嗎？」

尤莉亞放下咖啡杯，不語。

「顯然不是，」耶洛夫說，「一言難盡啊……我們還不太清楚。」

「你昨天提到的那男人，耶洛夫，」尤莉亞說，「尼爾斯．坎特。他會不會知道彥斯的事？你這麼認為嗎？」

「尼爾斯．坎特？」艾絲翠說，看著耶洛夫。「你為什麼提到他？」

「只是碰巧昨天提到而已。」

尤莉亞先看艾絲翠，然後視線轉向耶洛夫，神態猶豫，彷彿她剛講錯了話。「我只是以為……他可能涉案。因為他以前好像鬧了不少風波。」

艾絲翠嘆氣。「我以為尼爾斯．坎特老早被遺忘了，」她說，「他離開斯坦維克之後——」

「總的來說，他被人遺忘了，」耶洛夫插話進來。「直到昨天之前，尤莉亞根本沒聽過他。別的不說，這就能證明他被遺忘的事實。」

「他比我大一兩歲，」艾絲翠繼續說，「不過我們到小學還同班。他好像天天不高興，我一次也沒見到他開心的表情。他老是跟人打架。而他個頭高大。我們女生都怕他……男生也怕。打架先出手的人總是尼爾斯，不過他總是賴罪給別人。」

「我年次比他高，沒和他同校過，」耶洛夫說，「不過約翰．哈格曼對我說過打架的事。」

「後來，他在家族經營的採石場上班，」艾絲翠說，「不過情況也好不到哪裡去。」

「他在採石場也和人打架。有個搬運工差點淹死了。」耶洛夫搖搖頭。「艾絲翠，尼爾斯離職後的那一夜，運岩石的船失火了，妳記得嗎？船名是伊莎貝爾號。它被吹進朗維克的港口，船長被船上的火驚醒，趕緊把它拖出港，才過碼頭，船就燒起來了。聽審時，他們說是『自燃』，不過在斯坦維克，很多人認為火是尼爾斯．坎特放的。然後就開始了。」

尤莉亞面帶疑問看著他。「什麼就開始了？」

「嗯……尼爾斯．坎特成了斯坦維克專屬的替罪羔羊，」他回答。「出了事，不論大小，全歸罪給他。」

「不是所有事，」艾絲翠反對。「只有刑案才賴給他。火警啦、竊案啦、動物受傷啦……」

「也包括意外，」耶洛夫說，「如果風車板裂開了，漁網破了，沒停泊好的船漂走了……」

「大家懷疑他，是他活該，」艾絲翠高聲說，「他也證明了大家的疑心是對的。」

「他自己也有辛酸的背景，」耶洛夫說，「小時候，嚴父死了，母親也不斷對尼爾斯說他在村裡是人上人。在那種家庭長大，心理會健全才怪。」

艾絲翠點點頭，但沉默不語，一副沉思狀，片刻之後才小聲問：

「昨天我在地方電台聽到那件意外……葬禮訂在哪一天，耶洛夫？」

耶洛夫發現，她盡快轉移話題。難道艾絲翠也明白尼爾斯．坎特和恩斯特命案之間有所牽連？

「訂在禮拜三，就我所知，」他說，「我今早和約翰通過電話，他猜是禮拜三。」

「地點會選在瑪內斯教堂嗎？」

「對，」耶洛夫說著舉起咖啡杯。「就算是被可惡的岩雕教堂尖塔壓死也一樣。」

「恩斯特做事一向都很小心，」艾絲翠說，「他去崖邊做什麼，我搞不懂。」

耶洛夫搖頭不語。

父女拜訪過艾絲翠之後，坐上車，準備回瑪內斯時，尤莉亞問父親：「就這幾個人嗎？」

「這幾個人？」耶洛夫說。

「定居斯坦維克的人就這幾個？我們已經見過現有的總人口嗎？」

「差不多了，」耶洛夫說，「名符其實的斯坦維克居民就這些了。週末另外有幾個從波爾貢和卡爾馬市回來。總共大概十五到二十吧。我和他們不太熟。」

「夏天情況怎樣？」

「熱鬧，」耶洛夫說，「這裡擠滿了避暑的遊客……好幾百人。我們這裡的觀光客越來越多。房子一直蓋一直蓋。每個禮拜，約翰的露營區有同樣多的遊客。遊客人數最後幾乎相當於我小時候的人口。不過，在朗維克情況更嚴重。朗維克那裡有船塢和海濱飯店。」

「我記得夏天的情形。」尤莉亞說。

耶洛夫嘆氣。「我不該抱怨的。內地人畢竟是帶錢來這裡撒。」

「可是，人一多，很難分辨誰是誰。」尤莉亞說。這時她煞車，轉彎朝瑪內斯鎮前進。

「夏天變得不像話，」耶洛夫指出。「變得像妳住的大城市，人人高興就來，不高興就走。」

「他們秋天也可以來來去去，」尤莉亞說，「在斯坦維克沒有見到——」

她陡然縮口，彷彿剛想到什麼事。

「艾絲翠通常會注意看，」耶洛夫說。語畢，他發現尤莉亞沉默不語。「怎麼了？」

「我剛剛想起……恩斯特說，有人會去拜訪他。前天，我在別墅遇見他的時候，他說『歡迎妳來參觀我的岩雕，不過今晚不行，因為我有客人』之類的。」

「他是這麼說嗎？」耶洛夫說，若有所思凝視擋風玻璃前方。

「這也和……尼爾斯．坎特有關係嗎？」

「可能有。」

車子上的父女不再說話。車子駛過瑪內斯教堂，這讓耶洛夫想到即將舉行的葬禮。他無心去參加。

「你另外有內情瞞著我。」尤莉亞過一陣子才說。

「有一點點，」耶洛夫輕聲說，「不是很多。約翰跟我，我們有幾項推理。」

當然，恩斯特也有幾項推理，他黯然想到。

「又不是在玩遊戲，」尤莉亞說，語氣有點衝。「彥斯是我兒子啊。」

「這我曉得。」耶洛夫多麼想要求她不要再以現在式提起彥斯，把彥斯當成活人似的。「不久以後，我就會說出我的見解。」

「你為什麼對艾絲翠提起涼鞋的事？」尤莉亞說。

「為了散播消息，」耶洛夫說，「艾絲翠散佈新聞的功力很厲害。」他看著尤莉亞。「昨天妳有沒有告訴警方涼鞋的事？」

「沒有……昨天我心事很多。涼鞋的事，我們何必告訴別人？」

「這個嘛……說出來，可能會牽扯出什麼東西。引某人出面。」

「引某人出面？」

「不能說不會發生。」耶洛夫說。這時，車子抵達安養院。

尤莉亞再度攙扶他下車。

「妳接下來打算做什麼？」他問。

「不知道……可能去教堂吧。」

「好主意。艾拉的墳上有個燈籠，妳可以帶一根蠟燭過去插。我房間裡有一根。」

「好。」尤莉亞說，跟著他走向門口。

「妳也可以逛一逛教堂墓園。去妳母親墳前點完蠟燭之後，去教堂左手邊的圍牆，參觀一下那裡的墳墓。」

「好。為什麼？」尤莉亞說著按安養院外門的開關。

「到時候妳就曉得了。」耶洛夫說。

11

尤莉亞站在瑪內斯教堂墓園，俯視著尼爾斯．坎特的墳墓。

這一座墳位於西牆旁邊，在一長排墳墓的尾巴，尼爾斯．坎特的姓名刻進墓碑裡，一九二五—一九六三。這墓碑小而不起眼，素材是尋常的石灰岩，產地可能是斯坦維克的採石場。八成是恩斯特．亞德福森開鑿的作品，歷史達三十多年，一片片白地衣已開始遮頂。

高高的枯黃野草覆蓋著墳墓，但不見花朵。

彥斯失蹤時，為何無人提起尼爾斯．坎特有涉案嫌疑，尤莉亞原本感到納悶。為了釋疑，耶洛夫叫她來墓園，來到瑪內斯郊外的荒廢墓園——如今，她總算醒悟，尼爾斯．坎特不可能涉及彥斯失蹤案。在一九七二年，坎特已經死了將近十年。解惑的答案刻在墓碑上。

查線索又查進死巷了。

兩碼外另有一座墓碑，材質也是石灰岩，但這一塊較高也較寬，姓名和生辰忌日刻在上面：卡爾—埃納．安德森，一八八九—一九三五，以及薇拉．安德森．B．坎特，一八九七—一九七二。兩人下方另有一排較小的字：艾克索．提奧多．坎特一九二九—一九三六。最後這位是尼爾斯的胞弟，在海峽溺水後始終下落不明。

正要轉身離開墓園之際，尤莉亞瞥見尼爾斯墓碑後面有個白色小東西在抖動。她停下來，上前兩三步，彎腰。

一只白色信封在微風中抖著，卡在兩朵枯萎的玫瑰花梗之間。

不久前，有人把玫瑰花放在墓碑後面，尤莉亞知道，因為枯萎的深紅色花瓣仍在。拿起信封時，有濕濕的觸感。信封上假如本來寫著字，也早被雨水沖淡了。

她四下看一看。墓園裡依然無人蹤。白色教堂矗立在大約五十碼外，尤莉亞剛才伸手去開門，發現門鎖著，窄窗裡也不見任何人移動。

她匆匆把信封塞進外套口袋，轉身背對著墳墓。

她回到母墳，撥走剛被吹來的枯黃樺樹葉，彎腰查看小燈籠裡的蠟燭是否仍在燃燒。是的。

然後，她回車上，驅車一小段路，進入瑪內斯鎮中心。

瑪內斯在厄蘭島東部。尤莉亞小時候，從避暑別墅去瑪內斯一遊是新奇之旅。斯坦維克只有雜貨店，瑪內斯不只有一個書報攤，還有各種商店，可以買到各種玩具。

這一天，她開車進鎮裡，最主要是慶幸能免費停車——和哥特堡相比是一大優點。在ICA連鎖超商外面能停車，在短短的大街能停車，在港口旁邊也能停車。尤莉亞選擇港口。這裡有一小間酒吧，名叫白鯨記餐廳與小酒館，靠窗的桌位全空著，而現在離午餐時間大約半小時。

小港口裡既沒有遊艇，也不見漁船。尤莉亞下車，走向冷清的水泥碼頭。碼頭直指向海平線。她駐足幾分鐘，凝望灰色的大海，看著海面的波紋。海天相連的地方不見任何東西。在更遠的天邊，東北是瑞典第一大島哥特蘭島，在波羅的海彼岸是東歐，以及甫從蘇聯脫離出來的老國家愛沙尼亞、拉脫維亞、立陶宛。全是尤莉亞不曾造訪過的世界。

她轉身離開，走上大街，一個人也沒遇到。她路過一小間服飾店，一間花店，然後來到一台提款機前。她停下來，提領三百克朗，收據又照常顯示餘款不足，她趕緊揉掉收據。

隔壁掛著一塊金屬招牌，寫著：厄蘭島郵報，下面以較小的字體註明：服務全厄蘭島北部的日報。

尤莉亞遲疑幾秒，然後走進去報社。

開門時，頭上有個小銅鈴叮叮響。裡面是個小房間，燈光明亮但空氣難聞——瀰漫著陳年菸臭味。入口處的櫃檯無人駐守，後方是一間辦公室，兩張辦公桌上面堆滿報紙和文件。有兩名男子，不盡然年輕，坐在嗡嗡響的電腦前，其中一人頭髮灰白，另一人大光頭，兩人都穿牛仔褲和有待熨燙的襯衫。大光頭的桌上名牌寫著：拉術斯．T．布隆姆。灰髮男的桌上沒有名牌，但尤莉亞記得他名叫邦特．尼伯格，盡速趕到採石場採訪的記者就是他。當時雷納特．亨利克森向尤莉亞說明他身分。

牆上有長長一系列新聞標題牌，最左邊的標題是採石場慘遇致命意外，字體粗黑。

天下哪有不慘的致命意外？

「需要我幫忙嗎？」邦特．尼伯格似乎不認得她；尤莉亞走近他的辦公桌時，他戴著厚厚的老花眼鏡瞅著她。「是登廣告的事嗎？」

「不是，」尤莉亞說。她自己也不太清楚為什麼進報社。「我剛只是路過……我暫時住在斯坦維克……另外，我兒子失蹤了。」

她愣一下。說這事做什麼？

「好，」尼伯格說，「不過，這裡不是警察局。報警請去隔壁。」

「謝謝你。」尤莉亞說著，感覺脈搏加速，彷彿剛說了難為情的事。

「妳是想找我們報導嗎？」

「不是，」尤莉亞急忙說，「我這就去找警察。」

「他什麼時候失蹤的？」另一人問。他是拉爾斯。他的嗓音低沉粗魯。「幾點失蹤的？是在瑪內斯嗎？」

「不是。不是今天發生的事。」尤莉亞說。她覺得自己的臉越來越紅，彷彿當著兩個報社人士的面撒謊。「我該走了。謝謝兩位。」轉身快步離去之際，她覺得四顆眼珠瞪著她頸背。

來到人行道上，她顫抖著吸一口冷空氣，試圖鬆懈心情。腦袋斷了哪根筋，進報社幹嘛？為什麼提起彥斯？她不習慣和不熟悉的人見面。而在小地方，人人彼此認識，新來的人不斷引人注目，成為閒話的題材，更令她不舒服。她渴望回哥特堡。在大城市，大家把所有人當成林中樹一樣看待，在人行道上相遇也懶得瞥一眼。

為了逃離《厄蘭島郵報》的空白窗戶，她走幾步路，注意到報社隔壁另有一面招牌：警察局，上方畫著藍黃色的警徽。

招牌下面貼著一張紙條。尤莉亞踏上兩階，到門口看仔細。

每週三上午十點到十二點員警駐守，紙條寫著黑字。

今天星期五，所以警察局沒開。如果在瑪內斯，刑案發生在星期三以外的日子，那怎麼辦？門上沒貼紙條解答這疑問。

她看著窗戶，見到局裡有人影在動。

她走下門階，就在這時候，門發出喀喀聲，有鑰匙轉動的聲響，出現在門口的是雷納特・亨利克森。他面帶微笑。

「我剛看見有人來了，」他告訴尤莉亞。「妳今天心情怎樣？」

「嗨，」她說，「我還好……我以為裡面沒人。我剛看了紙條……」

「對，我每週三要來這裡待兩小時，」雷納特說，「不過其他時間，我也守在這裡。只不過，這是秘密——沒人來打擾，我辦事比較有效率。進來吧。」

他穿著黑夾克制服，腰帶上掛著警察無線電和左輪，於是她問：「你正要出去嗎？」

「我想出去吃午餐，不過，妳先進來坐一下。」

他讓路給尤莉亞進門。

局裡看起來比報社老舊，但陳設乾淨而整齊，窗台上有盆栽，嗅不到菸臭。局裡只有一張辦公桌，正對著門口，所有文書資料整齊堆成幾疊。一台電腦、一台傳真機、一部電話機，整齊排好。有個架子上堆滿檔案，上方貼著一張海報，上面有個電話的圖案，為警方宣導戒毒專線。另一面牆上掛著厄蘭島北部的大地圖。

「這辦公室不錯嘛。」尤莉亞說。

雷納特・亨利克森喜歡井然有序的環境，這很合她的品味。

「妳這麼認為嗎？」雷納特問。「這辦公室已經三十多年了。」

「只有你一個人值勤嗎？」

「目前是。在夏天警察人數通常比較多，不過目前只有我一個。縮編的情形越來越常見了。」他環視局裡，神情落寞，隨即說：「上級還能准這地方維持多久，我們等著瞧吧。」

「會被關閉嗎？」

「有可能。高級長官老是提裁撤省經費的事，」雷納特說，「根據長官的說法，波爾貢的一切都應該整合，這樣才最有效率也最省錢。不過，過幾年，我就退休了，我希望能在這裡待到退休。」他看著尤莉亞。「妳吃飽沒？」

「還沒有。」

尤莉亞搖搖頭，想了一下，才發現自己其實滿餓的。

「想不想一起去吃個飯？」雷納特說。

「好……可以。」

她想不出推卻的理由。

「好。我們可以去白鯨記……先等我關電腦，啟動答錄機。」

五分鐘後，尤莉亞重回小海港，身邊是雷納特。兩人走進瑪內斯最高級的餐廳——最高級的一間，也是全鎮唯一餐廳，他解釋。

餐廳裡的裝潢以海洋為主題，有航海圖和漁網，也有掛在深褐色木板牆上的裂紋老木槳。半數餐桌有客人正在吃午餐，洋溢著沉沉交談聲和伙房裡的餐具碰撞聲。她進門時，有幾張好奇的臉轉向她，但雷納特超前，彷彿想保護她。他在窗邊選一桌，和其他桌有點距離，能瞭望波羅的海。

多久沒上館子了？她記不清楚了。陌生人滿堂是，要她在這裡坐下來吃飯，感覺非常奇怪，但她努力鎮定地深呼吸，視線和對面的雷納特保持接觸。

「午安。歡迎。」

一個男人挺著大肚子過來，袖子捲高，遞上兩份皮面的菜單。

「你好啊，肯特。」雷納特接過菜單。

「今天天氣這麼好，兩位想喝什麼？」

「我想喝淡啤酒。」雷納特說。

「請給我冰水。」尤莉亞說。

她的直覺反應當然是點紅酒，最好是來一整壺，但她忍下來。這頓飯，她決心全程不醉。全世界天天都有人進餐廳吃午餐，又不是什麼危機。

「今日特餐是義大利千層麵。」肯特推薦道。

「我來一份。」雷納特說。

「我也來一份。」

尤莉亞點點頭。在肯特伸手收菜單之際，袖子半掩的上臂露出一個寬寬的深綠色刺青，因年久而模糊，被尤莉亞瞧見。看起來像是被框住的幾個字母。是名字嗎？是船名嗎？

「沙拉和咖啡自助。」肯特說完就消失在廚房裡。

雷納特起身去盛沙拉，尤莉亞跟著去。

端沙拉回座位時，有一個男人喊著，「雷納特！」聲音從餐廳另一邊傳來。「雷納特！」

身為警察的雷納特輕嘆一聲。

「我馬上回來。」他沉聲告訴尤莉亞，然後轉向呼喚他的人。那人年紀一大把，紅臉油光滿面，穿著農場業者藍色連身裝。尤莉亞回座位坐下，看著老人對著雷納特比手畫腳講話，表情堅決。雷納特回應他幾句，音量低，語氣短促，老人又開始比手畫腳。

幾分鐘後，雷納特回座位，屁股一碰椅子，肯特就端兩盤熱得吱吱冒泡的千層麵上桌。

雷納特再嘆一口氣。「剛才抱歉了。」他對尤莉亞說。

「沒關係。」

「他的穀倉遭小偷了，被偷走一個汽油桶，」他繼續說：「鄉下警察就是這樣，全年無休，絕對沒閒得發慌、找不到事做的問題。算了，我們吃飯吧。」

他低頭吃千層麵。

尤莉亞也開始吃。她現在突然飢腸轆轆，這盤千層麵相當美味，肉的分量很多。

盤子漸空，雷納特喝一口啤酒，靠向椅背。

「所以說，妳來島上探望爸爸？」他問，「不想曬曬太陽、游游泳？」

尤莉亞微笑搖頭。「對，」她說，「只不過，厄蘭島秋天也滿宜人的。」

「耶洛夫狀況似乎不錯。」雷納特有感而發。「撇開風濕病不談的話。」

「對……他有修格蘭症候群，關節的風濕痛時有時無。不過，他的頭腦倒是沒問題。而且，他還能製作瓶中船。」

「對，作品相當精美……我想向他訂購一個擺在警局裡，只是一直沒機會。」

兩人又沉默一陣。雷納特喝乾整杯，小聲問：

「妳呢，尤莉亞？妳現在沒事了吧？」

「喔，沒事了……」尤莉亞趕緊說。這句可以說是瞎話，是她習於撒的謊，但她旋即領悟到，雷納特的關心可能出自誠意，所以反問：「你指的是……昨天那件事？」

「呃，對，」雷納特說，「一部分是。不過，我也在想那件好久以前發生的事……二十多年前那件。」

「喔。」尤莉亞說。

雷納特知道失蹤案。怎麼這麼糊塗？他當然知道。他在本地當警察已經三十年了，他明明告訴過她。而他正如同艾絲翠，也敢提起禁忌話題，語氣鎮定，措辭謹慎——同一個話題，姊姊老早厭煩了，尤莉亞的幾個親戚也絕口不敢提。

「那時……有牽扯到你嗎？」她細聲問。

雷納特瞪著桌面，遲疑著，彷彿這問句挑起不愉快的回憶。

「對，我加入搜索行列，」他久久之後才說，「我是最早一批趕到斯坦維克的警官……我派人組成搜救隊，去海邊找人。我們整晚在野外搜索，找到凌晨大概一點才喊停。小孩失蹤，沒人想放棄搜尋……」

尤莉亞記得艾絲翠也說過幾乎相同的過程；她垂頭看桌面。她不想哭出來，在警官面前可不行。

「對不起。」片刻後，淚水來了，她對雷納特說。

「沒啥好道歉的，」雷納特說，「我有時候也會哭。」

他的語氣低沉而平和，靜如一池止水。尤莉亞眨眨眼，專注在他嚴肅的臉孔上，以免視線模糊。她想說點話，講什麼都行。

「耶洛夫，」她清一清嗓子說，「他不信我兒子彥斯……不信他溺水了。」

雷納特看著她。

他只說：「喔。」

「他……找到一隻鞋子，」尤莉亞說，「一隻小涼鞋，是男孩的涼鞋。像那天彥斯穿的那種……」

「鞋子？」雷納特仍看著她。「男孩涼鞋。妳見到了嗎？」

尤莉亞點頭。

「妳認得出來嗎？」

「對……也許吧。」尤莉亞拿起水杯。「起先我很篤定是……可是，現在我不太有把握。事情過了這麼久。有些事以為永遠不會忘記，結果是真的忘了。」

「我想看一看。」雷納特說。

「應該可以吧。」牽扯警方進來，耶洛夫會作何感想，她不清楚，但耶洛夫的感想不太重要。彥斯是她的兒子。「你認為涼鞋可能含有什麼意義嗎。」她問。

「我覺得，我們最好不要抱太大的期望，」雷納特說。他吃完千層麵，再說：「照這麼看來，安養晚年的耶洛夫變成私家偵探了？」

「私家偵探……對，也許吧。」尤莉亞嘆氣，能和耶洛夫以外的人談談這事，感覺其實不錯。「他有好幾種旁門左道的推理。模稜兩可的假設……我不太明白他的想法。他說過，涼鞋是用郵包寄來的，放在信封裡，沒寫寄件人地址，而且他一直提到一個姓坎特的——」

「坎特？」雷納特打斷她。他愣成木頭人。「尼爾斯．坎特？他真的這麼說嗎？」

「對，」尤莉亞說，「他是斯坦維克人，不過我出生時，他已經不住那裡了。我今天去教堂墓園，看見——」

「他下葬在瑪內斯教堂墓園裡。」雷納特又打斷她的話。

「對，我見到墓碑了。」尤莉亞說。

她對面的警察凝望窗外，看著亮閃閃的海面，肩膀下垂，突然又顯得非常疲憊。

「尼爾斯．坎特……他硬是不肯死。」

厄蘭島，一九四五年五月

一隻綠色肥蒼蠅從石灰岩草原飛過來，在陽光下熠熠發亮，在植物和杜松叢之間蛇行，最後重重降落在一隻攤開的掌心。蒼蠅停下翅膀，伸伸腿，戒慎警覺，準備在危機一出現的瞬間飛走，但這隻手靜靜躺在草地上。

尼爾斯・坎特仍站在原地，舉著獵槍，看著蒼蠅停在德軍手心。

軍人躺在草地上，眼皮睜著，臉歪向一邊，簡直像他以訝異的神態看著蒼蠅。然而，這軍人的頸子和左肩被尼爾斯的獵槍轟掉一半，血水濕透他的軍服夾克，睜眼也看不見東西。

尼爾斯吐氣，聆聽。

連蒼蠅也不再嗡嗡響，草原進入純然無聲的境界，只不過尼爾斯的耳朵仍殘留那兩槍的餘音。槍聲想必傳遍四面八方，但尼爾斯不認為有人聽見。這附近沒有小路，也鮮少有人如此深入草原。尼爾斯心情非常鎮定。

第一槍不慎走火、擊斃第一個德軍之後，彷彿有兩隻無形的手，抓住他不斷顫抖的肩膀，穩住他心情。現在，手指的脈搏不再噗噗跳，雙手也停止打抖，他舉獵槍對準第二個德軍時，心情是前所未有的篤定。他凝視前方，手指輕觸扳機，槍口穩穩瞄準。如果這是戰爭，如果這幾乎算一場戰爭，戰爭的感覺未免太像獵野兔了吧。

「東西給我。」他再說一遍。

他伸出一手，德軍懂了他的意思。德軍謹慎伸手，交出閃亮的小寶石。

尼爾斯握住寶石，不低頭看，也不放下槍，直接把寶石塞進後口袋。他自己點點頭，扳機上的手指慢慢施壓力。

無助的德軍舉起雙手，當下明瞭他陷入的狀況多麼絕望。他半蹲下去，張嘴，但尼爾斯不想聽他講話。

「希特勒萬歲。」他輕聲說，然後開槍。

轟然一聲，四周歸於平靜。就這麼簡單。

現在，兩具軍人屍體疊在杜松叢旁邊，上面的一個可說是仰躺。一隻蒼蠅飛來，停在最上面的屍體，順著食指往上爬，展翅，毫不費力飛走。尼爾斯的視線跟著牠飄，牠繞過一大叢杜松之後不見。

尼爾斯向前邁一步，一腳踹開最上面的屍體。屍體慢慢滑下去，改躺在草地上。這樣看起來比較順眼。把屍體排成像真正的守靈儀式，看起來會更棒，不過排現在這樣就行了。

尼爾斯看著屍體。這兩名士兵的樣子很老，但實際年齡和他相當。他再一次納悶這兩人是誰。

哪裡來的人？他聽不懂他們的語言，但他敢確定他們講的是德文。他們的軍服沾滿泥濘，破破爛爛，接縫處脫線，膝蓋部位快磨穿了。這兩人都沒帶槍，但第二個被槍斃的士兵肩挑一個布包，中彈倒地時被拋向一旁。尼爾斯到現在才發現。

他彎腰，拾起布包。這包東西很乾燥，幾乎完全沒沾到血。他掀開布包蓋，看見裡面的物品琳琅滿目：兩個沒有標籤的金屬容器、一把木柄老舊的小刀、一疊用繩子纏住的信件、半條乾掉的黑麵包、一小條繩索、兩條骯髒的褐色繃帶、一只粗黃銅小指南針。

尼爾斯拿走小刀子，放進自己口袋留念。大概值不了什麼錢。

布包裡另外還有一樣東西：一個小金屬盒，比槍托稍小。尼爾斯取出盒子，裡面有小東西的碰撞聲。他用拇指按一下，打開盒蓋。

盒子裡裝滿亮晶晶的寶石。他把寶石倒進手心，手上盡是剛硬的實體和光亮的表面。其中幾顆只有彈頭大小，有些大如牙齒，總共二十幾顆。寶石旁邊有個較大的東西，以綠布包著。他拿起這一小包揭開。

裡面是一個純金十字架，大如他的手掌，鑲嵌著一列璀璨的紅寶石。好美。他看著十字架，久久才用布裹住。

尼爾斯蓋上盒蓋，把戰利品放進背包。他闔上布包，放回士兵身旁。待在這裡，他還能做的事情其實不太多。他當然應該埋葬這兩人，但他沒工具可以挖洞。

屍體有樹叢擋著，可以留在原位，改天帶鏟子再回來想辦法吧。但他伸手把他們的眼皮闔上，至少他們不必再盯著天空看。

然後，他挺直腰桿；回家的時刻到了。他把背包挑上肩膀，拿起仍有煙硝味和餘溫的獵槍，朝西走向斯坦維克村。太陽從雲的空隙向下照耀。

走了大約五十步，他轉身片刻，回頭看這片明亮的草原。杜松叢之間的空地有樹蔭，士兵的草綠軍服融入景物之中，只有一隻靜止的白手露在草叢外，扭曲的杜松枝葉也遮不住。

尼爾斯繼續走。他開始思考，該不該告訴母親？長褲上有幾滴血，該作何解釋？他想對母親說出一切，不想隱瞞草原上的所作所為，但有時候，他認為有些事她不太想聽見。也許他和德軍的這場戰役也屬於這一類的事。他有必要再深思。

他想了又想，但想不出妥善的解決之道。現在，通往斯坦維克的馬路快到了。路上無人車，他繼續走。

不對，這條路並非完全無人。從彎道那邊，有人正朝他走過來，在村子最外圍的房舍幾百碼外。

尼爾斯的直覺反應是躲起來，但他背後只有幾小棵營養不良的小杜松。更何況，他何必躲人呢？剛才在石灰岩草原上，他幹下轟轟烈烈的大事，再也不必怕任何人了。

村道旁幾碼處有一道石牆，尼爾斯在石牆外駐足，觀看來人的舉動。

忽然間，他發現來人是瑪雅．尼曼。

斯坦維克人瑪雅是他有好感但從未交談過的對象。他現在不方便和瑪雅交談，但她越來越近了，面帶微笑，好像今天不過是個尋常的夏日。她見到尼爾斯，儘管腳步不見加快，尼爾斯卻覺得她的腰桿似乎直了點，下巴也稍上揚，胸部挺高。

尼爾斯站在路邊，彷彿被凍結住。他看著瑪雅在矮石牆另一邊停下。

她看著他，他也以目光回應，卻一時語塞，甚至連哈囉也喊不出。令無言的場景更難受的是夜鶯愉悅的歌聲從牆邊水溝飄送而來。

最後，瑪雅張口。

「你有沒有打中什麼，尼爾斯？」她興沖沖問。

他差點被問倒。他的第一反應是，瑪雅全知道了，但他隨即想到，瑪雅指的不是德軍。瑪雅看見他帶著獵槍，而他常帶著他打中的野兔子回村裡。

他搖搖頭。「沒有，」他說，「沒野兔。」他向後退一步，感受到背包裡的小金屬盒沉重。他說：「我該……該走了。回去找我母親，回村裡。」

「你不走村道嗎？」瑪雅問。

「不。」尼爾斯仍一步步向後退。「從草原抄近路比較快。」

他愈講愈順口；居然能和瑪雅．尼曼交談了。改天再和她多聊一點吧，今天不行。

「好了，再見。」他說，不等對方回應就轉身。

他能意識到，她杵在原地看著他。他背對著村道離去，數到兩百步才掉頭往村子的方向走。

整個過程中，他一直隱約聽見金屬盒在背包底部晃動的聲響，隨後才想到，他不敢帶這東西回家。戰利品要小心處理才行。

再走幾百步，杜松遮住村道之後，他前方出現一小疊石頭。

老石塚。來去斯坦維克的路上，尼爾斯幾乎總路過這座路標而不停，但這一次，他停下來，看著大小石頭堆疊成的石塚，思考一陣子，四下看了看。

石灰岩草原上四處看不見人。唯一的聲響是風聲。

一個念頭在他腦中醞釀成形。他抖掉肩上的背包，放下來，取出寶石盒，握在手上，站在緊鄰石塚的位置。

瑪內斯教堂在將近正東方的方位。尼爾斯看得見尖塔像地平線上的黑色小箭頭。他以教堂為指標，認清方向，立正站好，從石塚旁跨出一大步，然後開始挖土。

他先一小塊一小塊剝開表層的草皮，然後用手和德軍小刀挖洞。石灰岩草原地形的土壤層不厚，表土底下全是石灰岩。

尼爾斯刮掉土壤，把洞挖得更大，一面掘，一面東張西望。

挖出大約一英尺深的寬坑之後，尼爾斯敲到石灰岩了，但這樣已經夠深。他取出金屬盒，小心放進洞裡，然後從石塚搬來幾塊扁平的石頭，放進坑裡，疊成小地窖。他趕快填土，盡可能用手掌壓實。

大多數時間都用在把表層的草皮鋪回原處，不讓石塚周圍顯得被人動過手腳。過了好久，他總算把草皮蓋好，最後起身從四面八方看看他的傑作。地面看起來像沒人動過的跡象，他心想。背包上肩時，發現他的兩手很髒。

他再次朝家的方向出發。

他決定向母親報告和德軍交手的事，但他會謹慎措辭，以免害她擔心。他想隱瞞他埋藏寶盒的事。寶盒以後再說，給她一個驚喜。目前，戰利品是他獨享的寶藏。

他終於翻過石牆，踏上村道，但這裡比剛才遇見瑪雅的地方更靠近村子。他快回到斯坦維克了。

在他到家之前，他遇到兩個從海邊走上村道的男人。他們穿著厚重的靴子，踽踽走過他身邊。這兩位是捕鰻人，一同抬著一個剛塗滿瀝青的圓形捕魚籠，手黑得發亮。

兩人都不打招呼，和尼爾斯錯身而過時，故意轉移視線。他不記得這兩人的名字，不過也無所謂。他們失禮也無所謂。

尼爾斯．坎特比他們偉大；他比全斯坦維克村偉大。今天在草原之役上，他證明了這事實。

快黃昏了。他回到家，打開院子門，進入寂靜的庭院，邁步上石階，趾高氣揚。冷清的庭院裡生命力旺盛，綠意盎然，草香瀰漫。

一切都和今早離家去獵野兔時的情形一樣——不同的是，如今尼爾斯煥然一新。

12

雷納特・亨利克森站在耶洛夫書桌旁，手裡是裝在塑膠袋裡的小涼鞋，掂掂斤兩，彷彿重量能辨別其真偽。涼鞋曝光，他似乎一點也不高興。

「像這種事，耶洛夫，你應該報警才對。」亨利克森警官說。

「我知道。」耶洛夫說。

「收到像這樣的東西，應該馬上報警。」

「對，對，」耶洛夫小聲說，「我只是沒機會。不過，你有什麼想法？」

「對這東西？」雷納特看著涼鞋。「我不知道，我不會妄下定論。你有什麼想法？」

「我認為，當初應該找別的地方，而不是去海邊打撈。」耶洛夫說。

「我們有啊，耶洛夫，」雷納特說，「你不記得了嗎？我們找過採石場，找過全村所有別墅、船庫和工作室。我也開車找遍草原。什麼也沒找到。不過，如果尤莉亞說這是他的鞋子，那我們只能認真看待。」

「我認為是彥斯的涼鞋。」他背後的尤莉亞說。

「是郵差送來的？」雷納特說。

耶洛夫點頭，內心不是滋味。他覺得自己成為偵訊的對象。

「什麼時候收到的？」

「上禮拜。我打電話告訴尤莉亞了……她來看我的原因之一就是為了這個。」

「信封還在嗎？」雷納特說。

「被我丟掉了，」耶洛夫快口說，「……我有時候有點心不在焉。不過，郵包裡沒附信，也沒註明寄件人姓名，這我倒很清楚。我認為，上面只寫『斯坦維克耶洛夫．大衛森船長』，被轉來我這裡。信封應該沒那麼重要吧？」

「有種東西叫做指紋，」雷納特輕聲說，嘆一口氣。「另外也有毛髮，很多東西都能……唉，總而言之，我想帶這涼鞋回局裡。這上面可能也有微物證據。」

「我其實比較傾向——」耶洛夫講到一半被尤莉亞插嘴問，「你是想送去哪裡化驗嗎？」

「對，」雷納特說，「林雪坪市有一間。國家刑事鑑定所。他們能檢查這一類的東西。」

耶洛夫不語。

「好，讓他們看一看。」尤莉亞說。

「可以開收據嗎？」耶洛夫說。

尤莉亞面露惱怒狀，彷彿父親太囉嗦，有損她顏面，但雷納特面帶疲憊的微笑點點頭。

「當然，耶洛夫，」他說，「我可以開一張收據給你。假如鞋子被刑事鑑定所搞丟了，你就可以告波爾貢警察局。不過，假如我是你，我不會擔心。」

幾分鐘後，亨利克森警官走了，尤莉亞陪他出去，但不久便回來。耶洛夫仍坐在書桌前，拿著雷納特當場寫給他的收據，神情落寞凝視著窗外。

「雷納特說，我們不應該聲張涼鞋的事。」尤莉亞說。

「喔，這樣啊。是嗎？」

耶洛夫繼續凝視窗外。他不轉頭看女兒。

「怎麼了？」尤莉亞問。

「你不該告訴他涼鞋的事。」

「是你叫我告訴別人的。」

「不是叫妳報警。這事我們能自己解決。」

「解決？」尤莉亞拉大嗓門說，「什麼意思？自己解決？你想到哪裡去了？你以為，如果彥斯真的是被人拐走……你認為歹徒會來你這裡要求看涼鞋嗎？你真的這樣認為嗎？你以為事情過了這麼多年，歹徒會直接走進來，跟你坦白他做了什麼事？」

耶洛夫不回應；他仍凝望窗外，背向女兒，此舉更令尤莉亞火大。

「你那天到底在忙什麼？」她繼續。

「你知道我那天忙什麼。」耶洛夫小聲說。

「對呀，我知道，」尤莉亞說，「媽累了，你外孫需要照顧……結果你去海邊整理漁網。因為你想出海捕魚。」

耶洛夫點點頭。「後來起霧了。」他說。

「對，濃得化不開的一場霧……不過，霧來了，你就回家嗎？」

耶洛夫搖搖頭。

「你繼續待著，整理漁網，」尤莉亞說，「因為獨自一人待在海邊，總比在家照顧小小孩來得清閒，對不對？」

「在海邊的時候，我一直注意在聽，」耶洛夫不轉頭看她說，「那天什麼聲音都沒有。要是他怎麼了，我一定聽得見。」

「重點不是聽不聽得見！」尤莉亞急著說，「重點是，該待在家的時候，你老是往外面跑，凡事都要照你意思做……天天都這樣，永遠都是。」

耶洛夫不回應。他認為，窗外的天色黯淡了。太陽已經下山了嗎？女兒講的話，他是真的聽進去了，但他想不出合宜的對應語。

「我猜我是個差勁的父親吧，」他終於說，「我常不在家，非出門不可。不過，那天，假如我能為彥斯做點什麼事的話……假如那一整天都能重新來過……」

他哽咽到說不出話。

房裡有一股令人難以忍受的寂靜。

「我瞭解，爸，」尤莉亞打破沉默說，「我怎麼可以指責你呢？那天我根本不在島上。我去了卡爾馬市。那天我開車過海峽時，看得見霧從橋下飄向島上。」她嘆息。「那天早上我扔下彥斯之後，我後悔幾萬次，你知道嗎？我連再見都沒對他說。」

耶洛夫吸一口氣，然後吐氣。他最後轉身面對女兒。

「禮拜二，也就是恩斯特葬禮前一天，我想帶妳去見那個寄涼鞋的人。」他說。

尤莉亞不語。

「我知道寄件人是誰。」耶洛夫說。

「你百分之百確定嗎？」

「九成五。」

「他住哪裡？就在瑪內斯嗎？」

「不是。」

「住斯坦維克？」

耶洛夫搖搖頭。「住在波爾貢。」他說。

尤莉亞沉默片刻，似乎把這番話視為詭計一樁。

「好，」她說，「我們開我這輛車去。」

她彎腰，從床上拿起外套。

「妳現在打算怎麼辦？」耶洛夫問。

「不清楚……大概去斯坦維克，回別墅掃一掃落葉之類的。別墅的水電接通了，我可以在別墅煮菜，不過我大概會繼續睡船庫。我在那裡睡得好。」

「好。不過，妳要和艾絲翠以及約翰保持聯絡，」耶洛夫說，「你們要團結。」

「當然。」尤莉亞穿上外套。「對了，我去過教堂墓園了。在媽的墳前點一支蠟燭。」

「好……」一支能燒五天，能撐到週末。墓園由教堂委員會管理。遺憾的是，我不太常去……」耶洛夫咳一咳。「恩斯特的墓穴挖好了嗎？」

「我倒沒注意到。」她接著又說，「不過，我倒是在圍牆邊找到尼爾斯・坎特的墳墓。你叫我去看的東西就是他的墳墓，對吧？」

「對。」

「我看到他的墳墓之前，一直把他當成嫌犯，」尤莉亞說，「不過現在，我瞭解為什麼沒人提起他了。」

耶洛夫考慮著該不該吐露一件事——或許他應該指出，兇手最奸詐的偽裝就是裝死——但他沒有說出口。

「有人送他玫瑰花。」尤莉亞說。

「鮮花嗎？」

「不算是，」尤莉亞說，「大概是夏天留下來的。另外一件事是……」

她伸手進外套口袋，取出玫瑰旁的那封信。信現在乾了，她遞給耶洛夫。

「也許我們不該拆信，」她說，「畢竟信是私人物品，而且不……」

但耶洛夫迅速撕開信封，抽出一張白紙，閱讀內容。

「『吾人終將站在上帝寶座前受審，』」他看著尤莉亞。「只寫這麼一句……節錄自使徒保羅致羅馬基督教會的信。可以給我保留嗎？」

尤莉亞點頭。「坎特的墳墓常有人獻花留信嗎？」她問。

「不常，」耶洛夫邊說邊把信封放進書桌抽屜。「不過近幾年來有過幾次……至少有花。我在那裡見過幾束玫瑰花。」

「所以說，尼爾斯．坎特還有朋友在世？」

「對……至少有人還想緬懷他，原因不明，」耶洛夫說，然後接著又說：「畢竟，聲名狼藉的人有時候會引人仰慕。」

兩人再度無語。

「好吧。我這就去斯坦維克了。」尤莉亞說著扣上外套。

「明天妳有什麼打算？」

「我可能會去朗維克。再說吧。」

女兒離開房間後，耶洛夫累得肩膀下垂。他舉手，看見手指在顫抖。下午累壞了，但他今天還有一件重要的事待辦。

幾小時後，耶洛夫問：「托斯登，尼爾斯．坎特是你埋葬的嗎？」

在安養院地下室的活動室裡，他和老人托斯登各坐一桌。晚餐後，耶洛夫搭電梯來到活動室，坐了一個多小時，看著住一樓的老婦人不停打毛線，巴不得她趕快走。

他的目的是和托斯登．艾克索森獨處。從大戰期間到一九七〇年代，托斯登在瑪內斯墓園工作。在耶洛夫苦等期間，地下室窄窗外的秋夜漸濃。入夜了。

在耶洛夫提出關鍵問題之前，他先和托斯登閒聊著即將舉行的葬禮，主要是為了留他繼續坐在活動室裡。托斯登也罹患風濕症，但他的腦筋靈光，通常是個愜意的友伴。耶洛夫懷念航海歲月，曾身為掘墓人的托斯登不懷念掘墓的日子，但不排斥留下來聊往事。

耶洛夫坐的這桌，桌面佈滿小塊小塊的木頭、黏膠、工具和砂布。波爾貢最後一艘帆輪船是郵船號雙桅縱帆船，六〇年代在斯德哥爾摩成為休閒艇，他正在製作同款的模型船。船身完成了，但他需要在索具方面加工。此外，模型船當然要進入瓶子裡、要能揚起桅杆、綁緊最後幾條繩索才算大功告成。這項勞作曠日費時。

耶洛夫在桅杆頂端小心磨出一小道凹痕，等著退休掘墓人回應。托斯登桌上擺著幾千片拼圖，已經拼湊一大幅莫內蓮花圖的一半。

他拿起一片，擠進黑色蓮花池，然後看耶洛夫。

「坎特？」他說。

「對，尼爾斯．坎特，」耶洛夫說，「他的墳墓仍有點孤立，靠在西牆旁邊。我不禁想到他的葬禮。我當時不住這附近……」

托斯登點頭，拿起一片拼圖，思索著。「對，我負責掘墓，也負責抬棺，和墓園的幾個同事合作……那一趟任務，沒有人爭先自願抬棺。」

「有沒有人去祭悼？」

「他母親在場。她從頭到尾都在。我很少見到她，不過她瘦成了皮包骨，穿著和煤炭一樣黑的外套，」托斯登說，「不過她算不算是來弔唁的，我就不知道了。我覺得她也太開心了點。」

「開心？」

「對……當然，我在教堂裡面沒看見她，」托斯登說，「不過，棺材入土的那一刻，我記得瞄她一眼。薇拉她站在墓穴邊，看著棺材放下去，戴著黑面紗的她在微笑，我看得出來。好像她真的很高興有這場葬禮。」

耶洛夫點頭。「葬禮只有她一個人出席嗎？沒有別人？」

托斯登搖搖頭。「還有其他幾個人，但很難說他們是來送葬的。警方也在場，不過他們站得比較遠，幾乎是站在教堂門邊。」

「他們大概是想看著坎特入土為安，不再危害社會。」耶洛夫說。

「對。」托斯登點頭。「到場的人好像就這幾個而已吧。另外就是符理隆牧師。」

「他至少有錢領。」

耶洛夫對著模型船的船身拋光幾分鐘。然後，他深吸一口氣說：

「你剛提到，薇拉·坎特對著墓穴微笑，讓我忍不住懷疑棺材裡的奧秘……」

托斯登看著拼圖，再拿起一片。

「耶洛夫，你該不會想問我，那棺材扛起來是不是輕得有點奇怪？」托斯登說，「這些年來，同樣的問題我被問過幾次。」

「呃，大家有時候會提一提嘛……坎特的棺材有可能是空的。你一定也聽過這種揣測吧？」

「不用再揣測了，因為那棺材不是空的，」托斯登說，「那天抬棺的人有四個，葬禮前後的陣容是同一批，也絕對重到用得著四人扛。重得要命啊。」

耶洛夫覺得，再追問可能像在質疑掘墓人是否誠實，但他不得不再問：

「有些人說，棺材裡裝的可能是石頭或沙包。」他輕聲說。

「我也聽過這謠言，」托斯登回應。「我自己沒開棺看過，不過遺體搭渡輪過來的時候……一定有人檢查過了。」

「我聽說沒人開棺驗過，」耶洛夫說，「據說棺材封死了，沒人有膽撬開看，也沒人有權限。有誰開棺過，你知道嗎？」

「不知道……」托斯登說，「我只約略記得，棺材被馬姆的貨船運來時，附有一份南美洲的死亡證明書之類的文件。波爾貢卡車調度場有人懂一點西班牙文，讀過文件後說……尼爾斯．坎特是溺死的，而且泡水很久才被打撈上岸。所以我猜屍體爛到不行。」

「說不定大家擔心薇拉．坎特大鬧，」耶洛夫說，「我猜大家只想盡快埋葬他了事。」

托斯登看看耶洛夫，然後聳一聳肩。

「別再問我了，」他說著，莫內蓮花圖的池塘裡多一朵蓮花。「我只負責埋葬他；任務一完，我就回家了。」

「我明白，托斯登。」

托斯登又填好一塊拼圖，看看成果，然後望牆上的時鐘。他慢慢起身。

「咖啡時間到了。」他說。但在他離開活動室之前，他停下腳步，轉頭。

「不然你認為呢，耶洛夫？」托斯登說，「棺材裡躺的人是不是尼爾斯．坎特？」

「我確定是他。」耶洛夫輕聲回答，不看托斯登。

耶洛夫回房間時已經九點多，只剩半小時就是咖啡時間。例行公事，老人院的一切都按部就班運作。

但是，剛才在活動室和托斯登．艾克索森的對話收穫不少，耶洛夫心想。也許談到最後，他是有點太多嘴、太堅持，引來托斯登狐疑的眼光。

耶洛夫對尼爾斯．坎特特別感興趣的現象，無疑已經在安養院裡發酵，已在走廊上產生閒言閒語，甚至可能散播到安養院以外，這也無所謂。這符合他的期望：他不是想直搗黃蜂窩、產生效應嗎？

他重重坐到床上，從床頭櫃拿起今天的《厄蘭島郵報》。今早他沒空閱報，或者應該說，當時沒心情。

斯坦維克命案是頭版大新聞，搭配了一張邦特．尼伯格拍攝的相片，以箭頭指向意外發生的確切地點。

根據波爾貢警方表示本案純屬意外。年邁的恩斯特．亞德福森站在崖邊，想搬走一尊雕像，結果不慎跌落坑底，被巨大的岩雕壓死，查無他殺嫌疑。

耶洛夫只讀邦特寫的報導開頭，隨即翻報紙，找到和他個人關聯性較少的其他新聞：朗維克一項建築工程進度嚴重落後、勒托普郊外發生穀倉火警、厄蘭島南部八十一歲失智症老翁幾天前離家去草原散步至今仍失蹤。他遲早會被尋獲的——少了一條命。

耶洛夫摺起報紙，放回床頭櫃，然後瞥見恩斯特的皮夾。從斯坦維克回來時，皮夾被他扔到一邊，他這時拿起皮夾打開，看見裡面有厚厚一疊鈔票，也有一疊更厚的收據。他把錢留在皮夾裡，一張張過濾這收據。

多數收據來自瑪內斯或朗維克的食品店，金額不大，另外有夏天恩斯特出售雕像的手寫收據。

耶洛夫翻找著雕像收據，希望找到日期和失事當天同一日的一張，可惜希望落空。翻找到最後幾張，他另有發現：博物館的一小張黃色入場券，上面印有藍納比林木博物館的字樣，也有一小張木柴成疊的繪畫，黑色日期章註明：九月十三日。

他把入場券放在床頭櫃上，用迴紋針夾住其他收據，收進書桌抽屜，然後在桌前坐下，伸手拿筆記簿，翻到第一張空白頁，拿筆思索片刻，接著記下兩件事：

尼爾斯的棺材下葬時，薇拉．坎特在笑。

以及：

恩斯特去過坎特家族位於藍納比的鋸木廠。

然後，他把博物館門票夾進筆記簿，闔上，休息一下，等著咖啡時間到來。例行公事，人一老，一切都是例行公事。

13

第一杯葡萄酒下肚的過程，尤莉亞甚至不記得了。這裡是艾絲翠家的廚房，剛才她見艾絲翠在她面前斟酒，擺在桌上。她見紅湯在杯中旋轉，伸出期待的手等著——轉眼間，酒杯已見底，放在桌上。她嘴裡有葡萄酒的餘韻，在全身擴散的是一股酒精激起的暖意，也有一種和多年摯友重逢的心情。

在廚房窗外，夕陽逐漸西下，剛去騎了大半圈海邊的尤莉亞腿很痠。

「想再來一杯嗎？」艾絲翠問。

「好，麻煩妳，」尤莉亞說，語氣是竭盡所能的鎮定和平穩。「很好喝。」

即使剛才那杯葡萄酒有醋味，她也當然照喝不誤。

喝第二杯，她想拖久一點。她只淺酌兩口，把杯子放回桌上，吐氣。

「難過的一天？」艾絲翠問。

「滿辛苦的。」尤莉亞說。

其實，今天發生的事不多。

早上，她沿岸騎單車北上，來到鄰村朗維克吃午餐，飯後她去一座小農場，聽見雞蛋販告訴她說，她兒子被謀殺了。不只是老早被下葬了——是被謀殺。

「滿辛苦的。」尤莉亞又說，喝乾第二杯酒。

昨晚，夜空晴朗，星斗滿天，尤莉亞又準備單獨在船庫過夜。

在這片荒涼的海岸，星辰宛如她僅有的友伴。一彎明月高掛在東方，像一塊灰白骨，但尤莉亞站在炭黑色的海邊，仰望星空半小時，然後才回船庫。從船庫，她能看見另一道令人寬心的光輝：馬路對面艾絲翠家的戶外燈。沿岸南北有人居住的房子也亮著光，但遠在天邊，幾乎和星光一樣黯淡，幸好艾絲翠家的明燈顯示，黑暗中照樣有其他人存在。

尤莉亞睡著的速度出奇快，也出奇平靜，八小時之後一覺醒來，神清氣爽，聽見海邊潮來潮往，節拍幾乎和她的呼吸同步。

鵝卵石灘的景象安詳，她開門望著海浪，碎骨的念頭不再湧現。

她走向別墅去漱洗，做早餐，隨後進院子走一圈，在工具室後面發現一輛舊單車。尤莉亞認為是姊姊蓮娜的車。這輛腳踏車生鏽了，需要上機油，幸好輪胎裡的氣仍夠多。

她決定騎車北上朗維克吃午餐。來到朗維克，她想找一位名叫藍伯特的老人，為了多年前打他，去向他道歉。

北上的濱海路塵土飛揚，石子滿地，也深坑處處，但騎單車還能通行，而風景也和往常一樣美，右邊是石灰岩草原，左邊懸崖下面幾碼就是閃亮的海水。通過採石場時，尤莉亞避免望向採石場最遠的一邊；她不想知道那灘血跡還在不在。

半個身子沐浴在陽光裡，背後又有海風助力，這趟騎行路途滿是愜意。

朗維克村位於斯坦維克村以北五公里，但規模比斯坦維克大，與斯坦維克的模樣截然不同。朗維克有個像樣的沙灘戲水區，有休閒船隻停靠的船塢，中心區有幾棟較大的公寓，村子的南北郊更有開發中的避暑別墅區。

路邊有一面牌子廣告著：空地出售。朗維克處處可見建築工地：圍牆、指標、直通草原的新設砂石步道，終點可見塑膠包裝瓷磚堆積如山和一疊又一疊加工過的木料。

村裡當然也有一棟港口飯店，沿著沙灘聳立，樓高三層，附設一家大餐廳。

尤莉亞進餐廳，點一客義大利麵當午餐，一股念舊情懷幽幽自心底升起。一九六〇年代初，她曾來這裡跳過舞。在青少年時期，她常和朋友從斯坦維克騎單車來這裡，當時這棟飯店規模較小，但即使在當年，感覺還是相當雄偉。飯店原有一座木造的大型露天遊廊，俯瞰海邊，她在遊廊上和朋友共舞到午夜，音樂是美國和英國搖滾歌曲，空檔時有黑暗中的海浪聲串場。空氣洋溢著汗酸、刮鬍水味、菸臭。就是在朗維克，尤莉亞嚐到今生第一杯葡萄酒。有幾次，她深夜坐上速克達，噗噗噗搭便車回家，全速在黑夜裡衝刺，不戴安全帽，自信滿滿認定人生只會越來越多采多姿。

曾幾何時，遊廊撤掉了，飯店變大了，有明亮寬敞的會議廳和專屬游泳池。

午餐後，尤莉亞開始讀耶洛夫送她的書——《厄蘭島刑案》，讀到〈逃過制裁的兇手〉這一章時，她得知尼爾斯．坎特的為人，認識他在一九四五年夏天的草原事蹟，以及後續發展：

在石灰岩草原上，在風光明媚的那一天，尼爾斯．坎特冷血處決的兩名軍人究竟是誰？

咸信，兩人是德國軍人，二次大戰接近尾聲時遠征拉脫維亞，在西岸庫爾遭逢浴血戰，被紅軍夾殺，因而叛逃，而唯一的逃生途徑是飄洋橫渡波羅的海。在當時，不分軍民的難民紛紛搭舟船，冒著天大的風險，投奔彼岸瑞典。

然而，各界無從確定此兩人是否真為德軍。兩人身上查無證件或護照，身分實難確認，墳墓上也無名。

儘管如此，他們留下幾項線索。坎特棄屍逃離草原，當時他有所不知，同一日上午，在瑪內斯鎮以南約一公里的小海灣，有人發現一艘綠色小型馬達船棄置在岸邊，船上有俄國標誌。該船無船罩，船內進水，有兩副德軍鋼盔、數十個食品罐頭、一個夜壺、一支破槳、一小盒專治俄國蝨的藥粉。這種藥粉由提奧多．莫瑞爾醫師在柏林調配，供納粹國防軍專用，而莫瑞爾是希特勒的御用醫師。

在厄蘭島沿岸，若有異物漂上岸，必定引人注目，這艘綠船更不在話下——因此，在坎特下毒手之前，許多瑪內斯鎮民已得知家園附近有陌生人潛伏。部分民眾甚至外出搜索，有無攜帶槍械皆然。

尼爾斯．坎特槍殺士兵後並未加以掩埋，甚至也未遮蓋屍首。草原上一出現屍體，以腐肉為主食的動物迅速聞香而至，而小型鳥獸爭相搶食的聲響能傳至遠方，明眼人也看得見。

因此，不消幾日，在草原上搜索的民眾便能尋獲士兵陳屍處。

女服務生過來收拾餐具時，尤莉亞闔上書本，瞭望著飯店下方荒涼的海灘，若有所思。

尼爾斯．坎特的事蹟耐人尋味，但他死了，也已下葬，她仍搞不清楚為何耶洛夫叫她藉這本書瞭解坎特。

「我可以現在買單嗎？」尤莉亞問服務生說。

「當然可以。總計四十二克朗。」

女服務生年紀很輕，甚至可能尚未滿二十，對這工作很滿意似的。

「你們全年營業嗎？」尤莉亞邊付錢邊說。

儘管現在是秋季，朗維克各處仍可見眾多遊客，尤其是在碼頭飯店裡更多，令尤莉亞訝異。

「十一月到三月只在週末和舉行會議的時候營業。」女服務生說。

服務生收下錢，打開腰包找零。

「零錢不用了。」尤莉亞說，她再望向窗外的灰色海水，繼續說：「我另外想知道一件事……妳認不認識朗維克一個名叫藍伯特的居民？他的姓最後一個字是『森』……史文森或尼爾森或卡爾森。這裡有沒有人名叫藍伯特？」

服務生想一想，搖搖頭。「藍伯特？」她說，「聽過這名字應該會記得，不過我好像沒聽過。」

她太年輕，不太可能認識朗維克的老居民，尤莉亞心想。尤莉亞點頭站起來，但服務生突然說：

「問袞納看看。袞納．隆耶爾。他是這家飯店老闆。朗維克的居民他差不多全認識。」她轉身指一指。「妳從大門出去左轉，沿著飯店側面走，辦公室就在那裡——他現在應該在。」

尤莉亞感謝她，離開餐廳。今天午餐喝的是冰水；這是她漸漸養成的習慣。走在飯店停車場，冷風迎面而來，能有個清醒的頭腦真好，雖然與藍伯特重逢之前來一杯紅酒暖和暖和也不錯……

藍伯特．史文森或尼爾森或卡爾森。

尤莉亞用手抹抹頭髮，繞到飯店一側。這裡有一道木門，旁邊有幾面公司招牌，最上面一個寫著：朗維克會議中心。她打開門，走進一個小接待區，裡面鋪著黃地毯，擺著高大的綠色塑膠盆栽。

感覺像走進哥特堡市中心的辦公室。這裡播放著柔和的背景音樂。一位年輕時髦的女子坐鎮接待櫃檯，另外有一位同樣年輕的男子身穿白襯衫，挨著櫃檯站著。兩人見尤莉亞進來，認為她干擾到重要對話，但櫃檯小姊反應快，急忙以笑臉迎接她。尤莉亞以哈囉回禮，和陌生人見面時又如常緊張起來。她說她想找袞納．隆耶爾。

「袞納？」櫃檯小姊說，轉頭看櫃檯邊的男子。「他吃完午餐回來了沒？」

「回來了，」男子說，對尤莉亞點點頭。「跟我來，我帶妳去見他。」

尤莉亞跟著男子走進一道短廊，盡頭有一道半掩的門。他在敲門的同時推門進去。

「爸？」他說，「有人想見你。」

「好，」低沉的男音回應。「進來。」

這間辦公室並不特別大，但從觀景窗能俯瞰海灘和波羅的海，景色壯麗。飯店老闆袞納．隆耶爾坐在辦公桌裡。他身材高大，大鬍子灰白，濃密的眉毛也灰白，手正忙著敲計算機鍵盤。他穿白襯衫和吊帶，褐色外套掛在椅背上。計算機旁有一份攤開的《厄蘭島郵報》，隆耶爾似乎一面看報紙，一面打計算機。

「嗨。」他抬頭說，瞄一眼尤莉亞。

「嗨。」

「找我有什麼事嗎？」

隆耶爾面帶微笑，繼續對著計算機輸入數字。

「我只想請教一個問題，」尤莉亞說著走進辦公室。「我想找藍伯特。」

「藍伯特？」

「朗維克居民藍伯特……藍伯特．卡爾森吧，姓名好像是。」

「應該是藍伯特．尼爾森，」隆耶爾說，「朗維克沒有別的藍伯特。」

「就是他……尼爾森，就是他。」尤莉亞快口說。

「不過，藍伯特已經不在了，」隆耶爾搖頭說，「他五、六年前死了。」

「喔。」

失望之情在尤莉亞心中戳一下，但她不是沒有料到這答案。在一九七〇年代，藍伯特就顯露老態。當時他騎速克達來她家，想瞭解彥斯出了什麼事。

「他弟弟史文—歐洛夫還健在，」隆耶爾接著說，「他住在小山上，在披薩店後面；藍伯特生前也住那裡。史文家賣雞蛋，所以妳找找看，院子裡養雞的那一間就是他家。」

「謝謝。」

「妳幫我帶個口信過去，告訴史文，現在接自來水比以前更省錢了，」隆耶爾微笑說，「全朗維克只剩他還以為自己家的井最好用。」

「好。」尤莉亞說。

「妳是本飯店客人嗎？」隆耶爾問。

「不是，不過，我小時候常來這裡跳舞……現在我借住在斯坦維克。我名叫尤莉亞・大衛森。」

「是老耶洛夫的親戚嗎？」

「我是他女兒。」

「真的？」隆耶爾說，「那代我向他問好。他幫我們餐廳做了幾個瓶中船。希望他再幫我們多做幾個。」

「我會轉告他的。」

「斯坦維克那裡真的很宜人，不是嗎？」隆耶爾沉思說，「採石場收了，別墅空著，氣氛很祥和。」他微笑。「當然，我們這裡走的路線不一樣……擴展再擴展，主打觀光、高爾夫和大型會議。我們認為，這才是厄蘭島北部沿海村莊存活的唯一路線。」

尤莉亞略帶遲疑地點點頭。「看樣子確實有效果。」她說。

斯坦維克當初是否也應該走觀光路線？離開辦公室的尤莉亞邊走邊思考。她走過多風的停車場。她想不出結果，因為如今朗維克的建設超前一大截，斯坦維克早已望塵莫及。想在斯坦維克興建濱海飯店或披薩店是不可能的事。斯坦維克勢必維持大半年荒涼的景象，只在夏季遊客湧進時活躍兩三個月，想再振作也不是辦法。

她路過碼頭邊的一座加油站，通過披薩店，繼續走在寬闊的街道上。

這條街轉向內陸，變成上坡路，現在是順風。小山頂有一叢樹林，後面有一道牆，牆裡有一座院子和一小棟漆成白色的房子，也有一座自成一格的石造雞舍。

她沒看到母雞，只見院子門旁邊的木牌寫著：雞蛋出售。

尤莉亞打開院子門，踏進粗糙石灰岩板鋪成的步道。她走過一個漆成綠色的壓水井，想起濱海飯店老闆袞納．隆耶爾提到的自來水一事。

房門關著，但有門鈴可按。尤莉亞按鈴，不見動靜，片刻之後才有碰撞聲傳出來。門開了。一名老翁探頭看。銀髮梳掩禿頭的他身材細瘦，皺紋很多。

「午安。」他說。

「午安。」尤莉亞說。

「妳想買雞蛋嗎？」

老翁大概正在吃午餐，因為他仍在咀嚼著食品。

尤莉亞點頭。沒問題，買幾顆雞蛋也無妨。

「你是史文嗎？」她問。和陌生人打交道的焦慮這次沒有。

也許，她正逐漸習慣在厄蘭島上和陌生人打交道。

「的確是。」老翁說。門內有一雙黑色大橡膠靴，他搖搖晃晃穿上。「妳想買幾個……」

「呃……六個就好。」

史文—歐洛夫．尼爾森走出家門，正要關門之際，一隻貓悄悄從他身後鑽出來，身影黑如煤炭。貓懶得瞄尤莉亞一眼。

「我去拿蛋。」史文告訴尤莉亞。

「好。」她說，但他走向小雞舍時，她亦步亦趨。老翁打開綠門，走進泥土地，她待在門檻外。這裡沒有雞，小桌上有幾盤白蛋。

「我去端一些剛下的雞蛋過來。」史文說。他走向另一邊，打開一道沒上漆、搖搖欲墜的門，進入雞舍。

活雞的氣味飄來，尤莉亞瞥見雞舍牆邊有幾排木架子，但看不太清楚；雞舍裡沒開燈，裡面近乎黑壓壓。

「你養了幾隻母雞？」她問。

「最近不多了，」史文說，「差不多五十隻……再養也養不久了。」

雞舍裡有咯咯聲。

「我聽說藍伯特過世了。」她說。

「什麼……藍伯特？對，他在八七年就過世了。」黑暗中的史文說。

為何不開燈？她不瞭解。說不定是燈泡壞了。

「我見過藍伯特一次，」尤莉亞說，「好幾年前的事了。」

「喔，是嗎？」史文說，「唉，唉。」

他似乎不太有興趣聊已故兄長的軼事，但無計可施的尤莉亞只能繼續。

「見面地點是在我住的斯坦維克。」

「喔，是嗎。」史文說。

尤莉亞跨過門檻，走向他，進入暗室，裡面的空氣滯悶，灰塵很多。她聽得見母雞在牆邊緊張碎碎動，但看不清牠們是不是養在籠子裡或是散養雞隻。

「那次，我母親艾拉打電話找藍伯特，」她說，「因為我們想……我們想請他幫忙找一個失蹤的人。他失蹤三天了，到處找不到蹤影。艾拉聽人提到藍伯特……她說藍伯特能找到失物，很有名。」

「艾拉．大衛森？」史文說。

「對。她打了電話，隔天，藍伯特騎著老機車，從朗維克趕過來。」

「對，他喜歡幫助人。」史文說。這時候，他只成了雞舍裡的人影。在悶悶的咯咯聲中，尤莉亞幾乎聽不見他微弱的嗓音。「藍伯特很會尋失物。他做夢夢得見，醒來就能找到東西。他也會幫人尋水源，用的是一根榛木做的尋水杖。大家常感激他幫忙。」

尤莉亞點點頭。「他來我們家時，還帶了自己的枕頭過來。」她說，「他想睡彥斯的房間，置身在彥斯的東西之間。我們讓他睡那間。」

「對，那是他的作法，」史文說，「他能夢見東西。溺水的人也好，搞丟的東西也好，他都能夢到。未來事件，即將發生的事情也是。他過世前幾個禮拜，就夢見自己死的那一天。他預言說，他會死在自己房間的床上，時間在凌晨兩點半，他的心跳會停止，救護車趕到時已經來不及了。結果和他說的一模一樣，連日子都預言到了。救護車也沒及時趕到。」

「可是，每次都很靈驗嗎？」尤莉亞說，「每次都被他料中嗎？」

「不一定，」史文回答，「有時候，他什麼也沒夢到。有時候是夢到了，可惜他不記得……大概這種事就是這樣吧，我猜。而且，他夢不到名字，他夢裡的人沒有一個有名字。」

「可是，如果他夢到東西了，」尤莉亞說，「每次都靈驗嗎？」

「幾乎都是。大家很信任他。」

尤莉亞再往前走兩三步。她非對老翁坦白不可。

「你哥哥騎機車來我們家時，我已經有三天睡不著覺了，」她輕聲說，「那一夜，我照樣也失眠。我躺在床上，聽著在彥斯房間裡的他睡上那張小床。他轉身時，我聽得見彈簧床吱嘎響。後來，房間安靜了，我還是睡不著……隔天早上七點，他起床，我坐在廚房等他。」

她四周的母雞咯咯叫得不安分，但史文沒回應。

「藍伯特夢見我兒子了，」她繼續說，「他腋下夾著枕頭，走進廚房，我看他表情就明白了。他看著我，我問他，他說，沒錯，他是夢見彥斯了。他的表情好哀傷……我確定他想多說幾句，可是我聽不下去了。我打他罵他，趕他走。我父親耶洛夫送他到院子門口。他的機車停在那裡。我站在廚房裡，邊哭邊聽他騎車離開。」她歇口嘆息。「我只見過藍伯特那一面。很遺憾。」

雞舍變安靜了。連母雞都安分下來。

「那男孩子……」黑暗中的史文說，「是不是那件悲劇……？是斯坦維克失蹤的那個小男孩嗎？」

「正是我兒子彥斯，」尤莉亞說，迫切渴望喝一杯葡萄酒。「他現在還下落不明。」

史文不語。

「我真的很想知道……藍伯特有沒有提到那一夜他夢見什麼？」

「這裡有五個蛋，」黑暗中的人說，「我只找得到這麼多了。」

尤莉亞明瞭，史文無意回答她的問題。

她吐一口氣，深沉的嘆息。

「我一無所有，」她自言自語，「我一無所有。」

她的視覺逐漸適應環境，現在看得見史文站在雞舍中間，毫無動作，看著她，抱著五顆雞蛋。

「你哥一定說過什麼，史文—歐洛夫，」她說，「他在世時，一定跟你提過那一夜他夢見什麼，對不對？」

史文咳一咳。「他只提起那男孩子一次。」

輪到尤莉亞語塞了。她屏息以待。

「他在《厄蘭島郵報》讀到新聞，」史文說，「大概是在失蹤事件五年以後吧。我們邊吃早餐邊看報紙。不過那天，報紙上沒有新消息。」

「從來都沒有，」尤莉亞語帶倦意說，「根本從來都沒有新發展，不過記者照寫不誤。」

「我們當時坐在廚房餐桌前，先看報紙的人是我，」史文說，「然後藍伯特看報紙。我看見他在讀那男孩子的報導時，我問他有什麼想法。藍伯特放下報紙，說那孩子死了。」

尤莉亞閉眼。她默默點頭。

「在海峽？」她問。

「不是。藍伯特說，事情發生在草原上。他在草原上遇害。」

「遇害。」尤莉亞說，皮膚表面泛起一股冰冷的寒意。

「動手的人是一個男的，藍伯特說。發生在男孩子失蹤的當天，那男人有滿懷的仇恨，在草原上殺了他。然後，他把孩子埋進石牆邊的墳墓。」

牆邊某處有一隻母雞緊張振翅起來。

見尤莉亞不語，史文說：「藍伯特只講這麼多了。」他繼續說：「他沒講那男人，也沒再提那孩子。」

沒名字，尤莉亞心想。藍伯特夢見的人全部沒名字。

史文恢復動作。他捧五顆雞蛋走出雞舍，憂心忡忡看著尤莉亞，好像擔心也挨她揍。

尤莉亞吐氣。

「我總算知道了，」她說，「謝謝你。」

「妳需要盒子裝蛋嗎？」史文問。

尤莉亞知道了。

她能試著說服自己：藍伯特料錯了，不然就是他弟弟瞎掰。但再說服自己也無濟於事。她心中有數。

從朗維克回家路上，她在冷清的濱海路上停下，瞭望浪花激起海沫，哭了十幾分鐘。

她知道了；能確定事情，心頭亂糟糟。感覺上，彥斯失蹤至今才幾天，彷彿內傷仍在淌血。從今以後，她要敞開心胸，接受兒子已死的事實，一點一點接受。這事急不得，不然她會被悲慟淹沒。

彥斯死了。

她知道了。但儘管如此，她仍想再看兒子一面，見他的遺體也好。如果見不到，她至少想弄清楚事發經過。所以她才來這一趟。

風吹乾了她的淚水。過了一陣子，尤莉亞再騎上腳踏車，慢慢騎回去。

在採石場邊，她遇見遛狗中的艾絲翠。艾絲翠邀請她來家裡吃晚餐，見她哭得浮腫的眼睛也不過問。

艾絲翠招待她炸肉排和水煮馬鈴薯和紅酒。尤莉亞吃了幾口，再多喝好幾杯，超出她的酒量。但三杯下肚之後，彥斯去世多年的事實不再擾人，已在胸中鈍化成一股悶痛。何況，畢竟，最初幾天遍尋不著生命跡象之後，根本也不應該再懷抱任何希望了……

「所以說，妳今天去了朗維克？」

尤莉亞醞釀的思緒被打斷，她點點頭。

「對。昨天我去了瑪內斯。」她急著說，以逃避朗維克和藍伯特料事如神的夢。

「在瑪內斯遇到什麼事？」艾絲翠問，把瓶底的葡萄酒全倒給尤莉亞。

「不多，」尤莉亞說，「我去教堂墓園看見尼爾斯．坎特的墳墓。耶洛夫建議我去看看。」

「尼爾斯的墳墓。」艾絲翠說著舉杯。

「有件事，我一直在納悶，」尤莉亞說，「妳可能也說不上來。尼爾斯．坎特不是在草原上槍斃兩名德軍嗎？……那年代，有多少德軍逃到厄蘭島？」

「我不太清楚，」艾絲翠說，「據說大概有一百人從波羅的海國家的戰場逃到瑞典，不過多數在斯摩蘭省沿岸登陸。他們當然迫切想回家，或者想去英國。不過，瑞典當年很怕史達林，所以把他們遣返給蘇聯。懦夫的舉動。不過，妳一定讀過這些史實吧？」

「對，讀過一點點……不過是很久以前讀到的。」尤莉亞說。

她隱隱記得在學期間讀到俄國來的難民，但在當時，瑞典史或厄蘭島歷史不太能挑起她興趣。

「在瑪內斯，妳另外做了什麼事？」艾絲翠說。

「呃……我和鎮上的警察一起吃午餐，」尤莉亞說，「雷納特．亨利克森。」

「他是個好人，」艾絲翠說，「品味非常高尚。」

尤莉亞點頭。

「妳和他有沒有聊到尼爾斯．坎特？」艾絲翠問。

尤莉亞搖搖頭，繼而一想，再說：

「喔，我記得提到過，我去看過坎特的墳墓。不過我們沒有再提他。」

「最好還是別對雷納特提起他吧，」艾絲翠說，「雷納特會有點難過。」

「難過？」尤莉亞說。「為什麼？」

「是很久以前的事了，」艾絲翠說，灌一口葡萄酒。「雷納特是庫特．亨利克森的兒子。」

她看著尤莉亞，表情嚴肅，彷彿尤莉亞應該一點就通。

但尤莉亞一臉迷糊搖搖頭。

「誰啊？」她說。

「他是瑪內斯的警員，」艾絲翠解釋，「舊稱『地區警司』。」

「他怎麼了？」

「負責逮捕殺害德軍兇手的人就是庫特。」艾絲翠說。

厄蘭島，一九四五年五月

尼爾斯．坎特想把獵槍管鋸短。

在酷暑中，他站在木工房裡，彎腰鋸著獵槍，樺樹柴薪堆得和屋頂一般高，隨時可能倒在他身上似的。他的胡斯瓦納獵槍平放在眼前的砧板上，槍管眼看就快被鋸斷了。穿著靴子的他左腳踩槍托，雙手握著鋼鋸，抱著堅決的態度慢慢鋸。工房附近的蒼蠅嗡嗡飛，不斷想降落在他滿是汗水的臉上，他偶爾伸手趕蒼蠅。

外面，一切安靜如墓穴。母親薇拉在廚房，為他打點背包。春天的熱風裡瀰漫一股焦急等候的氣息。

尼爾斯繼續鋸，最後鋸齒終於咬穿最後幾毫米的鋼鐵皮，槍管咚一聲，掉在木工房的石地上。

他拿起槍管，插進靠近木堆底下的一個小洞，把鋸子擱在砧板上，從口袋掏兩顆子彈出來，裝進槍裡。

然後，他走出工房，把獵槍放在門邊陰影中。

準備就緒。

草原槍擊事件是四天前的事，如今斯坦維克村民全知道了。昨天《厄蘭島郵報》頭版刊出：德軍遭獵槍行刑，曝屍草原。三年前，波爾貢郊外的濱海森林被轟炸，當時的標題字體和這次一樣大。

報紙亂下標題——根本不是行刑。尼爾斯自認是跟兩名士兵爆發槍戰，最後打贏的是他。

然而，也許大家的看法未必和他一致。晚上，尼爾斯進村子裡，路過鋸木廠，工人們默默盯著他看，這是前所未有的現象。他也不講話，但他知道，他們正在他背後講他壞話。謠言四起。草原事件眾說紛紜，宛如水面漣漪似的向外擴散。

他走進家門。

在廚房，母親薇拉背對著他，坐在餐桌前，不吭聲也沒動作，望著窗外的草原。他看得出來，母親的瘦肩緊繃，灰上衣掩不住焦慮和哀傷。

尼爾斯本身的恐懼也同樣無以言喻。

「時間差不多了。」他說。

母親輕輕點頭，沒有轉身。背包和小行李箱擺在她身旁的桌上，全打包好了，尼爾斯走過去，拿起來。他幾乎無法忍受；如果開口說什麼，嗓音必定充滿哭聲——所以他只能就此離去。

「總有一天你會回來的，尼爾斯。」母親對著他背影說，嗓音沙啞。

他點點頭，只不過母親看不到。他拿起門邊掛衣鉤上的藍色小帽。銅製貼身酒壺藏在帽子裡，裡面裝滿了白蘭地。他把酒壺塞進背包。

「我該走了。」他輕聲說。

裝著旅費的皮夾放在背包裡，母親另外給他二十張大鈔，捲成一束，塞進他長褲後口袋。

來到門口，他轉身，母親這時站在廚房裡，側對著他，依然不看他。也許她不忍心看。她雙手交握在腹部前，蒼白的長指甲戳進掌心肉，嘴唇嚅動顫抖著。

「我愛妳，母親，」尼爾斯說，「我會再回來的。」

說完，他快步走出門，步下石階，進入庭院，在木工房旁稍事停留，帶走獵槍，然後才繞過屋角，鑽進白楊樹林裡。

尼爾斯有辦法在神不知鬼不覺之中離開村子。他彎腰走在趕牛小路上，在遠離道路的茂林裡穿梭，攀越長滿地衣的石牆，偶爾駐足聆聽，看看草地蟲鳴之外是否有人竊竊私語。

他來到村子西南郊外的草原上，陽光普照，沒有人瞧見他。

來到這裡，危機解除了；在草原上認路是他的專長，行動迅速敏捷，無人能比。在別人看見他之前，他就能看見對方。他幾乎是對準太陽直線前進，遠遠和德軍陳屍處保持距離。屍體是擺在原地或是被運走，他不想知道。他也不願再想那兩人，因為害他被迫離開母親的人正是他們。

那兩人強迫他去避風頭一陣子。

「你該去外地，」母親昨晚對他說，「從瑪內斯搭火車去波爾貢，然後搭渡輪去斯摩蘭省。你舅舅奧古斯特會在卡爾馬市和你碰頭，你一定要聽他話——謝謝他的時候記得脫帽。不准你和別人交談，等一切風平浪靜，你才能回到厄蘭島。不過，尼爾斯，只要我們耐心等，一定會沒事的。」

忽然間，他自認為聽見背後有人遠遠喊他，他停下腳步。但他再也聽不見人聲。他繼續穿越杜松叢，行動更加謹慎，但他動作也不能太慢。火車不等人。

走了兩三公里，他踏上砂石大馬路。一輛馬車從南邊過來，他急忙過馬路，躲進水溝，幸好馬車只有一匹馬垂頭拉著車，接近時他離馬路很遠。現在，他大致位於島的中心，他想起報紙上刊登的新聞：據推測，大約一週前或是更早的時候，德軍的船隻引擎拋錨，漂上瑪內斯以南的岸上，隨後他們潛伏在這條路周圍的區域內。

他不打算再想那兩人，但一時之間，他想起士兵交出的那一小盒寶石，想到自己把寶盒深深埋進紀念石塚下面。最近幾天，他和母親多半不出門，他數度差點吐露藏寶一事，想想卻覺得不妥而噤聲。以後再告訴她吧，以後再去把寶盒挖出來，亮給母親看。等到歸鄉的那天再說吧。

再走二十分鐘，鋪著石子的鐵軌出現在他前方。這條是波達村和波爾貢之間的窄軌鐵路。他沿著鐵路往北走，走向瑪內斯車站。車站的獨棟木造建築有兩層，位於鎮南郊，裡面附設郵局。前方不遠處，在兩條鐵軌分岔成四條的地方，他看見車站。

鐵軌上不見火車。他的車尚未進站。

尼爾斯曾來回波爾貢三次，懂得旅客應有的言行舉止。他走進靜悄悄的車站，到售票處買了一張去波爾貢的單程車票。

鐵窗裡的女售票員戴著眼鏡，表情悽苦。她先看他一眼，隨即俯視桌面開票。剛硬的筆尖在紙上颼颼劃。

尼爾斯焦急等著，覺得有人在監視他。他環視周圍，見到六、七個人，多數是男性，穿著扣得整齊的西裝，坐在候車室的木製長椅上，有獨行客，也有成群的旅客，其中幾人帶著黑皮袋子。帶背包和行李箱的乘客唯獨尼爾斯一人。

「好了。最後一個車廂，三號。」

尼爾斯取票付費，走上月台，背包上肩，手提著行李箱。等了才幾分鐘，他聽見尖銳的火車汽笛聲，火車頭嘟嘟嘟進站，拖著三個塗紅漆的車廂。

冒蒸汽的黑車頭具有莫大的馬力，尖聲煞車，緩緩停進月台。

尼爾斯踏上最後一節車廂。站長在他背後喊一聲，車站門打開，其他乘客走上月台。

尼爾斯來到最上一階，默默回頭看他們；他們選擇走向另外兩節車廂。

這車廂裡幽暗，空無一人。尼爾斯把行李箱舉上行李架，在靠窗的皮椅坐下，窗外是草原景觀，背包擺身邊。火車沉穩抖一抖，開動了。尼爾斯閉眼，吐一口氣。

火車又停了，悶悶嘶一聲。車廂靜止不動。

尼爾斯睜開眼睛靜候。這車廂仍只有他一人。

過了一分鐘。再過一分鐘。出了什麼事？

有人在外面嚷一句，最後他才覺得火車再度動起來，徐徐加速中。他看得見車站往後飄走，消失在他背後。涼風從窗縫吹進車廂裡，感覺像是斯坦維克海邊的清風。

尼爾斯的肩膀慢慢鬆懈下來。他一手放在背包上，打開，背部靠向椅背。火車不斷加速。汽笛聲尖銳。

突然間，車廂門開了。

尼爾斯轉頭。

進來的是一名壯漢。他穿著警察黑制服，鈕釦亮閃閃，頭戴警帽。他直直盯著尼爾斯。

「斯坦維克人尼爾斯・坎特。」男人說，表情嚴肅。

這話非問句，但尼爾斯還是不由自主點點頭。

火車在石灰岩草原上飛奔，在座位上的他彷彿被黏住了。窗外是綠褐色的地貌和藍天。尼爾斯想停住火車，跳車逃走，想衝回草原上。但火車現在高速前進中，車輪撞擊著鐵軌，狂風呼嘯著。

「很好。」

警察沉沉在斜對面的座位坐下，近到兩人的膝蓋幾乎碰觸。儘管是大熱天，警察的外套釦子全扣上。他拉直外套。帽簷下，警察的額頭汗光晶瑩。尼爾斯隱隱約約認得他。亨利克森。他是瑪內斯的地區警司。

「尼爾斯，」亨利克森說，彷彿彼此認識。「你想去波爾貢？」

尼爾斯慢慢點頭。

「你想去拜訪誰？」亨利克森問。

尼爾斯搖搖頭。

「不然你去波爾貢幹嘛？」

尼爾斯不應。

警官轉頭望窗外。

「沒關係，我們可以一起去，」他說，「邊坐車邊聊一聊也行。」

尼爾斯不語。

警官繼續：

「我接到電話，得知你在車站時，我請站長暫時扣住火車幾分鐘，讓我能上車陪你坐。」他的目光轉回尼爾斯，態度幾近不情願。「我真的想找你談一談，想請教你在草原上遠行的事……」

通過瑪內斯和波爾貢之間的一站時，火車開始減速。蘋果樹環繞的一棟小別墅飄過尼爾斯窗外。他想像自己能嗅到煎餅的香味；昨晚，母親在剛煮好的煎餅上撒糖給他吃。

尼爾斯看著警察。

「草原……哪有什麼東西好談的。」他說。

「我可不認同你。」警官從口袋掏出手帕。「尼爾斯，我覺得，我們應該談一談。很多人也都跟我有同感，紙是包不住火的。」

警察盯緊尼爾斯的視線，緩緩拭掉臉上的汗水。然後，他彎腰向前。

「最近幾天，斯坦維克有幾位民眾聯絡我們。他們說，如果我們想知道誰帶著獵槍進草原，就應該找你瞭解一下，尼爾斯。」

德軍陳屍草原的情景浮現尼爾斯腦海；他看得見那兩雙死不瞑目的眼睛。

「不要。」尼爾斯搖頭說。

他聽見嘩嘩聲。火車開始煞車了。

「尼爾斯，你有沒有在草原上遇見外國人？」警察收回手帕問。

火車停住了，車廂微微顫動。過了約莫半分鐘，火車又啟動。

「遇到了，對不對？」

警察始終對他目不轉睛，等著他回話，目光燒燙了尼爾斯的臉。

「我們找到屍體了，尼爾斯，」他說，「槍殺他們的人是不是你？」

「我什麼也沒做。」尼爾斯小聲說，手指摸索著背包開口。

「你剛說什麼？」警察問，「背包裡面有什麼？」

尼爾斯不應。

車輪又開始砰砰作響，汽笛聲大作，他的手指在顫抖，鑽進背包裡尋尋覓覓。背包側倒。他的右手在衣物等物品中遊走。

警官從座位起身一半；也許他意識到狀況即將發生。

火車以汽笛聲驚叫。

「尼爾斯，裡面有什──」

在背包裡，尼爾斯的手指穩穩握住被鋸短的獵槍，扣扳機，槍在背包裡的衣物之間猛抖一下。

第一槍擊碎背包底，打爛警察的鄰座，木頭的碎片噴射向天花板。

警官被槍聲嚇一跳，但沒有尋求掩護。

他無處可逃。

尼爾斯迅速舉槍，再開火，連瞄準也省了。背包已經被轟破。

第二槍正中警察。亨利克森的身體被轟去撞壁，力道之強，尼爾斯聽得見骨折聲。警察落地後，橫躺在被擊碎的座位上，然後滾到車廂地上。

車輪撞擊著鐵軌，火車在石灰岩草原上奔馳。

亨利克森掉在尼爾斯眼前的地上，雙臂微微抽抖著。尼爾斯繼續握著獵槍但放開背包，站起來，兩腿站不穩。

可惡。

搭火車去波爾貢。腦海浮現母親的叮嚀。

這下子，母親的計畫泡湯了。

尼爾斯四下張望，見窗外的景物向後飛奔。

草原仍在，陽光也是。

他把背包倒翻過來，被擊碎、沾滿煙硝味的衣物滾落而出：襪子、長褲、羊毛衣。但背包最底下有一小袋奶油太妃糖，皮夾和裝滿白蘭地的貼身酒壺也安然無恙。他拿起酒壺，匆匆灌一口溫溫的白蘭地，把酒壺塞進後口袋。感覺好多了。

鈔票、毛衣、酒壺、獵槍、太妃糖。他無法再帶走其他東西。他不得不扔下一箱衣物。

尼爾斯跨過警察靜止不動的屍體，開門，走進震耳欲聾的兩節車廂之間。

火車在草原上行駛。風對著他撕扯，他緊閉眼皮迎風。隔窗，他看得見第二節車廂裡有個男人戴黑帽，背對著他坐著，隨著火車的節拍搖擺。剛才的槍聲被背包裡的衣物蒙蔽了，而且火車在鐵軌上轟隆隆行駛，似乎沒人聽見異狀。

尼爾斯打開側門，嗅到草原植被的馨香，見到腳下鐵軌間的碎石猶如淺灰色河流，向後流逝。他往下爬，來到最後一階，留心鐵軌旁有無雜物，然後縱身跳車。

他想盡量跳遠一點，希望雙腳落地時能開跑，但落地的撞擊力太強，他整個人被甩向地面。火車繼續隆隆前進，他覺得天旋地轉，額頭受到重擊。他緊繃全身，唯恐滾向火車底下，幸好他被鐵軌撞開。

他抬頭見火車駛離，看到他跳出來的最後一節車廂漸行漸遠。

火車消失在遠方。四方寂靜無聲。

他成功了。

他慢慢爬起來，環視周遭。他回到草原上了，獵槍仍在手裡。

到處看不見建築物，也不見人跡，極目所及只有無盡的草地和藍天。

尼爾斯自由了。

他一眼也不望背後的鐵軌，急著大步邁進草原，走向厄蘭島西岸。

尼爾斯自由了，接著他想從人間蒸發。

他已經蒸發了。

14

「那是暮色漸深的時刻講的故事。」艾絲翠幽幽說。

尼爾斯．坎特的故事講完時，葡萄酒瓶已經一滴不剩。天光已逐步在廚房窗外黯淡，化為天邊窄窄一道深紅色直線。

「所以說，火車上的警察……他死了？」尤莉亞問。

「車掌進車廂，發現躺在地上的他已經斷氣，」艾絲翠回答，「胸部中彈。」

「是雷納特的父親？」

艾絲翠點點頭。

「案發當時，雷納特八、九歲吧，所以他可能不太記得，」她說，然後緊接著又說：「不過，對他幼小的心靈一定造成很嚴重的衝擊……我知道他絕口不願討論父親的死因。」

尤莉亞看著自己的酒杯。「我懂他為什麼也不想談尼爾斯．坎特。」她說。在葡萄酒的效應之下，她開始對雷納特滋生一縷親近感——他失去父親，她失去兒子。

「對，」艾絲翠說，「另外，尼爾斯．坎特還活著的謠傳也令他難受。」

尤莉亞看著她。「是誰傳的謠言？」她問。

「妳沒聽人講過嗎？」

「沒有。不過，我去瑪內斯的時候看見坎特的墳墓。那裡有個墓碑，上面寫著年份……」

「還記得尼爾斯．坎特的人不多了，不過這些人……年紀比較大的這些人……有些相信，棺材從海外運回國時，裡面躺的是石頭。」艾絲翠說。

「耶洛夫也這麼認為？」

「他從來沒說過，」艾絲翠回答，「就我所知是沒有。再怎麼說，耶洛夫是個老船長，八成把謠傳當成耳邊風。何況，這些關於尼爾斯．坎特的風言風語……只是謠言和八卦罷了。有些人自稱在秋霧中看見尼爾斯．坎特站在路邊，頭髮灰白，鬍鬚像亂草，眼睛看著車子來來去去……也有些人見他在草原上漫遊，像他年輕時一樣，或者在夏天見他現身波爾貢人群裡。」艾絲翠搖搖頭。「我倒是從來沒見過坎特的蛛絲馬跡。他一定是死了。」

她拿起酒杯，從餐桌起身。尤莉亞留在原位，遐想著，假使母親艾拉仍在世，母女倆在斯坦維克是否會像這樣聊天。不太可能；母親難得透露心思。

這時候，尤莉亞覺得褲管突然有一股暖暖軟軟的感覺，倒抽一口氣，低頭一看，原來是艾絲翠養的獵狐㹴威利。牠剛走來桌子下面。尤莉亞伸手搔一搔牠頸背的剛毛，心事重重地望向廚房窗外，看著內地的方向殘存橘紅色餘暉。

「但願我能待在這裡就好了。」她說。

在洗碗台的艾絲翠轉頭。「妳就待在這裡，」她說，「時辰又不晚，沒必要急著走。我們可以再聊一聊。」

尤莉亞搖搖頭。「我的意思是……我希望我能留在斯坦維克。」

她確實有多待幾天的心願。不排除是酒後心聲，但在這一刻，她覺得童年在村裡過暑假的回憶宛如腦海迴盪著旋律優美的曲子，一首厄蘭島民謠，彷彿她真正的歸宿是斯坦維克。縱使斯坦維克有彥斯失蹤案，縱使斯坦維克有恩斯特命案也一樣。

「呃，妳為什麼不能待下來？」艾絲翠說，「妳會去瑪內斯參加恩斯特的葬禮吧？」

「我姊姊急著用車，我不回去不行。」這理由非常薄弱；她畢竟是這輛福特車的另一個主人，但她找不到別的理由了。「我大概明晚就走，或是後天。」

她從餐桌起身，動作有點吃力。酒後，她的腿不太穩。

「太感謝妳招待晚餐了，艾絲翠。」她說。

「是我的榮幸，」艾絲翠說，終於露出燦爛的笑容。「妳走之前，我們一定要再聚一聚。或者等妳下次來斯坦維克的時候。」

「一言為定。」尤莉亞承諾。她拍一拍威利，然後走廚房門出去。

才剛入夜不久，夜色仍未深，她不至於摸黑回船庫。

「怕黑的話過來找我，」艾絲翠對著她背後呼喚，「想想看，斯坦維克只剩我們幾個而已——妳我和約翰．哈格曼。這裡曾經住了三百人，原本有個戒酒會和一間傳教所，海邊有一排又一排的鋸木廠。而現在，只剩下我們了。」

說完，艾絲翠關上廚房門，不給尤莉亞回應的機會。

在艾絲翠廚房裡，尤莉亞覺得醉意顯著，到屋外透氣一下，醉意漸漸消散了——至少尤莉亞自認如此。夜空無雲冷冽，微弱的燈火隔著海峽，遠遠在內地亮著。厄蘭島沿岸南北也有民房和路燈散放的光輝。這些民房太遠，白天看不到。

尤莉亞保留著別墅的鑰匙。沿著海邊走幾百碼之後，她轉向內陸。她走上村道，盡可能邁步前進；她瞥向薇拉・坎特家的庭院，腦子閃過一個疑問：愛子尼爾斯死前，老薇拉是否和兒子重逢了？

庭院裡幽靜，到處是陰影。尤莉亞繼續走向上坡的避暑別墅，解開外門的鎖，打開走廊燈。這裡沒有陰影。彥斯在別墅裡，但只殘餘稀薄的回憶。彥斯死了。

她在別墅的浴室洗澡、上廁所、刷牙。

盥洗完畢，她熄滅走廊燈，但臨走前不忘帶走在別墅充電一整天的手機。她站在走廊上，面對著大窗，撥電話給住在安養院的耶洛夫。響三聲，他接聽了。

「我是大衛森……」

「嗨，是我。」

帶著再淺的醉意打給耶洛夫，她也總有一分歉疚感，但她莫可奈何。

「哈囉，」耶洛夫說，「妳在哪？」

「在別墅裡。我剛在艾絲翠家吃完晚餐，接著想回船庫，然後上床。」

「好。妳們兩個聊什麼？」

尤莉亞思考片刻。「我們聊斯坦維克……和尼爾斯・坎特的遭遇。」

「我不是給妳那本書嗎？妳還沒讀嗎？」耶洛夫問。

「讀了，還沒讀完，」尤莉亞回答，旋即改變話題。「我們這幾天要不要去波爾貢？」

「我考慮過，禮拜二去比較好，」耶洛夫說，「如果安養院准的話。我認為，我們應該早點請玻兒書面恩准我離開安養院。」

耶洛夫表現他典型的幽默。

「如果你能獲准，」尤莉亞反唇相譏，「那我禮拜二早上九點半去接你。」

接著，一口氣哽在喉嚨裡，她靠向窗戶。

她看見外面有異狀，有一盞微弱的光線……

「喂？」耶洛夫說，「妳還在嗎？」

「隔壁有沒有住人？」尤莉亞問，目不轉睛看著窗外。

「隔壁？什麼意思？」

「薇拉．坎特家。」

「她家二十幾年沒人住了。為什麼問？」

「我不知道……」

現在，她看不見剛才那道光了。然而，她確定剛剛看見一樓有光線一閃而逝。

「她家現在是誰的？」她問。

「呃……遠親吧，我猜，」耶洛夫說，「好像是薇拉表哥或堂哥的下一代。不管是誰的，維修太麻煩了，沒人有空去管。妳也看到那房子的外觀了吧……七〇年代薇拉過世時，房子就破得差不多了。」

窗外仍然一片漆黑。

「好吧，」耶洛夫說，「明天見。然後禮拜二一起去波爾貢。」

「你是想帶我去找拐走彥斯的人嗎？」

「我可沒講喔，」耶洛夫說，「我只答應帶妳去看寄涼鞋給我的人。這樣而已。」

「不是同一個人嗎？」

「我不認為是。」

「解釋一下不行嗎？」

「一起去波爾貢再說明。」

「好吧，」尤莉亞說。她知道，再苦苦哀求，耶洛夫也不肯多說。「那就明天見。」

她關掉手機。

走上村道，路過薇拉·坎特家，這一次尤莉亞放慢腳步。濃密的老樹林底下陰森森，她一直凝視大空窗。每一面窗戶都黑黝黝。在夜空襯托下，這棟廢屋形成偌大的一個黑影。想查明是否有人藏匿屋裡，唯一的辦法是……進薇拉家，親眼看個究竟。

話說回來，這辦法是瘋狂之舉，尤莉亞明白。特別是獨闖。近年來，薇拉·坎特家成了鬼屋，但是……

假設那天彥斯進了她家……假如他被拘禁到現在呢？

快進來，媽咪。快進來，快來救我……

不，絕不能那樣想。

尤莉亞快步走向船庫，開門進去，把外門鎖好。

15

週二早晨冷而多風。耶洛夫被迫在玻兒和琳達攙扶下離開安養院，坐進停在大門口的福特車，令他覺得丟臉。

這具軀殼沉重不聽話，推著它前進必定很費事，耶洛夫能體會兩人的努力。他只能一手握緊枴杖，另一手拎著公事包，任憑她們帶路。

丟臉歸丟臉，他也無可奈何。有些日子，他能自行走動，不太辛苦，有些日子則幾乎無法行動。秋天早晨很冷，使他的狀況更形惡化。明天就是恩斯特的葬禮了，耶洛夫和女兒即將出去走一走。

尤莉亞從車上打開副駕駛座。他上車。

「你們想去哪裡？」玻兒在車子旁邊說。她總喜歡掌握耶洛夫的行蹤。

「南下，」耶洛夫說，「去波爾貢。」

「你會回來吃晚餐嗎？」

「大概會，」耶洛夫說著關車門。「好，我們出發吧。」他對尤莉亞說，希望她不會評論他今早的老殘狀況。

「她好像很關心你，」尤莉亞邊說邊開車離開安養院。「我指的是玻兒。」

「這是她的職責，她不希望我出事，」耶洛夫說。他接著又說：「不知道妳有沒有聽說過，厄蘭島南部有個老年人失蹤了……警方正在找他。」

「聽車上的收音機報導過，」尤莉亞說，「不過，我們今天不會走進草原吧？」

耶洛夫搖搖頭。「我說過，我們去波爾貢。我想帶妳去見三個男人。不是一口氣見三人。是一個接一個。而寄涼鞋給我的人是其中一個。妳想跟他講講話，對吧？」

「其他人呢？」

「一個是我的朋友，」耶洛夫說，「戈斯塔．恩斯聰。」

「另一個呢？」

「他有點特別。」

來到幹道交叉口，尤莉亞在停車標誌前煞車。

「耶洛夫，你老是愛搞神秘，」她說，「是自以為了不起嗎？」

「沒那回事。」耶洛夫急忙說。

「哼，你給我的觀感就是這樣。」尤莉亞說。她把車子轉向通往波爾貢的幹道。

也許她說得沒錯，耶洛夫心想。內心的原動力是什麼，耶洛夫自己也不曾認真思考過。

「我不是自以為了不起，」他說，「我只覺得，講故事最好循序漸進講。從前人講故事總是慢吞吞，現在凡事都講求快。」

尤莉亞不語。車子向南行駛，通過前往斯坦維克的路口，再南下幾百碼，耶洛夫看見舊車站在西方地平線上。戰後的夏季那一天，尼爾斯．坎特步行到車站，後來在車上槍殺警司亨利克森。

耶洛夫仍記得那起風波。起先，兩名德軍在草原上被槍斃，隨後是警察遇害，兇手大逃亡，消息之轟動，媒體爭相報導，甚至在二次大戰腥風血雨的最後幾個月也是大新聞一條。

記者紛至沓來，撰寫厄蘭島駭人聽聞的血腥事件。耶洛夫當時人在斯德哥爾摩，想振興戰後航海事業，只在報紙上讀過這新聞。上級調派內地南部的警力登島支援追緝坎特，但跳火車之後的坎特已經兔脫無影蹤。

如今，厄蘭島上已無火車，連鐵軌都被撬開運走，瑪內斯車站也改裝成民房。避暑別墅，當然是。

耶洛夫不再看車站，靠向椅背。幾分鐘後，車上有個東西忽然嗶嗶嗶，叫個不停，他急著左看右看，但尤莉亞老神在在，一面開著車，一面從包包掏出手機。她低聲講電話，簡潔回話，然後關機。

「那種東西怎麼用，我永遠搞不清楚。」耶洛夫說。

「什麼東西？」

「無線電話。就是你們所謂的行動電話，誰知道它會不會自己動。」

「按一下就能打電話了，」尤莉亞說。然後她又說：「剛才是蓮娜。她向你問好。」

「很貼心。她找妳有什麼事？」

「我想她主要是想討車回去，」尤莉亞語氣怠慢說，「就是這一輛。她一直打電話催我。」握著方向盤的手勁加強。「我和她是聯合車主，不過她好像顧不了事實。」

「是啊。」耶洛夫說。

兩個女兒顯然懷抱著他不清楚的心結。假如她們母親在世，絕對會插手管事，遺憾的是，他完全不知該如何干預。

講完手機後，尤莉亞默默握著方向盤，耶洛夫找不到話題來破冰。

過了十五分鐘，尤莉亞轉向通往波爾貢的岔路。

「去哪裡？」她問。

「我們先去喝咖啡。」耶洛夫回答。

恩斯聰夫婦的公寓位於波爾貢南郊，居家環境溫暖舒適。在兩三樓的公寓區，從陽台，戈斯塔和瑪吉特看得見古堡的美景。這外面有一道狹長的荒廢牧草地，最遠的一端是長而陡峭的山腰，有幾株落葉大樹賴以維生，山腰上面的高地聳立著一幢中世紀城堡。波爾貢曾發生過無數次神秘大火，其中一場在十九世紀初肆虐這座城堡，如今屋頂和木柱不復存在，窗戶成了大黑洞。

焦黑的城堡窗總令耶洛夫聯想到有眶無珠的骷髏頭。他知道，波爾貢有些居民永遠嫌古堡礙眼，認為好歹也該整修成吸引遊客的名勝，不能只藉著殘破的外觀吸睛。幾世紀前，諭令又頒下來，厄蘭島居民被迫建築這座城堡。皇室的命令只讓島民徒流血汗，失望透頂。內地人總想吸乾厄蘭島才甘心。

尤莉亞默默站在陽台上，對著古堡沉思，耶洛夫轉向她。

「在石器時代，古人常把生病的老人從那懸崖扔下去，」他輕聲說，指向城堡。「聽人說的。當然，那是在城堡落成之前的古時候。主事者也還沒開始興建老人院……」

瑪吉特．恩斯聰端著托盤，匆匆走來，托盤上有幾杯咖啡。她穿的圍裙寫著大字：全世界最棒的奶奶！！！

「夏天，城堡會舉辦音樂會，」她告訴客人，「我們這裡會被稍微吵到。不然，住城堡下面真的很不錯。」

她把托盤放在電視機前的茶几上，為所有人倒咖啡，然後進廚房端來一籃子餐包和一盤餅乾。

丈夫戈斯塔穿著灰色西裝、白襯衫、吊帶，始終笑吟吟。耶洛夫記得，他當船長時，外表也如此開朗——至少是在船員聽他命令行事的時候。

「很高興見到兩位，」戈斯塔說著端起一杯熱騰騰的咖啡。「當然，我們明天會去瑪內斯。你也會去吧？」

他指的是恩斯特的葬禮。耶洛夫點頭。

「我會，不過尤莉亞可能得趕回去哥特堡。」

「他的房子怎麼處理？」戈斯塔說，「聽說了嗎？」

「還沒有，我猜現在決定是操之過急，」耶洛夫說，「不過，我認為，最後會成為斯摩蘭親屬的避暑別墅。厄蘭島北部的避暑別墅已經太多了，何必再多一間呢……不過，它最後難保不會變成別墅。」

「對，不大肆整修一下，不會有人想搬進去住整年。」戈斯塔說著端起咖啡喝一小口。

「住在城市裡，什麼都很近，我們日子過得很快樂，」瑪吉特說著放下滿滿好幾盤點心。

「話說回來呢，我們是瑪內斯地方歷史協會的會員。」

丈夫對她露出恩愛的微笑。

大衛森父女在恩斯聰家坐不久，至多半小時而已。

耶洛夫坐上車後說：「好，現在可以開到巴杜斯街了。」他接著說：「我們去布隆伯格的車場停一下，買點東西，然後再去港口。」

尤莉亞看著他，然後發動車子。

「來拜訪他們夫婦，有什麼目的嗎？」

「有咖啡喝，有餅乾吃，」耶洛夫說，「這樣還不夠嗎？何況，我每次見到戈斯塔都很開心。他以前在波羅的海開貨船，和我一樣。我們這一行的人現在不多了……」

尤莉亞轉彎，朝巴杜斯街前進，沿途是冷清的人行道。這裡也幾乎見不到車子。前方的馬路盡頭是白色的港口飯店。

「在這裡轉彎。」耶洛夫指向左邊說。

尤莉亞愣了一下，然後轉彎駛上一片柏油地面，掛在矮樓房正面的招牌註明：布隆伯格汽車。樓房裡有修車廠，也停了一批二手車。幾輛較新的富豪車有幸進駐展示窗，大多數車子停在外面，擋風玻璃裡有手寫的牌子明示價格與里程數。

「來吧。」耶洛夫在她停好車子之後說。

「要買新車嗎？」她一頭霧水問。

「不是，不是，」耶洛夫說，「我們只待一下子，見羅伯特．布隆伯格幾分鐘就好。」

關節暖和起來了，剛才喝的咖啡也有助於提振他精神，痠痛略微減弱，只靠枴杖就能走柏油地面，只不過尤莉亞搶先一步幫他開門進修車廠。

鈴鐺響起，機油味撲鼻而來。

耶洛夫對船隻的認知豐富，面對汽車卻是門外漢，見到引擎總讓他心惶惶。水泥地板上停著一輛黑色福特，周圍是焊接器材等等的工具，但沒有人在忙。這裡完全沒有人。

耶洛夫慢慢走向修車廠裡的小辦公室，探頭進去。

「早安。」耶洛夫說。辦公桌裡面坐著一名年輕修車工，穿著骯髒的連身工作服，正在專心讀《厄蘭島郵報》漫畫版。「我們是斯坦維克人，想買一點機油。」

「喔？機油其實去我們另外那家才買得到，不過我可以賣你。」

修車工起身；他比耶洛夫略高一些。這位一定是羅伯特．布隆伯格的兒子。

「我們陪你去，順便看看車子。」耶洛夫說。

他朝尤莉亞點頭，兩人跟著修車工走進銷售區的門。

這裡嗅不到機油味，漆成白色的地板一塵不染，成排的閃亮新車停在展示廳裡。

「機油是嗎？」修車工問。

「對。」耶洛夫說。

他見小辦公室裡走出一名老人，站在展示廳門口，身高和寬肩幾乎和修車工差不多，臉上有皺紋，臉頰因皮下微血管破裂而潮紅。

耶洛夫從來沒和他講過話，因為耶洛夫買車修車總去瑪內斯，但他一見即知這人是羅伯特·布隆伯格。布隆伯格是內地人，一九七〇年代中期前來島上開修車廠，附設小展示廳。約翰·哈格曼曾和他打過幾次交道，向耶洛夫提過。

布隆伯格向耶洛夫點頭不語，耶洛夫也默默點頭回禮。他聽說，前不久布隆伯格有酗酒的毛病，也許現在還沒改掉酗酒的毛病，但這話題八成聊不起勁。

「來了。」年輕修車工說，遞給他一個塑膠瓶裝的機油。

羅伯特·布隆伯格慢慢從門口退回辦公室。耶洛夫發現，他的身子微微搖擺著。

「我又用不上機油。」尤莉亞說。這時父女倆坐回車上。

「買著備用也無妨嘛，」耶洛夫說，「妳對那間修車廠有什麼感想？」

「跟其他修車廠沒兩樣，」尤莉亞說著駛向澡堂街。「好像很閒嘛。」

「開向港口去。」耶洛夫指著說，「老闆和兒子呢？妳對布隆伯格父子有什麼看法？」

「他們不太愛開口。為什麼？」

「羅伯特·布隆伯格曾經航海好幾年，這是我聽說的，」耶洛夫說，「航遍七海，也去過南美洲。」

「瞭解。」尤莉亞說。

車上安靜了幾分鐘。在巴杜斯街盡頭，車子接近港口飯店。耶洛夫看著飯店旁邊的港口，心中油然哀戚。

「結局不快樂。」他說。

「什麼？」尤莉亞說。

「很多故事沒有幸福快樂的結局。」

「最重要的是有結局就好，不是嗎？」尤莉亞說。她看著父親。「這是針對某人的感想嗎？」

「對……最主要是針對航海業和厄蘭島的感想吧。結局不是很理想。結束得太快了。」

波爾貢港只建幾座鋼筋水泥碼頭，目前一艘漁船也沒有。岸上柏油路面上豎立著一個巨大的黑錨，可能是用來追憶榮景。

「在五〇年代，這裡停泊好多貨船，」耶洛夫望窗外的灰水說，「像這樣的秋天，船上不是忙著進貨，就是進行維修工作，到處都是人，空氣瀰漫著焦油和亮光漆的氣味。如果是晴天，船長們會揚帆透透氣，象牙白的帆列隊站，背景是藍天，景色多美好……」

他沉默下來。

「輪船如果不進港，怎麼辦？」尤莉亞問。

「喔……六〇年代。輪船不是不進港——嚴格說來，應該是船不再從這裡出航。在那年代，島上多數船長想換較現代化的船，不然比不上內地的船運公司，不過銀行拒絕放貸。金融界認為厄蘭島上的航海業走進黃昏了。」他歇口，然後再說：「我也申請不到貸款，只好賣掉我最後一艘船諾列號……然後，我讀夜間部學習行政管理，打發冬天的時光。」

「我不記得你冬天待在家裡，」尤莉亞說，「我完全不記得你待在家。」

耶洛夫的視線從冷清的碼頭轉向女兒。

「有啊，我在家待過。蹲了幾個月。隔年，我打算去遠洋輪船應徵船長，不過當時我在商會找到辦公室的工作，所以留下來了。約翰．哈格曼當過我的大副，我上岸以後，他自己買一艘船，又做了兩三年。他那艘是波爾貢最晚期的一批。他取名再會號，名副其實。」

尤莉亞讓車子徐徐前進，離開碼頭，駛向港口北岸的氣派木造民宅區，家家戶戶前面圍著整齊的木造圍牆。最靠近港口的一棟最大，佔地寬闊，刷白漆，幾乎和港口飯店一樣大。

耶洛夫舉起一手。

「停在這裡就行。」他說。

尤莉亞向路邊停靠，停在民宅前，耶洛夫慢慢往前彎腰，打開公事包。

「當年，厄蘭島的船東都太頑固了，」他說著取出一個褐色信封，裡面是他從書桌帶來的薄薄一本書。「我們兩個本來可以湊足資金，買更大的新船，不過我們的想法不是這樣。我猜我們當時以為，不合作的優勢比較大。我們不敢做人筆投資。」

他把書遞給女兒，書名是《馬姆船運公司——四十週年》，封面是一艘輪機大輪船的黑白空拍照，船正在豔陽下一望無際的汪洋破浪前進。

「馬姆船運公司是異數，」耶洛夫說，「馬丁．馬姆是有勇氣投資買大船的船長，旗下有幾艘貨輪，航線繞著地球跑。他賺了錢，轉投資買更多船。到了六〇年代尾，馬丁成了厄蘭島大富翁。」

「是嗎？」尤莉亞說，「厲害。」

「不過，當初他的創業基金哪裡來，沒人清楚，」耶洛夫說，「就我所知，他的錢不比任何一個船長多。」他指向薄書。「馬姆船運公司今年春天出版這本書。翻過來，我指東西給妳看。」

書背有一小行文字，說明本書是公司週年慶刊物，馬姆船運是厄蘭島上業績數一數二的船運巨擘。文字底下有個小商標，有三隻海鷗的輪廓翱翔在馬姆船運公司字樣的上空。

「看海鷗。」耶洛夫說。

「好，」尤莉亞說，「畫著三隻海鷗。那又怎樣？」

「跟這信封比對一下。」耶洛夫說著遞出褐色信封，正面有一張瑞典郵票，郵戳模糊，收件人是在瑪內斯安養院的他，手寫的黑筆字。「右角被撕掉了，就是這邊。右邊的海鷗翅膀還剩一點點……看見沒？」

尤莉亞看著，然後緩緩點頭。「這信封是哪裡來的？」

「涼鞋寄來時，就裝在這信封裡，」耶洛夫說，「小孩的涼鞋。」

「可是，你不是把信封扔了嗎？你明明這樣告訴警察。」

「善意的謊言。我認為，他收下涼鞋就夠了。」耶洛夫趕快繼續：「不過，重要的是，信封來自馬姆船運公司。所以，寄涼鞋的人是馬丁．馬姆。我敢確定。而且，我認為他打過電話給我。」

「打過電話給你？」尤莉亞說，「你怎麼沒告訴我？」

「打電話的人可能是他。」耶洛夫望著外面的大房子。「沒什麼好說的，只不過今年秋天有幾晚，我接到神秘電話。是我收到涼鞋之後才有的。不過，對方一個字也沒講。」

尤莉亞放下信封，看著他。「我們現在去找他嗎？」

「希望見得到。」耶洛夫指向白木豪宅。「他住這一棟。」

他打開車門下車。駕駛座上的尤莉亞沒動作，再多坐幾秒才跟著下車。

「你確定他在家？」

「馬丁．馬姆天天都在家。」耶洛夫說。

一陣冷風從海峽襲來，耶洛夫回頭望海水。他再一次想起尼爾斯．坎特，納悶著——將近五十年前的他如何橫渡海峽。

斯摩蘭省，一九四五年五月

在內地，尼爾斯．坎特坐在樹林裡，望著海峽對岸的厄蘭島，只見天邊狹長一道石灰岩地形。他的神情滿是憂傷，海風在他頭上的松樹梢黯然哀嘆著。對岸的厄蘭島晨曦普照，樹林蓊鬱，修長的海灘銀光閃閃。

他的島。總有一天，尼爾斯將重回島上。現在不行，但他想盡早回去——他信心滿滿。他知道，為了他做的事，近幾年絕不會有人願意寬恕他。他也清楚，對他而言，如今厄蘭島危機四伏。然而，這一切都不太算是他的錯。那幾次全是自然演變的事件，他身不由己。

悄悄上火車的胖警司想逮捕他，幸好他反應快。

「自衛，」他對著家鄉島低語，「我是開了槍，沒錯，不過我是自我防衛……」

他語塞停下，大聲清清嗓子，趕走淚水。

尼爾斯跳車至今已過二十小時。跳車後，他往南快速逃逸，躲在他最自在的偏遠草原，迴避所有道路和村莊。

波爾貢以南幾英里是海峽最窄處，尼爾斯鑽出森林下水，找到一個半爛的木桶，裡面的瀝青乾掉了。他敲掉桶蓋，把少少幾件家當放進桶裡。他在森林裡躲到天黑，剝掉衣服，推著木桶下冷水，抱著桶子，上半身緊貼桶身，雙腳開始打水，游向代表內地的黑黑一條線，橫渡海峽。

游了大約兩三小時，他才抵達對岸，但沿途不見船隻，也似乎沒有人目擊。當他終於渾身赤裸，拖著凍僵了的雙腿踏上斯摩蘭省海岸時，剩下那點力氣也只夠他把東西從桶裡拿出來。他爬進樹林裡，沉沉昏睡過去。

現在，尼爾斯清醒了，但天色仍早。他站起來，雙腿仍因海泳而痠痛，但現在又需要它們做苦工了。他明瞭，這裡離卡爾馬市區不遠，而他離城鎮愈遠愈好，因為市區有很多警察巡邏街頭。

他的衣物乾了。他穿上襯衫、毛衣、襪子和靴子，皮夾放進口袋。母親給他的鈔票絕對要好好保存，因為如果錢丟了，他無所依靠，一定無法再藏匿。

獵槍已經沉到海底了。泳渡海峽半途，他拿出桶裡的獵槍，握著被鋸短的槍管，聽它輕輕噗一聲落海。證物消失了。

反正獵槍的子彈也用光了，但他仍將想念那份篤實的重量。

他想到被轟成碎片的背包，也不禁懷念起來。現在，所有東西都放在長褲口袋帶著走，裝不下去的東西以手帕包成一小包，因此不能帶太多物品。

在晨曦中，他邁步往北走。他知道目的地在哪裡，但路途遙遠，大半天才走得到。他沿著海邊走，迴避所有村落，進森林盡快過馬路。有眾多樹木為伴，他充滿安全感。在森林裡，他兩度見到野鹿，靜悄悄的動作嚇到牠。人類如果朝牠走來，牠隔幾百碼就聽得見，因此能及早迴避。

尼爾斯很清楚藍納比村在哪裡；童年的他去過幾次，上一次是今年夏天。他沒必要進村子，也不需要接近，因為奧古斯特舅舅開的鋸木廠在村子的南郊。

靠近鋸木廠時，他遠遠聽見鋸了嗚嗚響，不久便嗅到熟悉的香味——剛鋸好的原木混合波羅的海的海藻香。

尼爾斯謹慎溜出森林，以一座堆滿木板的大穀倉為庇蔭。他來過這地方幾次，但不確定辦公室在哪裡。就算能確定，他也不能大剌剌走過去。舅舅住的木屋位於鋸木廠以南幾百碼外，但尼爾斯也不敢去敲門。他家有小孩、專車司機、傭人，見到他可能會報警。不得已，他躲在穀倉旁，以一叢茂盛的紫丁香為掩護。濃郁的花香引來無以數計的昆蟲。

游泳過海峽途中，他的手錶停了，但他確定等了超過半小時才見到第一批人。三個工人從鋸木廠走出來，經過穀倉，有說有笑，一眼也不望他藏身的方向。

他靜候。

再過幾分鐘，又有一個人走過來。這次是個男孩，大約十三、四歲，卻長得和尼爾斯差不多高，戴著厚厚的帽子，蓋住額頭，雙手深深插進沾滿油污的長褲的口袋。

「嘿！」躲在樹叢裡的尼爾斯喊。

他的呼聲不夠大，男孩沒反應，繼續走著。

「喂！戴帽子的！」

男孩站住了。他帶著疑心四下看，尼爾斯謹慎站出來，向他招手。「過來。」

男孩改變行進路線，朝紫丁香叢走幾步，然後駐足凝視尼爾斯，不吭一聲。

「你在鋸木廠上班嗎？」尼爾斯問。

男孩驕傲地點頭。「是我上班的第一個暑假。」

他的嗓音差不多快轉大人了，操的是斯摩蘭方言。

「很好，」尼爾斯說。他努力維持語氣鎮定友善。「我想請你幫個忙。請你去找奧古斯特．坎特過來。我有事跟他商量。」

「找老闆？」男孩訝然問。

「奧古斯特．坎特，老闆，沒錯，」尼爾斯說。他扣住男孩的眼神，對他伸出一手，露出掌心裡的一克朗硬幣。「告訴他說，尼爾斯來了。去辦公室通知老闆快來。」

跑腿童點點頭，聽見「尼爾斯」三個字毫無反應，趕緊收下硬幣，然後轉身走，不慌不忙。

他把硬幣深深放進口袋。

尼爾斯呼一口氣，鑽回紫丁香叢躲起來。成功了，接下來就平安了。今後，舅舅會照顧他，讓他躲到事過境遷。毫無疑問的是，他必須在斯摩蘭躲到夏天結束，但他也只能忍著過日子。

又要苦等了，這次等太久。終於，他聽見腳步聲接近穀倉。尼爾斯抬頭微笑，跨一步出去——但來人不是舅舅。是剛才那個戴帽子的男孩。

尼爾斯看著他。「老闆他……不在辦公室嗎？」他問。

「在。」男孩點點頭。「不過他不想來。」

「不想來？」尼爾斯問，不瞭解他的意思。

「他叫我給你這個。」男孩說。

男孩握著白色小信封。

尼爾斯接下，背對著男孩打開信封。

裡面沒信，只裝著三張鈔票。三張摺起來的一百克朗的紙鈔。

尼爾斯闔上信封，轉身回來。

「就這樣而已？」他問。

男孩點頭。

「老闆沒交代什麼……沒有叫你傳話？」

男孩搖搖頭。「只有這封信。」

尼爾斯的視線往下垂，凝視著鈔票。

他只等到錢。跑路錢，舅舅的意思非常明確。

舅舅不想跟他扯上關係。

他嘆氣，再抬頭一看，男孩已經走了。他繞過穀倉一角時，尼爾斯瞥見他背影。

又只剩他一個人了。他必須自己想辦法。

所以說，他該逃亡。逃哪裡去呢？

當務之急是遠離海邊。之後再想想辦法。

尼爾斯前後左右看一看。昆蟲嗡嗡叫著，花香洋溢，萬物青翠，充滿夏季豐饒的深綠。東北方向可見一小道藍水光。

他遲早會回去的。現在他被迫離鄉一陣子，但總有一天他會回家的。厄蘭島是他的島。

尼爾斯再看海水最後一眼，然後轉身，大步踏進冷杉森林以策安全。

16

馬丁・馬姆的白色巨宅門前鋪著大片石灰岩板，鋪成寬大的步道。尤莉亞看著這棟房子，想起薇拉・坎特在斯坦維克的老家。兩棟的規模相當，但這一棟當然粉刷過，也有人悉心照料，而且裡面住人。半夜到底是誰在薇拉家裡點蠟燭呢？尤莉亞不停納悶著——她是真的看見窗戶裡透光嗎？

打開厚重的院子鐵門，她攙扶著耶洛夫，走過凹凸不平的石板道。尤莉亞心想，表面上是我扶他，實際上差不多是他扶我，因為她現在也緊張起來。

對她而言，這次面對的人是殺害彥斯的兇手。如果寄涼鞋的人肯定是馬丁・馬姆，他絕對是兇手——耶洛夫再猶豫也一樣。

步道盡頭是門階，再往上走是一道寬闊的桃花心木門，鐵牌子註明馬姆。在門中間的彩色玻璃小窗下有個形狀像小鑰匙的門鈴。

耶洛夫看著尤莉亞。「準備好了嗎？」

尤莉亞點頭，手伸向電鈴。

「我再提一件事。」耶洛夫說，「好幾年前，馬丁曾經腦溢血，現在情況時好時壞，跟我的情況差不多。如果今天情況好的話，我們可以跟他談談，如果不好……」

「好。」心跳如鼓的尤莉亞說。

她按了一下門鈴，屋裡傳出一陣綿長的鈴聲。

一會兒後，一個身影出現在玻璃窗內，門開了。

一名年輕女子站在他們面前。金髮的她身材嬌小，態度略顯警覺。

「哈囉。」她說。

「午安，」耶洛夫說，「馬丁在家嗎？」

「在，」女孩說，「不過他好像——」

「我和他是好朋友，」耶洛夫趕緊說，「我名叫耶洛夫．大衛森。斯坦維克人。這是我女兒。我們想拜訪馬丁一下。」

「好的，」女孩說，「我去問問看。」

「屋裡比較暖和，可以讓我們先進門嗎？」耶洛夫問。

「當然。」

女孩向後退。

尤莉亞攙扶他跨過門檻，走進鋪著大理石的走廊。走廊很寬敞，牆壁以深色木板裝潢，掛著裱框的船隻相片，現代船和古船皆有。走廊有三道門進房子本體，另有一道寬樓梯上樓。

進門，關上前門後，耶洛夫問：「妳是馬丁的親戚嗎？」

「我是卡爾馬來的護士。」女孩搖頭說，走向中間那道門。

她開門，尤莉亞想看看門內風光，但裡面拉起一道黑布幕。

她和耶洛夫留在門外，不出聲，彷彿處處閉門的這棟大房子不歡迎交談，一切都噤聲肅穆，宛如置身教堂——但尤莉亞仔細聽，聽得見樓上有人在走動。

中間門開了，護士走出來。

「馬丁今天身體不舒服，」她輕聲告訴他們。「對不起，他累了。」

「唉，」耶洛夫說，「真可惜。我們好幾年沒見面了。」

「兩位可以改天再來。」護士說。

耶洛夫點點頭。「就這麼辦吧。下次我們會先來電通知。」

他朝前門往回走，尤莉亞不情願地跟上。

外面變得比剛才更冷，尤莉亞心想。她默默走在耶洛夫身旁，打開院子的鐵門，回頭看大房子。

樓上的大窗之一有一張蒼白的人臉，尤莉亞看得見。老婦人站在樓上的窗前，目不轉睛看著他們。

尤莉亞張嘴想問耶洛夫認不認識她，但耶洛夫已經走回車邊了，她只好快步跟上，為他開車門。

她再回頭望窗戶時，老婦人已經不見了。

耶洛夫坐進車上，看手錶。

「一點半了，」他說，「我們去吃點東西吧。然後我們該去找一間酒品商行。我答應過安養院的院友幫他買幾樣東西。可以嗎？」

尤莉亞坐進駕駛座。

「酒精是毒藥。」她說。

在波爾貢冬季照常營業的餐廳不多，他們在其中一家吃今日特餐義大利麵。餐廳的食客寥寥無幾，但當尤莉亞請耶洛夫討論拜訪馬丁一事時，他只搖搖頭，專心用餐。飯後，他搶著付錢，然後和女兒一起去酒品商行。耶洛夫買兩瓶苦艾風味的香甜酒、一瓶荷蘭甜蛋酒、六罐德國啤酒，全扔給尤莉亞提。

坐回車上後，耶洛夫大聲說：「該回家了。」

他的口吻無憂無慮，像剛進市區辦事一切順利的口氣，尤莉亞聽了微惱。她抓住排檔桿猛換檔，把車子開上街。

上路後，車子來到波爾貢以東，停在紅燈前，她說：「一件事也沒辦成。」

「什麼意思？」耶洛夫說。

「什麼意思？」尤莉亞說，將車頭轉北，駛上幹道。「我們今天什麼事也沒辦好。」

「有啊，怎麼沒有？首先，也是最重要的一件事，我們在戈斯塔家吃到美味的甜點，」耶洛夫說，「然後我們去布隆伯格的汽車經銷店，近看了一下。接著，我們也——」

「目的是什麼？」尤莉亞打斷他。

耶洛夫起初不回應。

「目的有幾個。」他最後說。

尤莉亞深吸一口氣。

「爸，你總不能事事一直瞞著我吧。」她說，定睛看著擋風玻璃外的路況。她想停車，開門，把耶洛夫推進草原。她覺得，耶洛夫是在逗她。

耶洛夫無言，這次比剛才更久。

「今年夏天，恩斯特．亞德福森突發奇想，」他說，「一種推理。他相信我外孫，我們的彥斯，那天在霧裡走進草原，而不是走向海邊。他也相信，彥斯在草原上遇到兇手。」

「誰？」

「尼爾斯．坎特吧，也許是。」

「尼爾斯．坎特？」

「尼爾斯．坎特死了，沒錯。彥斯失蹤那年，他已經下葬十年了……妳畢竟也見過他的墓碑。不過，有幾個謠言指出……」

「我知道，」尤莉亞說，「艾絲翠告訴過我。不過，謠言是誰在散播的？」

耶洛夫嘆氣。「斯坦維克有個郵差……名叫艾瑞克．安倫德。他退休以後，常跟我和恩斯特講一個故事，願意聽他講故事的村民也全聽過。他說，薇拉．坎特以前常常收到沒寫寄件人名字的明信片。」

「那又怎樣？」

「從哪一年開始寄的，我不清楚，不過根據老郵差的說法，在五〇和六〇年代，薇拉不停收到南美洲不同地方寄來的明信片。一年收到好幾次。沒有一個寫寄件人名字。」

「是她兒子寄的嗎？」

「照理說是。這是最合理的解釋。」耶洛夫望向草原。「後來，尼爾斯．坎特躺在棺材裡回家，在瑪內斯下葬。」

「我知道。」尤莉亞說。

耶洛夫看著她。

「不過，即使葬禮過後，明信片照樣一直寄來，」他說，「從國外，不寫寄件人名字。」

尤莉亞匆匆看他一眼。「真的有這種事？」

「我猜八成是真的，」耶洛夫說，「艾瑞克．安倫德是唯一親眼看到那些明信片的人，不過他發誓，尼爾斯死後，明信片又接連幾年不斷寄來。」

「所以，斯坦維克人認為尼爾斯還活著？」

「絕對是，」耶洛夫說，「村民老是在天快黑時坐在一起閒聊。不過，恩斯特不太喜歡講閒話，連他也有同樣的想法。」

「你有什麼想法？」

耶洛夫遲疑不決。

「我就像使徒多馬，」他說，「我想掌握他還活著的證據。到現在還沒找到。」

「布隆伯格呢？你今天為什麼去找他？」尤莉亞問。

耶洛夫再一次遲疑著，彷彿擔心自曝老人癡呆。

「約翰．哈格曼認為，羅伯特．布隆伯格可能就是尼爾斯．坎特。」他終於說。

尤莉亞瞪著他。「你該不會也認同他吧？」

耶洛夫慢慢搖頭。「感覺有點太扯了，」他說，「不過，約翰提出幾個道理。布隆伯格是個行船人，這我也說過。他在斯摩蘭長大，十幾歲就在海上擔任輪機手，離鄉背井很多年……二十或二十五年吧，甚至更久。最後，他回家了，搬來厄蘭島，在島上結婚生小孩。我認為，今天在修車廠的年輕人就是他兒子。」

「聽起來疑點不大。」尤莉亞說。

「對，」耶洛夫同意，「唯一的怪事其實是，他在國外待太久了。約翰聽過的謠言指出，布隆伯格被船長趕下船，滯留在南美洲某港口，成了落魄的流浪漢酒鬼，後來才被某個瑞典船長帶回家。」

「可是，搬來厄蘭島的人，又不只布隆伯格一個吧？」

「沒錯，」耶洛夫說，「從內地搬來島上的人有好幾百個。」

「約翰懷疑他們全是尼爾斯．坎特嗎？」

「不是。我也不認為布隆伯格長得像他，」耶洛夫說，「不過，人最相信自己的眼睛，妳不認為嗎？我母親——妳的奶奶莎拉——她小時候見過一個小妖怪……妳記得嗎？她常以『一個灰人』稱呼他。」

「對，我聽過那故事，」尤莉亞說，「你不必——」

但耶洛夫照樣講下去。

「她說，在十九世紀末，有一年春天，她站在卡爾馬海峽邊，在葛隆荷根郊外，想洗東西，突然聽見背後有匆忙的腳步聲，轉身看見他從森林衝出來……一個小矮人，大概三呎高，穿灰色衣服，不講話，只對著海峽直衝，衝過莎拉身邊，一眼也不看她。衝到水邊，他也不停下……莎拉對著他喊，但他繼續跑，衝進海裡，被浪淹沒，沉下去不見了。」

尤莉亞短促點一下頭。這故事古怪，或許是厄蘭島親戚說過最怪的一個。

「輕生的小妖精，」她說，語氣略顯諷刺。「這種事不是每天見得到。」

「顯然這故事不是真的，」耶洛夫繼續說，「不過我照樣相信。我相信母親見過小妖精，如果不是，至少也是某種自然現象，或是被她詮釋為小妖精的一種不明的現象。話說回來，我知道世上才沒有小妖精和醜靈。」

「即使有，最近他們也不太常露臉。」尤莉亞說。

「對，」耶洛夫慢慢說，「而尼爾斯．坎特傳奇可能也基於同一個道理。現在沒人提起他，沒人看見他。警方認定他死了，葬在瑪內斯教堂墓園，立著墓碑，想看的人隨時能去看。然而，厄蘭島北部有些人照樣相信尼爾斯．坎特還活著。至少是還記得他的那些老頭子。」

「你認為怎樣？」尤莉亞再問。

「我認為，如果牽扯到尼爾斯．坎特的怪事全獲得釐清，這算是好事。」耶洛夫說。

「我倒寧願找到我兒子，」尤莉亞幽幽說，「所以我才回島上。」

「我知道，」耶洛夫說，「不過，這兩個故事之間可能有關聯。」

「尼爾斯．坎特和彥斯？」

耶洛夫點頭。「事實上，我已經知道他們兩人有某種程度上的關聯。關係人是馬丁．馬姆。」

「怎麼會有關聯？」

「馬姆掌握到彥斯的涼鞋，」耶洛夫說，「而且，把尼爾斯．坎特的棺材運回瑞典的是馬姆船運公司的輪船。」

「是嗎？你怎麼知道？」

「又不是機密。船運棺材進港時，我人在港口。棺材交給瑪內斯的葬儀社。」

尤莉亞琢磨了一會兒，這時車子接近瑪內斯鎮。她踩煞車轉彎。

「可是，我們今天沒和寄涼鞋的人講到話。」她指出。

「對，不過妳看過他家了，」耶洛夫說，「馬丁今天狀況不好，不過遲早我們可以跟他對話。下個禮拜再看看吧。」

「我可不能待那麼久喔，」尤莉亞尖聲說，「我得趕回去哥特堡。」

「是妳自己的說法，」耶洛夫說，「妳什麼時候走？」

「不知道。很快……明天吧，大概。」

「明天瑪內斯教堂有一場葬禮，」耶洛夫說，「十一點。」

「去不去，我還在考慮。」尤莉亞說，轉彎進入安養院的大門。「再怎麼說，我連恩斯特都不太認識。他死得可憐，我永遠也忘不掉那天早上發現他……不過我跟他不熟。」

「還是盡量來參加吧。」耶洛夫說著打開車門。

尤莉亞下車去扶他。她幫他提公事包和一袋子酒。

「謝謝妳，」耶洛夫拄著枴杖說，「我的腿現在好多了。」

「回頭見，」尤莉亞說著陪他走到電梯。「謝謝你今天帶我走一圈。」

她看著耶洛夫打開電梯門，進電梯，沒有跌倒。

然後，她回自己車上，啟動，轉彎上路，朝東前進。她決定去瑪內斯買些日用品，然後回船庫。

天色慢慢暗下來了；時間是四點二十分。平常人，有工作的人，無疑正要下班回家。但是，有些人還不回家。她驅車經過瑪內斯的小警察局時，看見裡面亮著燈光。

尤莉亞在雜貨店買牛奶、麵包和抹醬。她的帳戶餘額不多，下一筆福利金還要再等一個多禮拜才發。

走出雜貨店後，她再度注意到警察局窗戶裡的燈光。她想到雷納特・亨利克森，想到艾絲翠說過，雷納特也遇過人生一場大悲劇。

尤莉亞駐足，看著警局裡的燈光。她把食品放進福特車的後車廂，鎖好，然後過馬路，敲警察局的門。

17

「我一直怪罪我母親，」尤莉亞說，「那天下午她睡著了，丟下小孩不管。」

她眨掉淚水，繼續說：

「我更怪罪我父親……因為他去海邊補漁網。如果耶洛夫那天待在家，彥斯絕對不會走出家門——彥斯最愛他外公了。」

尤莉亞抽泣著，嘆息。

「我怪罪他們兩人許多年了，」她說，「不過其實應該全怪我。那天，我丟下彥斯，自己去卡爾馬見一個男人。當時我就知道，去了也是白去。他根本沒出現。」她停口，隨即壓低音量說：「是米凱爾……彥斯的父親。我們分手了，他住在斯空尼，不過他說好了，要搭火車北上來見我……我以為我們也許可以再交往看看，不過他沒興趣。」她又抽泣起來。「所以，彥斯失蹤以後，米凱爾當然也不幫忙，他還在馬爾默……不過，最該怪罪的人是我。」

雷納特默默坐在餐桌對面，聆聽著——他是個好聽眾，尤莉亞心想——而且他願意讓她一直講話。這時換他開口：

「這不是任何人的錯，尤莉亞。套一句我們警界的慣用語，這只是……一連串不幸的狀況導致的意外。」

「對，」尤莉亞說，「如果真的是意外的話。」

「什麼意思？」雷納特問。

「我是說……彥斯也有可能在外面碰到壞人，被壞人帶走。」

「誰呢？」雷納特說，「誰會做這種事？」

「不知道，」尤莉亞說，「瘋子吧？你是警察，對這方面的事比我更懂。」

雷納特搖搖頭。「這樣的人精神一定不正常……極度不正常，犯過暴力刑案，警方幾乎肯定會早已掌握這種人。當年在厄蘭島上沒有那樣的人。相信我，我們調查過嫌犯……我們敲了好幾戶的門，翻找過資料。」

「我知道，」尤莉亞說，「你們已經盡力了。」

「我們的假設是，彥斯走向海邊，」雷納特說，「只走幾百碼就到，而且那天霧那麼濃，很容易走去。在那之前和之後，在卡爾馬海峽溺水的人很多從此消失了……」他停頓一下。「談這件事，對妳來說一定很痛苦，我不想……」

「沒關係，」尤莉亞輕聲說。她思考片刻，然後再說：「我本來以為，秋天回這裡會觸景傷情，不過情況倒還好。我開始走出傷痛了……我知道他不會回來了。」她強擠出斬釘截鐵的語氣：「日子不過下去不行。」

時間是星期二晚上，尤莉亞在瑪內斯鎮。剛才，尤莉亞本想進警局，向雷納特打聲招呼就走，但她進門後一直待到現在。雷納特顯然正要收工、關電腦、回家，但他也留下來。

「今晚你不值班？」尤莉亞問。

「要，不過，晚一點才開始，」雷納特說，「我是大廈管委會的成員，今晚要開會，不過七點半才開始。」

尤莉亞想問他的政黨屬性，但她擔心聽見不合心意的回答。然後，她想問雷納特是否已婚，但她也可能聽到不合心意的回答。

「我們可以向白鯨記訂披薩來吃，」雷納特說，「妳要不要？」

「好啊。」尤莉亞說。

警察局辦公室裡有個廚房。雖然辦公室缺乏個人色彩，但窗簾的樣式、紅色的碎布地毯及牆上的兩幅畫，倒也讓這個地方平添家庭般的溫馨。一塵不染的流理台上有一架同樣一塵不染的咖啡機。角落有扶手椅和一張小茶几。港口酒吧送火腿披薩來之後，雷納特和尤莉亞就在廚房裡享用。

吃著吃著，兩人開始交談——話題圍繞著哀傷和失落。

事後，尤莉亞回想交談的過程，不記得是誰率先觸及私人話題，但她猜是她自己起的頭。

「我日子不得不過下去，」尤莉亞說，「如果彥斯掉進海裡失蹤了，我也只能接受。如你所說的，這種事情不是沒發生過。」她稍停一會兒再說：「問題是，他怕水，甚至不喜歡去海邊玩，所以我有時候想，他其實往反方向走，走向草原。我知道這話聽起來很……不過耶洛夫也有同樣的想法。」

「我們也在草原上搜索過了，」雷納特輕聲說，「我們找遍所有地方，找了好幾個禮拜。」

「我知道。我也一直在回憶……我們當時見過面嗎？」尤莉亞問，「你和我，我們見過面嗎？」

彥斯失蹤之初，曾有多名警察過來問話，但對當時的尤莉亞而言，他們全是空有臉孔的無名氏。警察問她問題，她回話，起初語氣慌張，隨後麻木。警察是誰不重要，最要緊的是把彥斯找回來。

過了很久，尤莉亞才理解，警方問那麼多問題，其實是對她起疑心，認為她可能基於不明原因——例如精神失常——殺害親生兒子並藏屍。

雷納特搖搖頭。

「妳和我沒見過面……最起碼是我們從沒講過話，」他回答。「負責和你們家接觸的是其他警官，而我呢，我說過，我是帶領搜救隊的人之一。我去斯坦維克集結自願民眾，沿著海邊整晚搜尋，而我也開巡邏車到處找，找遍了斯坦維克一帶的道路和草原。可惜都沒找到他……」

他歇口嘆氣。

「那段日子很難熬，」他繼續說，「尤其是我……我個人遭遇過類似事件。我父親他……」

他又講不下去。

「我大致上知道，雷納特，」尤莉亞柔聲說，「你父親的事，艾絲翠．林德爾告訴過我。」

雷納特點點頭。「也不是什麼秘密。」他說。

「她也跟我提到尼爾斯．坎特，」尤莉亞說，「事情發生的那一年……你幾歲？」

「八歲。我當時八歲，」雷納特說，定睛看著地板。「我在瑪內斯上小學，那時快要學期末了，大晴天，好美，我好快樂……很想早點放暑假。然後，一個謠言開始在同學間傳開，說是開往波爾貢的火車上發生槍擊案，有個瑪內斯鎮民中彈……不過，詳情沒有人知道。等我回到家，我才發現。我母親在家，她的姊妹也都在。她們靜靜坐了好久，最後，母親才告訴我出事了……」

雷納特語塞，沉耽往事中。從他眼裡，尤莉亞自認看得出當年那個震驚、鬱悶的八歲小孩。

「警察不能哭嗎？」她遲疑問。

「怎麼不能？」雷納特輕聲說，「不過，我們警察大概比較能壓抑情緒吧。」他繼續說：「尼爾斯．坎特……那時我根本連他是誰都不曉得。他比我大十幾歲，彼此不認識，只不過他離我們家才幾公里遠。結果轉眼間，我父親就被他射死了。」

再度無言。

「後來呢？你對他有什麼看法？」尤莉亞最後問。「我是說，如果你恨他……我也能理解。」

她想到的是她自己。有幾次，她曾暗忖，假如有一天見到殺害彥斯的兇手，不知自己會有何反應。現在她依然不確定該如何反應。

雷納特望向窗外，看著警局後院的暗夜。

「對，我恨尼爾斯．坎特，」他說，「打從心底痛恨他。不過，我也怕他……特別是半夜睡不著的時候。我怕他回厄蘭島，連我和母親也一起宰了。」他暫停一下。「過了好久以後，那種感覺才消退。」

「有些人說他還活著，」尤莉亞輕聲說，「你聽說過嗎？」

雷納特看著她。「誰還活著？」

「尼爾斯．坎特。」

「活著？」雷納特說，「不可能。」

「對。我也不相信……」

「坎特怎麼會活著？」雷納特邊說邊切披薩。「是誰講的？」

「我也不信，」尤莉亞連忙再聲明一次。「不過，自從我回島上，耶洛夫一直提他……感覺上，他想勸我相信，彥斯失蹤案跟尼爾斯．坎特有關。他還說，那一天，彥斯遇見坎特。只不過，當年坎特應該死了十年吧。」

「他在一九六三年去世，」雷納特說，「那年秋天，棺材運到波爾貢港。」他放下刀叉。「有件事，傳開可能不太好……當時，波爾貢警方決定私底下開棺看一看，也許是怕薇拉．坎特或為了表示尊敬，畢竟，她是個富婆，而且土地相當多……不過，棺材還是開了。」

「裡面有屍體嗎？」

雷納特點頭。「我見到了，」他沉聲，接著再說：「這也不盡然能公開談，不過，棺材進港時——」

「是馬姆船運公司的船。」尤莉亞插話。

「沒錯。這些背景資訊，是耶洛夫告訴妳的嗎？」他問，然後不等她回答又說：「我在韋克舍市當了兩三年警察後，那年剛開始在瑪內斯當警員，聽說波爾貢警察想開棺，我向長官報備，說我想南下波爾貢看一看。當然，我請假的理由跟警務無關，完全是私事，不過我同事能諒解。

棺材上岸後，放在倉庫裡，等著葬儀社來收。木造的棺材被牢牢釘死，附有幾份瑞典在南美洲領事館的文件和官印。」他停頓一下。「開棺的是一位學長。躺在裡面的是尼爾斯．坎特的屍體，乾得差不多了，長滿毛茸茸的黑黴。波爾貢醫院的一位醫生也在場，證實他是在鹹水裡溺斃，顯然泡水一段時間，因為魚已經開始……」

敘事的過程中，雷納特的表情變得茫然，但他突然俯視桌面，似乎這才想起現在是晚餐時刻。

「講得太詳細，抱歉了。」他急忙說。

「沒關係，」尤莉亞說，「可是，你怎麼知道他就是坎特？比對指紋嗎？」

「資料庫裡沒有尼爾斯．坎特的指紋檔，」雷納特說，「也沒有牙科紀錄。不過，他左手有舊傷，一看就知道。在斯坦維克採石場，他和人打架，曾經斷了幾根手指。我聽見幾位斯坦維克民眾提過。而棺材裡的屍體的確也有相同的傷。所以確認了。」

廚房裡安靜幾秒。

「感覺怎樣？」尤莉亞最後問，「我指的是，當時見到坎特的屍體，你有什麼心情？」

「其實無感。我想見的是活生生的坎特。人都死了，怎麼找他追究責任？」

尤莉亞點點頭，沉思著。她一直考慮請雷納特幫她一個忙。

「你有沒有進過坎特家？」她問，「警方有沒有進他家找過彥斯？」

雷納特搖搖頭。「警方憑什麼進他家？」

「不知道……只是因為，我一直想理解彥斯到底能去哪裡。說不定，如果他沒去海邊，如果他也沒去草原，他有可能去鄰居家了。薇拉．坎特家只離我們別墅兩三百碼而已……」

「彥斯為什麼要進她家？」雷納特說，「他為什麼不走？」

「不知道。如果他進門，跌倒了，或者……」尤莉亞說，心裡想的是：誰曉得呢？搞不好薇拉．坎特和兒子一樣頭腦有毛病。

也許你進了薇拉家，彥斯，然後薇拉把門鎖上了。

「我知道這機率微乎其微……不過，你可不可以進去看一看？帶我去？」

「看一看……妳的意思是，進坎特家裡？」

「看一下就走，然後我明天就回哥特堡，」尤莉亞繼續說，視線鎖定他猶疑不決的目光。她想說她曾看見屋裡有光，但決定最好還是別說，因為有可能是自己想像力太豐富。「我是說，房子都成了空屋，進去也不算擅闖住家吧？」她問，「何況你身為警察，應該想進哪裡都不成問題吧？」

雷納特搖頭。「警察的規則非常嚴格。我是鄉下小地方的唯一警察，能稍微臨機應變，不過——」

「不過，我們又不會被人看見，」尤莉亞打斷他，「斯坦維克差不多見不到人影，而且薇拉．坎特家的四周全是避暑別墅，附近沒人住。」

雷納特看看手錶。「我該去開會了。」他說。

至少提案沒被他否決，尤莉亞心想。「開完會呢？」

「妳是說，今晚就進去？」

尤莉亞點頭。

「再說吧，」雷納特說，「開這種會，有時候拖很久。如果早一點結束，我可以打給妳。妳有手機嗎？」

「有，叩我。」

餐桌上有兩三支鉛筆，尤莉亞從披薩盒撕下一小張紙片，寫下電話號碼，被雷納特收進上衣口袋。他站起來。

「別單獨行動。」他看著她說。

「好，我不會的。」她承諾。

「上一次我路過，看見薇拉・坎特家好像隨時會倒塌似的。」

「我知道。我不會自己一個人進去的。」

但是，假如彥斯在裡面，在漆黑的密室孤伶伶的，媽媽卻遲遲不來救他，他這輩子能原諒媽媽嗎？

她和雷納特步出警局時，瑪內斯街頭空無一人，店面已熄燈，只剩廣場上的書報攤還開著。潮濕的空氣彷彿已經開始結冰。

雷納特關掉電燈，走出門之後鎖好警察局。

「妳現在回斯坦維克嗎？」他問。

尤莉亞點頭。「待會兒見？」

「也許吧。」

尤莉亞想起另一件事。

「雷納特，」她說，「耶洛夫不是給你一隻涼鞋嗎？有沒有查出什麼結果？」

「很遺憾，沒有，」他說，「還沒有。我送去林雪坪市的國家鑑定局，還沒接到回音。這種東西很耗時間。我下禮拜打電話去問問看。不過，我們最好別抱太大的期望。我是說，案子已經過這麼久了，而且，我們甚至不能確定是不是同一——」

「我瞭解……也可能根本不是他的鞋子。」尤莉亞快口說。

雷納特點頭。「保重了，尤莉亞。」

他伸出一手。今晚雙方彼此交心過，道別時卻想握手，感覺相當疏遠，幸好尤莉亞也不是習慣摟摟抱抱的那一型，於是她伸手和他握一握。

「那就再見了。謝謝你請我吃披薩。」

「別客氣。開完會，我打電話給妳。」

他的視線在她臉上多逗留一會兒，含義何在，各人能隨意詮釋。然後，他轉身離去。

尤莉亞過馬路到停車處。她緩緩駛離瑪內斯鎮中心，通過安養院，耶洛夫大概正坐著喝咖啡。她路過漆黑的教堂和墓園。

雷納特．亨利克森是人夫或單身漢？尤莉亞不清楚也不敢問。

南下斯坦維克的途中，尤莉亞思索著，剛才會不會交淺言深，吐露了太多私事和罪惡感。然而，今天的波爾貢之行大有斬獲，能找別人談一談，感覺不錯。今天，耶洛夫闡明他的私家推理：殺害彥斯的兇手在波爾貢一間豪華別墅臥病，多年前槍殺亨利克森警司的尼爾斯．坎特可能還在世，在波爾貢賣車。父親是不是在逗她，她難以辨別。

不是。耶洛夫不會拿這種事開玩笑。反過來說，她也不認為這種推理有助於案情演進。乾脆回家去吧。

她決定明天回哥特堡。明天，她想先去參加恩斯特的葬禮，然後向耶洛夫和艾絲翠道別——下午驅車回家，然後努力改善生活品質。少喝一點酒，少吞幾顆藥丸。盡快回歸工作崗位。不要再死守著過去，不要再戀棧永遠無解的謎題。好好過正常人的生活，盡量放眼未來。然後，到了明年春天，她可以回來探望耶洛夫——也許也看看雷納特。

見到斯坦維克的房舍了，她減緩車速。來到耶洛夫的別墅，她停妥車子，下車，摸黑打開院子門，開車進去。她決定今晚待在別墅的老房間裡。最後一次和所有美好的悲慘的記憶相依偎。

進屋內，她打開幾盞燈。然後，她離開別墅，去船庫收拾牙刷和其他物品——包括她從哥特堡帶來卻沒開的幾瓶葡萄酒。

一路上，她密切留意著左側黑暗中的坎特家，但沒有刻意扭頭觀望。她只匆匆看一眼艾絲翠家的燈火，看一下南邊的約翰．哈格曼家，然後走向船庫。

她收拾所有個人物品，瞥見窗前吊著一盞舊煤油燈，猶豫片刻，伸手從鉤子取下，帶去別墅。為了安全起見。

回程，她正眼望坎特家，大又黑，有高高的山楂樹籬包圍著。目前見不到窗戶裡有任何燈火。

「我們從來沒進去調查過，」雷納特剛才說。

警方又何必進去呢？薇拉．坎特又沒有涉嫌綁架彥斯。

話說回來，假如尼爾斯．坎特偷偷躲在裡面，假如薇拉私藏逃犯……假如彥斯在霧中走上村道，往海邊的方向走，來到坎特家的院子門外，開門進去了……

不會，不可能。

尤莉亞繼續走，回到避暑別墅裡，沉浸在暖意中，打開所有房廳的燈。她從袋子裡取出一瓶葡萄酒。既然今晚是在厄蘭島上最後一夜，她進廚房開酒瓶，倒滿一整杯。喝完，站在廚房流理台旁的她急著再倒一杯，端進客廳。

酒精擴散到全身。

可是——看一下下就好。如果雷納特在瑪內斯開會提早結束，如果他來電……她會再請他來一趟。殺害父親的兇手在那房子裡長大，難道他真的不想參觀一下？看一下下都不想？

感覺上，這是耶洛夫害她感染上的高燒——尼爾斯．坎特的念頭在她心頭縈繞不休。

哥特堡，一九四五年八月

長達六年的世界大戰結束後，第一個夏天亮麗而炎熱，前途充滿新希望。在哥特堡市區，市政府規劃了全新住宅區，老舊傾頹的木屋陸續被拆掉。尼爾斯．坎特在街頭遊走，見到幾輛推土機在運作。

這時是八月初，尼爾斯在市中心的圍牆上刷上了世界和平的白色大字。一天後，他買了一份《哥特堡郵報》，讀到頭版標題：原子彈——震撼世界的新力量。日本無條件投降；美軍的新炸彈為大戰轟出句點。尼爾斯在電車上聽見民眾議論紛紛，心想，這麼轟動的炸彈一定很了不起，但當他在報上看見一大朵蕈狀雲直衝天空的相片時，不知為什麼，他聯想到停在德軍屍體手上的那隻俗名藍瓶蒼蠅的反吐麗蠅。

對尼爾斯而言，和平仍遙遙無期——他依舊是個通緝犯。

下午四、五點了。在市郊，尼爾斯站在小公園的樹下，看著身穿西裝的年輕人快步從街頭走過來。

尼爾斯在哈加區買了件二手黑西裝，穿在身上，衣服既不新，也不是明顯破舊。他頭上戴著帽子，帽簷壓得很低。他不再刮鬍子，濃密的大鬍子長了滿臉。他在瑪優納區租了個小房間，每早對著鏡子修剪鬍子。

就他所知，他只入過一次鏡，而且已經有六、七年的歷史：在學校拍的大合照，而他站在最後一排，眼睛被帽影遮住，相片也拍得模糊。警方是否掌握到那張相片，尼爾斯甚至不清楚，但他仍想徹底改頭換面，以防萬一。

從公園往下坡走，有幾座碼頭，那一帶是哥特堡最不堪入目的地段，泥濘和塵土比圓石還多。未上漆的木造民房看起來像彼此扶持著，以免倒地。尼爾斯．坎特蓄鬍，穿二手西裝，頭髮抹油向後梳，一副窮光蛋的外形，在這環境裡毫不起眼，看起來不像罪犯。至少他希望如此。

力。

從厄蘭島逃亡至今，他最注重的是融入環境裡，最好別被人盯上，絕對不能引起別人的注意

在海邊，透過冷杉樹林，尼爾斯依稀看得見家鄉島，他捨不得離開這裡。他曾在舅舅奧古斯特的鋸木廠附近逗留兩天。到了第三天早上，他見警車停在辦公室外，才拔腿往西逃亡。直奔茂密的森林。

習慣漫遊石灰岩草原的他腳力好，也能靠太陽的位置和直覺來辨識方向。

六月，他穿越鄉下地區，成了戰後進城尋覓新契機的眾多青年之一，不太引人注目，甚至連看見他的人也不多。他避開道路，在森林裡穿梭，餓了摘漿果吃，渴了喝溪水，累了睡在樹下，雨天躲進穀倉睡。有時候，他找到野生蘋果止飢，有時他潛入農場偷雞蛋或牛奶。

到了第三天，母親給的太妃糖全吃光了。

他在胡斯瓦納逗留了幾小時。這是他的獵槍的產地，但他找不到工廠，也不敢向人問路。感覺上，胡斯瓦納幾乎和卡爾馬一樣大，隔壁的延雪平市甚至更大。儘管西裝有汗臭也有森林味，路人夠多，他走來走去也不怕別人直盯。

他甚至敢進餐廳用餐，也敢買一雙新的步行鞋。一雙好鞋子要價三十一克朗，錢從母親和舅舅給的鈔票來。現金逐日縮水，但他照樣去鐵路旁的小酒吧，點一客大牛排、一瓶皮爾森啤酒、一小杯葛龍斯岱（Grönstedt）干邑，總共兩克朗六角三分。貴是貴，但尼爾斯覺得，他長途跋涉這麼久，值得自我犒賞一次。

酒足飯飽後，他離開延雪平，繼續往西走，穿越西約特蘭森林。幾星期後，他終於抵達海邊。

哥特堡是瑞典第二大城，尼爾斯在學校學習過。哥特堡大得不得了，約塔河岸邊的高樓相連到天邊，街上的車有好幾百輛，也有形形色色的人。起初，見到這麼多人，尼爾斯完全手足無措，而且頭幾天他屢次迷路。來到碼頭附近的街上，他聽見幾種外語，船員來自英國、丹麥、挪威和荷蘭。他看著輪船出海去國外，也看著輪船徐徐在碼頭邊起起伏伏，滿載著外來的貨物。在這裡，他嚐到今生第一根香蕉——幾乎全黑了，而且略顯腐爛，但滋味還是甜美。南美洲進口的香蕉。

和厄蘭島的港口相較之下，這裡碼頭上的東西全像巨無霸，而且長相不一樣。進貨卸貨用的起重機成排聳立著，輪廓在天空襯托下儼然是黑色的史前巨獸。拖船吐著濃濃的灰煙，在航道裡來回穿梭在白色大西洋巨輪之間。在哥特堡的港口，帆和桅杆差不多絕跡了，取而代之的是以螺旋槳驅動的貨輪，列隊停靠在碼頭。

尼爾斯沿著水邊走，端詳著長長的船身，想著南美洲香蕉。

他住在單身漢長租公寓，房間破舊，待在房間的時間愈少愈好，所以深夜才回來，一大早起床。露宿森林時，以青苔和樹枝為床，夜裡寒徹骨，現在的他一點也不懷念，但在這裡的他一在床上躺下，總覺得四壁宛如監牢包圍他，無時無刻不豎耳聆聽警察重重踏著樓梯上來的聲響。

有天夜裡，房間門開了，亨利克森警司的龐人身軀走進房裡，穿著全套制服，衣服血淋淋，對著床鋪伸出一隻淌血的手。

你殺了我，尼爾斯。現在我總算找到你了。

尼爾斯大叫一聲，驚醒過來，牙齒不停打顫。房間裡只有他一人。

在哥特堡期間，他只寄一張明信片給母親薇拉。這張黑白明信片正面印著芬亞燈塔，寄到瑞典另一端的斯坦維克，不註明寄件人姓名，連一句話也不敢寫。他只敢讓母親知道他仍逍遙法外，待在西岸，這點資訊應該就夠了。

這時候，一名年輕人走進公園，年齡和尼爾斯相仿，名叫麥克斯。

尼爾斯頭一次見到他是三天前，在碼頭邊的小餐廳。麥克斯當時坐在角落，和尼爾斯隔著兩張桌子。要想不注意到他都難，因為他一邊從金色的菸盒裡拿出一支又一支的菸出來抽，一邊操著一口濃重的哥特堡口音和女服務生、笑臉迎人的餐廳老闆以及其他顧客大聲搭話。人人都稱呼他麥克斯。有時候，客人不分老少從街頭走進來，在他那一桌坐下，低聲講話，麥克斯也跟著壓低嗓門，快言快語，邊講邊比手勢。

一眼看得出，麥克斯正在兜售東西。此外，由於他不曾遞東西給對面的客人，尼爾斯臆測，他是在販賣消息，給人出謀劃策。因此，觀察大約一小時之後，尼爾斯站起來，走向角落那一桌，近看才發現麥克斯比他更年輕，頭髮油膩，滿臉青春痘，但他聽尼爾斯講話時神情警覺。

孤單久了，和陌生人交談的滋味很奇怪，但這也沒關係。尼爾斯和先前幾人一樣，默默在他面前坐下，不報姓名，劈頭就請他提供絕佳的建議。他希望麥克斯為他做一件事——一件重要的事。麥克斯聽著，點點頭。

「兩天。」麥克斯說。

這是他執行重要任務所需的時間。

「我可以給你二十五克朗。」尼爾斯說。

「三十五比較好。」麥克斯快口回應。

尼爾斯考慮一下。「那就三十吧。」

麥克斯點頭，臉湊向前。「我們不能再來這裡見面，」他說，音量比剛才更低。「我們去公園見……一個我常去的好公園。」

他告知公園位置，然後起身，迅速離開餐廳。

於是尼爾斯現在就在公園裡等候。他已經等了半小時，四處走走，探勘公園是否全無雜人，也找到兩條逃生路線，以防狀況異變。他沒向麥克斯吐露名字，但他相信麥克斯一想就通，知道尼爾斯是通緝犯。

麥克斯朝他直線走過來，不左顧右盼，也不向隱身的觀察者打暗號。

尼爾斯並未因此而鬆懈，但他也不至於拔腿就跑。他盯著麥克斯，見他來到面前一碼左右停下來。

「湛藍地平線號，」他說，「你要上的那艘船。」

尼爾斯點頭。

「英國船。」麥克斯在樹林裡一塊岩石上坐下，掏香菸。「不過，船長是丹麥人，名叫培特里。誰上他的船他不太在乎，他只在乎錢。」

「那就好商量了。」尼爾斯說。

「他們正在運原木上船，三天後啟航。」麥克斯吐出一口煙。

「去哪裡？」

「東倫敦。船在那裡卸貨，然後去德爾班運煤，然後去聖多斯。你可以在那裡下船。」

「我想去北美，」尼爾斯急忙說，「去美國。」

麥克斯聳聳肩。「聖多斯在巴西，在里約南邊，」他說，「你從那裡改搭另一艘。」

尼爾斯考慮著。聖多斯在南美洲？從那裡再出發也不錯，多走走，然後才回歐洲。

他點頭。「好。」

麥克斯迅速站起來。他伸出一手。

尼爾斯在他掌心放下五枚沉重的兩克朗硬幣。「我想先見培特里船長，」他說，「剩下的錢，到時候再給你。去哪裡找得到他？」

麥克斯微笑。「按他們的說法，你得『去打工』。」

尼爾斯面露不解，瞪著他看，麥克斯才繼續說：

「想找工作的人大清早去碼頭，等著打零工。有些人有零工可做，沒分到的人只好回家。你明天一大早可以去碼頭加入他們……然後你會中選，搭上湛藍地平線號。」

尼爾斯再度點頭。

麥克斯匆匆把硬幣收進口袋。

「我的姓名是麥克斯．萊莫爾，」他說，「你呢？」

尼爾斯不語。付錢的人不是能避免被問東問西嗎？怒火慢慢在他胸中燃起，頸子的脈搏也開始稍微加速。

麥克斯對他和氣笑笑；他似乎沒有感覺到威脅性。

「我猜你是斯摩蘭人，」他說，以鞋跟踩熄菸屁股。「聽你講話的口音猜的。」

尼爾斯依然不吭聲。麥克斯個頭比他小，他自知能一拳揍扁他，打到他爬不起來，好好踹他幾腳，最後搬個大石頭解決他，把屍體藏進公園。

輕而易舉。

只不過，事後呢？深夜，麥克斯可能會回來找他，就像那個警司一樣。

「別東問西問了，」他對麥克斯說，然後舉足穿越公園，前往碼頭。「再問，你可能拿不到錢。」

18

雷納特沒來電。

星期二晚上，尤莉亞坐在避暑別墅裡，空等了幾小時。八點半變成九點，他依然沒來電。這時候，尤莉亞已經喝完整瓶紅酒；這不難。進坎特家一探究竟的誘惑太強烈了，揮之不去，雷納特來不來也無所謂。

她考慮打電話給耶洛夫，向他報告她的意圖，但想想後作罷。打包行李完了，也打掃完了，再也找不到能消磨時間的瑣事。她坐立難安，滿懷好奇心。

黑暗與寂靜壓制著別墅的牆壁。到了九點四十五，尤莉亞終於站起來，身子略顯搖晃，但決心勝過微醺。

她在外套裡面多加一件毛衣，穿上厚襪子，前門邊的衣櫥裡有一頂褐色舊羊毛帽，她戴上，把頭髮塞進帽子裡，照一照走廊鏡子。和雷納特交談過後，刻在額頭上的焦慮紋是否稍微平整一些？

也許吧——或者，也可能是葡萄酒的關係。

她把手機放進口袋，拎起舊煤油燈，關掉別墅裡的電燈。她準備好了。

快進快出，看一眼就好。

夜空的雲消散了，空氣冷冽，樹林間只有微微的風在吹。她走上村道，立即被暗夜包圍，但她看得見在內地閃爍的光點。

走幾步，她停下來，聆聽陰影之間的聲響：樹葉沙沙聲或樹枝嘎嘎聲。然而，她什麼也聽不見——萬物紋風不動。

斯坦維克冷清清的。步向坎特家的路上，砂石被她踩得微微啵啵響。她再一次止步。月光下，院子門散發淡淡的白光，和往常一樣關著。尤莉亞慢慢伸手去碰冰冷的鐵門閂。生鏽的門閂表面粗糙，卡死了。

她推一推。門輕輕呻吟一下，不開。也許門軸鏽壞了。

尤莉亞把煤油燈放在砂石上，靠近院子門，用雙手抬一下，向內推，門往前移動幾英寸，隨即又卡住了。但現在，她能從開口擠進去。

葡萄酒的醉意制住她怕黑的心情，但效果微乎其微。

庭院周遭的樹木高大，黑影幢幢。尤莉亞立定，讓視覺適應漆黑的環境。在目前的黑暗裡，她漸漸能辨別細節：石灰岩板鋪成的步道蜿蜒深入庭院，猶如一份無言的邀約；步道旁有一個圓形的井蓋，長滿黑黴，被落葉遮住；到處雜草叢生。井的另一邊遠處有一間長方形的工具室，屋頂看似瀕臨崩塌邊緣，如同一座亂搭的帳篷。

尤莉亞朝幽暗的庭院踏出遲疑的一步。再踏出一步。她聆聽著，然後踏第三步。越來越難往前走了。

手機突然嗶嗶響，鈴聲嚇得她心悸一陣。她連忙從外套口袋掏手機，彷彿擔心打擾到黑暗中的某人或某物。她按接聽鍵。

「喂？」

「喂……尤莉亞？」

是雷納特平靜的語音。

「嗨，」她說，盡力不洩漏醉意。「你在哪裡？」

「我還在開會。而且還沒開完……拖了有點久。不過，會一開完，我考慮直接回家。」

「好。」她說，再朝步道跨出兩三步。現在，她能看見薇拉．坎特家的屋角。「沒關係。至少我知道了……」

「問題是，葬禮在明天舉行，我趕著在葬禮之前加班幾個鐘頭，」雷納特繼續，「今晚大概沒法子去斯坦維克了……」

「好，我瞭解，」尤莉亞快口回應，「改天再說吧。」

「妳在外面嗎？」雷納特問。

他語氣不含懷疑，但尤莉亞按捺著緊繃的心，以鬆懈的口吻撒謊：

「我只是出來坡脊上。夜遊一小段路。」

「喔，好……明天見得到妳嗎？在教堂？」

「會……我會去的。」尤莉亞說。

「好，」雷納特說，「那就祝妳晚安了。」

喀嚓一聲，雷納特的語音消失了。尤莉亞再次陷入純然孤單的境界。

再往前走六、七步，步道盡頭是一道寬岩板做的門階，走上去是一道白木門和玻璃圍住的一座遊廊，雕飾華麗，被風雨盡情摧殘蹂躪。

房子矗立在尤莉亞前方。漆黑的窗戶令她聯想起早上在波爾貢見到的古堡。

你在裡面嗎，彥斯？

連暗夜也無法掩飾這棟古屋的敗相。遊廊門兩旁的玻璃窗都見裂紋，窗框的油漆也斑駁脫落。

遊廊裡面黑漆漆。

尤莉亞慢慢走到步道盡頭。側耳傾聽。然而，她到底是來偷襲誰？剛才和雷納特講手機，為何音量壓到近乎耳語？

又沒人聽得見她，盡量不出聲的行為未免荒謬，她理解到，但她依然無法放鬆心情。她跨出僵硬的腿，踏上門階，心跳如鼓。

她試著揣摩彥斯的思考模式，試想他失蹤那天如果來這裡，會有何舉動。如果他走進坎特家的庭院——他有膽走上門階敲前門嗎？也許會。

遊廊門的鐵製門把向下指著，好像有人剛從裡面開門似的。尤莉亞以為門鎖著，連伸手握門把的意思都沒有——沒想到，門居然開著一小道縫。原來，門框有一小條木頭被劈開或銼開，鎖桿無法咬合，外人只消推一下門，就能入內。

看來，有人已經進坎特家闖空門了。

或許是小偷吧？竊賊趁冬天下鄉，在無人的避暑別墅好整以暇大偷特偷。薇拉．坎特是厄蘭島北部首屈一指的鉅富，如今房子荒廢了，竊賊豈有不覬覦的道理？

或者另有其人？

尤莉亞悄悄伸出手，拉一拉門把。遊廊門不動，她往下看才發現原因。一小塊木頭卡在門下。

據她推測，因為門鎖壞了，有人把木頭卡進門下，防止門被風颳來颳去。小偷會這麼為人著想嗎？

不會。

尤莉亞以腳挪開木塊，再拉一拉門把。門軸硬邦邦，但門還是開了。

漆黑的室內令緊張的她心情更緊張，但事到如今，她已經無法後退。*九命貓因好奇而沒命。*但是，用木塊卡門的人是從外面卡門，因此那人不可能還在屋裡。除非另有出路。

尤莉亞跨進坎特家的門檻。

屋裡比外面更冷，而且和山洞一樣陰森幽靜。她看不見東西，旋即想到，手裡提著一盞煤油燈。

她從口袋取出火柴盒，點燃一支，掀開玻璃罩。粗燈芯燃起晃悠悠的小火苗，玻璃罩放下後，火苗變大也變得更明亮。油燈亮度低，只夠照亮遊廊中間，角落依然漆黑，黑影處處可見。

她提起油燈，穿越遊廊，走向內門。門關著但未上鎖，尤莉亞伸手去開。

薇拉家的走廊。這道走廊長而窄，和遊廊一樣空蕩蕩，小花朵朵開的壁紙被曬得褪色。假如在走廊發現衣架仍掛著薇拉的黑外套，或看見一排女鞋，尤莉亞也不會詫異，但地板也空無一物。牆上和天花板垂掛著蜘蛛網形成的簾幕。

走廊裡有四道門。全關著。

她伸手開最靠近的一道門。

這間很小，僅有幾平方碼，只在地上擺著幾個玻璃罐，裡面有發霉的東西。存放清潔用品的儲藏間。

她小心關門，打開下一道門。

這一間是廚房，格局寬廣。

尤莉亞看得見褐色油氈地板，廚房中央改鋪磨光的石板，牆邊有一座華麗龐大的黑鐵爐。正前方有兩扇大窗戶，外面是後院，而尤莉亞知道，樹的另一邊，在幾百碼以外，就是耶洛夫的別墅，想到這裡，她心裡少了一分孤單，也為她提供前進廚房的勇氣。

左邊靠牆處有座狹窄陡峭、扶手搖搖欲墜的木梯通往樓上。靜止不動的黑空氣瀰漫著微微一股植物的腐臭。塵埃和死蒼蠅堆積在地板上。

每晚薇拉一定是站在這裡，彎腰攪動著熱騰騰的鍋子。戰後某個晴朗的夏日，尼爾斯也一定是帶著隱藏獵槍的背包，從這裡離開。

我會回來的，母親。

他是如此對母親承諾嗎？

樓梯下面有一道半開的門。尤莉亞悄悄跨兩三步過去，看見門內有一道樓梯通往地下室。地下室是個不錯的起點，如果她想找……

一具死屍，被藏起來的死屍。但她找的不是這個。究竟想找什麼呢？

快進快出，看一下就好。

尤莉亞能感受到手機在口袋裡的重量。雷納特的號碼在通話紀錄中，想打給他隨時都行——這想法略能慰藉她。

她來到樓梯底下，從門口向內探一探，煤油燈提在身前。

地下室樓梯以粗糙的木板製成。樓梯下的地面是硬實而潮濕的土地，在油燈照耀下反射著亮光。

但是——有個現象不對勁。

尤莉亞踏下樓梯兩步，希望看清楚一點。她低頭避免撞到斜坡狀的天花板，然後開始往下走。

地下室有人掘土的跡象。

緊鄰樓梯底的地面完好，但沿著石壁的地面被人挖了好幾個小坑。此外，有一支鏟子斜靠在樓梯側面，好像挖土人只想休息一下子。

樓梯上有靴子留下的乾泥巴印，方向是上樓，朝她走來。

泥土在牆腳堆積成一座小山，兩三個桶子裝滿泥土，擺在旁邊。有人正按部就班開挖整個地下室。

怎麼回事？

尤莉亞往後退上樓梯，盡可能不出聲，一直退回到重返廚房，屏息聆聽著，心臟蹦進了耳朵。

一切仍寂靜無聲。

現在她能打電話給雷納特了——但她不想被聽見或被看見。

她謹慎伸手進口袋，取出手機，開始小步小步移向廚房另一邊，同時開手機，從通話紀錄找到雷納特的號碼。接著，她讓拇指停留在通話鍵。

如果出事了，如果……

她極力說服自己，兒子正在這棟黑漆漆的房子裡，就算是屍體也一樣。而她也認為，兒子要她來找他。這收到了一定的效果，她繼續往前走。

踏過廚房地板之際，無聲的鞋子激起地板上的毛球，趕著毛球在牆腳找地方躲。她來到石板地，通過鐵爐。

然後，她踏上通往二樓的第一階樓梯，心跳如鼓。

木造的樓梯被她踩得吱嘎響，但聲音微乎其微。尤莉亞讓握著手機的右手輕輕靠在欄杆上，向牆壁尋求穩健安全感，繼續往上爬，深入油燈光圈無法觸及的領域。踩到吱嘎響的一階時，她略過這階不踩，再上一階。

上面是漆黑一團。

走完樓梯一半，她停下來吐氣，再豎起耳朵聽。然後再往上爬一階。

欄杆盡頭無門，只有一片空曠地區，尤莉亞戒慎恐懼踏上二樓的木造地板。

這裡是走廊，和樓下走廊同樣狹窄，兩端各有一道關著的門。

畏懼心與躊躇心令她再度裹足不前。

右轉或左轉？再站下去，她更不可能跨出第一步，因此她選擇走向走廊的左邊。不知為什麼，左邊似乎比較不暗。她繼續走，又激起毛球和黑蒼蠅屍。

牆上可見幾個色調較淡的長方形——相片被移除的痕跡。

她來到走廊盡頭。推開門，煤油燈提在前方。

這一間很小，和其他房間一樣沒有家具，但這間並非空無一物。這裡只有一扇窗戶。尤莉亞走進去，赫然看見窗邊的牆腳躺著一個黑黑的身影。她停下來。

不是。躺在牆腳的不是人，她這時能看個清楚了。地上攤著一個像黑繭的睡袋。緊鄰睡袋的牆上貼著幾張剪報。

尤莉亞往前踏一步。她看見剪報陳舊發黃，以圖釘固定在壁紙上。

其中一張的黑字標題是：德軍遭獵槍行刑，曝屍草原。

另一張：全國追緝弒警兇手。

第三張泛黃的程度較淺：

斯坦維克男童失蹤。

標題旁有一張稍顯模糊的附圖，對著她微笑的是一名小男童，笑得無憂無慮，一陣揪心的絕望感襲上尤莉亞心頭。每次她看見兒子，都深受同樣的打擊。另外還有幾張剪報，但她不想再讀。她急著轉移視線，後退離開房間。

接著，她止步。在煤油燈照耀下，她看見走廊另一端的門現在開著。

剛才明明關著，她敢確定，但現在她看得見門檻，裡面是黑黝黝一片。這一間不只是暗，而且是近到鼻尖的東西都看不見。

這一間不是空房間。尤莉亞隱約覺得，裡面有人在等候。一個老婦人。正坐在窗前的椅子上。

這一間是她的臥房。冷冰冰的臥房，充滿寂寞、等候、怨恨。

等人來陪伴的老嫗。但尤莉亞在走廊上站定，腳底生根了。

她聽見漆黑的房裡傳出摩擦聲。老嫗起身了。正緩緩走向門口。拖著腳，步步逼近……

尤莉亞非走不可。趕快下樓去。

尤莉亞拔腿就跑。

下到樓梯歇腳處，然後再往下走。

她好像聽見樓上有腳步聲，覺得老婦人冰冷的身影就在她背後。

我被他騙了！

尤莉亞覺得一股恨意像黑手，從背後推了她一把。在黑暗中，她盲目前進，踏空了一階，失去重心，石板地面在三、四碼以下。

她雙手在空中亂舞一陣，手機和油燈全飛了。

煤油燈和手機摔向廚房地板，火焰從油燈竄起——而尤莉亞明白，下一瞬間，她也將墜地。

她咬牙迎接劇痛。

19

恩斯特．亞德福森入土為安當天，清晨灰濛濛而寒冷，耶洛夫醒來覺得恍如從高空被拋向地板，手臂和膝蓋疼痛難忍。

都怪壓力：修格蘭症候群又找上門了——可惡的討厭鬼。今天想去教堂，非得坐輪椅去不可了。

修格蘭是一種風濕症，是個伴，不是朋友——耶洛夫試過無數次，想和它交朋友，盡量放輕鬆，在它敲門時表現得和氣一點，任憑修格蘭自由進出他身體，他悉聽尊便，結果還是沒用，病發時每次都毫不留情，對著他橫衝直撞，直鑽關節深處，對著神經亂扯亂摳，害他口乾舌燥，眼睛痠痛。

耶洛夫被疼痛肆虐到病魔累了，然後當著病魔的臉哈哈笑。

「我又躺回娃娃車了。」他早餐後有感而發。

「沒多久，你又能再站起來的，耶洛夫。」

講話者是瑪麗，是他今天的幫手。她在耶洛夫背後放一個小靠枕墊腰，放下輪椅的踏板，讓穿著最高級皮鞋的腳踏著。

剛才在瑪麗協助下，耶洛夫吃力穿上唯一的黑西裝。已清潔過的西裝既光鮮又乾淨。同一套西裝參加過妻子的葬禮，隨後也在瑪內斯教堂向一連串的親朋好友永別，總計大約二十個。遲早，他也將穿這一套入土。

他在西裝外加一件灰色大衣，脖子圍上厚厚的羊毛圍巾，軟呢紳士帽向下壓，遮住耳朵。十月中旬的這天陰沉沉，氣溫近冰點。

「準備好了沒？」玻兒從辦公室走出來說，「你去多久？」

總是同一句老問題。

「這要看賀格斯崇牧師今天興致多高而定。」耶洛夫回答。

「午餐可以幫你留著，用微波爐加熱就可以吃了，」玻兒說，「有必要的話。」

「謝謝妳。」耶洛夫說。他懷疑，參加過恩斯特葬禮後，肚子大概不會特別餓。

他被修格蘭逼得坐輪椅，這下子玻兒稱心如意了吧，他猜。這樣一來，玻兒比較容易盯緊他；玻兒喜歡掌控所有狀況。然而，等症狀一減輕，他很快就能再站起來。一旦他能再走動，他想揪出殺害恩斯特的兇手。

瑪麗戴上手套，握著輪椅的把手。

他們出了房門，搭電梯下樓，進入冷冽晴朗的戶外，下了斜坡來到車輛轉彎區。砂石結霜，被輪椅碾得吱吱喳喳。輪椅駛上前往教堂的冷清路面。

耶洛夫咬牙切齒。他恨自己陷身輪椅，徬徨無助，但他盡量放輕鬆，把責任丟給別人。

「我們會遲到嗎？」他問。

剛才穿西裝耗掉太多時間了。

「不會遲到太久，」瑪麗說，「幾分鐘而已，不過，都怪我不好……幸虧教堂就在這附近。」

「我們大概不會被罰留校察看吧。」耶洛夫說，瑪麗聽了客氣笑一笑。這讓他很高興——安養院不是每個助手都明瞭這一點：聽見老人妙語，年輕一輩有笑一笑的義務。

輪椅朝教堂前進，耶洛夫微微傾身向前，想保護自己的臉，抵擋來自卡爾馬海峽凜冽的寒風。他還能判斷出這陣西南風的風勢強勁而穩定，雙桅縱帆船能迎風直線北上瑞典海岸，一路航向斯德哥爾摩以北——但像這種日子，他可不想出海。這種風會颳得大浪翻過舷緣，冷氣團也會凍得橫座板結冰。上岸三十多年了，耶洛夫仍以航海人自居，而沒有航海人想在冬天出航。

通過教堂邊的公車站時，教堂開始鳴鐘。輪椅轉進通往教堂的小路。鐘聲悽愴，拖得很長，回音響徹平坦的鄉間，加快了瑪麗的步伐。

耶洛夫不急著去教堂致哀——依他的想法，這場葬禮多半是給其他人悼念的一種儀式。他本人早在上星期就在採石場向恩斯特永別了。老友辭世的失落感融入喪妻的悲情，交融成一股長存於他餘生的愁緒。在此同時，他黯然意識到，恩斯特死不瞑目；老友留下一堆拼圖片，正等著他拼湊，等得不耐煩了。

教堂前的小停車場停了至少十幾輛車。尤莉亞的紅色福特車停在哪裡？耶洛夫找不到。但他看見艾絲翠的富豪車停在裡面，心想，她從斯坦維克載尤莉亞一起來了，看來他這個女兒最後還是決定來參加葬禮。

塗白石灰塗料的教堂矗立在灰色天空下。基督教傳來此地已有一千年左右。之前那座建於中世紀的教堂太小，很多地方年久失修，於是才有了這第三座教堂。

他們進入墓園，經過一段白色的石頭路面後，瑪麗放慢腳步，從背後將輪椅拉上低矮的階梯，再推進敞開的教堂正門。

一進入門廊，耶洛夫立刻脫帽。門廊昏暗而空蕩，但教堂內坐滿黑衣人，儀式尚未進行，裡面有一陣陣細微的人聲。

很多人垂著頭，偷偷看著坐輪椅的耶洛夫進入左走道。他明白，在其他人眼中，他是多麼羸弱、可憐。他們的觀感當然正確。他的確是虛弱又可憐，但他神智清楚——這才最重要。

有些人參加葬禮，目的只為了看看下一個進棺材的是誰。繼續看吧，耶洛夫心裡嘀咕著，我日後不會比現在更慘。

不久後，他就能站起來走動了。

前排有人伸出纖瘦的白手，對他揮一揮。是艾絲翠．林德爾。坐在第四排的她戴著黑紗帽，身旁有個空位，似乎沒注意到耶洛夫坐輪椅。

瑪麗停下輪椅，攙扶耶洛夫坐進艾絲翠鄰座。

「儀式還沒開始，」艾絲翠湊近他耳邊說悄悄話，「場面很悶啊。」

耶洛夫只點點頭。他剛瞄了一下艾絲翠另一邊的位子，不見尤莉亞。

瑪麗走向教堂後面，這時領唱者開始彈奏傳統哀歌，圓頂天花板以下的中殿對話聲跟著止息。葬禮聽過多少次哀歌了，耶洛夫懶得數。在音符中，他鬆懈心情，偷偷東張西望。

今天的來賓年齡層偏高。大約一百人，五十歲以下的來賓寥寥無幾。

殺害恩斯特的兇手也在場，藏身致哀者之林——耶洛夫非常有把握。

艾絲翠另一邊坐著她弟弟卡爾。他是瑪內斯火車站最後一任站長。一九六〇年代中期廢站後，他改開五金行，現在退休了。戰後那年夏天，尼爾斯．坎特搭上火車，揮別那班車的站長是卡爾的前輩艾克索．蒙森，但卡爾當時也在場。他是火車站的小弟。後來他告訴耶洛夫，他看見售票小姊瑪吉特打電話通報瑪內斯警察局，低聲說，通緝犯坎特剛買票想去波爾貢。當天，幾分鐘後，卡爾也看見警司亨利克森火速趕來，挺著大肚子衝過月台，搶搭火車追捕雙屍命案主嫌。

近距離見過成年尼爾斯．坎特的人當中，卡爾或許是這世上最後一人。然而，有一次耶洛夫問他坎特的長相，卡爾卻只搖搖頭——他對人臉的記性很差。

同一排也坐著幾位瑪內斯退休老人：博特．林葛倫是本地社區活動中心前主席，五、六〇年代曾航海多年，環遊世界。他旁邊坐著曾以捕鰻為業的歐洛夫．侯坎森，另外是陸軍上校退役後定居朗維克避暑別墅的卡爾．倫茲戴特。

退休人士搬來瑪內斯並非罕見，但耶洛夫知道，厄蘭島北部需要的不是更多老年人，而是就業青年和更多工作。

風琴聲停息了。在瑪內斯住了十年的歐克．賀格斯崇牧師走向玫瑰花點綴的白木棺前。牧師雙手捧著一大本褐色皮裝本《聖經》，戴著圓框眼鏡，神情嚴肅看著來賓。

「我們今天齊聚一堂，向好友恩斯特．亞德福森永別……」牧師停頓一下，挪一挪眼鏡，然後開始朗誦祭悼文。首先，他提出一個重要的問題：「除了在人裡頭的靈，誰知道人的事？」

使徒保羅致哥林斯人的第一封信，第二章，耶洛夫記得是。

「我們人類對彼此所知甚淺，」牧師高聲說，「唯有上帝無所不知。上帝能看清凡人的所有過錯與短處，卻依然願意恩准世人萬世安寧……」

接近教堂最後面有人乾咳了一聲。

耶洛夫閉眼聽著，心神安寧，只打過一次瞌睡。民眾唱起內容是玫瑰的一一三號聖歌時，他盡可能跟著唱。接著，牧師帶領大家禱告，再從《聖經》和讚美詩引述名言，隨後才唱優美的《玫瑰永生之邦》。

雖然耶洛夫在採石場已向恩斯特道別過，他見到抬棺景象時，胸口仍隱含著一塊糾結的哀淒，越脹越大。風琴演奏至最後一首，六個板著臉的男人起立，準備上前抬棺進墓園，其中一位是波爾貢友人戈斯塔，一位是在斯坦維克南邊的索比村開店數十年的貝納德．科爾伯格。其他抬棺者是恩斯特在斯摩蘭的親屬。

耶洛夫也想起立，親自為恩斯特抬棺，但他只能待在原位，等其他人紛紛站起來。瑪麗推著輪椅過來。

「我想我現在能自己走了。」他對她說，但他當然是走不動。

瑪麗扶他坐回輪椅。他才坐好，艾絲翠卻彎腰過來，拍拍瑪麗肩膀。

「我來推耶洛夫吧。」她握住把手說，語氣堅定。

瑪麗看著艾絲翠，表情遲疑，因為艾絲翠比她矮了一個頭，瘦如竹竿。但耶洛夫以微笑慫恿她。

「有她幫忙就好了，瑪麗。」他向她保證。

瑪麗點點頭，艾絲翠推著輪椅步上走道，弟弟卡爾跟在身旁。

「約翰在那裡。」她說。

耶洛夫轉頭，看見約翰·哈格曼和兒子安德斯離開教堂。

一出教堂門口，刺骨的寒風迎面吹襲，耶洛夫裹緊大衣，這時摸到口袋裡的扁平物體，才想起恩斯特的皮夾。

他拿出皮夾，指尖感覺到老舊皮革的觸感。他問艾絲翠：

「妳今天有沒有看見我女兒？」

「今天沒有，」艾絲翠說，「咦，她今天不是回哥特堡嗎？我開車路過的時候，她的車沒有停在坡脊上。」

「瞭解。」耶洛夫說。

看來，尤莉亞今早走了。他心想，女兒大可以來參加葬禮，最起碼也應該打電話告別才對。但話說回來，尤莉亞就是這種人。尤其是在彥斯失蹤後。他強留女兒在厄蘭島盡可能多待幾天，儘管父女倆的進展不大，耶洛夫仍覺得這一趟有益她身心。過一會兒，他會打電話去哥特堡找她。

「裡面是恩斯特的錢嗎？」艾絲翠問。

耶洛夫點頭。「我想交給他在斯摩蘭的家屬。」他說。

其他東西都可以還給他們，除了那張藍納比林木博物館的門票，耶洛夫已經私藏進書桌抽屜。

「你是個老實人，耶洛夫。」艾絲翠說。

「所有東西都有地方擺，所有東西都擺在定位，」他說，「我不喜歡沒交代清楚的事物。」

輪椅來到墓園裡，緩緩在熟悉的墓碑之間前進。最精美的墓碑當中，許多是恩斯特退休前的傑作，包括艾拉那座寬大的墓碑在內。墓碑雕刻得清爽雅緻，妻子姓名下面預留相當多空位給耶洛夫的姓名和生辰忌日。

恩斯特的墳位在一整排斯坦維克人之間，墓穴剛挖好，民眾圍成半圓形，艾絲翠穩穩將輪椅推進人群中。耶洛夫看見，深坑在輪椅前方漸漸開朗，既黑又冷，跌進去休想爬出來。他自己不想掉進去，只不過，寒氣中的修格蘭又在他的關節裡囂張。

抬棺者剛在墓穴邊止步，現在開始小心讓棺材入土。在這裡，耶洛夫見到幾個熟悉的臉孔：地方報編輯邦特．尼伯格站在墓穴對面，這次終於沒帶相機來。耶洛夫思索著，邦特定居在瑪內斯工作多久了。十五或二十年了吧。和許多人一樣，邦特來自內地。

邦特旁邊是俄陽．葛蘭夫斯。耶洛夫記得，他在瑪內斯東北開農場，八〇年代因虐待動物被定罪，幾條乳牛因此被沒收。

一同站在葛蘭夫斯旁邊的是琳達和袞納．隆耶爾，是朗維克的旅館業者。他們正低聲交談著，大概是在討論度假村新屋興建計畫吧。他們身旁是警察雷納特．亨利克森。他今天穿黑西裝，沒穿制服。

耶洛夫再向下望墓穴。恩斯特對他有何期許？這件事該如何進行？

秋初，恩斯特多次來訪耶洛夫，屢屢提起尼爾斯．坎特和彥斯，反覆推敲這兩件懸案，深信這兩件事存在著別人看不透的關聯。

彥斯失蹤多年後，耶洛夫已接受外孫消失無蹤的事實，如同他能接受愛妻病故的事實一樣，盡可能接受。

然而，九月初，恩斯特又來安養院找耶洛夫，那次還帶來一本薄薄的平裝書。

「你見過這本書嗎，耶洛夫？」他當時問。

耶洛夫搖搖頭，靠過去看。

這本是馬姆船運公司週年慶出版的紀念書。耶洛夫曾在《厄蘭島郵報》看過，這本書在大約一個月前發表，但他尚未讀過。

「你認識馬丁．馬姆，對吧？」恩斯特當時問，「這裡有一張五〇年代末的老相片，在斯摩蘭拍的，地點是坎特家族的鋸木廠。」

「我跟馬丁不是特別熟。」耶洛夫當時回答。略微驚訝的他從恩斯特手裡接下這本書。「當船長的時候，我們大多是在各地港口見過幾次面。」

「退休之後呢？」

「少之又少了。頂多三、四次吧。老船長聚餐時偶爾見過。」

「聚餐？」恩斯特說

「在波爾貢。」

「馬丁買第一艘遠洋貨輪的錢是哪裡來的，你知道嗎？」恩斯特問。

「嗯……不知道。我不太清楚，」耶洛夫說，「家族的錢吧？」

「不是自己家的錢，」恩斯特說，「是坎特家族給的。」

「書裡這麼寫嗎？」耶洛夫說。

「沒有，不過我聽說過。」恩斯特說，「另外，看看這張相片。奧古斯特．坎特站在那裡，手搭在馬丁肩膀上。你會有這種舉動嗎？」

「不會。」耶洛夫說。

是真的：奧古斯特．坎特是臉色陰鬱的公司老闆，一手搭在馬丁．馬姆船長肩膀上，狀似友好，船長的表情同樣臭。

恩斯特不願多說，但毫無疑問的是，他不想談論他得知的內幕。他見到某現象，或者聽見傳聞，因此滋生新念頭。他曾瞞著耶洛夫去藍納比林木博物館查資料，事隔幾星期，他約人在採石場見面，據推測是想背著耶洛夫討論某事。

「你想不想說聲再見，耶洛夫？」

艾絲翠的聲音冒出來，讓深陷思潮的耶洛夫陡然在墓園裡回到現實。他搖頭一下。

「我已經道別過了。」他說。

最後幾朵玫瑰花落在棺材板上，葬禮結束了。人家開始走向教堂隔壁的社區活動中心小聚。

「喝杯咖啡也好。」艾絲翠說。

她拉著輪椅後退，朝活動中心前進。

儘管病痛啃咬著他頸背，耶洛夫仍側身望向墓園另一邊，看著西牆邊的一座老墓碑。

尼爾斯．坎特的墳墓。

躺在裡面的究竟是誰？

利蒙港，一九五五年十月

海邊的這港市黑暗而嘈雜，泥土味和狗尿騷臭氣熏天。尼爾斯．坎特背對著港市。港邊一間酒吧名為巨宅，他坐在酒吧陽台上的老位子，桌上擺著一瓶葡萄酒；他面對的大海是哥斯大黎加旁邊的加勒比海。儘管淤泥和海帶的腐味不比狹窄市街的臭氣好到哪裡去，至少這裡離海邊有點距離，不會勾起思鄉情。

在白天，他常站上碼頭，凝望豔陽下閃閃發光的海面。回家的路。海洋是直通瑞典的途徑。等到尼爾斯湊足錢，他一心只想回家。

值得舉杯慶祝。

他拿起不涼的一杯紅酒，長飲一口，忘掉攸關返鄉之路的一個大問題。因為事實在於，他的錢已經不夠用了。錢幾乎花光了。每星期兩三天，他在港口搬運香蕉和油桶，掙到的錢勉強夠果腹繳房租。他應該再多賣點力才對，但他感覺不太舒服。

「我病了。」他以西班牙語喃喃對著夜幕說。

他常鬧胃痛頭痛，雙手也頻頻顫抖。

在酒吧的陽台上，他向瑞典、厄蘭島、斯坦維克敬過幾杯酒了？向母親呢？喝乾了幾杯幾瓶，數也數不清。今晚在酒吧如同以往，不同的是，尼爾斯今晚慶祝三十歲生日。然而，能慶祝的事情其實不多──他心裡有數，因此情緒更加低盪。

「我想回家。」他對著黑暗，低聲說著西班牙語。

他漸漸學會西班牙文，英語也變得通順，但心中最活躍的依舊是瑞典文。

自從戰後在哥特堡港口偷渡上船湛藍地平線號至今，他已經逃亡超過十年了。

在湛藍地平線號，他分到的艙房如棺材一般窄，是個不折不扣的鋼棺。

之後，他在南美洲海岸搭過幾艘舊輪船，但湛藍地平線號絕對是最爛的一艘——船上找不到乾燥區，處處著潮，不濕不發霉的東西若非壞了，就是早已被鏽爛。到處滴滴答答。長達一個多月，光線照不進他的艙窗，因為他的房間在左邊，長時間滲漏導致船身朝左舷傾斜。

輪機不分晝夜，呼呼運轉著。在黑暗中，暈船暈得半死的尼爾斯躺在床上，亨利克森警司常默默站在他身旁，黑血從胸口傾瀉而下，這時候尼爾斯趕快閉眼，但願船誤觸水雷。儘管大戰結束了，水雷仍危機四伏——狗雜種培特里船長多次提醒尼爾斯。他也講明白了，假如湛藍地平線號中彈，船員排隊搶搭救生艇，尼爾斯會被排在最後一個。

船在英國進貨時，尼爾斯被迫日夜窩在艙房裡，連續兩星期，他差點悶到精神失常。最後船總算朝西橫越大西洋。

來到巴西外海，他見到一隻信天翁攤開雙翼，在浪頭滑行，在輪船四周的暖氣流中無憂無慮，無拘無束。尼爾斯認為這是個好兆頭，決定在巴西多待一陣子。

然而，在聖多斯港，他頭一次見到碼頭乞丐，看了打從心底恐懼。湛藍地平線還沒停妥，一群可悲的怪人就踉蹌上碼頭，兩眼無神，衣衫襤褸。

「碼頭乞丐。」一名瑞典水手說，口氣輕蔑。他和尼爾斯站一起，兩人同在舷緣。他另外再勸一句：「他們如果靠太近，就扔煤趕他們走。」

這群乞丐是被遺忘的邊緣人，是酒鬼，上岸或出海都一樣落魄，全是貪杯的歐洲水手，船走了，扔下他們不管。

尼爾斯不是乞丐，錢夠他每晚睡旅館。他在聖多斯住幾個月，揮別湛藍地平線號和培特里船長，無怨無悔。他去乞丐喝不起的酒吧喝葡萄酒，在市郊像粉筆灰一樣白的海邊散步，學一點西班牙文和葡萄牙文，但只在不得已時才與人交談。他的體重減輕了，但個頭仍高，力氣也大，沒人敢搶劫他。他時時刻刻渴望回厄蘭島。每個月，他寄一張明信片給母親，不寫寄件人名字，只想讓母親知道他還活著。

他登上一艘西班牙輪船，北上里約。這裡人更多，有更窮的人，有更富有的人，蟑螂比較肥，港口和海邊有更多乞丐。所有情形再度重演：漫無目標的散步、猛灌葡萄酒、渴望返鄉，最後搭上另一艘船，拋下一切。為了讓錢撐久一點，他在船上當清潔工。

尼爾斯連續在幾個港口待過：哥倫比亞好運港、阿根廷拉普拉塔、智利瓦爾帕萊索、查尼亞拉爾、巴拿馬，以及法國人和荷蘭人眾多的加勒比海聖馬丁島。他也去過古巴的哈瓦那，美國人很多。然而，這些地方再好，也比不過他離開的家鄉。

每到一個新地方，他一上岸立刻寄明信片給母親，不寫名字也不多寫什麼，只要她知道，兒子還活著，想念著她。他不惹麻煩，不在女人身上散財，也幾乎從來不打架。

他想去美國，於是在一艘法國船上訂到床位，橫渡墨西哥灣，前往濕熱的路易斯安那州。紐奧良酒吧的燈火金黃溫暖——可惜他沒有瑞典護照，無法入境美國，只得作罷。他再也沒錢行賄了，只好原船折返。

一想到回南美洲，他就受不了，何況在南美洲人境也越來越困難。因此，他在哥斯大黎加登陸，在利蒙港住下來。

他在利蒙港住了六年多，住在海邊和叢林之間。在市郊濕熱的森林裡，香蕉樹和杜鵑高大如蘋果樹，但他從來不去。他想念石灰岩草原。熱帶叢林有一種堆肥的霉味，他憋氣憋到窒息。每次暴雨傾瀉而下，利蒙港簡直的街道犯濫成土石流，水溝也暴漲。

一天過一天，一星期過一星期，一個月又一個月，日子逐漸流失。

在利蒙港住了大約一年後，他首次好好寫一封信給母親，告知至今的遭遇，附上目前住址。他接到回信，信裡有一點錢。他再寫信，請母親幫他聯絡奧古斯特舅舅。尼爾斯想現在就回家。他已經離開厄蘭島十年多了，這種懲罰也應該足夠了。

若說有誰能把尼爾斯弄回家，這人非奧古斯特舅舅莫屬。母親也希望他回家，但她絕對無法自行為兒子安排歸鄉之路。

歸鄉的事項耗時，但現在，尼爾斯坐著，桌上有葡萄酒和一只信封，收件人地址是利蒙港，貼著面額四角錢的瑞典郵票。三星期前，這封信自瑞典寄到這裡，信裡有一張兩百元的支票，他讀了一遍又一遍。

寄件人是斯摩蘭省藍納比村的奧古斯特舅舅。奧古斯特從胞妹薇拉得知，尼爾斯流浪到拉丁美洲，現在他想回家。

你永遠休想回家，尼爾斯。

舅舅在信上這麼寫。這封信只有一頁，幾乎通篇指責他，但尼爾斯反覆閱讀的是短短的一句話。

你永遠休想回家。

尼爾斯怎麼也忘不掉這句話。

他再三讀這一句，感覺彷彿亨利克森的鬼魂站在他背後，邊看信邊笑。

休想，尼爾斯。

他再從酒瓶倒一些酒。大如瑞典幣一克朗的蚊子在海灘上嗡嗡飛，一隻油亮的蟑螂在木製欄杆上爬行。

黑暗中，他聽得見酒吧內部的狂笑聲，也聽得見街頭泥地上噗噗走的摩托車。利蒙港永無安靜的一刻。

尼爾斯閉眼喝著酒。他覺得天旋地轉；他病了。

「我想回家。」黑暗中的他喃喃自語著西班牙文。

休想。

尼爾斯才三十歲而已——他還年輕。

他不願聽從奧古斯特舅舅。他會繼續寫信給母親。乞求她，懇求她。她會照顧他的。

你現在可以回家了，尼爾斯。

她的來信裡，他最企盼的就是這句話。

而這句話就快來了。

20

橫越墓園中的耶洛夫坐在輪椅上，思索著。恩斯特死前和人談不攏一件事，耶洛夫相信——究竟是什麼事談不攏呢？

據耶洛夫所知，對於錢財，恩斯特一向不太感興趣，在採石場創作、偶爾賣作品給觀光客賺錢付房租買飲食，這樣就別無所求了。既然如此，恩斯特為何不願和耶洛夫分享彥斯失蹤案的線索？

他刻意選擇坎特岩雕。這絕對錯不了。這到底暗示著什麼？

這些疑問，耶洛夫能成天鑽牛角尖，想個不停。他仍不斷想到同一件事：假如尼爾斯・坎特沒死，假設他真如約翰推斷，以詐死和改名的方式回國，追查真相的人將對尼爾斯・坎特構成威脅。

「準備好了嗎，耶洛夫？」艾絲翠從他背後問。這時輪椅已來到社區活動中心。

他點點頭。

「好，我們進去嘍。」她說著把輪椅推上斜坡。

和葬禮相形之下，這裡的人比較少，但耶洛夫和艾絲翠仍需在人群中蛇行而過。有幾人彎腰和耶洛夫寒暄，但這種對話有損顏面，進行過三次後，他強迫自己站起來。他想以行動證明，儘管關節痛，他其實走得動，不是殘障人士。

艾絲翠把輪椅推向一旁，耶洛夫倚著枴杖和幾位友人噓寒問暖。謝天謝地，波爾貢來的戈斯塔·恩斯聰對他的健康沒興趣，更棒的是，不見他的妻子瑪吉特。耶洛夫走過去時雙腿抖著。兩人低聲聊著秋季發生的事件，最後耶洛夫透露他對恩斯特命案的見解。

「不是意外？」戈斯塔說。

耶洛夫搖搖頭。

「你指的是——謀殺？」

「他被人推進採石場，然後雕像被推下去砸死他，」耶洛夫說，「這是約翰跟我的想法。」

他擔心被戈斯塔嘲笑，但戈斯塔神情陰沉。

「誰做得出這種事？」他問。

耶洛夫再次搖頭。「就是說嘛。」

這時候，瑪吉特·恩斯聰過來打招呼；耶洛夫和她握握手，然後拄著枴杖離開。

他撞見報社編輯邦特·尼伯格。編輯又想挖新聞了：

「聽說最近瑪內斯安養院員工人手不足，是真的嗎？對院友的服務不周到嗎？」

耶洛夫無可奉告。在場的人似乎全對他有所求。他甚至還沒走到自助餐桌，就遇到朗維克來的飯店業者袞納·隆耶爾夫婦。袞納也開門見山。

「我還要六個，耶洛夫，」袞納說，「你女兒告訴過你了嗎？前幾天她來朗維克的飯店，我請她跟你提一下：再賣我六個。」

袞納指的當然是瓶中船。

「你的架子不會有點擠嗎？」耶洛夫問。

「我們正在擴建，」袞納急忙說，「新買的就擺到餐廳新一區的窗台上。」

他取出筆記本，拿著一支印著宣傳語朗維克購物享受！的原子筆，在一頁上寫下數目，遞給耶洛夫看。

「我開的價碼，」他說，「單價。」

耶洛夫看著數目字。隆耶爾夫婦在朗維克大興土木，根本是剝削當地環境，他看不順眼——但四位數的總價能用來維修斯坦維克的別墅和船庫，至少能再撐一年。

「我已經做好兩艘船了，」他輕聲說，「剩下四艘還得等一陣子——可能明年春天才有辦法做好。」

「沒關係。」袞納樂得打直腰桿。「那我全買下了。有空來朗維克吃一頓飯吧。」

耶洛夫和他握握手，妻子在一旁對耶洛夫微笑，夫婦倆隨後走了。耶洛夫終於走到自助餐桌，端一杯咖啡和一塊紅蘿蔔蛋糕。

艾絲翠和卡爾已經坐下來了。耶洛夫吃力坐下，放下咖啡，這時對面有位男士也坐下。他是雷納特・亨利克森。

「入土為安了。」警察對耶洛夫說。

耶洛夫點點頭。「不過，哀傷當然仍在你我心中。」

「的確是。咦，你女兒……她來了嗎？」雷納特問。

「沒來。她回哥特堡了。」

「她昨天走了嗎？」

耶洛夫搖搖頭。「應該是今天一大早走的。」

雷納特看著他。「她沒打電話跟你說聲再見？」

「沒有。我也不特別訝異。」

他大可接著說，尤莉亞來訪厄蘭島期間，父女之間的鴻溝並未縮小，但雷納特自己猜得到。

雷納特凝視著自己的咖啡杯。他愁眉苦臉，右手手指輕敲著桌面。

然後，他看著耶洛夫。「可是，你確定她走了嗎？」

「艾絲翠說她的車不見了。」

「坡脊上停的車子沒了，」艾絲翠說，「而且，船庫的窗簾也全關好了，對不對，卡爾？」

弟弟點頭。

「她有沒有向妳道別？」雷納特問艾絲翠。

雷納特為何擔心成這樣，耶洛夫無法理解。

「噢，那倒沒有，」艾絲翠說，「她也不一定有那麼多時間……」

「我打給她看看，」雷納特語氣堅定說，「可以嗎，耶洛夫？」

「當然，」耶洛夫說，「你找她有急事嗎？」

「沒有。」雷納特拿出手機。

「你有她的電話號碼嗎？」

「有。」雷納特鍵入號碼。「我只想問問她去哪裡了。她昨天說她可能會……」

他停嘴，手機貼近耳朵。

「那種電話我搞不懂，」艾絲翠對耶洛夫講悄悄話，「怎麼用嘛？」

「沒概念，」耶洛夫說，然後問雷納特：「她有沒有接聽？」

雷納特放下手機。「無法接通用戶……只聽到她的語音信箱。」他看著耶洛夫，又說：「手機當然也可以關機……如果不想被干擾的話。」

「那我敢說，尤莉亞一定是關機了，」耶洛夫說，「她現在一定開到了斯摩蘭。」

雷納特勉為其難點點頭，卻仍顯得無法接受。他的手指繼續咚咚咚敲桌，隨即陡然起身。

「各位，抱歉了，」他說，「我……急著去查看一個東西。」

說完，他端起咖啡杯離開。

耶洛夫看著警察匆匆走向門口，納悶女兒和雷納特是否正在合作一件他不知情的事——但幾秒後，大廳另一邊有人用湯匙遲疑地敲敲咖啡杯，一張椅子向後挪，有人站起來。

耶洛夫赫然看見，起立的人是約翰．哈格曼。他和兒子安德斯都穿黑西裝，臉色同樣靦腆。

約翰清一清嗓子，紅著臉，緊張的手指一直搔著西裝兩側。開口說道：

「我……」他說，「我不常站起來講話……通常不會……我只是想針對斯坦維克村和你我的這位朋友——恩斯特．亞德福森——講幾句話。沒有了他，日後斯坦維克將變得更黯淡寂寞……」

過了一小時，耶洛夫回到安養院——多虧艾絲翠與戈斯塔之助。他總算能放輕鬆了。玻兒為他熱一熱午餐。在無人的飯廳裡，桌上有一份今天的《厄蘭島郵報》，耶洛夫留意到頭版標題：

失蹤老人陳屍郊外。

又是壞消息。報導指出，大約一週前，老人離開厄蘭島南部的家，之後下落不明，日昨被發現凍死在草原上的小灌木林裡。

報導指出，警方推測無犯罪跡象。由於男子年邁失智，從終生定居的村子走失，在村外不到一公里處陳屍。

耶洛夫不認識死者，但他仍覺得這則報導是惡兆。

在入夜之前，耶洛夫待在房間裡，懶得出去喝咖啡，直到晚餐時間才出來。今天的主餐是厄蘭島餃子——被伙房胡亂調味一通，而且肉太少，絲毫不像艾拉大約每月煮一次的美味餃子，但耶洛夫照樣吃兩個。

「沒有我，你在教堂還能行動嗎？」瑪麗問。她正在分餃子給他。

「沒問題。」耶洛夫說。

「所以說，恩斯特．亞德福森已經下葬了？」坐對面的瑪雅．尼曼說。

當然，瑪雅也是斯坦維克人，耶洛夫心想。她已經離鄉四十年了。

他點頭。「對，恩斯特長眠在教堂旁邊。」

他拿起叉子進餐，和往常一樣感恩的是，自己的牙齒還健全。也感謝上蒼，修格蘭終於不鬧了。

「棺材高級嗎？」瑪雅問。

「高級，」耶洛夫說，「木棺，漆成白色，很美。」

「我要桃花心木，」瑪雅說，「如果不是太貴的話……不然的話，大概便宜一點的木棺就行了，然後火葬。」

耶洛夫再次客氣點點頭，再咬一口餃子，正要回應說，火葬絕對比較好，沒想到有人拍他肩膀一下。是玻兒。

「你的電話，耶洛夫。」她低聲說。

「晚餐才吃到一半啊。」

「對。聽起來是急事。是雷納特．亨利克森……從警察局打來的。」

耶洛夫心中突生一股冰涼感，喚醒了正在小睡的修格蘭。病魔再度攫緊耶洛夫的關節。壓力一來，風濕痛必定跟著變本加厲。

「那我最好去接聽。」他說。

尤莉亞？幾乎肯定是和尤莉亞有關，也幾乎肯定是壞消息。他掙扎著站起來。

「你可以用伙房的電話。」玻兒說。

他拄著枴杖進伙房。紅色塑膠電話掛在牆上，耶洛夫走過去拿起話筒。

「我是大衛森。」他說。

「耶洛夫……我是雷納特。」他的語調突然嚴肅到極點。

「是不是發生了什麼事？」耶洛夫問，只不過他已經瞭然於心。

「對……是尤莉亞。她沒有去哥特堡。」

「她在哪裡？」耶洛夫屏住呼吸。

「在波爾貢，」雷納特說，「在醫院。」

「嚴不嚴重？」

「挺嚴重的。幸好她沒遇到更嚴重的情況。她摔得傷勢不輕。醫院正在幫她打石膏……我今晚過去接她出院。」

「出了什麼事？」耶洛夫說，「她怎麼了？」

雷納特猶豫一陣子，深吸一口氣，然後回答：

「她昨晚闖進薇拉．坎特家，從樓梯跌到一樓。她當時有點……唉，我發現她的時候，她神智不是很清楚。她一直說，房子裡有人住。說尼爾斯．坎特住在裡面。」

21

尤莉亞被尖銳的噪音吵醒，脫離溫暖的夢鄉，幾秒後才記得置身何處：在斯坦維克，在薇拉．坎特的大房子裡。

她直打哆嗦。肢體殘破的她渾身疼痛，痛得昏沉沉。在地板上躺了漫長的一夜後，她閉上眼睛，夢到彥斯失蹤前的最後一個夏季，當年豔陽高掛厄蘭島上，似乎一刻不停歇。秋天還很遙遠。

她看見自己身體壓著佈滿灰塵的髒地板，發現天亮了。尖銳的聲響來自外門。有人正想推門進來。

「尤莉亞？」一陣呼聲迴盪在她上空。

一雙手抬起她的頭，在頸背下面塞一件捲起來的夾克或毛衣。

「聽得見嗎？尤莉亞，醒醒啊！」

她把隱隱作痛的臉轉向天花板。她只能睜左眼——右眼腫到睜不開了。

講話者是雷納特，語氣鎮靜——在眼睛看見雷納特之前，她已經意識到來人是他沒錯。這次他沒穿制服，而是一襲黑西裝，黑亮的皮鞋沾滿坎特家庭院的泥巴，但他好像不在乎。

「我聽得見你。」她說。

「那就好。」他的語氣不煩躁，只是含有倦意。「那我跟妳說聲早安。」

「我進去裡面，然後……從樓梯摔下來，」她繼續氣若游絲說，從地板抬起頭。「蠢啊。」

「耶洛夫說妳回去了，」雷納特說，「不過我認為妳可能在這裡。」

尤莉亞倒在走廊上。昨夜她墜地，久久之後終於在廚房地板上恢復意識，手機和破油燈在身旁，她盡力爬出去，只爬到了這裡。油燈裡的煤油外溢起火，幸好在石板地面上無法延燒。

她站不起來，因為右腳宛如被人插進一根火熱的鐵釘。因此，她奮力爬向外門，只想脫離廚房。爬到走廊，在黑暗中，她又癱軟了。她聽得見夜風在外面呼呼吹，朝夜色挺進的力氣已全流失。她癱在門邊，不時唯恐聽見屋內傳來逼近的腳步聲。

「蠢啊，」尤莉亞又輕聲說，「蠢啊，蠢……」

「別自責了。都怪我昨晚不能來，開會開到……」雷納特縮口，她感覺兩手伸進她腋下，努力抬她起來，動作謹慎。「妳能站嗎？」他問她。

希望他看不出她灌過酒。醉意仍在她體內逗留，如同一股令人作嘔的餘味。

「我不清楚……好像哪裡斷了……有幾處骨折。」

「妳確定？」

尤莉亞疲憊地點點頭。「我是護士。」

她確實是。甚至在她開始爬出廚房之前，自我診斷書已經出爐：手腕骨裂傷、鎖骨骨折，右腳也可能骨折。

腳傷當然可能只是嚴重扭傷，難以判斷。尤莉亞照顧過的病人當中，有些人腳踝扭傷，嚴重到幾星期無法站直，另外有些人則是腳骨折，事後卻照常四處走動，幾乎無異狀，以為過幾天就沒事。

她不知道臉腫成什麼模樣。想必非常可怕。鼻子也可能在流血，因為覺得鼻塞。

「站看看，尤莉亞。」雷納特說。

他的口氣保持鎮靜，不急不躁，不慌不忙。

「對不起。」她粗聲說。

「有什麼好道歉的？」雷納特從腋下輕輕攙扶她。

「因為我沒找你，自己就進來。」

「別自責了。」雷納特又說。

但尤莉亞不想閉嘴，她想告訴他一切。

「我想來找彥斯。有天夜裡，我看見窗戶裡面有光，心想……他住在這裡。」

「住在這裡？彥斯？」

「尼爾斯……」尤莉亞說，「尼爾斯．坎特，薇拉的兒子。他在樓上有個睡袋。我看見了。還有舊報紙的剪報。」

「妳能走嗎？」雷納特問。

「他也進地下室東挖西挖……不曉得為什麼。難道說，彥斯的屍體埋在下面嗎？雷納特，你覺得有可能嗎？他是不是把彥斯藏在地下室？」

「來吧。」雷納特開始帶她慢慢出門，迎向冷風，步下台階，行動困難，不能對右腳施力，幸好有雷納特全程支撐著她。

來到石板步道時，尤莉亞看見一輛深綠色轎車停在院子門外。

「是你的嗎，雷納特？」她說。

「對。」

「你不是有警車嗎？你應該有警車可開吧。」

「那輛是我自己的車……我今天是去參加葬禮。」

「喔……當然。」

恩斯特的葬禮。尤莉亞現在才想起。她錯過葬禮了。

一如昨夜，院子的舊門同樣難開，雷納特不得不讓她單腳站立，自己對著門推拉踹，門縫才大到能讓人通行。

她吃盡苦頭，坐進車子，感覺像九十歲老太婆。

他還來不及關車門，她快口說：「雷納特，能不能請你進屋裡看一看？我非知道不可……我昨夜有沒有看錯。樓上和地下室。」

他看著尤莉亞幾秒，然後點點頭。

「妳想留在車上吧？」他說。

她點頭。「雷納特……你有槍嗎？」

「槍？」

「對……萬一屋裡有人……在裡面。我不認為現在有人在，不過……」

雷納特短促笑一笑。「我身上沒帶槍，只帶了一支手電筒，」他說，「不危險啦，尤莉亞，我不會出事的。我馬上回來。」

語畢，他關上車門，從後車廂取出手電筒。尤莉亞看著他進庭院，消失在傾頹的工具室後面。

在寂靜的車子裡，她呼出一口氣，小心翼翼靠向椅背，茫然凝望著村道盡頭的坡脊和灰色海面。

雷納特離開不久，可能在五到十分鐘之間。他一從視野消失，尤莉亞馬上心慌，見到他從院子門走出來才如釋重負。

他打開駕駛座的車門，上車，對她點點頭。

「妳說得沒錯，」他說，「有人進過屋裡。而且是最近的事。」

「對，」尤莉亞說，「另外我也認為——」

雷納特迅速舉起一手。「不是尼爾斯．坎特。」他打斷她。

然後，他在儀表板上擺一個小物品。

「我在地下室找到的。下面的地上有好幾個。」

是鼻菸盒，圓形，用一次即丟的款式。

「是一個習慣嗅鼻菸的人。」她說。

「對，習慣嗅鼻菸……身分不明，」雷納特說著轉鑰匙啟動。「接下來，我帶妳去醫院。」

在波爾貢的醫院裡，尤莉亞的毛衣和長褲被剪開，挨一針止痛劑。一位年輕男醫師進來檢查她，問她受傷的經過。

「是意外啦——她昨夜不小心摔了一跤，」雷納特說。他站在檢查室的門邊。「在斯坦維克。」

「在海邊？」雷納特只遲疑一秒就點頭。「對，在海邊摔一跤。」

雷納特走後，醫師開始觸診她背部和腹部，拉一拉手腳，請護士為她照X光。然後，護士為她敷上濕冷的石膏繃帶。熟悉這些手續的尤莉亞不抗議。她只想速戰速決。她有更重要的事情待思考。她在坎特家有重大發現，這一點她很確定。

尼爾斯．坎特活著。他不但活著，而且還住在母親的老房子裡，和希區考克那部恐怖片裡的怪男一樣。他躲在房子裡，那天彥斯悄悄走進去，坎特不得已殺人滅口。也有可能是，他們在草原上的濃霧中相遇。說不定，尼爾斯．坎特喜歡去草原散步。

尤莉亞不想待在醫院裡。她借電話，打去斯坦維克給艾絲翠，告訴她事情的經過，也問她一個問題。

艾絲翠在電話上回答，那當然了，歡迎來我家住幾天。有人作伴總是好事嘛。

一小時後，雷納特回來接她。

「海邊亂石很多，妳走路千萬要當心，」年輕醫師再次檢查石膏時叮嚀。「特別是天黑以後。」

「你剛去市區辦事嗎？」尤莉亞問。這時車子駛上回程。

「我去警察局一趟，」雷納特說，「他們的電腦比我們瑪內斯分局快，所以我打了幾份報告。」他看著她。「其中一份是斯坦維克發生擅闖民宅案。」

「喔。」尤莉亞說。

「當事人不是妳，」雷納特說，「我報告說，有人闖進坎特家，睡在裡面。妳從來沒進去過，這一點妳可要記住。妳有天夜裡看見裡面有光。隔天，妳打電話向我報警。事情的經過是不是這樣？」

尤莉亞瞪著他看。

「好吧。」她說，「我在海邊摸黑沒站穩，摔了一跤。」

「正是。」雷納特說。

「不過，我還認為，尼爾斯．坎特在屋裡待過，」她趕緊補充說，「我不信他已經死了。」

「愛信儘管去信，」雷納特語氣有點衝。「坎特早作古了。」

但尤莉亞從這話看得出——或自認看得出——他眼神裡有薄薄一層疑慮。

利蒙港，一九六〇年三月

太陽西沉了，夜幕低垂在哥斯大黎加東岸上。巨宅酒吧的陽台下面有座小沙灘，陰影裡有個人，輕輕咳一聲，然後開始吹口哨自娛，曲調輕快，無憂無慮，起伏幾乎和浪拍沙灘的節奏同步。從酒吧裡面外揚的是歡笑和酒杯碰撞聲。

一陣陣無聲的白閃電照亮海平面，隨即傳來悶悶的雷聲。加勒比海外海今晚有雷雨，正徐徐接近陸地。

尼爾斯．坎特坐在老位子，在陽台最遠的一端，照常在小紅燈籠下面獨坐一桌。他盯著剩半杯的酒，看一會兒，然後一飲而盡。

今晚第六杯或第七杯了？

記不清楚了，不重要。今晚，他本來打算最多喝五杯這種不涼的紅酒，但也無所謂。等會兒，他想再點一瓶。沒理由不再來一瓶嘛，根本沒必要。

他放下空杯子，搔一搔紅腫的左手臂。近幾年，他被曬得手腳皮膚發炎疼痛，白皮屑一片片剝落，皮破血流，每早起床看見床單血跡斑斑。另外，枕頭上老是有落髮；他的頭頂漸漸禿了。曬太多太陽，氣候炎熱潮濕。尼爾斯快撐不下去了。而他束手無策。

除了喝酒，還是喝酒。劣等葡萄酒，他已經喝了幾年，因為從五〇年代中期以來，母親接濟的錢愈寄愈少。

母親寫信解釋的說法只有，家族採石場賣人了，關閉了。她沒告訴兒子她還剩多少財產。奧古斯特舅舅也許多年不曾從斯摩蘭來信。

自從離開厄蘭島至今，尼爾斯不曾和人打過架，也不曾嚴重傷害他人。儘管如此，亨利克森警司有時照樣深夜來他床邊站崗，一聲不吭，淌著血。稍微能讓他欣慰的是，這種情形現在比較少見了。

尼爾斯握杯，起身，想進酒吧再添酒——就在這時候他發現，他其實記得在黑暗的陽台下面吹的這首曲子。

他暫停動作，再仔細聽一聽。

對，多年前聽過。戰時，這首歌常上收音機，母親收藏的唱片裡也有。

嘿，滑稽的兄弟……

一首輕快大膽的歌曲。他不記得歌名了，但他記得歌詞。

嗨，你要的話，講一講，

我們一起回南方家鄉……

離開斯坦維克至今，這是他頭一次聽見這首瑞典歌。尼爾斯站起來。他謹慎靠向欄杆，向下看。沙灘在陽台下面七、八英尺。

只見陰影。

好像有人坐在沙地上，坐在陽台支柱旁邊。

「哈囉？」他以瑞典文輕聲喊。

口哨聲立刻停息。

「哈囉。」黑暗中傳來鎮定的嗓音。

視覺適應後，尼爾斯看得見坐在下面的身影。是個戴帽子的男人。他停止吹口哨，沒有動作。

毛毛冷雨開始飄落。尼爾斯走向陽台另一邊的樓梯，一手按著扶手，搖搖晃晃走下去。

進入黑暗中，一步接一步，皮涼鞋踩到柔軟的沙子，仍有暖意。

尼爾斯晚上在陽台坐了幾年，卻從來沒摸黑下沙灘。他怕這裡有老鼠，飢餓的大老鼠。

他謹慎走向陽台的堅強支柱。

剛才呼應他的人影仍坐在原地。他坐的是沙灘椅，背靠著椅背，舒服坐著。兩三百碼外有家店專門出租這種椅子，幾元就租得到。

對方是個男人，尼爾斯看得出。這人袖子捲高，遮陽帽擋住臉，自顧自的哼著歌，曲子是同一首輕快的瑞典歌。

說出那句話，

我們就回家……

尼爾斯向前走幾步，停下來，站著不動，身體因酒醉而搖擺，緊張也有關係。

「晚安。」對方說。

尼爾斯清一清嗓子。

「你是……瑞典人？」他問。

瑞典文從嘴裡冒出來，感覺很奇怪。

「你看不出來嗎？」坐在沙灘椅上的男子說。天邊的一道閃電正好照亮他。

在突如其來的閃電下，尼爾斯瞥見對方的白臉。幾秒後，海面傳來微弱的雷聲。

「我就覺得，這下面比較暗，你下來比較好，我用不著上去找你。」瑞典人說。

「什麼？」尼爾斯說。

「我去你房間找過你，房東太太說，你晚上通常來這家酒吧喝酒。八成是在哥斯大黎加沒啥事好做。」

「你要什麼？」尼爾斯問。

「比較重要的是談談你要什麼，尼爾斯。」

尼爾斯不語。一時之間，他覺得年輕時在哪裡見過這人。

哪一年？在斯坦維克嗎？

他記不得了。

瑞典人按著椅子扶手，站起來。他向大海瞄一眼，然後正面看尼爾斯。

「你想不想回家，尼爾斯？」他問，「回瑞典的家鄉？回厄蘭島？」

尼爾斯緩緩點頭。

「那麼，我可以幫你安排，」瑞典人說，「我們可以給你一個全新的生活，尼爾斯。」

22

「我不是在指控你，耶洛夫，」雷納特慢慢說，「不過，你顯然害你女兒相信尼爾斯・坎特還活著，害她以為他住在母親的老房子裡，害她以為他從草原拐走她兒子。」

這時是傍晚，在安養院，耶洛夫坐在書桌前，凝視著地板，活像做錯事被逮個正著的學童。

「我不是沒暗示過那些事，」他最後說，「不過，我從來沒說尼爾斯躲在薇拉家，只說過，他有可能還活著……」

雷納特只嘆一聲。他在耶洛夫面前，站在房間中央，身穿警察制服。他來安養院通知耶洛夫說，昨天尤莉亞去波爾貢醫院接受治療後，已經到斯坦維克，目前在艾絲翠家休養。

「她情況怎樣？」耶洛夫問。

「右腳扭傷，手腕骨折，鎖骨骨折，嚴重流鼻血，很多瘀傷，也有腦震盪，」雷納特說。他再嘆一口氣，然後又說：「我說過，幸好情況沒有更糟，至少沒有摔斷頸骨。不過，更好的情況是……例如，她決定不要闖進薇拉・坎特家。」

「她會被起訴嗎？」耶洛夫說，「擅闖民宅罪？」

「不會，」雷納特說，「我不會。屋主八成也不會告她。」

「你跟屋主談過了嗎？」

雷納特點點頭。「我終於找到薇拉的一個外甥，他住韋克舍市，」他說，「我來這裡之前打給他。他是尼爾斯的表弟……他好幾年沒來斯坦維克了，很確定家裡其他人也沒有來過。這房子由斯摩蘭的幾個表親共同擁有，不過看樣子，是要整修或賣掉，他們一直拿不定主意。」

「就我猜測，大概也是這情形，」耶洛夫說。然後他搖搖頭，看著雷納特。「我從來沒告訴過尤莉亞說我相信尼爾斯．坎特還活著，雷納特，」他說，「我只說，有些人相信。」

「例如誰？」雷納特問。

「呃……恩斯特。」耶洛夫說，不想把約翰．哈格曼拖下水。「恩斯特．亞德福森。我認為他相信尼爾斯．坎特還在世上，也相信坎特在草原上殺害彥斯。所以，恩斯特想叫我去……」

雷納特以疲憊的眼神看著他。

「私家偵探，」他打斷耶洛夫的話，「有些人自認比警方更懂破案之道。」

耶洛夫考慮以冷笑話回敬，但想不出該說什麼。

「另外當然還有一件事；有人其實真的進過坎特家。」雷納特繼續說。

耶洛夫看著警察，一臉驚訝。

「真的？」他說。

「房門被撬開過。樓上也有微物證據。牆上釘著幾份剪報，有發餿的食品……和一個睡袋。地下室被人挖過。」

耶洛夫思索著。

「你檢查過那棟房子嗎？」他說。

「只看一下子，」雷納特說，「我當時的重點是送你女兒去醫院。」

「好。她父親感激你做這件善事。」耶洛夫說。

「今天早上，我來這裡之前，又進坎特家一次，」雷納特繼續說，「尤莉亞命大，因為她跌下樓的時候，油燈摔在石板上，假如油燈飛去撞牆的話，整棟房子可能付之一炬。」

耶洛夫點頭。「不過，地下室是怎麼一回事？有人下去挖東西出來嗎？或者去地下室埋東西？」

「很難判斷。我猜大概是挖東西出來。或者只是挖挖看。」

「闖空門的人通常不會東挖西挖，」耶洛夫說，「通常也不會留下來過夜。」

雷納特滿臉倦意看著他。「你又扮起私家偵探了。」

「我只是講出心中的想法而已。我另外也認為……」

「什麼？」雷納特問。

「嗯……我在想，闖空門的賊一定是斯坦維克人。」

「耶洛夫……」

「在厄蘭島上，有很多事情可以在不受干擾的情況進行。你也曉得。到處幾乎沒人看得見你在動手……」

「歡迎你向報社投書，呼籲正視警力不足的現象。」雷納特語氣尖銳說。

「不過，有個現象是人人看得見的，」耶洛夫繼續輕聲說，「陌生人。帶鏟子來的陌生人，停在坎特家外面的外來車輛——斯坦維克人不可能沒注意到這類現象。就我所知，他們的確注意到了。」

雷納特思考著。

「全年定居斯坦維克的居民有哪些？」他最後問。

「不多。」

雷納特沉默幾秒。

「我可能需要你幫忙，耶洛夫，」他說，隨即再說：「不是請你當偵探，而是幫忙我查證幾個事實。我在地下室採集到東西。」他伸手進口袋。「地下室窗台上和樓梯底下有幾個鼻菸盒。全是空的。薇拉．坎特活著的年代沒有這東西。」

他掏出鼻菸盒和一本筆記。鼻菸盒以小塑膠袋裝著。

「我又不吸鼻菸。」耶洛夫說。

「對。不過，在斯坦維克，誰有吸鼻菸的習慣，你知道嗎？」

耶洛夫遲疑半晌，然後點點頭。反正警方遲早查得到，他沒必要隱瞞。

「只有一個人。」他說。

他向雷納特報姓名。雷納特寫進筆記本，點點頭。

「謝謝你協助。」

「我想跟你一起去，」耶洛夫說，「如果你現在想去找他的話。」雷納特張嘴，耶洛夫急忙又說：「我今天比較舒服了，可以自己走。如果我在場，他會比較放鬆，讓他開口也比較容易。我有把握。」

雷納特嘆息。

「好吧，去穿外套，」他說，「然後我們開車去逛一逛。」

「演講得不錯嘛，約翰，」耶洛夫說，「我指的是在恩斯特的葬禮上。」這裡是斯坦維克，他們在約翰的小廚房裡，約翰坐在餐桌對面點頭不語。他向後靠幾秒，然後上身又向前傾。他情緒緊繃，耶洛夫一眼即知，原因也不難判斷：同桌的第三者是雷納特・亨利克森警官，仍穿著制服。現在是晚間五點四十五分，天黑了。

空鼻菸盒擺在桌上。

「所以說，你想重新辦這案子？」約翰問雷納特。

「重新辦案嘛，我倒覺得不至於……」雷納特聳聳肩說，「我們想找安德斯談一談，如果這鼻菸盒真的是他的東西的話。因為這表示，在坎特家睡過的人絕對是他，他也在地下室開挖，還在牆壁釘了幾張關於尼爾斯・坎特和彥斯・大衛森的剪報。我們也真的想瞭解，在小彥斯失蹤那天，安德斯人在哪裡。」

「這一點，你不必問安德斯，」約翰說，「我就能告訴你。」

「好，」雷納特說。他取出紙筆。「告訴我。」

「他那天在這裡。」約翰粗聲說。

「在斯坦維克？」

約翰點頭。

「你也在嗎？你能為他提供當天不在場證明嗎？」

約翰聳聳肩。「那是好久以前的事了，」他說，「我不記得了……不過那天晚上，我們一起去海邊搜索。我們兩個。我記得很清楚。」

「我也記得。」耶洛夫說。

儘管事發當晚的記憶多已模糊不清，約翰父子並肩沿岸南下的景象仍在耶洛夫腦海歷歷在目。安德斯當年大約二十歲。

「那天的下午呢？」雷納特說，「安德斯下午在忙什麼？」

「不記得了，」約翰說，「他可能出去了。不過，他絕對不會去耶洛夫的別墅附近。」約翰看著耶洛夫。「我兒子不是壞人，耶洛夫。」

耶洛夫點點頭。「大家都知道。」

「總之，我們有必要找他談一談，」雷納特說，「他在家嗎？」

「他去波爾貢了，」約翰說，「昨天葬禮過後，他就南下了。」

「他住在波爾貢嗎？」

「有時候是……和他母親一起住。有時候，他來這裡和我住。隨他高興。他不會開車，所以搭公車來回。」

「他今年幾歲？」

「四十二歲。」

「四十二歲……還住在家裡？」

「又沒有犯法。」約翰豎拇指，比向後方。「他有他自己的小屋，在我房子後面。」

「依我看來，」耶洛夫吞吞吐吐插嘴，「……安德斯可以說是有一點點與眾不同。你不認為嗎，約翰？他心地善良，喜歡幫助別人，不過他跟一般人是有一點點不太一樣。」

「我遇過安德斯兩三次，」雷納特說，「倒覺得他滿能幹的。」

約翰朝正前方直直看，頸部僵硬。「安德斯不跟人打交道，」他說，「他腦子很活躍。話不多，對我不常開口，也不太和別人交談。不過，他不是壞人。」

「他的住址是……？」雷納特說。

約翰報出科曼斯街上的公寓地址，雷納特寫下。

「好，」他說，「這樣吧，我們就不再打擾你了，約翰。我們現在就回瑪內斯。」

最後這句話對著耶洛夫講。在對話過程中，他見到盲目的恐懼在約翰眼神裡滋長。約翰畏懼的是警方如猛禽般盤旋高空，最後相中他和獨生子住在厄蘭島北部荒郊，從此硬是不肯放過他們。

儘管雷納特已經走到門口，約翰仍重複說：「我兒子不是壞人。」

「沒什麼好擔心的，約翰，」耶洛夫輕聲說，口氣絲毫不帶說服力。「我們今晚打電話聊一聊，可以嗎？」

約翰點頭，但他仍緊張看著在門口等候的雷納特。

「走吧，耶洛夫。」他說。

聽起來像命令。耶洛夫甚至不覺得自己是警察了，反而比較像一條哈巴狗——但他遵命起立，跟隨雷納特外出。他真的很想去艾絲翠家探望女兒，但時間不允許，有空再說吧。

雷納特送他回安養院。走回房間的路上，耶洛夫肌肉抖得比平常更厲害，關節痛也超乎平日。

他聽得見電話在房間裡響著，以為會來不及接，幸好電話一直響。

「我是大衛森。」

「是我。」

來電者是約翰。

「情況怎樣？」

耶洛夫一屁股坐在床上。

約翰不語。

「你和安德斯通過話了嗎？」耶洛夫問。

「有。我打去波爾貢給他。我跟他講過話了。」

「好。也許，你最好不要告訴他，警方想——」

「太遲了，」約翰打斷他。「我告訴他警方來家裡找他。」

「好吧，」耶洛夫說，「他怎麼講？」

「沒講什麼。他只是一直聽。」

啞言。

「約翰……安德斯在坎特家搞什麼，我認為你我都曉得。他想在地下室找的東西，」耶洛夫說，「德軍的寶物。他們漂來厄蘭島的時候，大家都相信他們帶著戰利品。」

「對。」約翰說。

「被尼爾斯．坎特搶走的寶物，」耶洛夫繼續說，「如果當時真的發生那種事的話。」

「好多年來，安德斯對這事念念不忘。」約翰說。

「他挖不到寶物的，」耶洛夫說，「我知道。」

約翰又語塞。

「我們該去藍納比一趟，」耶洛夫繼續，「去鋸木廠與林木博物館。可以明天一起去。」

「明天不行，」約翰說，「我得去波爾貢接安德斯。」

「那就下禮拜吧。找博物館開門的一天。然後，我們可以去波爾貢，看看馬丁．馬姆的狀況怎樣。」

「可以。」約翰說。

「我們遲早會找到尼爾斯．坎特的，約翰。」耶洛夫告訴他。

同一天，將近晚間九點，安養院的走廊冷清而沉寂。

耶洛夫倚著枴杖，站在瑪雅．尼曼的房門外。門關著，房裡悄無聲息，門上有一小張手寫的紙條：請敲門！《約翰福音》第十章之七。

「『我實實在在告訴你們，我就是羊圈的門。』」約翰喃喃自語。

他猶豫片刻，然後才舉右手敲門。

拖了好一會兒，瑪雅總算來開門了。幾小時前，他們在晚餐時間見過面，現在她依然穿著同一套黃裙和白上衣。

「晚安，」耶洛夫溫柔一笑，說：「我只想過來看看妳在不在家。」

「耶洛夫。」

瑪雅微笑點頭，但耶洛夫依稀從她額頭的皺紋看得出一道緊張的深溝，白髮遮不住。瑪雅沒料到他會來。

「我可以進去坐坐嗎？」他問。

她略顯遲疑點點頭，向後退進房間。

「房裡沒整理好。」她說。

「完全無所謂。」耶洛夫說。

他拄著枴杖，慢慢走進房間。房裡的環境和他上次來同樣乾淨整潔。地板大部分鋪著深紅色波斯地毯，牆壁掛滿畫像與相片。

耶洛夫曾來過瑪雅房間幾次。耶洛夫搬進安養院幾個月後，曾和瑪雅交往過大約一年，後來因為修格蘭症候群太嚴重才結束戀情。之後，兩人維持一段淡薄而仍堅韌的友誼。兩人都是斯坦維克人，在長年婚姻之後鰥寡，聚在一起時閒聊的題材數不清。

「妳身體怎樣，瑪雅？」

「還好。隨遇而安。」

瑪雅從窗邊褐色小桌拉來一張椅子，耶洛夫心懷感激坐下。瑪雅也坐下，兩人陷入沉默。

耶洛夫非開口不行。

「我一直在想，瑪雅，我們之前談過一件事，不知道妳能不能再提那次……」

他從口袋掏出尤莉亞上星期給他的白色小信封。

「我女兒在教堂墓園發現的，在尼爾斯．坎特的墓碑旁邊。我知道是妳寫好放在那裡的，不過我想問妳的不是這事。我想知道的是……」

「我沒有見不得人的事。」瑪雅快口說。

「對，」耶洛夫說，「我並不是——」

「最好的一束花從來不給尼爾斯，」瑪雅說，「最好的全送給我丈夫賀葛……我總是先去看賀葛的墳墓，然後才去幫尼爾斯整理。」

「也好，」耶洛夫說，「所有墳墓都該好好照顧。」他繼續：「我想談的不是這件事……記得妳有一次告訴我，妳在草原上遇見尼爾斯，而那一天他……對付過兩名德軍。」

瑪雅嚴肅點著頭。「那時候，我從他臉上看得出，」她說，「尼爾斯一個字也沒講，不過我看得出事情不太對勁……他不肯告訴我。我盡量跟他找話題聊，他卻又衝回草原。」

「我瞭解。」耶洛夫說，停頓一下，然後才謹言慎語繼續：

「妳也提過，那一天，妳從他那裡取得一樣東西……」

瑪雅盯著他。然後她點點頭。

「我只是在想，能不能麻煩妳讓我看看他給妳的是什麼東西，」耶洛夫繼續說，「另外，妳有沒有告訴別人這件事？有嗎？」

瑪雅坐著不動，看著他。「另外沒有人知道這件事，」她說，「而且，東西不是我從他那裡得到的，是我從他那裡拿走的。」

「什麼？」

「尼爾斯沒有給我任何東西，」瑪雅說，「是我自己拿走的。從此，我後悔了無數次……」

「一個東西，」耶洛夫說，「妳說的是一個東西。」

「那天，我跟蹤尼爾斯，」瑪雅說，「那時我年紀小，很好奇。好奇心太重了……我躲進樹叢裡，監視尼爾斯。他走向斯坦維克郊外的紀念石塚。」

「石塚？他去那裡做什麼？」

瑪雅不語。她的目光冷淡。

「他挖了一個洞。」她拖了半晌才說。

「他埋了什麼東西嗎？」耶洛夫問，「是不是那個東西？」

瑪雅看著他說：

「尼爾斯死了，耶洛夫。」

「看樣子是。」耶洛夫說。

「的確是，」瑪雅說，「沒人相信，不過我知道。不然，他會保持聯絡的。」

耶洛夫點頭。「尼爾斯走後，妳是不是把那個東西挖出來了？」

瑪雅搖搖頭。「我跑回家去，」她說，「挖出來是以後的事……是在他回家以後。」

愣了幾秒，耶洛夫才領悟。

「妳指的是……他躺在棺材裡回家？」

瑪雅點頭。「我去草原挖東西出來。」她說。

她起身，抹平裙子，走向房間角落的電視。耶洛夫停留在原位，轉頭讓視線跟著她走。

「那時候是六〇年代的秋天，尼爾斯下葬後兩三年，」瑪雅說，「我先生賀葛下田去了，小孩也去瑪內斯上學，所以我鎖好家門，自己出去草原，提著一個塑膠袋，裡面裝一支園藝用圓鍬。」

耶洛夫看著瑪雅。她從電視下面的架子搬出一個塗藍漆的木盒子，上面畫著紅玫瑰。她動作吃力。耶洛夫見過這盒子；這是她的舊縫紉盒。她把盒子搬上桌，放在耶洛夫面前。

「我穿越到幹道另一邊，」她繼續，「過了差不多半小時，我去斯坦維克郊外的草原上。我找到石塚的遺跡，盡力回憶當天尼爾斯挖地的明確方位……最後我找到了。」

她掀開盒蓋。耶洛夫看見剪刀、毛線圈、幾排棉線軸，想起自己以前常縫補破損的帆。接著，瑪雅掀開偽裝底板，擺到一旁，耶洛夫看得見盒底的密室藏著一個扁平的小盒子。

一個金屬盒，因陳年鏽斑遍布而脫色。

耶洛夫但願那是鏽斑。

「就是這東西。」

瑪雅取出金屬盒，遞給他。他聽見裡面有小東西碰撞聲。

「我可以開嗎？」他問。

「你想怎樣隨便你，耶洛夫。」

金屬盒沒鎖，他小心翼翼打開蓋子。

內容物光彩奪目。

無心人大可以說，這裡面有大約二十顆彩色玻璃珠，只是不值錢的小玩意兒——但眼力再鈍的人也看得出，這裡面的東西比小玩意兒寶貴。裡面也躺著一座小十字架。耶洛夫不是首飾專家，但他覺得十字架的質料像純金。

耶洛夫闔上蓋子，以免手癢拿幾顆寶石起來摸摸看。

「妳有沒有告訴別人這東西的事？」他語氣平和問。

「先生過世前我告訴過他。」瑪雅回應。

「妳認為，他可不可能告訴別人？」

「他不會跟別人亂講這種事，」瑪雅說，「就算他跟別人提起，他也會讓我知道。我們之間沒有秘密。」

耶洛夫相信她的說法。賀葛不是多嘴的人。但不知為何，謠言開始傳遍厄蘭島北部，影射德軍被槍斃後，尼爾斯得到波羅的海戰利品。耶洛夫自己有所耳聞——約翰與安德斯．哈格曼也聽過。

「所以說，妳一直把東西藏在這裡？」他說。

瑪雅點頭。「東西擺著，我一直沒去動。再怎麼說，東西又不是我的。」她接著說，「不過，我有一次想把東西還給尼爾斯母親薇拉。」

「哦？什麼時候的事？」

瑪雅在他身旁的椅子小心坐下。耶洛夫留意到，她把椅子湊近一點，讓雙方的膝蓋在桌子下面若即若離。這張餐桌的桌腿花紋精美。

「那是幾年後的事了，在六〇年代尾。賀葛聽說，薇拉．坎特開始脫手海邊的所有土地，據推測她最近缺錢用。所以我心想，還是把寶石還給她好了……」

「妳去她家找她嗎？」耶洛夫問。

瑪雅點頭。「我搭公車去斯坦維克，進她家庭院……那時候是夏天，所以我走上門階時，外門開著。我的腿一直在發抖。和多數人一樣，我很怕薇拉……」瑪雅歇口，然後繼續：「屋裡正在播留聲機或收音機，我聽得見音樂。也聽見講話的聲音。她有幾個客人。」

「有幾年，她請了一個管家，所以也有可能是──」

「不是。裡面有兩個男人，」瑪雅打斷他，「我聽得見廚房裡有兩個男人在講話。其中一個在嘟噥，另一個大聲講話，口氣堅定，幾乎像船長……」

「妳有沒有見到那兩人？」耶洛夫說。

「沒有，沒有，」瑪雅連忙說，「我也沒有站在門口偷聽……」一走上門階，我馬上敲門。裡面的講話聲停住了，薇拉衝進走廊，甩上廚房門。我離開斯坦維克好多年了，現在回來看見薇拉，嚇了一大跳。她瘦了一大圈，變得歪七扭八……像一條乾掉的麻繩。不過，她還是滿臉狐疑，瞪著我，把我當成小偷之類的。她問：『妳想幹什麼？』不打招呼，也不客套。我整個人慌掉了。金屬盒還在我口袋裡，我甚至沒掏出來。我支支吾吾講著尼爾斯和草原……傻話一堆。的確是傻，因為薇拉破口大罵趕我走。然後她回廚房去。我就回家了……過了幾年，她當然就死了。」

耶洛夫點點頭。害薇拉摔死的樓梯和尤莉亞踩空的樓梯是同一座。他問：

「那兩個男人在談什麼？妳有沒有聽見？」

瑪雅搖搖頭。「敲門前，我只聽見幾個字，」她說，「好像說，渴望什麼。講話比較大聲的那個說誰渴望什麼：『另外，你們兩個當然也渴望重逢。』差不多是這樣。」

耶洛夫思索著。

「說不定他們是薇拉的親戚，」他提示，「住在斯摩蘭的親戚吧？」

「說不定是。」瑪雅說。

兩人無言以對。耶洛夫沒問題可問了；他需要再三思量。

「好吧……」他說，伸手輕拍瑪雅肩膀，但她微微向前傾，因此手指碰到她臉頰。手指本身幾乎有意志，逗留在臉頰上，輕輕顫抖的動作漸次演變成愛撫。

瑪雅閉上眼皮。

耶洛夫柔柔吐氣，然後縮手。

「好吧……」他又說，「我已經……不能了。」

「你確定嗎？」瑪雅睜眼問。

耶洛夫憂傷點點頭。「太痛了。」他說。

「也許春天一到就好，」瑪雅說，「有時候會這樣。」

「也許吧，」耶洛夫說，盡快站起來。「謝謝妳告訴我，瑪雅。我不會說出去的。妳知道。」

瑪雅留在原位，坐在餐桌前。

「沒關係，耶洛夫。」她說。

耶洛夫發現金屬盒還握在左手裡。他把盒子放回桌上，不料瑪雅拿起盒子，取出十字架，把盒子再交給他。

「你收下，」她說，「我再也不想要了。還是你留著比較好。」

「如果妳確定的話。」

他點幾下頭，像是笨拙的告別，口袋帶著盒子離開瑪雅的房間。盒子冰冷沉甸甸，在空蕩走廊上行走的他聽見微微碰撞聲。

回房後，耶洛夫關上門。他通常不上鎖，但這次他鎖上門。

戰利品，他想著。軍人總不忘搜刮戰利品。德軍是從哪裡獲得或取得這些寶石？除了那兩名德軍之外，還有別人為它們賠上一條命嗎？

此外，寶石該藏哪裡才好？耶洛夫四下看看。他沒有一個暗藏隔間的縫紉盒。

最後，他走向書架。其中一層擺著瓶中船，象徵雙尾橫帆船胡爾藍鴝[5]號的死亡之旅。在這件作品裡，耶洛夫呈現該船在布胡斯省海邊夜航，遇到暴風雨，即將觸礁擱淺，導致四名船員溺斃。

耶洛夫拿起瓶中船，拔掉軟木塞，然後緩緩掀開盒蓋，小心翼翼，把寶石倒進瓶子裡，把瓶子拿起來搖一搖，讓寶石沉澱至定位。好了，不知情的人如果不仔細看，會以為石子代表船即將誤觸的海岩。

暫時藏在這裡就好。

耶洛夫把船歸回書架上，把空盒子藏進下層的書後面。

接下來，在他上床之前，他頻頻瞄瓶中船。瞄到第十二次或第十五次，他開始領悟一個道理：瑪雅把這個舊金屬盒交給他時，為何一臉如釋重負的模樣。

那一夜，航海生涯中僅有的實境惡夢又來了。

他夢見他站在舷緣，輪船正徐徐橫越波羅的海，在厄蘭島北端和歐瓦克森島之間，入夜在即，一絲風也沒有，耶洛夫凝望著天邊瀲灩的海面，四面看不到陸地……

隨後，他低頭看海水，瞥見二次大戰殘留的舊水雷。

水雷在水面底下漂浮著：一大個黑色鋼球，被海藻和貝類密密麻麻包裹著，黑色的撞針直勾勾刺出來。

想轉彎已經來不及了。驚慌失措的耶洛夫只能眼睜睜看著船身和水雷縮短距離，越來越近，越來越近。

在水雷引爆的前一秒，他驚叫一聲醒來，置身安養院的黑暗中。

---

❺ Bluebird of Hull，瑞典文人Evert Taube曾藉歌曲詮釋一八七二年藍鳴號船難救援事件，敘述者是菲利丘夫・安德森（Fritiof Andersson）。

23

週日早晨，尤莉亞坐在艾絲翠家客廳窗前，枴杖靠在椅背上，看著姊姊蓮娜和姊夫理查從坡脊開走她的車。

她盡可能比原訂計畫再拖一星期，才交出車子，如今拔河結束了。或許這樣也好，反正她滿身骨折，也無法開車。

蓮娜和理查於週六抵達厄蘭島進行旋風之旅。他們先去瑪內斯探訪耶洛夫，陪他喝咖啡，然後去避暑別墅過夜。早上，他們過來艾絲翠家打聲招呼，尤莉亞這才明白，他們也想帶她回哥特堡。

不消說，他們有什麼盤算也不知會尤莉亞一聲。看見深綠色富豪車開過來、停在艾絲翠家外面之前，尤莉亞根本不知道他們要來。車子停好之後，她想逃為時已晚。

艾絲翠讓蓮娜進來後，她輕鬆喊著，「嗨！」她抱尤莉亞一下，鎖骨傷戳得尤莉亞脖子痛。

「妳情況怎樣？」蓮娜看著她的枴杖。

「現在還不賴。」尤莉亞說。

「爸打電話告訴我們事發經過，」蓮娜說，「太可怕了……幸好大難不死……事情就應該從這角度看，大難不死。」姊姊對她的骨折只表達這觀點。接著蓮娜說：「艾絲翠願意收容妳，真是大善人啊，對不對？」

「艾絲翠是個天使。」尤莉亞說。

沒錯，艾絲翠是個天使，喜歡在安靜無人的斯坦維克享受晚年，但她說過，她有時候也嫌太寂寞。畢竟，她是個寡婦，唯一的女兒在沙烏地阿拉伯行醫，只在耶誕節和盛夏回國。

理查其實一句話也不說，只對著尤莉亞點點頭，一臉不耐煩，連褐色秋季輕夾克也不脫，才到幾分鐘就頻頻看勞力士手錶。尤莉亞心想，對他來說，唯一的要務是來把車子開回托斯蘭達區借他女兒用。

艾絲翠以咖啡和餅乾招待他們。斯坦維克進入淡季後遊客不再來，蓮娜對現在的清靜和安寧讚不絕口。理查坐太座旁邊，態度僵硬，不吭一聲。尤莉亞坐他們對面，望著窗外，惦記著大樹後面的坎特家。

喝完咖啡後，蓮娜說：「嗯，對了，我們最好早點出發。回家的路很長。」

她快動作幫忙收拾咖啡杯，理查則去後院，幫艾絲翠修理即將脫落的簷槽。

尤莉亞幫不上忙，只能旁觀。她沒有腿，沒工作，沒子女。但人生路照樣要設法走下去。

「你跑這一趟真好。」她告訴姊姊。

「我們一聽，馬上就決定過來接妳回家，」蓮娜說，「看看妳，妳怎麼開車嘛？」

「謝謝妳，」尤莉亞說，「不過沒必要。我想待下來。」

蓮娜聽不進去。「如果我載妳，開福特車，理查可以自己開富豪回去，」她邊洗咖啡壺邊繼續說，「通常，我們會在呂達霍爾姆鎮休息吃午餐，那裡有間非常棒的餐廳。」

「沒有彥斯，我不回去，」尤莉亞說，「我這次非找到他不可。」

蓮娜轉身看著她。

「妳說什麼？」她說，「可是，哪裡有——」

尤莉亞搖搖頭。

「我知道彥斯死了，蓮娜，」她打斷蓮娜，以堅定的目光面對她。「我兒子死了。我現在瞭解了，不過這不是關鍵。我只希望我們能找到他，不管他在哪裡。」

「好啦好啦，沒關係。反正爸喜歡妳住這裡，」蓮娜急忙說，「絕對沒問題。」

對，總比回哥特堡、成天守在電視機前喝酒吞藥來得好，尤莉亞心想。一時之間，她覺得浪擲的那些年宛如胸口一塊巨岩——在那些年，兒子失蹤的哀慟壓垮了歡樂往事帶給她的慰藉。在哀慟的黑洞裡，她在逃避現實的過程中險些溺斃。

但現在她平靜了，只是一丁點的平靜。

人老到一定年紀，到頭來總要回歸一個像家的安詳地方，與合得來的人共處。例如斯坦維克，例如和天使艾絲翠為伴。另外有耶洛夫。也有雷納特。尤莉亞和這些人全合得來。

蓮娜為她著想。尤莉亞明白，即使是姊姊也為她著想。

「好吧，」她告訴蓮娜，「回哥特堡再見面。」

半小時之後，在艾絲翠家門外，理查坐進深綠色富豪大轎車，蓮娜坐進福特小轎車。

她彎腰向前，隔著擋風玻璃向尤莉亞揮別。然後，理查在前，蓮娜在後，兩輛車揚長而去。

尤莉亞吁一口氣。

過了大約一分鐘，走廊裡的電話響起。

「我去接，」艾絲翠說。尤莉亞聽見她提起聽筒聆聽，然後高喊：「尤莉亞，警察找妳……是雷納特。」

尤莉亞只拄著一支枴杖，跛腳進走廊，拿起話筒。「嗨。」

「妳情況怎樣？」雷納特問。

「有改善，」尤莉亞說，「光陰能修補斷骨……也有艾絲翠照顧我。」

「那就好，」他說，「我有最新消息……不過，說不定妳早就聽說了。」

「你找到尼爾斯．坎特了？」尤莉亞說。

電話線另一端似乎傳來雷納特輕輕嘆息聲。

「進地下室挖東挖西的不是鬼，」他回答，「耶洛夫沒通知妳嗎？」

「我們還不太有機會聊。」尤莉亞說。

「妳父親幫我追查鼻菸盒的線索。就是在坎特家地下室找到的小盒子。」

「是誰的？」

「安德斯．哈格曼。」

「安德斯．哈格曼？你是說，安德斯……露營區的那個？約翰的兒子？」

「正是他。」

「你確定？」

「他還沒親口承認，因為我們還沒找到他問清楚，」雷納特說，「安德斯正在避風頭。不過所有跡象顯示就是他。」

「所以，睡在坎特家的人不是尼爾斯．坎特。」

「對，」雷納特說，「尤莉亞，像這種事，通常有比較單純的解釋。安德斯．哈格曼家只離現場幾百碼，走幾步就能摸黑溜進坎特家。」

「可是，他挖東挖西做什麼？」

「有幾套不同的推理。我有我自己的想法，我也和在波爾貢的同事討論過。妳認識安德斯嗎？妳住斯坦維克的那幾年，有沒有見過他？」

「沒有。他年紀比我小……小四、五歲。」她對安德斯略有朦朧的印象，只知道他是個體格健壯、沉默寡言的男孩。安德斯．哈格曼不太和人來往，在父親經營的露營區工作，也從不參加在碼頭邊舉行的仲夏舞會或聚餐，更不曾參加在斯坦維克的任何活動——她絞盡腦汁記不起安德斯出現在任何場合。

「他有鬥毆的前科，」雷納特說，「妳曉得嗎？」

「鬥毆？」

「十二年前在露營區發生過酒醉打架事件。安德斯打倒一個斯德哥爾摩來的年輕人。那一夜，我親自去處理，逮捕他。他被判緩刑，繳罰款了事。」

「現在他涉嫌什麼嗎？」尤莉亞問，「你想逮捕他嗎？」

「不是逮不逮捕他的問題，」雷納特說，「我們只想找他，跟他聊一聊……瞭解他進坎特家做什麼。目前他涉嫌擅闖民宅罪而已。」

我也是，尤莉亞心想。

「你不打算拿彥斯案偵訊他嗎？」她問，「彥斯失蹤那天，安德斯人在哪裡？」

「大概會吧，」雷納特說，「妳認為警方應該嗎？」

「我不知道。」尤莉亞說。

安德斯有沒有見過彥斯，她根本不記得。但是，斯坦維克這麼小，總會遇到吧？夏天，她帶彥斯去碼頭邊游泳，別人從露營區能一眼看到。穿泳褲戴遮陽帽的彥斯成天在海邊亂跑。安德斯曾經站在坡脊上偷窺他嗎？

「安德斯據說待在波爾貢。我們會追查到他的下落，」雷納特說，「如果有什麼發現，我會再跟妳聯絡。」

尤莉亞出事後，耶洛夫也打電話關心尤莉亞，但她不願多談。她覺得很丟臉。她進坎特家闖空門，以為彥斯被藏在屋裡，這些事情令她越想越丟臉。

週日上午，耶洛夫終於搭約翰．哈格曼的車來斯坦維克，按門鈴。尤莉亞拄著枴杖，掙扎著過來開門。家裡只有她一個，艾絲翠去瑪內斯購物。

約翰是司機，但他留守車上。尤莉亞看得見他駝背坐在駕駛座上，一臉沉思狀。

「我只想過來看看妳狀況怎樣。」耶洛夫拄著枴杖說。下車一路進門來，他全靠自己，走得氣喘吁吁。

「我情況滿不錯的，」尤莉亞倚著枴杖說，「你和約翰想去哪裡？」

「我們想去斯摩蘭。」耶洛夫簡短說。

「什麼時候回島上？」

耶洛夫笑了。「在安養院，玻兒也問過一模一樣的問題。她比較寧願我從早到晚窩在房間裡。今晚回島上吧，不然就是傍晚……我們也可能去拜訪馬丁．馬姆，如果他今天神智比上次清楚一點。」

「這一趟跟尼爾斯．坎特有沒有關聯？」

「可能有，」耶洛夫說，「等著瞧吧。」

尤莉亞點點頭——不想多說就算了。

「我聽說過安德斯．哈格曼的事，」她說，「你跟警察提過他。」

「我是提起他的名字……我覺得約翰不太高興。不過，警方遲早會查到他的。」

「警方想找他瞭解一下，」尤莉亞說，「我不確定……不過，感覺上，好像波爾貢警方可能考慮重新辦案。我指的是，偵辦彥斯失蹤案。」

「嗯……不過，為這案子調查安德斯，我認為是找錯對象了。約翰當然也有同感。」

「你不想扳正警方的偵查方向嗎？」

「警方嫌我們老頭子想法太瘋癲，才聽不進去呢，」耶洛夫快活地說，「我們不可靠。」

「不過，你從沒放棄。這很令人敬佩。」

「好，」耶洛夫說，「我們盡力而為就是了。」

「你繼續去調查吧，」尤莉亞說，「反正又少不了一塊肉。」

她有所不知，這一句話具有反諷意味——下一次再見到耶洛夫時，耶洛夫命在旦夕。

巴拿馬城，一九六三年四月

巴拿馬運河畔的巴拿馬城。

高聳的公寓大樓區和寒酸的茅屋比鄰而居。汽車、公車、摩托車、吉普車。大街小巷是混血兒、憲兵、銀行從業人員、乞丐、嗡嗡飛的蒼蠅、揮汗如雨的成群美國軍人。瀰漫著廢氣、爛水果、烤魚的氣息。

尼爾斯．坎特每天在窄道上漫遊，腳底板在鞋子裡火燒火燎的疼。

他想找瑞典來的水手。

在哥斯大黎加，一個也找不到——至少是尼爾斯從來沒遇見過。為了找瑞典人，他不得不來到巴拿馬城。

從哥斯大黎加，他搭公車六小時前來運河之邦。三年之間，他來過五趟。

在兩大洋之間的長運河裡，輪船排隊等著通過，以避免遠道繞行至智利合恩角。水手在大港上岸找樂子。有些人就此留下來，淪為碼頭乞丐。

在這些浪人當中，他想找對人：見北歐輪船進港就群集而來的族群，北歐籍教堂發送糧食聞香而來的族群，其餘時間耗在酒吧和商店附近的那些人。只要含酒精成分的東西，這種人什麼都肯喝——從劣等哥倫比亞蘭姆酒，到鞋油提煉出的純酒精，他們都喝。

第五趟前來巴拿馬的第二晚，他走在裂紋遍布的水泥人行道上，見到一個黑影躲在陰暗的門口，手握酒瓶，吸著鼻涕，咳嗽不停，散發嘔吐穢物的臭味。北歐教堂入口離這裡幾條街。

尼爾斯停在他面前。

「你好嗎？」他問。

他講的是瑞典文。無法一聽就懂的人不值得他浪費時間。

「什麼？」流浪漢問。

「我說，你好嗎？」

「你是瑞典人嗎？」

流浪漢的眼睛裡哀傷與倦意多於呆滯，大鬍子凌亂，但嘴角和眼圈的皺紋不深，可見他酗酒史不長——儘管他外表差不多才三十五歲——和尼爾斯相仿。

尼爾斯點點頭。「我家鄉在厄蘭島。」

「厄蘭島？」流浪漢提高音量，咳一咳。「厄蘭島，啐……我是斯摩蘭人……啐。出生在尼布羅。」

「世界真小啊。」尼爾斯說。

「現在卻……輪船過船閘時，我沒趕上。」

「真的？多可惜。」

「去年的事。我沒趕上……船本來停兩天，準備過船閘，上，下。結果在這裡被逮捕了……

在酒吧裡打架，我直接對著啤酒壺灌啤酒。」流浪漢抬頭看，眼神多了一絲光輝。「你有錢嗎？」

「可能吧。」

「那就去買東西，買威士忌……我知道地方。」

流浪漢想站起來，無奈兩腿太僵。

「我也許可以去買一瓶，」尼爾斯告訴他，「一瓶威士忌，我們一起喝。不過，你先在這裡等。你會等我嗎？」

流浪漢點頭，又蹲下。

他只喃喃說：「買點什麼吧。」

「好，」尼爾斯說，直起腰桿，不看他一眼。「也許我們可以交個朋友。」

五星期之後，在牙買加城——哥斯大黎加利蒙港的英語區。

招牌寫著帝坎大飯店但稱不上飯店，大廳櫃檯充其量是兩條桌腳頂著一塊破木板，登記簿有霉斑，樓梯附著在建築外面，通往二樓幾間小客房。馬路對面有一棟樓房，裡面有人大聲講英語，尼爾斯聽得見。

他默默上樓梯，路過一隻油亮的肥蟑螂正從牆上往下爬。來到二樓，他來到狹窄的陽台，見到四道門排成一行，他敲第二間。

「進來，先生！」裡面的人喊。尼爾斯開門入內。

裡面的人是自稱前來帶他回家的瑞典人。這是尼爾斯第三度見他。

房間裡悶熱，瑞典人坐在唯一的床上，身邊是堆成小山的被單和沾有褐斑的枕頭。瑞典人上身赤裸，汗光晶瑩，手握杯子，床頭櫃的小風扇正嗡嗡運轉。

尼爾斯漸漸將這男子視為厄蘭島人。他從未說明老家在哪裡，但尼爾斯仔細聽過他的口音，聽出一絲絲厄蘭島腔。他也發現，這男子對厄蘭島瞭若指掌。以前在島上見過面嗎？

「進來，進來。」瑞典人微笑說，背靠牆壁，下巴指向床頭櫃上的一瓶西印度群島蘭姆酒。「要不要喝，尼爾斯？」

「不要。」

尼爾斯進門後關門。他戒酒了。不是滴酒不沾，但也幾乎是了。

「利蒙港是個好地方，尼爾斯，」床上的男子說，尼爾斯聽不出挖苦的意味。「我今天出去外頭散散步，湊巧發現一間不折不扣的妓女戶，幾個房間藏在酒吧後面。美女如雲啊。不過，講含蓄點，我當然沒犒賞自己……我喝一杯就走人。」

尼爾斯輕輕點頭，靠向關上的門。

「我找到人了，」他說，「一個不錯的人選。」出國十八年，他現在講瑞典文時仍不太自在。他思索著正確用語。「他也是斯摩蘭人。」

「好，很好，」男子說，「在哪裡？在巴拿馬城嗎？」

尼爾斯點頭。「我帶他來了……海關現在很嚴格，我靠賄賂才過關。他現在住在聖荷西一間廉價旅社。他本來搞丟了護照，我們去瑞典大使館申請一本新的。」

「好，好。他名叫什麼？」

尼爾斯搖搖頭。「無名氏，」他說，「你自己也沒報姓名。」

「想知道，在樓下一查就有，」床上的男子說，「我在登記簿上簽過名。住客照規定要簽。」

「我查過了。」尼爾斯說。

「結果呢？」

「上面寫菲利丘夫．安德森。」尼爾斯說。

男子得意地點點頭。「叫我菲利丘夫就好，別客氣。」

尼爾斯搖搖頭。「是水手老歌裡來的姓名——我想知道你的真正姓名。」

「我名叫什麼不重要，」男子凝視他說，「喊我菲利丘夫就行了，你不覺得嗎？」

「大概吧。」尼爾斯緩緩點頭。「暫時可以。」

「好。」菲利丘夫拿被單擦胸和額頭。「現在，我們另外有幾件事商量。我打算——」

「真的是我母親派你來的嗎？」

「我已經說過了。」

話講一半被打斷，床上的男子顯得不悅。

「她怎麼沒託你帶信給我？」尼爾斯說。

「信以後再說，」菲利丘夫說，「你不是拿到錢了嗎？那是你母親的錢。」他喝一口酒。

「不過現在，我們有其他事情要商量……過兩天我就回國。你會有一陣子接不到我消息。不過，一切準備妥當後，我會回來，而且是最後一次。你認為會拖多久？」

「嗯……兩三個禮拜吧。他在等護照，領到之後南下這裡。」尼爾斯說。

「沒關係，」菲利丘夫說，「盯緊他，一切照規定做。然後你就能回家了。」

尼爾斯點頭。

「很好。」菲利丘夫又抹了把臉。

同一條街上傳來某人的大笑聲，一輛摩特車呼嘯而過。尼爾斯只想奪門衝出這個臭房間。

「對了，感覺怎樣？」男子湊向前問。

「什麼感覺怎樣？」尼爾斯反問。

「我有一點點好奇。」自稱菲利丘夫．安德森的男子在髒被單堆成小山之間微笑說，「我只是納悶，尼爾斯，純粹是好奇心作祟……殺人的感覺怎樣？」

24

耶洛夫和約翰行駛厄蘭島大橋至內地，途經卜爾馬市，然後轉彎，沿著斯摩蘭省海岸北上。全程兩人話不多。

耶洛夫最大的一件心事是，離開安養院的難度比以前更高了——今天早晨臨走前，玻兒追問他想去哪裡，幾時回來。最後她暗示，也許他身心太健全了，不應該繼續住安養院。

「厄蘭島北部有很多殘疾嚴重的老年人都想進這裡，耶洛夫，」玻兒當時說，「我們非確認優先順序不可。隨時都要。」

「有道理。」耶洛夫說著拄枴杖離開。

難道我沒住安養院的權利嗎？沒人扶持，我連十碼都走不動。我能不時和約翰等等的老友出來透透氣，玻兒應該高興都來不及了。

離藍納比村只剩幾公里時，耶洛夫終於開口：「這麼說，安德斯溜走了。」

「對。」約翰說。

約翰總是照速限行駛，後面塞了長長一排車輛。

「我猜是因為你通報安德斯說，警察正在找他。」耶洛夫說。

約翰握著方向盤不語，只點點頭。

「這樣做，不太好吧，」耶洛夫說，「警方找人想瞭解案情卻找不到，往往會不高興吧。」

「他只是不想被打擾。」約翰說。

「不太好吧。」耶洛夫又說。

「上禮拜你去波爾貢的時候，有沒有和羅伯特．布隆伯格談過話？」約翰問，「我指的是那個汽車經銷商。」

「我見到他了，」耶洛夫說，「他那天在展示廳裡。我和他沒交談……我當時想不出該講什麼。」

「他有可能是坎特嗎？」約翰說。

「既然你直接問我……我思考過，我認為不可能，」耶洛夫說，「像尼爾斯．坎特那種人從南美洲回國，改名換姓，混跡波爾貢過新生活，感覺不太可能。」

「或許吧。」約翰說。

幾分鐘後，依黃色路標指示，車子正進入藍納比村，此時是上午十點四十五分。一輛平板卡車滿載新砍伐的原木，轟隆隆駛過。

耶洛夫從未開車或駕船來過藍納比。這村子不比瑪內斯大，車子不一會兒就來到村尾，轉彎駛向鋸木廠。

鋸木廠的鋼鐵大門關著，外面有一座停車場，約翰把車停進去。

耶洛夫提起公事包，和約翰走向大門按鈴。頃刻後，門鈴旁的小對講機發出沙沙聲。

「喂？」耶洛夫說，不確定該對著門鈴或對講機開口，或乾脆對天講話？「喂……我們想參觀林木博物館，可以請你開大門嗎？」

對講機保持緘默。

「對方沒聽見你嗎？」約翰低聲說。

「不知道。」

耶洛夫聽見背後有嘎嘎叫聲，回頭一看，見兩隻烏鴉停在停車場旁一株光禿禿的樺樹上。烏鴉繼續嘎嘎叫，耶洛夫認為這叫聲有別於厄蘭島的烏鴉。鳥類也有口音的差別嗎？

隨即他注意到，大門裡有人走過來。對方是頭戴小帽的老年人，身穿黑色羽絨夾克，動作幾乎和耶洛夫一樣慢吞吞。老人從裡面按鍵，大門劃弧線打開。

「敝姓海默森。」對方伸一手說。

耶洛夫和他握握手。「敝姓大衛森。」他說。

「哈格曼。」約翰說。

「我們想參觀林木博物館，」耶洛夫又說，「我昨天打過電話……」

「沒問題，」海默森說著轉身帶路。「幸好你事先來電。本博物館其實只在夏天開放。包括八月。不過如果事先打電話過來，通常沒問題。」

海默森帶他們來到作業區。耶洛夫本以為剛鋸好的木頭香會撲鼻而來，本以為會見到成群男工戴著小帽、搬著木板在堆積如山的鋸木屑之間走動。他的想法又停留在往昔了。今天他只見灰色金屬大建築和道路與柏油地面。建築上掛著大招牌寫著藍納比原木。

「我在這裡工作四十八年了，」海默森回頭向他們說，「十五歲就上班了，做到現在。從前都是同一個情形……現在我負責照顧博物館。」

「我們和老闆是老同鄉，」耶洛夫說，「老家在厄蘭島北部。」

「老闆？」海默森說。

「坎特家族。」

「坎特家族不是這裡的老闆了，」海默森說，「七〇年代尾，奧古斯特．坎特死後，這裡就轉手了。藍納比現在的主人是加拿大一間林業公司。」

「之前的老闆……奧古斯特．坎特……」耶洛夫說，「你認識他嗎？」

「豈止認識，」海默森微笑起來，彷彿覺得這問題逗趣。「我天天見到他。他老是開他那輛MG轎車進來……言歸正傳，到了。這間是以前的辦公室，後來也容納不下了。」

門上的木板招牌註明：林木博物館。海默森開鎖入內並開燈。

「好了……歡迎兩位光臨。每一人三十克朗。」

他站在櫃檯裡面，面前是一台古老而龐大的收銀機。

耶洛夫買了兩張門票，和他在恩斯特皮夾裡發現的那張一模一樣。然後，他們走進博物館。

博物館不大，只有兩廳，以一道短廊相連。展示廳正中央有幾支舊鋸子和測量儀器，牆上有幾張相片，很多是裱框玻璃面的黑白照，全附有標籤和說明。耶洛夫默默走向相片，注視著鋸木工團體照、手持鋸子的林業工作人員相片、甲板滿載原木的定錨輪船照。

「另外那廳裡有些照片比較新。」海默森在他背後說。

「好。」耶洛夫說。

他比較喜歡獨自參觀，也留意到約翰特意和海默森保持距離。

「我們的第一台電腦也在那裡面，」海默森說，「時代進步了……現在嘛，鋸木頭的工作全交給電腦去執行了。我自己是不太清楚作法，總之是顯得高效率。」

「瞭解。」

耶洛夫一直在黑白照之間尋尋覓覓。

「藍納比出口加工木材，最遠到日本，」海默森說，「你們的生意大概沒做到那麼遠吧？」

「沒有，」耶洛夫說，旋即補上：「不過，倫敦聖保羅大教堂的地板是厄蘭島石灰岩鋪的。」

見海默森不回應，耶洛夫改變話題：

「我們有個朋友上個月來過這裡參觀博物館。他名叫恩斯特·亞德福森。」

「厄蘭島來的？」

耶洛夫點點頭。「他以前是石匠。九月中旬來過這裡。」

「對，我對他印象很深，」海默森說，「我特地為他開放博物館，就和兩位一樣。我很高興和他相處。他說他住在厄蘭島，不過老家其實是這村子。」

「他是藍納比人？」耶洛夫說。

「對。他在這村子裡長大，然後才搬去厄蘭島。」

耶洛夫沒聽恩斯特說過。他從未聽過恩斯特談老家。

再往前走兩三步，耶洛夫看見了：馬丁·馬姆和奧古斯特·坎特並肩合照，背景是鋸木廠港口邊，背後站著一排姿態僵硬的年輕工人。

鋸木廠碼頭邊一場友善的商務會議，一九五九年，相片下面有一行打字標籤。這說明言過其實了，因為全體面帶友善笑容的人只有一個，其餘人，包括馬丁和奧古斯特在內，各個直盯鏡頭，神情嚴肅。

一九五九年。這麼說來，馬丁買第一艘輪船是這次見面幾年之後的事了，耶洛夫暗忖。這張相片比書中的附圖大，馬丁左肩膀上的那隻手清晰可見，至少也算一種友善的表徵。耶洛夫絕對從來沒想和馬丁勾肩搭背；馬丁的個性是拒人於千里之外。然而，他似乎不排斥奧古斯特．坎特的舉動。

「這位是我們的一個朋友，」耶洛夫指著馬丁的臉說，「他在厄蘭島當過船長。」

「喔，對，」海默森說。聽他口氣，他不特別感興趣。「從前，這裡的貨輪經常進進出出的……以前他們常運木頭到厄蘭島。再怎麼說，你們島上的森林不是很多。」

「我們以前有森林，可惜被內地人砍光了，」耶洛夫說。他再指著同一張相片。「這個是奧古斯特．坎特，對吧？」

「對，他就是老闆。」

「他有個外甥挺有名的，」耶洛夫說，「尼爾斯．坎特。」

「喔，對，他，」海默森說，「我聽說過——他殺了一名警察。我也在報上讀過。不過，他不是死了嗎？逃亡去國外，後來死了吧？」

「對，」耶洛夫說，「不過，他出國之前，有沒有來過這裡？」

「老闆好像和尼爾斯不太親，」海默森說，「他從來不提這個外甥。所以我們也不太常提起他，起碼不會在老闆面前提。」

「說不定是，他不想在無意間透露他知道尼爾斯的下落？」耶洛夫說。

「有可能吧，我猜，」海默森說，「不過，尼爾斯殺死那警察之後，曾經從厄蘭島逃亡來這裡。」

「是嗎？他有沒有見到舅舅？」

「我不清楚。不過，他在這裡逗留了一陣子……有幾個人在森林裡看見他。」海默森指向照片。「這個袞納當年和我一樣，是個跑腿童，他吹噓說，他不但見到尼爾斯，還拿到錢。不過那時候他經常吹牛……我只記得，最後有人向警方密報，說尼爾斯．坎特躲在這裡。警察來了好幾個，監視鋸木廠幾天，看他會不會露出馬腳。大家都有點緊張……不過，當然了，我們都有工作要做。殺人犯也躲我們躲得遠遠的。」

耶洛夫依稀能想見尼爾斯在辦公室大樓另一邊潛伏，半蹲著，往窗內偷窺，尋找舅舅奧古斯特。

「我們朋友恩斯特有沒有提過這張碼頭邊的相片？」耶洛夫問。

海默森思索片刻。

「有，他提過，」他回答，「他停在那一張前面。他想知道裡面幾個人的姓名。」

「姓名？」耶洛夫說，「鋸木工嗎？」

「對。我記得幾個，全告訴他了。人一老，名字總是東忘西忘，例如最近，我記不起——」

「你也能介紹姓名給我嗎？」耶洛夫打斷他。

他從公事包掏出筆記簿和原子筆。

「沒問題，」海默森說，「好，我想想看，從最左邊……」

海默森忘記後排三人是誰，大概是水手，但耶洛夫寫下其他人姓名：培爾．邦特森、克努特．林德維斯特、米凱爾．拉爾森、柯拉斯．弗里瑟爾、袞納．尤漢森、楊恩．耶肯達爾、安德斯．亞科耶倫。然後，他看著隨筆記下的姓名，一個都不認識。他仍不清楚恩斯特來查什麼線索。

態度愉悅的海默森繼續導覽。他帶頭走進通往另一廳的走廊。

「我們的第一部電腦，在那邊……大到跟屋子差不多。不過，以前的電腦就那麼大。」

耶洛夫心不在焉點點頭，讓海默森介紹廳內展示品。這裡的展覽主題是鋸木廠和林業的科技發展。多數是統計數字和巨大的機器。

十分鐘後，耶洛夫說：「真的非常有意思。非常感謝你。」

「別客氣，」海默森說，「能認識木業同好，我總是很開心。」

他帶頭走出廳外，指向鋼鐵建築之一。

「我們剛安裝一套新的X光系統，用來評估木頭的品質。兩位想不想參觀？」

約翰匆匆甩頭一下，耶洛夫瞥見了。約翰已經逛夠了。

「謝謝你，」他回答，「不過，這主題太專業了，就怕我們聽不懂。可以的話，我們倒是想去港口逛一逛。我們自己去。」

「港口？」海默森說，「稱不上港口啦。這裡水太淺，大船進不來。現在我們所有木頭都靠卡車運輸。」

「我們還是想去看一看。」耶洛夫說。

「可以，」海默森說，「那我去鎖博物館。」

朝海邊前進大約一百碼之後，耶洛夫發現海默森說得沒錯——的確稱不上是港口。也幾乎沒有任何東西稱得上是碼頭，只見破裂的柏油地面，殘留在碼頭上的方形花崗岩板也早已鬆脫，縫隙寬大。

在碼頭旁邊，一道木造導流堤向海面延伸十幾碼。照耶洛夫看來，連這導流堤也需要修繕。鋸木廠難道找不足木頭來補強嗎？

導流堤邊有一艘陳舊的木造小帆船停泊著，隻身默默等主人拉它上岸，以免遭冬季暴風雪襲擊。

凜冽的寒風從內陸襲來，天邊能隱約見到黑黑一長條陸地——厄蘭島。斯摩蘭海岸有小島也有小港灣，儘管景致優美，耶洛夫仍渴望回厄蘭島上。

「我猜在以前，馬丁・馬姆的輪船就是停靠在這裡吧。」他說。

「沒錯，」約翰說，「那張相片是在這裡拍的。」

另外能參觀的事物不多，耶洛夫也覺得冷風直往大衣裡面鑽。風這麼冷，他不想站上導流堤，見約翰轉身走，他也跟進。

回程，耶洛夫駐足，望著鋸木廠建築之間的空地。目前仍空無一人。

就在這一刻，一種確信無誤的意念突然劈進他腦裡，無邏輯可循。這想法猶如一條黑魚，從潛意識浮現，衝到離水面幾吋處。在他思考通透之前，嘴巴已經張開：

「起始點在這裡。」

「什麼的起始點？」約翰說。

「一切都從這裡開始。尼爾斯．坎特和彥斯和……在這裡開始的一件事奪走我外孫的性命。」

「在藍納比？」

「對，在這裡，就在這座鋸木廠。」

「你怎麼知道？」

「我能意識到。」耶洛夫說，自己也聽得出此言多傻。但他不得不繼續：「這裡以前開過一次會，我認為是面商什麼事。尼爾斯來這裡……一定見到了舅舅奧古斯特，然後達成什麼協議。當年一定發生過這一類的事。」

然而，剛才的篤定已經消退一空。

「好。我們可以回家了吧？」約翰說。

耶洛夫點點頭，再往前走。

耶洛夫獨坐在約翰的車子裡。車子停在卡爾馬市中心區拉姆街上，旁邊有幾棟岩造民房。回厄蘭島之前，約翰想在卡爾馬稍事停留，去拜訪一下妹妹英格麗。

獨坐車上的耶洛夫過濾著想法。參觀博物館真的有收穫嗎？他不確定。

馬路對面，英格麗家的公寓大門打開，約翰走出來，過馬路，打開駕駛座的車門。

「她還好嗎？」耶洛夫問。

約翰坐進駕駛座，不發一語，然後發動車子開走。

車子離開卡爾馬，兩人默然無言，駛上前往厄蘭島的筆直高速公路。上橋後，耶洛夫才認定，沉默夠久了。

「剛出了什麼事嗎？」他問，「英格麗家是不是出事了？」

「警方抓到安德斯了，」約翰說，「他在午餐時間被警察帶走。」

「在哪裡被帶走？」耶洛夫說，「在英格麗家嗎？」

約翰點頭。「安德斯跑去他姑姑家避風頭。現在被警察逮捕了。」

「逮捕——你確定嗎？」耶洛夫說，「警方逮捕人是在案情夠——」

「英格麗說，幾個警察沒敲門就進來，」約翰打斷他。「進門就叫安德斯跟警察去波爾貢。警察拒絕回答她問題。」

「你知道他躲在卡爾馬嗎？」

約翰不語，只再一次點頭。

「我今早說過，」耶洛夫慢慢說，「警方想瞭解案情時，關係人絕對不能溜走，只會讓警察起疑心。」

「安德斯信不過警察，」約翰說，「當年在露營區，他介入是為了勸架，結果被拖進法庭的人是他，而不是斯德哥爾摩來的那幾個小子。」

「我知道，」耶洛夫說，「那事不公平。」他思考片刻，然後以盡量柔和的語氣說：「話說回來，如果……警方認為安德斯牽扯到我外孫失蹤案，想找他瞭解一下……有沒有什麼跡象能顯示，警方可能沒猜錯？我指的是，你比任何人都瞭解安德斯……你有沒有懷疑過什麼？」

約翰搖頭。「安德斯是個正直的男人。」

「你連考慮都不必嗎？」耶洛夫說。

「我見過他做的蠢事只有一件，」約翰說，「有一年，某天晚上，我見他躲在堤防旁的杜松叢裡，鬼鬼祟祟的，原來是在偷窺游泳社的女生換衣服。那時候他十二、三歲。我叫他千萬不能再做那種事。結果他從此不敢再亂來。」

「那也不算太嚴重吧。」耶洛夫點頭說。

「他是個正直的男人，」約翰再度說，「照樣被警方逮捕。」

車子已過橋，重返厄蘭島上。

幹道以東的草原上風勢強勁，耶洛夫凝望著，想著事情。他又點點頭。

「好吧，我們去波爾貢，」他說，「我想再找馬丁・馬姆最後一次，叫他告訴我事情的真正經過。」

25

在警車上，前往波爾貢途中，雷納特對尤莉亞說：「負責和安德斯．哈格曼談的人不是我，而是卡爾馬來的一位督察。他在這方面受過訓練。」

「會偵訊很久嗎？」尤莉亞看著駕駛人雷納特。

他穿著新警服，是件羽絨冬裝，肩上佩有警徽。可見他為這趟進城特意換了一身像樣的衣服。

「我不認為這稱得上偵訊，」雷納特趕緊說，「只是聊一聊，對話而已。他並沒有涉嫌什麼罪而被逮捕。沒有證據。不過，如果安德斯坦承他進坎特家闖空門，收集剪報的人也是他，那我相信，警方也會提起妳兒子的失蹤案。之後安德斯有什麼說法，我們就拭目以待。」

「我一直在回想，當年安德斯……他有沒有在任何一方面對彥斯感興趣，」尤莉亞說，「不過我絞盡腦汁也想不出來。」

「很好。妳不應該對別人隨便起疑心。」

在這之前，她接到雷納特電話時，她正在陪艾絲翠喝咖啡。雷納特來電告知，警方在卡爾馬找到安德斯．哈格曼，帶回波爾貢局裡。過了大約半小時，雷納特駕駛警車來接她。從一開始，雷納特就允許她參與「調查」——管他用的是什麼專業名詞——總之她心存感激，但她也擔心即將面對的事實。

「我不必進同一間吧？」尤莉亞說，「我不認為……」

「不用不用，」雷納特說，「裡面只有安德斯和卡爾馬督察尼可拉斯．伯格曼。」

「局裡有雙向鏡……之類的東西嗎？」

見雷納特咧嘴笑，她後悔了。

「沒那回事啦，」他回答，「那種東西多半是美國影集才有，搞一些證人對質場面，追求緊張刺激。有時候我們會錄影，不過錄影也不太常用。我想，如果是在斯德哥爾摩，他們大概會遇到對質證人的場面吧，不過在這裡不會。」

「你認為是他嗎？」尤莉亞問。這時，車子來到波爾貢的第一座紅綠燈前停下。

雷納特搖搖頭。「我不知道。不過我們有必要找他瞭解一下。」

和通往市區主要道路交叉的馬路有幾條，波爾貢警局位於其中一條街上。雷納特駛進停車場，打開副駕駛座前的置物箱。尤莉亞看著他的手在文件、名片、口香糖之間翻找。

「一定不能忘這東西，」他說，「不見得派得上用場，只是照規定這東西不能擱著不管。」

他取出的是包在黑色槍套裡的佩槍，皮套上刻著大寫的格拉克（Glock）。雷納特迅速讓佩槍上腰間，等尤莉亞下車倚著枴杖站穩，才帶她進入波爾貢警察局。她在休息室等待。這一間和同類型的場所並無二致。一角有一台電視機，播放著她熟悉的美國電視購物頻道。白天在哥特堡公寓中，她通常看的正是這一台。

這就怪了，現在的她百思不解。購物頻道有啥好看的？怎麼天天黏著看？

即將兩點的時候，雷納特回到休息室。

「結束了，」他說，「現階段是。妳想不想去找東西吃？」

尤莉亞點頭，不願自曝內心多好奇。時機合適的時候，雷納特自然會告訴她。她拄著枴杖，跟隨雷納特步出警局。

「安德斯還在裡面嗎？」街上的冷風迎面撲來，尤莉亞問道。

雷納特搖頭。「他獲准回他在波爾貢的公寓了。」

雷納特照著尤莉亞的步調，在人行道上緩緩前進。風勢冰冷，撐著枴杖的手指被凍得麻木。

雷納特再說：「也有可能是他母親的公寓吧，我不清楚。不過，他保證不會再溜走，因為我們可能會再約談他……吃中國菜怎樣？披薩我吃厭了。」

「只要不太遠就好。」尤莉亞說。雷納特帶她來到波爾貢教堂旁的中式餐館。

餐廳裡的客人所剩無幾，雷納特和尤莉亞掛好外套，找靠窗的桌位坐下。尤莉亞看著窗外的白色教堂，想起有一年夏季炎熱，她曾在這裡受堅信禮。當時她愛上堅信禮同一班的男生……他叫什麼名字來著？當年那麼重要的名字，如今居然記不得了。

點餐時，他們合點五盤小菜，然後她小聲問：「呃，安德斯進坎特家做什麼？他有沒有承認什麼？」

「有……他說他進去想挖鑽石。」雷納特說。

「鑽石？」

雷納特點點頭，望向窗外。「島上有個老傳聞……我自己也聽過：據說，尼爾斯．坎特槍斃的德軍從波羅的海帶著贓物來，聽人說是什麼寶石之類的寶物。安德斯自以為，尼爾斯把寶物藏進地下室之後才逃亡。所以他進去挖了又挖……一直沒找到寶藏，」雷納特說，隨即再接著說：「反正這是他的說詞。他是有點怪。」

「牆上的剪報呢？」尤莉亞問。

「剪報藏在碗櫥裡，被他翻出來，釘在牆上。他認為收藏剪報的人是薇拉。」雷納特看著她。「他另外說什麼，妳知道嗎？他說他覺得，在裡面的時候，薇拉．坎特陰魂不散。幾個幽靈……」

「瞭解了。」尤莉亞只說。

她不想告訴雷納特的是，她也有同樣的懷疑。在坎特家摔斷腿的那一夜，她一秒也不願再回想。

尤莉亞另有一個問題，不確定自己想不想問。小菜上桌前一刻，雷納特不問自答了：

「安德斯發誓，那年秋天他沒看見妳兒子。他說他對彥斯的事一無所知。那一天霧太濃，天候不佳，他待在家裡，後來組成搜救隊伍，我們請他幫忙，他才知道出事了。」雷納特接著說：「尼可拉斯．伯格曼督察直覺以為，安德斯講的是實話。他坦承進坎特家闖空門的口氣坦白，談失蹤案的口氣也一樣。」

尤莉亞只點點頭。

「所以我認為，警方不會再朝這方向偵辦下去，」雷納特繼續說，「除非另有新線索。」

尤莉亞再次點頭。她垂頭看著雙手說：

「我試過了，想重新站起來……不想把自己埋葬在往事裡。來這裡之前，人生路不是很順，但這一趟讓情況好轉。稍微好轉。我能夠盡情去哀悼……這是以前我辦不到的事。」她抬頭看雷納特。「所以，我來厄蘭島這一趟是好事……能再見爸爸一面。也認識你。」

「聽妳這麼說，我很高興……以前，我有時也心情不好，後來才明瞭，人不會因復仇而快樂。路還是要走下去。雖然前途茫茫，我認為妳還是非走下去不可。」

「對，」尤莉亞輕聲說，「人應該讓死者安息。」

利蒙港，一九六三年七月

葡萄酒喝完，玩樂幾乎結束時，尼爾斯離開利蒙港近郊的美景灘。這一晚，他單獨灌掉兩瓶智利葡萄酒，卻還沒能為接下來要發生的事攢夠醉意。

今天，美景灘的遊人稀少，而且幾乎全數早已回家去了。

海灘上只剩兩名男子。在一小盆火旁邊，這兩人坐在沙灘上，身影相似，輕聲唱著歌，醉醺醺笑著，勾肩搭背，其中一個是自稱菲利丘夫．安德森的男子，另一人則是他們選定的犧牲品。

有時候，尼爾斯暗稱他是斯摩蘭人，但通常私底下罵他是波麗科恩——西班牙文裡的酒鬼。

哥斯大黎加比巴拿馬好太多了，波麗科恩口口聲聲說，同時自責為什麼不早點來。而且，利蒙港是個棒透了的港市。說實在話，他不想回家了。永遠不想。

尼爾斯曾告訴他，他想待多久都沒問題。

安排波麗科恩前來哥斯大黎加的是尼爾斯。他協助波麗科恩脫離酒癮的陰影，向巴拿馬城的大使館申請到臨時護照，以取代遺落在上一艘船上的護照。然後，他搭乘火車北上至哥斯大黎加的聖荷西。在中央車站附近的廉價旅社，尼爾斯為他租房間，提供購買葡萄酒和一點飲食的費用，然後等待菲利丘夫．安德森。

波麗科恩感激得不得了，感激涕零。他交到新朋友了，一個瞭解他的朋友。是他不惜犧牲性命捍衛的朋友。

尼爾斯對著波麗科恩點頭微笑，內心卻頻頻希望菲利丘夫．安德森趕快回來幫忙。菲利丘夫．安德森來了……這人雖然像他，但尼爾斯不想和這個潦倒的瑞典人稱兄道弟；他只想回去厄蘭島。菲利丘夫曾承諾為他安排回家的路，而菲利丘夫要求的回報只有……

嗨，你要的話，講一講，

我們一起回南方家鄉……

——菲利丘夫別無所求，只想要尼爾斯藏起來的寶石。

這是尼爾斯的臆測。在菲利丘夫來訪的那幾次，他曾數度提起寶石，知道大戰尾聲尼爾斯在草原上的奇遇。

「那兩個德軍，他們有沒有說是哪裡來的？」菲利丘夫曾問，「聽說他們帶東西漂來厄蘭島，聽說是寶物，是真的嗎？如果他們真的帶東西來了……東西後來呢？你怎麼處理，尼爾斯？」

問不完的問題，但尼爾斯懷疑，自稱菲利丘夫的這人早已釐清多數的疑問。

尼爾斯簡短回答這些問題，但他拒不透露埋藏寶石的地點。寶藏無論價值多少，都是他的，是他掙來的，是他窮苦了這麼多年的報償。

不久後，住聖荷西小房間的波麗科恩變得心浮氣躁，但尼爾斯必須扣住他，等菲利丘夫來。三天後，兩人找不到話題聊了。過了一星期，尼爾斯和波麗科恩之間的交集只剩葡萄酒。兩人坐在旅社房間裡，被空酒瓶包圍，外面的街頭滿是毒辣的豔陽。

最後，菲利丘夫的班機降落機場，戴著墨鏡的他來到旅社，滿臉笑容。醉倒的波麗科恩醒來，搞不太清楚新來的瑞典人是誰，也不明白他來做什麼，只知道菲利丘夫帶酒來請他，繼續飲酒作樂。菲利丘夫唱歌歡笑著，卻始終神智清醒，以穩定的目光審視著波麗科恩。

菲利丘夫抵達後隔天，尼爾斯搭火車至利蒙港，回到他的小房間，向房東太太繳最後一次房租，把頭髮理成和波麗科恩一般短，然後去港口的酒吧，向無法離開利蒙港的所有可憐蟲點頭，喝葡萄酒，接連幾晚讓市區泥濘街道上的所有人看見他，讓路人知道他喝得醉醺醺。

「謝謝。」他逢人以西班牙文道謝。

此外，他也告訴曼多薩夫人和幾位酒保，他即將沿著海邊往北散步，經過美景灘——幾天之後就回來，因為有個瑞典朋友即將來訪。

「謝謝，」他說，「稍後再見。」

在利蒙港的最後一個清晨，他起床後在廚房抽屜裡留了點錢，多數私人物品也留下來，只帶走幾件衣物、一些食品、皮夾、母親的來信。然後，他終於離開利蒙港了。他路過廣場，看著魚販已經在擺攤位，默默見證他歸鄉的起點。他路過火車站，繼續往北走，脫離市區，前去和菲利丘夫．安德森見面，不曾回頭。

不是逃亡——是回家。

將近二十年來，尼爾斯首度踏上厄蘭島的歸鄉路。

26

這一次，打開馬丁．馬姆家沉重大門的人不是小護士，而是一名長髮灰白的老婦人。她穿著女衫和淺色長褲。耶洛夫認出她就是馬丁的妻子，安布莉特．馬姆。

「午安。」耶洛夫說。

老婦人僵在門口，蒼白的面孔維持嚴肅狀；耶洛夫看得出，她不認得他的長相。

「我是耶洛夫．大衛森，」他說著，枴杖換左手拿，伸出右手。「斯坦維克人。」

「喔，對，」她說，「耶洛夫，對，當然。你上禮拜帶一個女人來過。」

「她是我女兒。」耶洛夫說。

「你們走的時候，我從樓上窗戶看見你們，我問伊兒瓦，她卻記不起兩位的名字。」安布莉特說。

「沒關係，」耶洛夫說，「我真的想找馬丁聊一聊往事，可惜那天他身體不太好。今天或許比較好一些吧？」

海峽的冰風吹襲耶洛夫背部，他盡力不打哆嗦，但他迫切想進屋裡享受暖意。

「馬丁今天真的沒有比較好。」安布莉特說。

耶洛夫點頭表示同情。「不過，有稍微好一點點吧？」他說，感覺自己像挨家挨戶的推銷員。「我不會久留的。」他杵在門口不走。

終於，她態度軟化。

「我們再看看他身體怎樣吧，」她說，「請進。」

進門前，耶洛夫轉頭望一望街上。

約翰仍坐在車上。耶洛夫對他點點頭。「三十分鐘，」他剛才告訴約翰，「如果我進了門，三十分鐘後回來接我。」

約翰見他點頭，一手舉起，然後發動車子，把車子開走。

耶洛夫走進溫暖的室內，四肢漸漸停止顫抖。進到大走廊，他把公事包放在鋪石板的地面，然後脫掉外套。

「今天外面簡直像冬天來了。」他對安布莉特說。

她只點一下頭，顯然對閒聊興趣缺缺。

另一邊有門半開著，她過去推開，耶洛夫跟進。

這一間是大客廳，空氣有霉味，不流通，也有陳年菸臭味。有幾道窗戶面對著後庭院，但深色的窗簾閉合著。天花板垂掛著水晶吊燈，以白布蒙著。客廳兩角落各有一座貼瓷磚的暖爐，另一角有一台電視機，正在播放卡通節目，音量調得很低。

《摩登原始人》，耶洛夫知道。

電視機前有一張輪椅，上面坐著駝背老人，毛毯覆蓋膝蓋，禿頭上有無數深褐色老人斑，額頭有一道橫向的舊白疤，身體不住顫抖著。

他就是馬丁·馬姆，寄彥斯涼鞋的人是他。

「有客人來看你了，馬丁。」安布莉特說。

正在看電視的老船東轉頭，視線固定在耶洛夫臉上，徘徊不去。

「午安，馬丁，」耶洛夫說，「你好嗎？」

匆匆點一下頭的時候，馬姆抖動中的下巴下墜約一吋。

「你今天身體還好吧？」

馬姆搖頭。

「不好？我也一樣，」耶洛夫說，「身體狀況變這樣，是我們活該。」

電視螢幕上，男主角跳上車，消失在飛揚的塵土中。

「你想不想喝咖啡，耶洛夫？」安布莉特問。

「謝謝，不用了。」

耶洛夫衷心希望她別待在客廳。

果然如此。安布莉特轉身，一手放在門把上，再看耶洛夫一眼，彷彿兩人有默契。

「回頭見。」她說。

語畢，她離去並帶上門。

大客廳裡變得極為安靜。

耶洛夫站定片刻，然後走向牆邊的椅子。這張椅子離馬姆幾碼遠，但耶洛夫知道自己搬不動，只好在椅子的原地坐下。

「終於見到面了，」他說，「我們可以好好聊一聊。」

馬姆仍盯著他看。

耶洛夫留意到，客廳裡不見航海紀念品，和他在安養院的房間形成反差。這裡沒有貨輪的相片，沒有裱框的海圖，更沒有老羅盤。

「你不懷念大海嗎，馬丁？」他問，「我會。即使是在颳大風的這種日子，不該出海，我照樣懷念。不過，我還有這個……」他舉起公事包。「以前出海，我常把所有文件帶在身上，現在資料差不多還算完整。而我想拿一個東西給你看看……」

他打開公事包，取出馬姆船運公司的回憶錄，然後繼續：

「你應該認得這本書吧，我相信。我常看。你所有的船和航海鮮事讓我有很大的收穫，馬丁。不過，這裡面有一張相片特別有意思。」

他翻到藍納比港口的合照。

「這一張，」他繼續說，「五〇年代末拍的，對不對？在你頂下你第一艘大西洋貨輪之前？」

他的視線從書轉向馬丁．馬姆，發現自己已能吸引老船東的注意力。馬姆凝視著相片，耶洛夫見他右手抽抽抖抖，彷彿想舉起手指相片。

「你認得自己嗎？」他問，「我相信你認得。船呢？這艘是艾美莉亞號，對不對？以前在波爾貢這裡的港口，它停泊在我的破浪號旁邊。」

馬丁．馬姆注視相片不語。他的呼吸沉重，彷彿客廳裡空氣太稀薄。

「你記得這張相片是在哪裡拍的嗎？我在斯摩蘭沿海航行的那幾年，多半是運送機油去奧斯卡港，不過這地點在更南邊，對吧？」

馬姆不回應，但視線依然停留在耶洛夫手中的相片。導流堤上的一排年輕人看著鏡頭。耶洛夫注意到，馬姆的下巴又不由自主顫抖起來。

「是藍納比鋸木廠，對不對？相片沒說明，不過恩斯特．亞德福森認得這地方。拍這張相片的那時代，只擁有一艘帆船，仍然還能運貨討生活。口子是勉強能過啦……」耶洛夫再指著相片。「這位是鋸木廠老闆，奧古斯特．坎特。是斯坦維克人薇拉．坎特的哥哥。你和奧古斯特很熟吧，對不對？你們兩個合作過不少生意。」

馬姆想下輪椅接近耶洛夫。至少表面上是如此；他的肩膀抖著，呼吸急促，輪椅踏板上的雙腿繃緊。他仍注視著相片，這時他張口了。

「弗——肖夫，」嗓音沉重。

「什麼？」耶洛夫說，「你剛說什麼，馬丁？」

「弗——肖夫。」馬姆再說。

耶洛夫疑惑地看著他，放下書。馬丁剛說什麼？放走什麼東西，好像是。

或者是，說不定他講的是名字——菲多夫？

或者是菲利丘夫？

利蒙港，一九六三年七月

在棕櫚樹下的暗夜裡，尼爾斯背對著海邊，焦急等候了一個多小時，大批蚊子圍著他團團轉。他揮手趕蚊子，心繫厄蘭島，遐思著漫遊草原的滋味，自由自在、無拘無束的感覺。他也不時側耳傾聽著，但目前聽不見海灘傳來任何聲響。

最後，有人踏著沙灘朝他背後走來。

「拖了滿久的，還好他睡著了。」菲利丘夫說。

「很好。」

尼爾斯和菲利丘夫一同回沙灘。醉漢波麗科恩躺在營火旁，宛如一布袋的煤，頭歪一邊，手放在最後一瓶酒上。

「好，接著就看你表現了。」菲利丘夫說。

「我？」

「對，你來。」菲利丘夫凝視他。「一路上我讓這醉鬼保持清醒已經夠累了，現在由你接手。」

尼爾斯低頭看著波麗科恩但沒有動作。

「他是個沒用的東西，尼爾斯，」菲利丘夫說，「只對我們有價值。」

尼爾斯依然不動。

「你不覺得會因此下地獄嗎？」菲利丘夫問。

尼爾斯搖搖頭。

「你不會，」菲利丘夫說，「動手後，你就能回家了。」

「這裡。」尼爾斯說。

「什麼這裡？」

「地獄，」尼爾斯說，「地獄在這裡。」

「好。」菲利丘夫點點頭。「那麼，你離開的日子到了。」

尼爾斯疲憊地點頭，然後彎腰抓住醉漢的雙臂。醉漢喃喃講夢話但不反抗。尼爾斯抱著他的上半身拖下沙灘，離開營火，前往黑色的海水。

「要當心鯊魚喔。」菲利丘夫在背後警告他。

海水不冷，浪頭雖寬廣，卻沒有力道，尼爾斯倒退走，涉水進加勒比海，拖著波麗科恩下水。

波麗科恩的身體突然動了起來。浪花漫過他的臉，他開始咳嗽並掙扎。尼爾斯咬牙再退兩三碼，直到水深及大腿，然後硬壓波麗科恩的頭下水面，閉眼默數著：一，二，三……

波麗科恩振臂亂揮一通，死命想衝出水面。尼爾斯用力壓住他，想著厄蘭島，繼續默數。

……四十八，四十九，五十……

感覺拖了一小時，水裡的身體才停止動作。尼爾斯僵在原地不動，繼續壓著波麗科恩泡水。一定要等所有生命跡象消失，一丁點也不能有。如果拖得夠久，也許波麗科恩不會像警司那樣出現在他夢境裡。

「結束了嗎？」菲利丘夫從岸邊呼喊。

「對。」

「幹得好，尼爾斯。」菲利丘夫涉水過來，彎腰，抬起波麗科恩一條手臂，然後任其自然墜落。「幹得好。」

尼爾斯不吭聲。他站在原地，感受著潮水的曳引力，菲利丘夫則把屍體拖到水濱。尼爾斯突然想起弟弟艾克索。

那次是意外，艾克索，我不是故意的……殺人能讓死者復活，而且比以前更強大。

菲利丘夫爬上岸，以袖子拭去眉頭的汗水。他吐出一口氣。

「好，完成了，」他說著轉頭向尼爾斯。「好了，現在你總能告訴我了吧。」

「告訴你什麼？」

尼爾斯緩步上岸，在他面前立定。

「你的寶藏。你藏在哪裡，尼爾斯？」

斯摩蘭人的屍體躺在兩人之間的沙灘上。尼爾斯意識到，目前佔上風的人是菲利丘夫，但他拒絕屈從。

「那我反問你，菲利丘夫．安德森，你的姓名是什麼？你的真名是什麼？」

面前的男子不作答。

「如果你帶我回家，」尼爾斯久久之後說，「我就把好東西交給你。」

「可能要等一陣子，」菲利丘夫說著趕走一隻蚊子。「一切都包在我身上，不過要等一陣子才行。事情要按部就班。遺體要先運去厄蘭島……然後下葬，遺忘，拖越久越好。然後你才可以回家。你該不會不瞭解吧？」

尼爾斯點頭。

菲利丘夫以鞋尖頂一頂兩人之間的死屍。

「現在可以一起把他拖回海裡了，要走幾碼就行，在臉上劃幾道，掛重物沉海底……然後餵魚。魚啃夠了，就沒有人能分辨屍體是他或是你。」波麗科恩的小包包留在營火邊，他以下巴指一指。「別忘了拿走他的護照。不然，你可能進不了墨西哥。」

「然後呢，」尼爾斯說，「你會回來這裡？」

「對。你可以待在墨西哥城，過差不多一個禮拜我會回這裡。我會把泡水屍拉上岸，清除證物，然後開車回利蒙港，開始到處打聽有沒有人看見我的瑞典朋友尼爾斯。最好的狀況是，有人過來發現屍體，不然我只好自己來。」

尼爾斯開始脫衣褲。「那我們換衣服吧。」

菲利丘夫看著他。「另外呢？」他說，「你有沒有忘記什麼事？」

尼爾斯在黑暗中脫掉上衣。「比方說？」

菲利丘夫默默指向尼爾斯的左手。他的左手有兩根手指彎曲。菲利丘夫彎腰握住波麗科恩左手臂，拉直，平擺在沙地上，然後鞋跟正對著中指和無名指，使勁踩下去，力道漸增，直到隱隱聽見斷骨聲。

「行了，」菲利丘夫說著從口袋掏手帕，將斷指歪歪斜斜纏貼在手掌。「不久後，你們就是雙胞胎了。」

尼爾斯只看著他。在籌劃方面，菲利丘夫這男人總是比他設想更周到。對於這事的完結篇，菲利丘夫有什麼盤算？

尼爾斯暫時甩開顧忌。

「脫掉他長褲，」他說，「我拿去火邊烘一烘。然後他可以穿我的褲子，皮夾也給他。」

現在的他一心一意想回家。只要他能安然回斯坦維克，這一切終將圓滿落幕。之後，有沒有下地獄就不重要了。

27

「我們畢竟老了，你和我都一樣，」耶洛夫對馬丁．馬姆說，「能思考的時間多的是。而我最近常在想……」

他的目光和馬姆相接。在昏暗的大客廳，兩人仍遠遠對坐著，《摩登原始人》演到主角在山腰劈岩石。

附有港口合照的那本書仍在耶洛夫手裡。

「拍這張相片的時候，你的船運公司規模還不大，」他說，「我知道是因為我的公司同樣小。你有幾艘帆船能載運貨物、岩石、原木等等商品橫渡小小的波羅的海，和大家一樣。不過，三、四年後，你頂下你的第一艘汽輪，開始航向歐洲和大西洋對岸。沒汽輪的我們再苟延殘喘一小段時日，最後船員數底限和載運量上限的規定人嚴格，我們撐不下去了。想換大輪船，我們也跟銀行申請不到貸款。唯一看準時機、投資現代船隻的人只有你一個。」他仍看著馬姆。「不過，馬丁，你錢從哪裡來？和當年的其他船長一樣，你一樣窮，你去找銀行貸款，待遇也未必能比我們好到哪裡去。」

馬姆繃緊腮幫子但不發一語。

「是不是奧古斯特．坎特的錢，馬丁？」耶洛夫問，「是不是藍納比鋸木廠的老闆？」

馬丁盯著耶洛夫，頭甩一下。

「不是？我認為錯不了。」

耶洛夫再伸手進公事包，然後拿起枴杖站起來，緩緩繞過電視，走向馬姆。

「我認為，馬丁，有人付你錢，託你從南美洲運回殺人犯尼爾斯．坎特。他是弒警兇手……是奧古斯特的外甥。」

馬姆擺擺頭。他再一次啟齒。

「呃——拉，」他說，「呃——拉．安特。」

「薇拉．坎特。」耶洛夫說。他漸漸稍微能理解馬姆的言語。「尼爾斯的母親。她絕對也盼望兒子回家。不過付錢的是她哥哥奧古斯特，對不對？他先付錢請你運棺材和遺體到厄蘭島，把屍體葬在瑪內斯，好讓大家誤信尼爾斯．坎特死了。事隔幾年，你把尼爾斯載回國，行事更隱密。」

他站在馬姆前面，逼得馬姆歪脖子才能抬頭看他。

「尼爾斯回國了，大概是在六〇年代尾，然後藏匿在厄蘭島的某個地方。案子過了二十五年，沒人認得他長相，所以他用不著特別謹慎。我確定他能偶爾去探望母親，能去草原上散散步。」

耶洛夫看著坐輪椅的馬姆。

「我認為，那年九月起霧的某一天，尼爾斯去草原蹓躂，遇見一個迷路的小男孩。他是我外孫彥斯。」

馬丁．馬姆不語。

「然後，事情出了差錯，」耶洛夫繼續說，音量變小。「不曉得出了什麼事，嚇到尼爾斯了。有些人堅稱，尼爾斯．坎特是個邪惡的瘋子，但我不信。他只是容易受驚嚇，個性衝動，有時候有暴力傾向。所以彥斯才沒命。」耶洛夫嘆一口氣。「然後呢……你大概比任何人清楚。我猜，尼爾斯來求你幫忙。你和他一同把我外孫葬在草原上。不過你留下一樣東西。」

耶洛夫取出他剛才從公事包掏出來的褐色信封，上面的馬姆船運公司商標被撕掉。耶洛夫收到的郵包就是這一個。

「彥斯的一隻涼鞋被你留下了。兩三個月前，你寄涼鞋給我，用的是這信封。馬丁，你為什麼寄涼鞋給我？難道你想告白嗎？」

馬姆看著信封，下巴又嚅動。

「恩拿的延子。」

耶洛夫點頭，但他不瞭解對方的意思。他慢慢坐下喘息，再對馬姆久看一眼。

「你是不是殺了尼爾斯，馬丁？」

耶洛夫最後這問題當然未獲得回應，於是他自問自答：

「我認為是……我認為尼爾斯變得太凶險了，你受不了。我也認為，你額頭上的疤痕是他造成的，不過我無法證明，當然。」

他彎腰向前，把書和信封放回舊公事包，態度疲憊。這場表演是個苦差事，他累壞了。

一座書架靠牆而立，上面擺著家庭相片，耶洛夫看見其中幾張有笑吟吟的小孩。

「我們的孩子，馬丁……」他說，「孩子遲早會忘記我們，我們要有心理準備。我們再怎麼壞，也希望子女記得我們做過的所有好事，可惜結果未必盡如人意。」

耶洛夫現在筋疲力盡，只能想到什麼說什麼。馬丁．馬姆似乎也氣力全消。輪椅上的他既無動作，也沒有再言語的企圖。

客廳裡的空氣似乎完全用罄，感覺比剛才更昏暗。耶洛夫緩緩起身。

「我該走了，馬丁，」他說，「你好好保重……我可能會再來。」

他覺得最後這句帶威脅意味，和他的意圖大致相符。

在他走到通往走廊的門之前，門已經打開，顯露安布莉特．馬姆的蒼白臉。

耶洛夫對她疲憊一笑。

「我們聊完了。」他告訴她。

真正講話的人其實唯獨耶洛夫一個，而且連一個明確的回答也沒問到。

他從馬姆的妻子身旁走過，她關上客廳的門。

「對了，嗯，非常感謝妳。」耶洛夫說，對著她點點頭。

「寄東西的人是我。」安布莉特說。

耶洛夫站住了。她指著公事包，褐色信封上面一角突出。

「馬丁有肝癌，」她說，「來日不多了。」

耶洛夫像是腳下生了根，呆立當場，一時詞窮。他低頭看公事包。

「妳怎麼知道……」他清一清嗓子。「……該寄去哪裡？」

「今年夏天，馬丁把信封交給我，涼鞋已經在裡面了，他在信封上寫你的姓名，我只負責拿去寄。」

「打電話給我的人也是妳？」他問，「包裹寄到後，有人打電話給我……沒講話就掛掉。」

「是的。我想問……涼鞋的事，」安布莉特說，「馬丁寄涼鞋的原因，涼鞋有什麼含義。不過我怕聽到答案……怕馬丁可能對你的小孩做了什麼壞事。」

「不是我小孩。彥斯是我外孫。不過，我不清楚這涼鞋有什麼含義。」

「我也不知道，而且……」她講不下去。然後她又說：「馬丁拿涼鞋出來時，也不肯說什麼，不過我……我直覺認為，他拿走涼鞋是為了自保。會不會是這樣？」

「自保？」耶洛夫說。

「能防止別人亂來，」安布莉特說，「不過我也不知道。」

耶洛夫看著她。「馬丁有沒有提過坎特家族的事？」

安布莉特遲疑後點點頭。「有，不過他只提他和他們一起做生意……畢竟，對馬丁的輪船投資的人是薇拉。」

「斯坦維克人薇拉？」耶洛夫說，「應該是奧古斯特才對吧？」

安布莉特搖頭。「馬丁買第一艘汽船的時候，投資人是斯坦維克人薇拉・坎特。他是真的很需要那筆錢。我很清楚這事。」

耶洛夫只點點頭。他只剩一個問題，問完之後就能離開這棟陰鬱的大房子。

「馬丁給妳信封之前，是不是有人來找過他？」

「我們家客人不多。」安布莉特說。

「我猜有個斯坦維克居民可能來過。一個老石匠……恩斯特．亞德福森。」

「恩斯特，有，沒錯，」安布莉特說，「我們跟他買過幾座石雕——他過世了。他的確來找過馬丁……不過好像是在初夏的時候。」

又被恩斯特搶先一步了，耶洛夫心想。

「謝謝妳。」他只說。他拿起大衣，感覺比剛才沉重許多，宛如一具盔甲。「過一陣子，馬丁會不會住院？」他問。

「他不會，」安布莉特說，「不住院。每次都是醫生上門來。」

出門後，站在門階上，耶洛夫再度被冷風攫住，這一次凍得他搖搖晃晃。天空已下起毛毛雨。他打起精神，獨自正視著冷雨，隨即瞥見約翰把車子停在十幾碼外的地方。

耶洛夫打開副駕駛座上車時，約翰點點頭。

「結束了。」他說。

「很好。」約翰說。

這時候，耶洛夫才注意到，後座多了一個人。這人肩膀寬厚，坐在約翰正後方，正好整個人沉進座位裡。他是約翰的兒子安德斯。

「我剛去公寓，」約翰說，「警方放安德斯回家了。」

「太好了。嗨，你好，安德斯。」

約翰的兒子只點一下頭。

「警方相信你真好，對不對？」耶洛夫說。

「對。」安德斯說。

「你不會再進去薇拉・坎特家了吧？」

「不會。」安德斯搖頭。「那房子鬧鬼。」

「我也聽說過，」耶洛夫說，「你不怕？」

「不，」安德斯說，「她待在她房間裡。」

「她？你指的是薇拉？」

安德斯點頭。「她懷著仇恨。」

「仇恨？」

「她覺得被人騙了。」

「是嗎？」耶洛夫說。

耶洛夫想著瑪雅・尼曼回憶的那一段：她聽見兩個男人在薇拉的廚房裡講話。其中一人難道是馬丁・馬姆？

天空繼續飄雨，約翰把車開上路時啟動雨刷。

「我考慮和安德斯在波爾貢多待一會兒，」約翰說，「我們想找他母親喝杯咖啡。我相信她會歡迎你加入。」

「不了，我最好趕快回去，」耶洛夫急著說，「不然玻兒會發飆。」

「瞭解。」約翰說。

「我可以自己搭公車回瑪內斯，」耶洛夫說，「三點半是不是有一班？」

「我載你去公車站看看。」約翰說。

車子駛過波爾貢市街之際，耶洛夫默默思索著。一如往常，他又覺得自己在馬姆家漏問了什麼，覺得自己問錯問題，也誤解了他問到的少少幾個答案。剛才應該做筆記才對。

「馬丁已經不能講話了。」他嘆息說。

「是嗎？」約翰說。

來到廣場，車子右轉，耶洛夫轉頭，突然看見尤莉亞在馬路對面的窗戶裡。她坐在教堂旁的餐廳裡，和警察雷納特．亨利克森同桌。見他們倆在一起，耶洛夫不覺得詫異。

車子離開餐廳旁邊時，耶洛夫見尤莉亞看著雷納特，覺得她神態安詳，也許稱不上快樂，只是平靜而已。雷納特的氣色之好也是多年來絕無僅有。很好。

「所以說，你不介意搭公車？」約翰問。

耶洛夫點點頭。「現在我覺得還好。」他說。此言有一半是實話，因為他畢竟能走路。「何況，民眾應該多多支持公共運輸，不然，政府絕對會連公車也廢除。」

約翰往北轉，駛向波爾貢公車站。在過去，那裡曾經是火車站。尼爾斯．坎特就是在前來波爾貢的列車上轟死警察後跳車逃逸。如今火車站成了公車和計程車停靠的地點。

約翰把車駛進停車場，下車，繞到副駕駛座開車門。

「謝謝。」耶洛夫說，跛著站好，向安德斯點頭道別。

今天是辛勞的一天，但他一手提公事包，另一手拄枴杖，走向靠站的公車，想走得穩順而有尊嚴是件難事。細雨變大了。途經瑪內斯、終點是畢克索魯克的公車已經進站，駕駛座上的司機閱報中。

耶洛夫停在公車門邊。

「總而言之，現在結束了，」他告訴約翰，「我們已經盡全力了。不管馬丁這輩子還剩多少日子，他都得面對他做錯的事。」

「對。沒錯。」約翰說。

「有件事……」耶洛夫說，「菲多夫……馬丁認識的人當中，你聽過這名字嗎？」

「菲多夫？」約翰說，「小菲多夫嗎？四格漫畫嗎？」

「對。也有可能是菲利丘夫，」耶洛夫說，「菲多夫或菲利丘夫。」

「據我所知是沒有，」約翰說，「重要嗎？」

「我認為不重要。」

耶洛夫和約翰面對面，沉默幾秒，在這當兒，兩名十幾歲男孩穿著黑羽絨夾克，頂著沖天髮型，一把推開他們，跳上公車，一眼也懶得看他們。

耶洛夫倏然領悟，自己是否剛揭穿兇手面具根本不重要。又不能改變什麼。周圍的現實生活照常進行，厄蘭島也依然是一座人煙稀少的島嶼。

他情緒低落。也許，他正面臨八旬危機。

「謝謝你今天載我，」他對約翰說，「我回安養院再向你報告。」

「一定。」

約翰點頭，幫他拿枴杖，等他吃力踏上高高的台階進公車。他取回枴杖，付老年優惠車資，然後在右邊靠窗的位子坐下。他看著約翰走回車上。

耶洛夫靠向椅背，閉眼聽見公車隆隆啟動。公車如同一艘老貨船，開始慢慢駛出車站。

菲多夫或菲利丘夫，他思索著。在恩斯特生長的藍納比見面。

菲多夫？菲利丘夫？

耶洛夫認識的厄蘭島人當中，沒有人叫菲多夫或菲利丘夫。

28

「我未婚，」雷納特說，「從來沒結過婚。」

「沒有小孩？」尤莉亞說。

雷納特搖搖頭。「也沒小孩。」他看著自己剩半杯的水。「我這輩子只認真交往過一次，但從另一個角度看，那次延續了將近十年。五年前散了……現在她住卡爾馬，我們還是朋友。」他對尤莉亞微笑。「分手後，我把多數心血灌注在自己的房子和庭院。」

「也許厄蘭島北部不是最理想的地方，」尤莉亞說，「我指的是，如果想談感情的話。」

「妳的意思是，這裡的對象不多，」雷納特說，仍面帶微笑。「很有道理。我猜，哥特堡的情形比這裡好太多了吧。」

「不會吧……」尤莉亞說，「我差不多已經死心了。」她再喝一口水，然後繼續：「我其實也只有過一段認真的感情。而且比你那一段更古老……對象是彥斯的生父米凱爾；他一向沒定性，後來……呃，發生那件事，之後就吹了。你也知道。」

雷納特點點頭。「想維繫兩人關係，心意不堅決不行。」

尤莉亞點頭。

「不過，妳日後有什麼打算？」雷納特說，「想在厄蘭島住下來嗎？」

「我不知道……大概吧，」尤莉亞說，「哥特堡沒有太多值得我留戀的東西。而且，耶洛夫身體也不是很好。他大概不想被人一直盯，不過我認為，他可能需要人照顧。」

「厄蘭島北部需要護士，這一點我很清楚，」雷納特看著她說，「而我也希望妳——」擾人不休的嗶嗶聲打斷他，嚇了尤莉亞一跳。雷納特低頭看著腰帶上的呼叫器。

「我又被呼叫了。」他嘟噥著。

「很重要嗎？」

「不重要。看情況，我只要回局裡一下子就好。」他站起來。「我去買單。」

「我們可以平分。」

「不必不必。」雷納特揮手回絕。「拖妳進來吃飯的人是我。」

「謝謝。」尤莉亞說。

和以往一樣，她又缺錢用。

「等一下要不要約在……」雷納特看錶。「……三點四十五在警局見？到時候我應該辦完事了，我們可以離開這個大城市回家。」

「好。」

「妳想不想看看我的家？房子是不大啦，不過位在瑪內斯北區的海邊。講得詩情畫意一點，每天看得見朝陽從海天相連處東昇。」

「我想參觀。」尤莉亞告訴他。

兩人在餐廳外告別。雷納特快步走向警局，尤莉亞的腳程則慢得多，緩緩拄著枴杖走向昆斯街瀏覽商家。這星期的服飾似乎沒有特價，但至少她能欣賞櫥窗展示品。

她走過書報攤，不由自主閱讀外面新聞標題牌上的部分標題——E22公路發生重大車禍—死者身分待確認、卡蘿拉❻又春風滿面、本週末須知全報給你、彩券贏家是你？——沒有一條新聞在任何一方面影響到她。

儘管骨折多處，現在她感覺還好。她甚至覺得……快樂。令她高興的是，耶洛夫和她比從前更親近了，而且姊妹倆道別時氣氛友好，雷納特．亨利克森也似乎喜歡和她相處。

警方放安德斯．哈格曼走，她甚至也慶幸。斯坦維克如果有誰涉嫌彥斯失蹤案就糟了。平心而論，假如出事當天彥斯獨自破霧去海邊，沒人看見他，反而比較好，這樣的話，他可以說是克服了對大海的恐懼，能在海面上的凸岩跳來跳去，做一般小男孩都做的事，結果失足。

尤莉亞現在相信這情境了。

延雪平，一九七〇年四月

「房間是不怎麼大啦，不過從這裡看得見韋特恩湖，」房東指著窗外說，「而且，廚房設備和床鋪都包括在房租裡。」

房東在狹隘的房間裡吞雲吐霧。這棟樓房的電梯故障，房東剛爬了四層樓梯，現在額頭上汗

❻ Carola，瑞典歌壇巨星。

珠淋漓。他穿西裝，襯衫掩不住特大號的肚腩。

「好。」有意租屋者說。

「這裡也很容易停車。」

「謝謝，我沒車。」

看遍這間公寓只要五分鐘，其實五分鐘不到。位於延雪平南區的這間只有一房一廚，地段是在格勒納街最高點。

「我想租這間。租六個月。也可能更久。」

「是常出遠門的業務員嗎？沒車？」

「我搭火車和公車，」房客說，「我常搬來搬去……而且我在等總公司老闆派人來接我。」

尼爾斯仍在適應新姓名和新生活。他慢慢習慣了，能意識到舊我逐日淡出，但舊我絕不會徹底消失。這種感覺有如在起司碟的罩子底下保留著另一段人生。他的新生活比較自由——有身分證和護照，出入境沒問題。然而，儘管如此，新生活再怎麼過，也覺得像蒙了一層薄紗。在哥斯大黎加，在墨西哥的那幾年，在阿姆斯特丹近郊的那一年，最近六個月在哥特堡貝亨區一棟幾乎完全沒人住的公寓裡，他感受不到真實性。最近半年，他多次冷汗涔涔驚醒，誤以為又回到溽暑難耐的哥斯大黎加。

「不介意我問你幾歲吧？」房東說。

「四十四。」

「人生最美好的歲數。」

「大概吧。」

每次尼爾斯問何時能回厄蘭島，菲利丘夫的回答至今全是敷衍之詞。

「沒耐心的人一定會犯錯誤，」菲利丘夫三星期前曾在沙沙聲密集的電話上告訴他。「要沉住氣啊，尼爾斯。棺材已經埋在瑪內斯了，墳墓也開始雜草叢生，你的老母親偶爾會去獻花。她正在等你。」

「她還好嗎？」尼爾斯問。

「她還好。」

菲利丘夫停頓一下，然後繼續：「不過，她常撈到明信片。好多明信片。起先是從哥斯大黎加寄過來，然後從墨西哥和荷蘭。你知道嗎？」

尼爾斯確實知道。這些年來，他不停寄明信片給母親，但他每次都很小心。

「我在上面沒寫名字。」尼爾斯說。

「那就好。她接到信一定很高興，我相信，」菲利丘夫說，「不過現在，有謠言說，尼爾斯．坎特還活著。警方對村子裡的八卦沒興趣，不過斯坦維克民眾之間的確有這種傳聞。所以你才不能沉不住氣。你瞭解吧？」

「瞭解。可是，我回厄蘭島會怎樣？」

「會怎樣……」菲利丘夫說，彷彿答案索然無味。「你會回到家裡，回家陪母親。不過首先，你要先帶我去尋寶，對不對？」

「我們商量過了。如果我成功回家，我會帶你去埋寶物的地方。」

「很好。我們只能靜待時機成熟了。」菲利丘夫說。

「時機什麼時候才成熟？」

但菲利丘夫已經掛電話。

名字絕對不是菲利丘夫的這人直接掛他電話。尼爾斯直覺認為，對菲利丘夫．安德森而言，這件事已經大功告成了，尼爾斯．坎特死了，已埋葬在瑪內斯教堂墓園裡。

「房租要預付。」房東說。

「可以，」尼爾斯說，「我現在就付給你。」

「想退租，前一個月要通知我。」

「行。我不會住超過六個月。」

尼爾斯還沒死，他即將歸鄉。

自稱菲利丘夫的人錯就錯在另有盤算。

29

在前往瑪內斯的公車上，耶洛夫反覆思索著幾件事。在波爾貢和雪平茲克之間的路上，他打盹一會兒，但公車來到草原上的時候，他醒過來。現在，他忙著思考。

和馬丁・馬姆見面時，他太多嘴，道出許多原本無意提起的事，很多是無憑無據的假設，照理說也無法證明。雖然無法逼馬姆招認，至少能訴盡一切。

現在，他可以試著再過正常生活。多做幾艘瓶中船。找約翰一起喝咖啡。閱讀報紙上的訃聞，在安養院觀看冬日將近的景象。

然而，遺忘是一件難事。該思考的東西多如牛毛。

他再取出馬姆船運公司的週年慶刊物。翻閱頻繁的這本書漸露老態，摺角相當多。耶洛夫翻開到鋸木廠港口的合照，再一次看見馬姆和奧古斯特・坎特並肩站在一排臉色嚴肅的鋸木工前面。

他想著馬姆夫人的話——借錢讓馬姆買第一艘巨輪的人是薇拉・坎特。換言之，薇拉付錢請馬姆安排尼爾斯回家。

然而，如果奧古斯特不願和外甥掛鉤——甚至寧願外甥在南美洲老死——那麼，這張相片究竟有何玄機？為何奧古斯特和馬姆生意往來如此密切？奧古斯特的手為何放在馬姆肩膀上……？

這隻手確實是奧古斯特的手，不是嗎？耶洛夫再近看一眼。拇指好像不太對勁。

他凝視著相片，看到眼瘊，看到黑白輪廓模糊融合。他從公事包取出老花眼鏡戴上，繼續再審視。老花眼鏡也沒用，被他摘掉，拿著當放大鏡湊近書，再看相片。鋸木工大眼直瞪的白臉變得較接近他了，但也同時化為黑白點。

耶洛夫在相片上空移動眼鏡，再詳加研究馬姆的肩膀。一隻手放在船東的後頸附近，但仔細一看，耶洛夫發現那隻手不是奧古斯特的右手，而是某人的左手。順著手的方向往後看……

耶洛夫看著相片裡的笑臉。

忽然間，他終於頭一次看清恩斯特生前必然已識破的關鍵。

「基督啊！」他說。

把上帝的名字當作驚嘆語，觸犯了一個非常久遠的詛咒——七十幾年前，耶洛夫的母親曾下過禁令。他從此戒掉。

為了進一步確認，他取出筆記簿。參觀林木博物館時，他曾記下這張相片裡的人名。他翻到這一頁，默唸著。

「基督啊……」耶洛夫再度驚嘆。

發現真相令他徹底震驚，沉浸在個人世界裡——幾秒後，他抬頭一看，才想起自己正坐在公車上，朝北駛向瑪內斯鎮。公車還沒到瑪內斯，仍在斯坦維克以南。他望向窗外，正好看見公車經過第一個路標寫著：露營區兩公里。

斯坦維克，公車快到斯坦維克了。他想找約翰討論一下這項發現。

耶洛夫趕緊伸手按紅色停車鈕。

公車減速靠站。從這車站往南走一百碼，就是前往斯坦維克的路口。他把書和老花眼鏡放回公事包，起身，雙腿顫抖著。

公車中間的門嘶一聲打開，耶洛夫步下階梯，走進寒風裡。病魔修格蘭在他手腳裡嘟噥著，所幸到目前為止，還不至於鬧得太兇。

他背後的車門關上，公車再上路。公車站只有他一人，天空依然細雨綿綿。以前，公車站設有一小座木亭，雨天能方便乘客等公車或躲雨等著回家，但木亭當然也被拆掉了。免費的好東西全被兩三下收走了。

引擎聲平息後，耶洛夫四下看著荒涼的景物，大衣扣至最上面一排，然後望向指著斯坦維克方向的黃色路標。他想照這箭頭走到斯坦維克。

他再東張西望幾次，以確定過馬路不會挨撞，但四面八方不見一輛車。幹道全然冷清清。他朝通往斯坦維克的路口走了五十碼，腳程相當快，但當他踏上斯坦維克之路時，風雨正對著他的臉吹打，逼得他放慢速度。

在路邊走了約莫兩百碼，他才突然想到，約翰．哈格曼根本不在斯坦維克。

約翰人在波爾貢。

耶洛夫在路上站定，在強風中愣得直眨眼。

可惡，怎麼忘記了？約翰載他去公車站是不到半小時之前的事，剛才看穿相片奧秘喜不自勝，居然把約翰在波爾貢的事實忘得一乾二淨。

話說回來，斯坦維克總不可能沒人在家吧？尤莉亞可能還沒回去，不過，艾絲翠應該在家。

她幾乎天天待在家裡。總之，不繼續往前走也不是辦法——瑪內斯比斯坦維克更遠。

他的腳步變得更沉重了，寒意也開始直鑽大衣裡。風對著他死纏爛打，他不得不低頭。在破裂的柏油路面上，一次跨出一步。他默數著：一，二，三，數到第二十五步時，他再抬頭，看見代表草原和斯坦維克交界的那樹林依然遠在天邊，並沒有比剛才更接近。

耶洛夫首度微微著急起來，像大膽泳渡冰湖的人半途忽然氣力散盡。回頭往幹道走？不可能。然而，繼續挺進的困難度也幾乎一樣高。

他突然在柏油路上一腳沒踩穩，險些摔進水溝，幸虧有枴杖撐住，他才勉強維持平衡。就在這一刻，他又聽見隆隆的引擎聲悶悶傳來。

有車子來了，從斯坦維克的方向過來。

深綠色的這輛車大而光亮，接近時耶洛夫發現是輛積架，雨刷有節奏地來回甩動。車子並非疾駛而過，而是靠邊停下，加黑的側窗降下來，露出一張灰鬍臉。

「嗨，你好！」這人語氣愉悅。

耶洛夫認出他是朗維克飯店業者袞納．隆耶爾。

每次見到他，他總想再多訂幾艘瓶中船。耶洛夫這時最不想見的人正是他，卻也身不由己，舉起疲憊的手打招呼。

「午安，袞納。」他口氣虛弱，差點被風聲淹沒。他再往前走一步。

「嗨，耶洛夫，」車上的袞納呼喚著，「你想去哪裡？」

袞納問題或許可以用袞回答回敬，但耶洛夫只用下巴指向斯坦維克村，說：

「去斯坦維克。」

「想去拜訪誰嗎?」

「對，大概吧。」耶洛夫在風中搖擺不定。「可能去看艾絲翠吧。」

「艾絲翠．林德爾?」袞納說，「我剛開車路過，她好像不在家……從窗戶外面看不見燈光。」

「哦?」

如果連艾絲翠也不在，全村就沒人在家了——耶洛夫一定會被海風凍死。隔天，警方會在杜松叢背面找到被凍僵的屍體。

他思考一陣，望著袞納．隆耶爾。

「你會去瑪內斯嗎，袞納?會不會路過安養院?」

「可以啊……我正想去五金行買東西。我載你一程。」

「方便嗎?」

「當然。」袞納傾身打開副駕駛座車門。「上車吧。」

「你太好心了。」

耶洛夫費力鑽進暖呼呼的車內，帶著枴杖和公事包。

車上很安靜，暖氣開得很強。袞納身穿黃色羽絨夾克，釦子全開。全身仍僵冷的耶洛夫還是解開大衣的鈕釦。

「好吧，出發了，」袞納說，「我們一起去瑪內斯。」

他猛踩油門，車子直衝而去，速度高到耶洛夫的背平貼椅背。

「耶洛夫，你是不是要趕在什麼時間回家？」袞納．隆耶爾問。

耶洛夫搖搖頭。「沒有，不過我想——」

「那就好，不急的話，我可以帶你去看一樣東西。」

車子已經開上幹道，路況和剛才一樣冷清。然而，袞納卻往南行駛，而非朝北駛向瑪內斯。

「我覺得我不能——」耶洛夫開口說，但被袞納打斷：

「瓶中船的進度怎樣？」

「還好，」耶洛夫回答，其實他已經整個禮拜沒碰了——甚至連想也沒想過。「耶誕節之前，你有空可以來安養院找我，我們可以看一看……」

袞納點點頭。他在幹道上行駛了幾百碼，然後轉彎，進入一條石子小路，不見路標，一邊是犁過的田野，另一邊是舊石牆，方向朝東，直通海邊。

「我剛在想……船身全塗成紅色比較好，現在才講，會不會太遲了？」袞納問，「如果可能的話，紅色真的很搶眼。」

「應該不成問題。」耶洛夫點點頭，深吸一口氣。「袞納，你想帶我去哪裡？」

「不遠，」袞納說，「就快到了。」

之後，他不再吭聲，只在小路上放慢車速，耶洛夫只能乖乖坐著，看著雨刷在擋風玻璃上單調地來回擺動。

他低頭，看著座椅之間的置物空間，袞納的手機放在這裡。這支黑色手機鑲銀邊，比耶洛夫見過的手機小得多，僅有尤莉亞手機的一半大。

「袞納，你想帶我去哪裡？」他輕聲問。

隆耶爾不應──彷彿早已把耶洛夫的話當成耳邊風。他只看著前方被雨打濕的砂石路面，閃躲凹洞和凸石，方向盤輕握。他正在微笑。

耶洛夫的額頭冒汗。

應該找話聊一聊，他心想，講一些隨性的日常話題，例如禮貌關心飯店業的現狀。但他累了，目前腦筋一片空白，想不出閒聊的題材。

最後，耶洛夫只想得出一個問題：

「你去過南美洲嗎，袞納？」

隆耶爾搖搖頭，微笑依舊。

「很遺憾，我沒去過，」他回答，隨即又說：「最接近也只到過哥斯大黎加。」

厄蘭島，一九七二年九月

藍色富豪車駛上新橋，坐在副駕駛座上的尼爾斯．坎特居高望遠，彎腰向擋風玻璃，瞭望卡爾馬海峽。這時是下午，海面飄浮著一層薄霧。海峽上空已形成一團濃霧，正飄往厄蘭島上。

「今晚會霧濛濛。」他說。

「正合我們心願。」駕駛座上的菲利丘夫說。

「我們？」尼爾斯說，「除了你，另外還有誰？」

菲利丘夫點頭。「你很快就能認識他們了。」

尼爾斯盡量放輕鬆，瞭望欄杆外的風景。他依稀看得見未滿二十歲的自己在海峽裡，拚了命游向內地。

海水冷得很，當年怎麼可能游那麼遠？他現在四十六歲了，連一百碼都游不動。

厄蘭島大橋是一座龐然巨物，高噸位的鋼筋水泥雄踞海面，長達數公里，寬度直逼高速公路。尼爾斯永難想像他的島竟然能直通內地。

「這橋蓋好多久了？」他問。

「滿新的。」駕駛座上的菲利丘夫說。

昨晚去延雪平接尼爾斯至今，他話不多。他給尼爾斯一套深色衣服路上穿，讓他戴黑色毛線帽遮額頭，但菲利丘夫幾乎不發一語。

十年多前在哥斯大黎加見面之初，菲利丘夫．安德森態度快活，個性親和，如今宛如換了一個人。其實，早在斯摩蘭人在利蒙港以北的海邊溺死之後，他就變了樣。自從那一夜起，菲利丘夫把尼爾斯當成一個包裹，把他從一個地方搬去另一個地方，從一國轉到另一國，為他在髒亂的市區租用廉價小公寓或旅社小房間，只透過電話聯絡，一年一兩次而已。

向厄蘭島出發的前一夜，菲利丘夫又重提寶物的事。在哪裡？被藏在哪裡？在家裡嗎？

尼爾斯搖搖頭。最後，他告訴菲利丘夫：

「埋在石灰岩草原上，在斯坦維克以東的郊外。在那堆老石塚旁邊。我帶你去一起挖。」

菲利丘夫點頭。「好，一言為定。」

最後這一段旅程讓尼爾斯期待已久。如今，他來了。

「從今以後，我想待在家裡不出門。」他對菲利丘夫說。

車子行駛在新橋上，他閉上眼睛。終於回厄蘭島了。

「我想待在家裡不出門，」他又說，「我想守在母親身邊，確定不被人看見。」他停頓一下，隨即問：「她還……安好吧？」

「是的，沒錯。」

菲利丘夫．安德森匆匆點一下頭，然後加速駛進入草原，朝波爾貢前進。

尼爾斯發現，厄蘭島已經不是小時候的厄蘭島了。現在，島上的灌木和樹木變多，通往波爾貢的砂石小路也拓寬成柏油公路，和跨海大橋一樣平直。南北縱貫鐵路想必已經停駛了，因為草原上不見鐵軌。成排的風車原本聳立海岸線上，捕捉著海峽風，如今也拆除到所剩無幾。

島上的居民似乎也變少了——然而，海邊卻有不少新蓋的獨棟屋。尼爾斯以下巴指著這些房子。

「誰住這裡啊？」他問。

「避暑的民眾，」菲利丘夫回答，語氣傲慢。「他們在斯德哥爾摩賺錢來厄蘭島上買別墅。他們開車過橋，來度假曬太陽，然後開快車回家，再多賺一點錢。冬天，他們不想住這裡……太冷也太難受了。」

聽他口氣，他似乎同情度假民眾。

尼爾斯不說話。關於避暑民眾，菲利丘夫似乎說得對，因為路上幾乎所有車輛都朝反方向行駛，朝內地前進。夏天結束了，時序進入秋季。

幸好古堡尚在，模樣一如從前，空洞的眼眶高掛在小山頂，睥睨波爾貢。

通過古堡後，幾乎到市區了，霧開始瀰漫。菲利丘夫降低車速，把車子開進市郊一座小停車場，從這裡看得見古堡。他停下車子，不多作解釋。

「好了，」他說，「我說過有人會加入。」

他開車門，招招手。

尼爾斯環視周圍。有個人正慢慢從路上走過來，是看似五十幾歲的中年人，身穿灰色羊毛衣、高級軋別丁布料長褲、雪亮的名牌皮鞋。他朝菲利丘夫點點頭。

「你遲到了。」

中年人戴著帽子遮住額頭，兩手空空，只有一支抽到一半的菸。他再吸最後一口，神態警覺地左顧右盼，然後才走向車子。

「尼爾斯，你最好換到後座，」菲利丘夫輕聲說，「這樣進斯坦維克比較安全。」

語畢，菲利丘夫下車。停車場最遠的一邊有一座電話亭，尼爾斯看著他快步走過去投幣撥號，對著話筒講兩三句。

尼爾斯也下車，衣裝名貴的中年人拋棄菸蒂，用右腳踩熄，然後只看著他，不打招呼。中年人坐進副駕駛座。

尼爾斯不立刻坐進後座。他在路上散步，享受歸鄉的滋味，終於又能自由在島上來去了。他的島。

倏然間，幹道上有兩輛車開過去。尼爾斯見前座的白臉盯著他看，他也對他們行注目禮，直到車子遁入霧中。

「快回來！」菲利丘夫在他背後高喊，語氣急躁。

菲利丘夫已經回車上了。

尼爾斯不情願地往回走，打開後門，聽見中年人小聲問：「過程順利吧，袞納？」

隨即，他匆匆回頭望尼爾斯一眼，緊張又愧疚，好像剛自曝機密似的。

至今自稱菲利丘夫的男人也回頭微笑。

「沒關係，乾脆現在大家自我介紹一下，」他說，「我叫袞納，他是馬丁。後座這位是尼爾斯・坎特。不過，大家都彼此信任，對不對？」

尼爾斯匆匆點一下頭，關上車門。「當然。」

原來菲利丘夫的真名是袞納。尼爾斯覺得好像在哪裡見過他，但仍記不起年代和地點。

「我們去斯坦維克吧。」袞納語氣堅定說。

車子再度上路，通過波爾貢，往北繼續行駛，沿途景物令尼爾斯越來越熟悉，但海峽飄來的霧也變濃，模糊了地平線，甚至抹煞一切。

空氣也越來越灰沉。袞納知道今天會起霧，他指望濃霧今天來，所以才准許尼爾斯在這一天歸家。袞納另外還精打細算什麼事？尼爾斯納悶著。

來到雪平茲克以北，袞納打開霧燈，加速前進。尼爾斯看得見黃色路標奔馳而過。熟悉的厄蘭島村名。但最令他直盯不放的是景觀：田野、蔓生的雜草、從路邊延伸到濃霧裡不見的石牆。另外就是石灰岩草原，他個人專屬的草原。草原朝四面八方延伸，深邃柔和的色澤，無窮盡的蒼穹，浩瀚壯觀，和他印象中的草原一致。

尼爾斯回家了。

車上無人開口。又過了十五分鐘，尼爾斯看見他苦等已久的路標。斯坦維克，下面有個大箭頭寫著露營區。

通往斯坦維克村的路如今鋪上柏油，斯坦維克也多了一座露營區。是什麼時候發生的事？來到前往斯坦維克的路口，車子繼續行駛，然後才減緩速度。

「我們走北邊那條路進村子，」袞納說，「那條路車流比較少，不必穿越村子進去。」

幾分鐘後，他把車頭轉進北道進村子，路旁有一座牛奶攤位，空無一物，閒置在路邊。上次尼爾斯見到這座牛奶攤位時，沿路擺滿農場來的牛奶攪拌機，如今攤位上長滿白色地衣，看似即將倒塌。

二十五年了，整座厄蘭島改頭換面，但通往斯坦維克的北道幾乎和他印象中一模一樣，狹窄而曲折，仍是石子路一條，徹底荒涼，兩旁是長滿野草的水溝，更遠處是一片草原景象。

駕駛富豪車的袞納減速，再前進幾百碼之後停車，轉頭看尼爾斯，副駕駛座的馬丁・馬姆也轉頭。

尼爾斯注意到，袞納正定睛看著他。馬丁的視線游移著。

「好了，」袞納正經八百說，「我們帶你回斯坦維克了。現在，你準備去石塚挖寶，對不對？」

「我想先見見我母親。」尼爾斯說，目光固定在袞納。

「薇拉又跑不掉，尼爾斯，」他說，「她可以再等一下子。等一陣子比較好，因為等天色全暗下來，再進村子比較妥當。你不認為嗎？」

「寶石我們平分。」尼爾斯快口說。

「當然。不過，你要先帶我們去挖出來再說。」

尼爾斯再看他幾秒，然後望向側窗外。霧濃了，暮色不久將深沉。

他點點頭。他願意將半數寶石分給袞納和馬丁，從此雙方互不相欠。

「挖寶的工具呢？」他輕聲說。

「當然有。在後車廂，有鏟子和鋤頭，」袞納說，「我們設想很周到，放心。」

但尼爾斯放不下心。現在，他單槍匹馬對付兩個陌生人，如同在暗夜沙灘上的斯摩蘭人單打獨鬥，不同的是，斯摩蘭人信得過他的新朋友——尼爾斯不信任。

袞納不把車子停靠路邊，而在石牆的一道縫旁煞車，把車子開進去，脫離村道。

車子徐徐駛進平坦的草原上。

尼爾斯轉頭看，隔著後車窗只見霧霾氤氳。通往家鄉的路完全被埋沒了。

30

耶洛夫靜靜坐在副駕駛座，駕駛是袞納．隆耶爾。耶洛夫的背僵直，看著車子駛進瑪內斯南郊的荒野。剛才他起的話頭全不了了之，因為袞納光聽不應。耶洛夫只好乖乖依他，解開大衣的釦子，想掙脫大衣，因為車上的溫度直逼熱帶。也許，副駕駛能自行調節氣閥，可惜他不懂得怎麼調整。車上一切似乎全靠電動操作。就算袞納知道他越來越不舒服，袞納也無意幫他一下。

車子接近厄蘭島東岸了。車子慢速行駛在兩英尺高的堤岸上，路有幾碼寬，兩旁是平坦的草原景象。耶洛夫認得這地方。在國鐵停駛之前，鐵路曾在這裡橫越草原。

他看錶。將近五點了。

「袞納，我最好還是趕快回去吧，」他小聲說，「不久後，瑪內斯安養院的人會開始懷疑我去哪裡了。」

「也許吧，」袞納．隆耶爾說，點著頭。「不過，他們不太可能從這裡開始找人吧？」

此言毫不遮掩威脅意味，耶洛夫一聽，立刻轉頭，開始拉門把。

積架車目前車速不高，開門跳車並非辦不到，他甚至可能避免骨折，天黑前自行走回幹道——無奈，車門打不開。車門被袞納遙控鎖住了。

「袞納，我想下車。」他說，口氣盡量果決，擺出船長時代的態度。

「等一下。」袞納說，繼續開車。

兩座石牆之間地面有一道生鏽的舊網柵防止牲口溜走，車輪輾過之後，波羅的海終於出現。海面顯得灰沉沉而冷冽。

「你為什麼這樣子，袞納？」耶洛夫問。

「說真的，事先沒規劃，」袞納說，「我從波爾貢跟著公車過來，看見你在斯坦維克南路口下車，所以我直接開進北道，穿越斯坦維克村去接你。」袞納把車速放得更慢，轉頭面對他。「你今天去找馬丁．馬姆做什麼，耶洛夫？」

耶洛夫有一種做錯事被發現的感覺。他拖了一會兒才回答。

「去找馬丁？」他說，「什麼意思？」

「你和約翰．哈格曼，」袞納說，「你進馬丁家，約翰在外面等。」

「對。馬丁和我聊了一下……畢竟我倆都是討海老將，」耶洛夫說，旋即繼續：「你怎麼曉得？」

「趁你和馬丁坐在裡面聊往事，安布莉特．馬姆打來我手機，」袞納說，「好幾個從前的船長來找馬丁，她好擔心……起先是恩斯特．亞德福森，現在是你。近幾個禮拜就來了兩個，據說。馬丁家最近很忙。」

「所以說，你和安布莉特是好朋友。」耶洛夫疲憊地說。

袞納點頭。「馬丁和我以前合夥過，不過最近找他談不出東西，」他說，「他的事務交給安布莉特處理，而安布莉特通常會徵詢我意見。」

耶洛夫背靠向椅背。乾脆別再裝傻了。車窗外一片黑，雨斜線飄落，除此之外他看不見東西。

「合夥，」耶洛夫說，「你們合作過滿長一段時間嘛，對不對？五〇年代到現在？」

他伸手進公事包，再度取出馬姆船運公司的週年慶刊物。

「我拿這張相片給馬丁看，」耶洛夫說，「我自己也看過無數次……可是，看了好久，我才發現自己看走眼。」

「喔，是嗎？」袞納說。車子繞過一叢矮樹。耶洛夫心想，一定接近海邊了。「看見什麼？哪裡看走眼了？」

耶洛夫點頭。「藍納比港口有兩個權勢階級男人，一個是鋸木廠老闆奧古斯特．坎特，另一個是貨輪的船長馬丁．馬姆，背後站著一群年輕鋸木工。奧古斯特的手好像放在馬丁肩膀上，看起來很友好，其實那隻不是奧古斯特的手。手的主人站在馬丁後面。剛才在公車上我才發現。」

「一張相片勝過千言萬語，」袞納說著煞車。「俗話不是這麼講嗎？」

厄蘭島東岸呈現在眼前，較近的地面是一片枯黃的草地。一陣即將變雪的冷雨飄落海面上，也落在陸地。

「站在馬丁背後的鋸木工名叫袞納．尤翰森。他後來改姓，」耶洛夫說，「對不對啊？」

「不太對，我當時在鋸木廠當工頭，」袞納．隆耶爾說，「不過你說得沒錯，我搬來厄蘭島後，的確把姓改成隆耶爾。」

他熄火，一切頓時安靜無比，只剩風雨聲。

「那張相片不應該被收進那本書的，」袞納說，「是安布莉特的主意。書印好，我才發現不妙。不過只有你和恩斯特認出我。恩斯特記得我是他同學……」

「他在藍納比長大，」耶洛夫說，「以我來說，我不太容易認得你。不過有件事，我一直很納悶……」

他自知路已接近盡頭；袞納會殺他滅口，正如他謀殺恩斯特一樣。

「……我一直納悶，你在鋸木廠當工頭，一定聽過奧古斯特的邪惡外甥尼爾斯的傳聞。是不是這樣，你才動了歪念頭——」

「我其實見過他。」袞納插嘴。

「誰？」耶洛夫說，「尼爾斯．坎特？」

「尼爾斯，對。」袞納點點頭。「戰後，我先在鋸木廠當跑腿童，躲警察的尼爾斯從厄蘭島逃過來，潛伏在鋸木廠的樹叢，看見我走在路上。他叫我去向奧古斯特．坎特傳話。我去了，不過老闆急著跟這個兇手外甥劃清界線。他塞五百克朗鈔票給我，叫我轉交尼爾斯，想用錢打發外甥。我暗槓兩百，給尼爾斯三百。」袞納奸笑著回憶。「後來整個暑假，我用那筆錢，日子過得跟國王一樣爽。」

「所以你小小年紀就明白，尼爾斯．坎特是個提款機。」耶洛夫說。他望向擋風玻璃外的雨。

「對，」袞納說，「不過當時，我不盡然知道有多少錢可榨。當時沒概念。我想說，也許能撈個幾千克朗，等風平浪靜，能免費橫渡人西洋去接尼爾斯回來吧。奧古斯特提拔我當工頭時，我馬上跟他提這個建議，結果老頭子絕口不答應。說這個外甥是家族敗類，他一點也沒興趣接他回瑞典。」

他舉手按方向盤旁的按鈕，耶洛夫旁邊的車門咔嚓一聲。

「門開了，」袞納說，「下車。」

耶洛夫坐著不動。

「不過，被否決的你不死心，」耶洛夫說，看著袞納。「見奧古斯特不答應，你改聯絡尼爾斯住在斯坦維克的母親薇拉．坎特。你向她建議同一個方案。結果她答應了，對不對？」

袞納．隆耶爾嘆一口氣，彷彿身邊坐著一個特別固執的小孩。隔著擋風玻璃，他凝望濱海景觀。

「介紹這座美麗島給我認識的人是薇拉，」他說，「五八年夏天，我第一次來島上。我搭渡輪到司多拉若爾，然後改搭火車北上。當年，他們正在逐步淘汰鐵路，厄蘭島航海業也是夕陽產業。我想，很多人以為厄蘭島死定了……不過我在火車上聽說，政府可能會建一座跨海大橋，島民不必再搭渡輪，想從內地過來的人也不必再渡海。」

「內地來的有錢人。」耶洛夫說。

「沒錯。」袞納深吸一口氣。「然後，我來到厄蘭島北部，發現陽光普照，海灘多到游不完。陽光和海水多多，觀光客卻小貓兩三隻。即使在我去斯坦維克敲薇拉的大門之前，我就一直在動這方面的腦筋。」他嘆氣。「薇拉枯坐在大房子裡，孤伶伶的，渴望兒子回家。我開始跟她商量。」

「寂寞又不快樂，」耶洛夫說，「卻是頂級大富婆。」

「不如你想的那麼富有，」袞納說，「採石場的生意快做不下去了，而在斯摩蘭的家族鋸木廠也被她哥哥佔走。」

「她的財富在土地上，」耶洛夫疲憊地說，「沿岸的土地……濱海土地。」

耶洛夫猜測著自己會怎麼死。袞納身上帶著兇器嗎？或者，厄蘭島上的石頭不下幾百萬顆，隨手拖來一個，就能砸碎耶洛夫的顱骨。恩斯特不也有同樣的下場？

「薇拉的土地很多，沒錯，」袞納說，「那老太婆名下的土地在斯坦維克南北都有，斯坦維克人八成不曉得她名下的土地這麼多。當然，如果她擱著土地不開發，土地再多也沒價值，不過，有眼光的人如果能接手，轉賣給內地人，情況就不一樣了……在五〇年代，這附近只有少少幾棟避暑別墅，不過我知道，日後需求一定有——飯店和餐廳也是。跨海大橋蓋好後，房價會跟著飆漲。」

「所以，你從薇拉手裡拿走朗維克。」耶洛夫說。

「不是拿走。」袞納搖搖頭。「她的土地，全是我用錢買來的，完全合法。交易價當然超低，而且是用我向薇拉借到的錢，不過買賣全有白紙黑字，完全合法。」

「馬丁・馬姆也向她借錢買大輪船。」

「沒錯。馬丁運原木去藍納比時跟我認識，」袞納點頭說，「我想找可靠一點的合作對象……請他幫我從海外運尼爾斯的棺材回國，然後載尼爾斯回來。當然，尼爾斯不能馬上回來，要拖久一點，因為他一回家，薇拉就不會再給我土地了。這一點我自然很清楚。」

他洋洋得意對著耶洛夫微笑。「走吧。」

袞納打開駕駛座車門。

耶洛夫看著擋風玻璃外面，見一片延伸至海邊的荒涼草地，草被風雨吹襲得貼近黑沉的地面。

「這裡有什麼好看的？」他問。

「不多，」袞納下車說，「到時你就看得到。」

31

「下車，耶洛夫。」

袞納．隆耶爾關上駕駛座車門，快步繞過車身，打開副駕駛座車門，等耶洛夫下車，等得不耐煩。

「我想穿——」耶洛夫說到一半。

戴手套的袞納伸手進車裡。

「你用不著穿大衣了，耶洛夫。」袞納穿著黃色羽絨夾克，背面印著朗維克會議中心。「你現在不是很暖和嗎？」

袞納至少比耶洛夫年輕十五歲，身材高大壯碩，手臂強有力。他穩穩從耶洛夫腋下扣住他，輕鬆將他拖出車子。

「來吧。」

他甩上車門，拿著鑰匙圈對準車子，按一個小按鈕，車門輕輕咔嚓一聲鎖上。

對耶洛夫而言，這種東西幾乎像變魔術。枴杖在他手上，但公事包留在車子地板上。他遲疑踏出幾步，走上被雨打濕的濱海草地，開始約略明白袞納的企圖。

下車最初一分鐘，他的身體感覺其實滿愜意的；終於能脫離三溫暖烤箱的車上世界，寒風異樣的清新，也用不著穿戶外衣服。

然而，沒有大衣必定是死路一條，耶洛夫心知。這地方溫度逼近冰點，寒意蝕骨。風從波羅的海一陣陣吹來，落在臉上的雨珠宛如小鐵釘。

「看看這裡，耶洛夫。」草地旁邊有一條石子步道，袞納在上面走了幾步，指向一小叢樹木前方的一道石牆，牆邊生長著單獨一株營養不良的樹。「這是什麼，看得出來嗎？」他問。

耶洛夫蹣跚朝他前進幾步。

「一棵蘋果樹。」他輕聲回答。

「答對了，一棵老蘋果樹。」袞納揪住他手臂，小心拉著他走向海邊，手勁沉穩。他再次指一指。「還有那邊，」他說，「看不太清楚，不過那邊有一叢老醋栗。」他改看耶洛夫。「這代表什麼意義？」

「一座荒廢的庭院。」耶洛夫說。

「答對了。草地下面有一棟房子的岩石地基。」袞納四下看看。「幾年前，我發現這片海灘。即使是在夏天，這裡通常很平靜，能坐在這裡想事情，有時候也……」袞納再次望向蘋果樹說，「有時候我坐在這裡沒事做，想著這棵老樹，想著以前住這裡的居民。這地方這麼美，他們為什麼搬走？」

「窮苦。」耶洛夫說著，下車至今首度打一陣哆嗦。

他仍盡力在風中挺直腰桿，不願發抖或搖搖擺擺，但他上身僅穿一件薄衫和一件幾乎同樣薄的內衣，漸漸覺得秋寒戳穿布料。

「對，這一戶絕對是窮人家，」袞納贊同。「說不定，他們渡海去大西洋另一邊了，跟隨尼爾斯・坎特等等成千上萬的厄蘭島人。不過重點是……」他再停頓一下。「重點是，他們從沒發現島上的大好良機這麼多。厄蘭島民眾從來不曉得。」

耶洛夫只點點頭，隨便袞納愛說什麼就說什麼。

「我想回車上。」耶洛夫說。

「車門鎖住了。」袞納說。

「我快被凍死了。」

「那就回瑪內斯去啊。」袞納指向蘋果樹旁的石牆。「那道牆有個縫，你走進去，另一邊有條小路，沿著海邊往北走，經過一片露天舊舞池……這裡到村子其實只有兩三公里——假如能走直線的話。」

耶洛夫在風中站不穩。他豁出去了；他有大事想說出來。

「被我看穿了，袞納。」

袞納無言看著他。

「我剛才說過……我在公車上領悟出站在馬丁背後的人就是你，終於搞懂了來龍去脈。」

袞納聳聳肩。「恩斯特也拿同一張相片對我囂張，」他說，「不過，他也囉哩叭嗦一堆其他廢話，說什麼掀出以前的土地所有權狀之類的。我才沒那麼容易被唬。」

「他搶先我一步，」耶洛夫語氣倦怠說，「我以為恩斯特把所有事情全告訴我了，其實他有所保留。他到底想跟你討什麼東西？」

「採石場。他想拿小錢跟我買採石場，交換條件是他不會揭發我和薇拉交涉的內幕。」

「這種要求不算太過分吧？」耶洛夫說。

「什麼話，」衮納怒罵。「那片地現在是不值錢，不過將來搞不好飆漲幾百倍。厄蘭島的山腰上蓋一棟賭場的話……誰說得準呢？所以他的要求被我拒絕了。」衮納看著耶洛夫。「可惜，你們這群老船長大概太高估自己了，誤以為人人都有興趣知道幾十年前的往事。」

「你就有興趣知道啊，衮納，」耶洛夫不得不提醒他。「不然，你就不會帶我來這裡吧。」

「一群糟老頭到處講我壞話，我受得了才怪，」衮納疲倦地說，「你也能瞭解吧，對不對？這事不只牽涉到當前的工程……我們為朗維克擬定了幾套大計，正等著建設局核可，全是大手筆的投資案。接下來半年內，村子東邊有六十塊新土地等著出售——值多少錢，你知道嗎？」

耶洛夫知道。

「不過，清楚內幕的人只有我一個，」耶洛夫說，「別人不知道。約翰不知道，我女兒也是。」

衮納對著他擺笑臉，好氣又好笑。「怎麼把功勞全攬在自己身上啊，耶洛夫，太高尚了吧，」他說，「我相信你。」

「殺害薇拉．坎特的兇手也是你，對不對，衮納？」

「不是不是。她自己從樓梯摔下去，跌斷脖子，聽說是這樣。我從來沒殺過人。」

「恩斯特．亞德福森死在你手裡。」

「錯，」衮納說，「我和恩斯特商量事情，後來演變成小小一場爭論。」

「爭論中，他把一尊雕像推進採石場，對不對？」

「對。然後，我輕輕推他一下，他跌下去之前抓到一座大岩雕，跟著岩雕一切掉進坑底。事情是意外，警方也這麼推測。」

「你殺了尼爾斯．坎特。」耶洛夫說。

「不是我。」

「不然就是馬丁，」耶洛夫說，「彥斯呢？我可憐的外孫死在你們哪一人手裡？」

袞納收起笑臉。他看看手錶。

「彥斯是不是在草原上撞見你們？」耶洛夫繼續說，嗓門放大。「你們為什麼不放我外孫一條生路？他才五歲大啊……又礙不到你們。」

「傷心的話題不談也罷，耶洛夫。反正我也該走了。」

這應該是不爭的事實——袞納．隆耶爾的日程表被填得密密麻麻。殺害耶洛夫只是今日待辦事項之一。

寒雨中的耶洛夫闔上眼皮。他再站也站不了多久。但他不願跪倒在袞納面前；下跪有失尊嚴。

「我知道寶石藏在哪裡。」耶洛夫說。

他拄著枴杖，朝車子退後一步。如果靠得夠近，或許能用枴杖在亮晶晶的車身惡捅一下。

「寶石？」

袞納一手停在門把上，瞪視著他。

「德軍的戰利品。東西在我手上，被我藏起來了。扶我上車，我就帶你去拿。」

袞納只搖頭再微笑。

「多謝你的好意，」他說，「我向尼爾斯問過好幾次，不過其實最想要寶石的人是馬丁。寶石值不值錢，根本沒人能保證。對我來說，薇拉的土地就夠吃了……人不能太貪心。」

語畢，他迅速開車門坐進去。

車子的引擎連吼也不吼一聲，僅僅嗡嗡活起來，姿態尊貴，保養完美。

袞納把積架車換成倒車檔，車子緩緩滑回石子路，耶洛夫終於走完最後一步、舉起枴杖，為時已晚。

太遲了。可惡！

耶洛夫獨自佇立草地，徬徨無助。他慢慢放下枴杖，看著積架車帶走他的大衣，揚長而去。

袞納舒舒服服坐在駕駛座上，懶得瞧耶洛夫一眼，轉頭只為了盡快倒車回小路上。行駛上鐵路不復見的坡脊後，他讓車子掉頭離開。

車子再跑一段路之後，幾乎到幹道時，稍停一陣子。耶洛夫頂著冰雨瞇眼看，見袞納開車門，拋出他留下的公事包，大衣也隨後飛出來。接著他關門，把車子開走。引擎聲漸行漸遠。

耶洛夫待在原地，背對著風雨。刺骨的寒風在他耳際咻咻吹著。

他渾身濕透，冰冷難受，絕對沒辦法徒步回幹道上，也無法走路去瑪內斯。袞納明確知道這一點。

耶洛夫抬起一腳，扭動顫巍巍的身子，劃半圓形，然後以另一腳重複同樣動作，跛足踏出小小的一步。海岸線灰暗而淒涼。

袞納剛指出的舊庭院大約五十碼遠，耶洛夫或許能勉強走過去，到了那裡，石牆至少能為他擋擋風。

「那就去啊，快。」他喃喃對自己說。

耶洛夫開始走動。一次踏一步，每當雙腿不聽使喚時，枴杖是他忠實的靠山，空著的一手遮胸，擋不住風。

腳下的石子路面硬實，石子來自多年前碾碎的石灰岩，袞納的車在路上不留痕跡。就算在前方積水的泥地上留下輪痕，不久後也會被雨水吃乾抹淨，彷彿袞納不曾在場，彷彿耶洛夫憑自己的力量走來這裡。

凍僵的屍體被尋獲時，《厄蘭島郵報》報導的結尾無疑會寫：警方查無犯罪嫌疑。

頭上的天空變暗了。

一次走一步。耶洛夫舉起顫抖的手，擦掉額頭上的冷雨。

慢慢靠近岸邊時，浪濤聲越來越清晰，海浪沖刷著草地下方一道狹長的沙地，節奏和諧。在空曠的海面上空，一隻孤鳥在風中盤旋。那隻海鷗並非眼前唯一生物。在外海，耶洛夫依稀看得出一艘巨大貨輪的朦朧輪廓，船正往北航行。就算他拚了老命對船揮手求救，也不會有人看見或聽見他。

他從沒來過海邊這一小片草地，就算來過也沒印象了。耶洛夫突然渴望看見斯坦維克陡峭的海岸線，蒼勁而壯麗。這裡是厄蘭島東岸，他嫌景觀太平坦，雜草也太茂盛。

石子路突然走到盡頭，再往前穿越草地的是一條羊腸小徑，好一段時日沒人走過了，因為草長得高，至少對耶洛夫而言變得難以通行。他連抬腿都有困難。偶爾，一陣超強風從海上來，颳得他踉踉蹌蹌，差點跌倒，但他繼續走，一次一腳步，最後終於抵達蘋果樹。短短幾碼幾乎耗盡他全身的元氣。

這株老樹模樣可悲，頭大腳細，被無情的海風吹得歪斜不堪，整棵樹一片葉子不剩，無法提供庇蔭，但耶洛夫至少能背靠粗糙的樹幹，歇息喘幾口氣。

他伸手進右褲袋摸索。口袋裡有硬物，他掏出來。

是袞納．隆耶爾的黑色手機。

耶洛夫回想起來了。剛才袞納下車，繞過來拉他下車之前，他偷偷拿起前座之間的小手機，塞進自己口袋。

可惜，偷了手機也無濟於事，因為耶洛夫完全不懂如何打手機。他按一組號碼——約翰．哈格曼的電話——但手機沒反應。這支手機沒電了。

他慢慢將手機收回口袋。

袞納准他留著鞋子，他該心存感激嗎？若沒鞋子可穿，他根本無法行動。

哼，感激才怪。他痛恨袞納。

土地和金錢——整件事的始作俑者是這兩個因素。馬丁．馬姆弄到買新船的錢。袞納．隆耶爾弄到朗維克裡外的大片土地，任他蹂躪掠奪。

長年以來，薇拉．坎特被一騙再騙，尼爾斯也是。

當然耶洛夫也上當了。

如今，耶洛夫多多少少知道事情的全貌；他最初的目標只這麼多，但現在他不滿足。他想宣傳給其他人知道，想告訴約翰和警方。最重要的是，他想告訴尤莉亞。

長期以來，他的願望是站在被捲入這整件事的所有人面前，原原本本交代事件全貌，然後指出殺害尼爾斯・坎特和小彥斯的兇手。全場頓時譁然激動，喃喃耳語聲四起。接著，兇手會崩潰並招認罪行，大家聽見真相嘖嘖稱奇。掌聲雷動。

「你只是自以為了不起，」尤莉亞曾如此罵他。她或許沒罵錯。忙這麼久，他追求的或許真的是自抬身價。他不希望被當成一個只剩半條命、被人遺忘的老頭子。

話說回來，如今他前腳已經進鬼門關了。光與暖是生命的必要條件，如今太陽西下，暖意漸減，耶洛夫穿鞋子的腳感覺像冰塊，手指全無知覺。寒意凍得他不良於行，卻也帶來一份異樣的鬆弛感──近乎快感。

他閉眼片刻。在腦海裡，他能想見袞納開著大車離去，拋棄大衣和公事包，據他猜測是為了製造假印象。對於尋獲這些物品的人而言，明確無比的事實是：耄耋老翁下公車迷路，走錯方向，迷糊中脫掉大衣，最後夜幕低垂，老人在海邊被活活凍死。

光是奪走他性命還不夠，袞納還把他的形象破壞成老白痴。

呼吸短促的他吸進一口冷氣。到什麼地步，人體才會投降、停止運作？是不是等到血溫降到攝氏二十七度以下？

他該想想辦法，也許可以去海邊，在沙地留下遺言：袞納・隆耶爾──兇手。字要寫大一點，否則會被雨打亂。無奈他使不出力氣。

這種感覺像從船上落海，一樣濕冷而寂寞。耶洛夫從未學會游泳，在汪洋大海落水一向令他畏懼。

他想起亡妻艾拉。他總相信，瀕臨死亡的時候，一定有她重回身邊的感覺，但他目前無感。

接著，他想起尤莉亞。她已經離開波爾貢了嗎？也許她搭雷納特的警車，行駛在幹道上，現在正好路過。他希望袞納不要去騷擾尤莉亞。

我能坐則不站，能躺則不坐。耶洛夫讀過這句話，但現在想不起出處了。

耶洛夫腿軟了。他慢慢向下滑，樹皮刮背好痛。

在光禿禿的蘋果樹下，他雙腿無力，身體往下滑，心裡明白自己再也站不起來了。

坐下並閉眼是一大失策，耶洛夫知道。一旦坐下去，想躺在地上是遲早的事。然後是閉眼，沉沉飄進永夜。

睡覺是更大的失策。

然而到最後，耶洛夫棄守了，慢慢讓屁股坐到草地上。

閉眼坐一下下就好。

厄蘭島，一九七二年九月

袞納的富豪車後車廂有一支鐵鋤和兩支鏟子。他取出這些工具，一支鏟子交給馬丁，然後看著尼爾斯。

「好，」他說，「我們往哪裡走？」

尼爾斯站在寒風中，四處張望著霧中的草原。他嗅到熟悉的野草氣息，嗅到貧瘠土壤和香料植物，也看見杜松和岩石，以及若有似無的步道，景象一如童年時期——但他不清楚方位。指標全被霧遮住了。

「我們去紀念石塚。」他沉聲說。

「你昨晚說過，我知道，」袞納語氣煩躁說，「確定地點呢？」

「在這裡……在這附近。」

尼爾斯四下再張望，開始遠離富豪車。

一路上，馬丁幾乎是個啞巴，這時他快步跟進。剛才一下車，馬丁立刻再點一支菸，現在叼著菸猛抽，嘴唇抿得薄而緊。袞納跟著來，走在他們身邊。

尼爾斯放慢腳步，彷彿不急著去哪裡。他要這兩人走在他前方，以便盯緊他們。

在尼爾斯記憶裡，島上的霧從來沒有這麼濃過。印象中，十幾歲的他每次進草原走，天空總是出大太陽。如今，他覺得自己彷彿行走在海床上的一個大氣泡裡。他駐足片刻。十碼以外的景物全被濃霧淹沒了，天地盡是白茫茫一片，所有聲響被蒙住。他只穿牛仔褲、單薄的毛衣和深色皮夾克，冷得受不了。

「你來不來，尼爾斯？」

袞納也停下，轉頭催他。在尼爾斯的前方，他只是灰白的一團，輪廓模糊似炭筆素描，表情難以辨別，更不可能判讀。

「我們不希望你走丟了。」袞納說。然而，在尼爾斯跟上之前，他轉頭回去，又繼續前進，也不等尼爾斯一下，直接在直不起腰的野草上邁步。

暮色漸漸覆蓋草原。回家和母親團圓的時刻勢必拖到半夜三更。兒子今天回家，她知道嗎？

尼爾斯走過草地上一塊邊緣不規則的扁平岩石，輪廓接近三角形，他一眼就認出。他終於認清方位了。

「偏左邊一點。」他說。

袞納改變方向，不發一語。

尼爾斯好像聽見霧中有輕微聲響，停下來仔細聽。村道上的來車嗎？他拉長耳朵傾聽，但聲響不再。

快到藏寶地點了。袞納和馬丁終於停在相當大的草堆時，尼爾斯仍認為還沒到。他到處看不見石塚。

「就在這裡。」袞納出言不遜說。

「不是。」尼爾斯說。

「是就是。」

袞納踹草堆幾腳，暴露出一塊岩石的邊緣。

就在這時候，尼爾斯才頓悟，石塚早已不存在了。被遺忘了。幾十年不再有遊人來這裡擺石頭紀念亡靈了，既有的石塚早被枯黃的野草吞噬。

尼爾斯回想上次來這裡藏寶的情景。當時他年齡很輕，年少氣盛，剛在草原上槍斃德軍的他幾乎趾高氣揚。

自從那一刻起，人生走進歧途，一切都不如意。

尼爾斯指著。「在這裡……在這附近，」他說，「挖這裡。」

他看著馬丁。馬丁一手拿著鏟子，想再叼一支菸，有點手忙腳亂。為什麼緊張成這樣？

「開始挖啊，」尼爾斯說，「要寶藏的話。」

他站到一旁，繞向石塚另一邊。他聽見背後有人剷土的聲音。開挖了。

尼爾斯凝望濃霧，看不見任何動靜。萬籟俱寂。

他背後的馬丁已經在地上剷出一道深溝，已經戳到幾塊岩石，袞納走過去用鋤頭摳走，臉色漲紅，呼吸沉重，對尼爾斯擺臭臉。

「這底下根本沒東西，」他咆哮道，「只有石頭。」

「一定有，」尼爾斯說，低頭看著地洞。「我是真的把東西藏進這裡。」

然而，地洞裡空空如也，他看得到——正如馬丁所言。

「鏟子給我。」尼爾斯氣呼呼說，伸手拿另一支鏟子。

他自己動手深掘，頻率很快，越挖越深。

挖了大約一分鐘，他看見多年前他從石塚搬過來的幾片石灰岩。當時他以石板環繞金屬盒，提供保護作用。

石板仍在，如今被土染黑了，但寶物不翼而飛。

尼爾斯抬頭看馬丁。

「寶物被你拿走了，」他輕聲說，朝他邁近一步。「東西在哪裡？」

32

「到了，」駕駛警車的雷納特說著熄火。「我的小小避風港。妳覺得怎樣？」

「很別緻。」尤莉亞說。

剛才警車來到瑪內斯以北幾公里，他轉彎進一條兩旁種著樹的私人車道，緩緩行駛，然後停在空地。藍灰色的大海映入眼簾，在海和警車之間有一棟紅磚屋和小庭院。這裡是雷納特的家。

如他所言，房子並不大，但地點很理想。房子後面只見一望無際的地平線，草坪修剪整齊，朝海邊傾斜，最後融入一片寬廣的沙灘，草與沙的交界線幾乎難以分辨。

松樹的樹幹簇擁著庭院，猶如教堂圍牆，提供樹蔭也具有消音作用。

警車一熄火，周遭安靜下來，另有一分莊嚴肅穆的氣氛，附近只剩樹梢的颯颯風聲。

「這些松樹是特意栽種的，」雷納特說，「不過那是早在我搬來之前的事了。」

他和尤莉亞下車。尤莉亞閉著眼睛，吸收森林的芬芳。

「你在這裡住多久了？」

「好久了……將近二十年。不過，我還是在這裡住得很快樂。」他向四周瞄一眼，彷彿頭一次見這地方，然後問：「妳對貓過敏嗎？我養了一隻波斯貓，名叫米希，不過我猜她大概溜出來了。」

「我沒關係，我和貓處得來。」尤莉亞說著拄枴杖跟隨他進屋子。

房子的磚牆看起來很堅固，從波羅的海來襲的暴風雪再強，好像也無法動搖。雷納特開門鎖，為她開門。

「妳還不太餓吧？」他問。

「我還好。」尤莉亞說。她走進一處小玄關，裡面可通往廚房。

雷納特家裡打掃得很清爽，但稱不上有潔癖。整個家比尤莉亞在哥特堡的公寓整潔多了，幾份《厄蘭島郵報》整齊堆疊在牆上的木架。唯一和職業相關的跡象是同一架上的幾本《瑞典警察》雜誌。走廊有幾支釣竿，每扇窗擺著兩三個盆栽，廚房爐子上方的書架有琳琅滿目的食譜。

尤莉亞到處沒看見啤酒罐或酒瓶，她很滿意。

雷納特去廚房另一邊的大廳窗前開燈。

「想不想去海邊走走？」他喊著，「趕在天黑之前？撐傘去？」

「好啊，只要我拄著枴杖走得動。」

雷納特笑說：「小心一點就沒事。晴天站到岬角上，可以看見波達村。」他說：「就是有一大片沙灘的那個海灣，知道吧。」

尤莉亞微笑。「對，我知道波達在哪裡。」她說。

「妳當然知道。我忘了妳小時候住過這裡。一起去吧？」

她點點頭，瞄時鐘一眼。五點十五分。

「我想先打一通電話，可以嗎？」她問。

「當然可以。」

「我只想打個電話給艾絲翠說一聲，跟她報告我在哪裡。」

「電話在流理台上。」雷納特說。

艾絲翠接電話時總先報上自己的號碼，因此尤莉亞熟記在心。她快手按鍵，聽見對方鈴響音。響到第五聲，艾絲翠接聽了，威利在背後狂吠著。

「尤莉亞，」她聽出來電者之後說，「我剛在後院掃落葉。妳去哪裡了？」

「我在瑪內斯，不對，應該是瑪內斯北邊，在雷納特・亨利克森家。我們已經——」

「耶洛夫和妳一起去嗎？」

「沒有，」尤莉亞說，「我以為他在安養院。」

「他不在，」艾絲翠語氣堅定。「負責人玻兒剛才打電話給我，問他去哪裡了。今天一早，他被約翰・哈格曼載走，之後一直沒回安養院。」

「既然這樣，我想他還和約翰在一起吧。」尤莉亞說。

「不對，」艾絲翠再度以堅定的口吻說，「通知玻兒的人就是約翰。他把耶洛夫載去公車站，臨走時，耶洛夫說他到安養院之後會報平安。」

尤莉亞思考片刻。耶洛夫應該可以做他自己想做的事，而且他一定很平安，只不過……

「那我最好打去安養院問問看。」她說。她真正想做的其實是和雷納特去海邊散步。

「好。」艾絲翠說，兩人互道再見。

尤莉亞掛上電話。

「沒事吧？」在她背後的雷納特問。他站在門口，夾克已經穿回身上。「可以出發了嗎？逛一圈回來，我們可以喝杯咖啡。」

尤莉亞點頭，但她額頭多了一道愁紋。

天黑了；入夜時分已近，氣溫比剛才更低。在房子四周，松樹梢的颯颯風聲現在加倍淒涼。

死者身分尚待確認，尤莉亞心想。

在波爾貢書報攤前，她記得看過一則車禍新聞的標題，如今標題在她腦裡團團轉：死者身分尚待確認，死者身分尚待確認……

她轉身。

「雷納特，」她說，「我知道我很煩人，我也知道我是在窮擔心……可是，我們可以晚上才去沙灘散步嗎？我想現在去瑪內斯安養院一趟。我想去看耶洛夫是不是已經到家了。」

厄蘭島，一九七二年九月

「寶物？媽的，我哪有拿什麼寶物？」名叫馬丁的中年人說。

「金屬盒被你藏起來了。」尼爾斯說著向前走一步。「趁我背對著你的時候。」

「什麼金屬盒？」馬丁說著又掏出一包香菸。

「大家冷靜一點好不好，」袞納從他背後說，「大家都是自己人。」

他站得太近，站在尼爾斯正後方。

尼爾斯不喜歡他站那裡，匆匆回頭望一眼，然後再看馬丁。

「你騙人。」他說著再往前走一步。

「我？偷渡你回國的人是我啊！」馬丁怒而咆哮。「所有事情全靠我和袞納安排。我們用我的輪船帶你回國。依我個人意見，你最好還是待在國外。」

「我到現在還不認識你。」尼爾斯說，心裡想的是：我的寶藏。我的斯坦維克。

「真的嗎？」馬丁點菸。「媽的，你認不認識我，老子才不在乎。」

「放下鏟子，尼爾斯。」袞納說。

袞納依然站在尼爾斯背後，靠得太近了。

馬丁也太靠近。他忽然舉起鏟子。

尼爾斯直覺到，馬丁正想揮鏟桿揍人，但馬丁的動作太慢。尼爾斯也一鏟在手，已經舉高。他雙手握鏟桿，使勁揮棒，狠勁一如三十年前拿槳揍碼頭搬運工的工頭。蓄積已久的怒潮湧上心頭，捲走所有耐性。他等得好苦。

「東西是我的！」他破口大罵，眼前的中年人突然模糊了。

馬丁動了一下，但來不及閃躲。鏟子擊中馬丁左肩，接著再劃破他耳下的皮膚。

馬丁踉蹌著，慘叫著，尼爾斯再度出擊，這一次對準馬丁的額頭。

「不行！」

馬丁吼一聲，轉身，跌在石塚上。

尼爾斯再舉起鏟子，這一次衝著馬丁不設防的臉。

「住手！」袞納大吼。

馬丁躺在尼爾斯腳邊，舉起雙手，臉上血流如注，正等著致命的一擊。

但尼爾斯無法動手。

「住手，尼爾斯！」

鏟桿被一隻手攫住。袞納扣住鏟簣，使勁拉扯，尼爾斯只好鬆手。

「鬧夠了！」袞納大聲說，「根本沒必要鬧成這樣！怎麼了，馬丁？」

「媽的……可惡，」馬丁以氣音說，嗓音沙啞，雙手仍舉著護頭。「動手啊，袞納！別等到……快動手！」

「你太急了。」袞納說。

「我想走了。」尼爾斯說。他後退一步。

「媽的，別照計畫了……我們非動手不可，」馬丁說，「臭小子瘋了……」

他奮力想起身，但鼻孔和額頭傷口鮮血汩汩流出。

「寶藏被人偷走了……不是你就是別人，」尼爾斯說，直直瞪著袞納。「所以，約定破局了。」他深吸一口氣。「我想現在就回家。回去斯坦維克。」

「好吧……」袞納疲憊嘆一聲。「破局就破局。我們乾脆在這裡解決。」

「我想走了。」尼爾斯說。

「不行。」

「行。我現在就走。」

「你走不了了，」袞納說，「照計畫，你本來就不應該離開這裡。你難道不明白？你在這裡待定了。」

「不行。我想走，」尼爾斯說，「結局不在這地方。」

「其實是……再怎麼說，你早就死了。」

袞納緩緩舉起沉重的鋤頭，在濃霧中，左右看一看，彷彿想確定無人目擊。

「你不能回家，」他告訴尼爾斯，「你死了。你被葬在瑪內斯教堂墓園了。」

33

耶洛夫快死了，亡者紛紛在他眼前顯靈。

它們也會發出聲響。銅器時代沒人記得的古早戰役，陣亡戰士的枯骨在海邊叩叩響——他闔上眼皮，不想看見幽靈在海邊跳舞，但枯骨叩叩聲清晰可聞。

睜眼時，他看見好友恩斯特在草地上兜圈子，尋找石頭，血濺全身。

耶洛夫轉而望海時，見死神在暮光中逆風航行，乘坐著一艘黑帆古木船。

最慘的是，妻子艾拉穿著睡袍，坐在蘋果樹下看著他，面容哀戚嚴肅，叫他不要再掙扎了。耶洛夫閉上雙眼，真的想舉白旗，追隨她搭上黑帆死神船。他想睡一覺，逃寒避雨，不想再擔憂，只願假裝自己躺在安養院房間的床上。何苦極力保持清醒呢？他不明白。死的過程拖得好久，這令他煩惱。

枯骨持續在海邊叩叩不休，耶洛夫慢慢轉頭，睜開眼皮。

海天交界線已完全被黑夜隱沒。

咦？在海邊叩叩響的，真的是枯骨嗎？或者是別的東西？這附近難道有活人？

在他麻木的軀殼深處，一縷微弱的火苗依然散發著光和熱，微微呼應著求生意志。耶洛夫心想，這好比在疾風中揚起主帆——艱難歸艱難，卻並非辦不到。他默數著：一，二，三，然後撐起上身跪著，以老蘋果樹為支柱。

嘿喲，嘿喲，他在心裡吆喝著，以右腳站地。

然後，他不得不休息幾分鐘。他完全不動作，唯有膝蓋在頻頻顫抖，接著他再使盡全力，以舉重選手的姿態站起來。

嘿喲，嘿喲。

成功了。他終於站直，一手握著樹幹，另一手拄柺杖。

主帆揚起了，船現在能朝大海啟航。有必要，他可以啟動輪機。耶洛夫對他的機器總是照顧周到。以前，他的貨輪配備著壓燃式發動機，運轉期間每小時必須上機油，他一次也沒忘記。

「嘿喲。」他鼓舞自己。

他放開蘋果樹，巍巍顫顫朝海邊跨出一步。感覺滿不錯的；關節已經麻木，再也不痛了。

他挨著石牆走，牆腳的草比草地矮。他慢慢接近海邊。海風對著陸地颳——感覺像一把刀戳進濕襯衫，直搗他上身。叩叩叩的聲音越來越大，吸引他前往。他漸漸能確信聲響的出處。

果然沒猜錯——是一個空塑膠袋。

確切而言是垃圾袋，黑色一大包，半埋在沙子裡，可能是波羅的海船隻拋棄的垃圾。海邊別處有更多垃圾：一個舊鮮奶盒、一只綠色玻璃瓶、一只生鏽的錫罐。從船上倒垃圾的行為多麼可恥——話說回來，耶洛夫若想撿回一條命，希望就寄託在那只塑膠袋。如果能把塑膠袋拉出沙地，在袋底打個洞，他就能穿在身上當雨衣，夜裡也能維持體熱。

好。

腦子雖然被凍僵了，構想還不錯嘛。

難就難在怎麼走過去，因為在草地的盡頭，海灘被浪沖刷出一道峭壁，高度有如一道階梯。

若早在二十年前，也許甚至十年前，耶洛夫能毫不考慮，直接健步走向海邊，身手敏捷輕鬆，但現在，他不再信任自己的平衡感。

他鼓起勇氣，深吸一口冷冰冰的空氣，迎戰寒風，右腳舉起，枴杖向前伸。

事與願違。率先觸地的是枴杖，一碰潮濕的沙灘就往地心直探。

耶洛夫一頭栽下去，來不及鬆開枴杖，聽見枴杖發出清脆的斷裂聲。

他往下跌，跌向沙灘，伸出右手想緩衝，墜地時，沙地表面和石板一般硬，撞擊力令他呼吸暫停。

耶洛夫躺在沙地上，塑膠袋近在幾碼外。

他動彈不得——不知道斷了哪根骨頭。撿塑膠袋原本是個不錯的想法，但這一次他休想再站起來了。

他再一次閉上雙眼。車聲噗噗進入他耳際時，他甚至懶得睜眼看。

車聲不干他的事。

34

在警車上，雷納特呼叫卡爾馬急救中心。之後，擺在方向盤旁邊、原本安靜的警用無線電嘰喳喳活躍起來，播放著尤莉亞聽不懂的警用回應語。

但雷納特聚精會神收聽著。

「警犬巡邏隊晚一點會趕來，」他說著望向擋風玻璃外的黑夜。「不過，一架直升機一會兒就能到這裡。」

「什麼時候到？」尤莉亞說。

「再等幾分鐘就從卡爾馬起飛，」雷納特說，隨即又說：「而且機上有熱像攝影機。」

「什麼機？」

「一種攝影機，」雷納特重複。「能偵測體熱。在黑暗中非常管用。」

「非常。」尤莉亞說，但聽了不見得心裡舒服點。

她繼續望著車窗外，但四周太暗了。現在是六點半，戶外幾乎是漆黑一片。

這天的下午，安養院的玻兒沒接到耶洛夫的回報，起初覺得心煩。

「以後是不是應該把他鎖在房間裡？」她重重喟嘆說，「應不應該？」

然而不消多久，她變得幾乎和尤莉亞一樣憂心忡忡。她召集晚班工作人員，組織搜救隊，徒步從安養院出發，看看耶洛夫是否正坐在某個公車站。

雷納特比較鎮定，但他也明白事態嚴重。他已經呼叫波爾貢警局的值班警官。簡短講了幾通電話後，他也設法聯絡到公車司機。公車已經在終點站畢克索魯克掉頭並返回波爾貢。司機幾乎不記得車上有耶洛夫這名乘客，但司機知道，在抵達瑪內斯前的幹道上，公車至少停靠兩三站，在瑪內斯和終點站之間也至少再停靠三站。

六點剛過幾分，尤莉亞和雷納特回車上，加入搜救行列。安養院另有兩輛車載著工作人員同時出發。玻兒在辦公室留守接電話。

雨勢滂沱。尤莉亞和雷納特從安養院南下——即使耶洛夫是否在瑪內斯以南下車仍莫衷一是。耶洛夫有可能睡過頭了，公車過了瑪內斯他才下車。找人總要從特定地點找起。

雷納特慢慢開車，速度不比速克達快到哪裡，每見公車站和停車場就停靠，以免漏掉任何跡象。

「什麼東西都看不見……」尤莉亞喃喃說，語氣不耐煩。

即使天亮，看得見的東西也不多；在冷冽的雨夜，幹道兩旁毫無人跡，她只看得見陰溝和草叢，以及在風中搖擺的樹影。

警車無線電再度沙沙響起。

「直升機起飛了，」雷納特說，「他們正朝瑪內斯直飛。」

尤莉亞點點頭。她的心一直往下沉，想著，直升機大概是唯一的希望了。

「這是耶洛夫的風格嗎？」過了一會兒後，雷納特說。

「什麼意思？」

「我是說……他以前……也這麼靠不住嗎？」

「不是。」尤莉亞猛搖頭，陡然對雷納特生悶氣。她想了一想，再說：「不過我不是太驚訝……我的意思是，如果他真的下公車，隨便亂走，或者出了什麼事。我認為他想太多了。」

「我們一定能找到他。」雷納特輕聲說。

「今早他離開時，穿著冬季大衣，應該會沒事吧？」

「在外面過整夜，只要他穿著大衣，絕對不會出事，」雷納特說，「尤其是他如果能找到地方避避風。」

但石灰岩草原上找不到避風的地方，尤莉亞心想。

35

「耶洛夫！東西在哪裡，耶洛夫？」

耶洛夫不情願地睜開眼睛。剛才在溫馨的夢鄉又夢見航海往事。在橫飛的雨絲中，他眨眨眼。

「什麼？」他沙啞說——或許只在心裡想，無法動口。

他仍躺在海邊，右腿的劇痛一陣一陣襲來。

草地上高高矗立著飯店業者袞納．隆耶爾，夜空下的身影顯得龐大。他穿著背面打廣告的凝眼黃夾克。

袞納真的站在那邊嗎？對，不是夢。然而這時候，袞納收起偽善的笑臉，耶洛夫注意到。現在，他兩眼之間有一道憤怒的深溝。

「我的手機在哪裡？」他想知道。

耶洛夫乾嚥一下；口乾舌燥的他難以言語。

「藏起來了。」他氣若游絲說。

「你有沒有打給誰？」袞納質問。

耶洛夫搖搖頭，神態疲憊。電話沒打成，對吧？按鍵那麼多，誰曉得該按哪一個。

「在哪裡？塞進你屁眼了嗎？」

「要找就下來這裡找，衮納。」耶洛夫咬牙切齒沉聲說。

但衮納不肯動。耶洛夫懂得原因；因為假如衮納走進沙灘，會在沙地上踏出深深的鞋印，連一場大雨也無法滅跡。

手機在耶洛夫的長褲口袋裡，藏得不特別隱密，但衮納必須動動腦才有辦法取得。

「你是條硬漢，耶洛夫，」衮納直起身子說，「可惜，你現在摔跤跌傷了。」

耶洛夫的聲帶似乎不管用了，因為他張嘴發不出聲音。嘴唇有被凍僵的感覺。

「『最安詳者莫過於亡魂，』」衮納平靜地說，整個人聳立在他上方。「『死神嚴苛卻誠懇，不如以歌聲對他問候……』語出詩人丹．安德森，如果你不曉得的話。我愛他的歌，也愛埃弗特．陶布[7]歌頌海洋和水手的老歌。介紹我認識他們的其實是薇拉．坎特。她的老唱片好多。」

「她有土地有金錢。」耶洛夫對著沙子低聲說。

「什麼？」

「薇拉的土地。她的金錢……是這整件事的關鍵。」

衮納搖搖頭。「關鍵有好幾個，」他說，「土地和金錢和復仇和大夢……也有對厄蘭島的愛，我說過。我愛這座島。」

耶洛夫看他從口袋取出一雙皮手套。

「你該睡了吧，耶洛夫，」衮納說，「等你睡著，我才找我的手機。你不該偷走我手機的。」

耶洛夫聽厭了。衮納講個不停，高高站在突出沙灘上的草地，喋喋不休，吵得他不得安寧，這時候，隱約一陣呼呼聲從黑暗中逐漸加大。

「說『感謝你，晚安』的時刻到了，」袞納說，「我認為我們將——」

他陡然歇口轉頭。

呼呼聲在海邊的上空越爬越高，宛如怒濤，也像外海的風勢增強至暴風雨層次。呼呼聲急速轉變為鬼哭神號的陣風，耶洛夫一身單薄的衣服被颳得歪七扭八。

他也看得到，袞納抬頭望天，錯愕得講不出話。

耶洛夫抬頭。一抹陰影籠罩住他。

盤旋在海岸上空的是一個龐然巨物，眼睛閃爍著亮光，上半部顏色深，下半部顏色淺，不停發出喀噠喀噠聲。

袞納不再呆站望天，他撒腿倉皇逃跑——像一個被人發現、被揭穿面具的巨怪❽，在石子小徑上跨大步死命狂奔。

耶洛夫目瞪口呆。呼嘯聲轉強。巨大的螺旋槳喀噠喀噠一直旋轉，臃腫難看的巨物向下降，飛到草地上空，開始著陸。

直升機小心翼翼降落，耶洛夫閉上眼睛。

他既無歡喜的感受，也不覺得如釋重負；他全然無感。他的大腦仍在靜候死神船過來載他出海。然而，船一直不來。他又睜開眼皮。

❼ Evert Taube，瑞典國寶級文人歌手。
❽ 斯堪地那維亞傳說中的巨怪，有些身軀龐大、性情邪惡；有些體型較小，較為溫馴，但喜歡捉弄人。

螺旋槳的喀噠聲漸漸停息，機門打開，戴著頭盔的兩人爬下來，彎著腰，身穿灰色連身工作服似的制服，不知是飛官或警方飛行員，從草地上對著他衝過來。

其中一人腋下挾帶保溫毯，另一人提著白包。耶洛夫開始明瞭他們的來意。他呼出一口氣。直升機前來搶救的對象是他。他能活下去了。

36

「他在那邊！」

尤莉亞高呼，雷納特煞車太急，導致車子打滑，幸好車子幾乎瞬間停下，在路上甩尾。這裡離斯坦維克南路口不遠。

「在哪裡？」雷納特說。

尤莉亞指著擋風玻璃。「我看得見他。就在那邊……在田野上。他躺在那裡！」

雷納特伸長脖子看。隨即，他踩油門，轉動方向盤。「這裡有條小路……我可以開進去。」

警車在濕答答的路面急轉彎。

駛上石子小徑之後，尤莉亞才自知看錯了。躺在地上的不是人。而是……

雷納特猛踩煞車停下，尤莉亞匆忙開車門，可惜枴杖害她慢吞吞，率先趕到的是雷納特。

尤莉亞見到的物體躺在小徑旁的小水溝裡。雷納特彎腰撿起來。

「只是一件外套，」他說著舉高讓她看。「被人丟棄的外套。」

尤莉亞上前一看。「是我爸的。」她說。

「妳確定？」雷納特問，「看起來像——」

「找內口袋看看。」

雷納特掀開大衣，伸手進口袋。他掏出一個皮夾，打開看。

「早知道就帶手電筒來……」他嘟噥著，盡量把皮夾舉到車頭燈照得到的範圍。

「是耶洛夫的，」尤莉亞說，「我認得出來。」

雷納特抽出一張老舊的駕駛執照，點點頭。「對。是他的。」

然後他東張西望。

「耶洛夫！」他高喊。「耶洛夫！」

可惜他的吶喊被風聲和引擎聲淹沒。

「我不認得這條小路，」他說，「好像能通往海邊。我們最好開車過去看看。」

上了警車，他對著無線電講幾個字。

尤莉亞跟進。

「直升機知道我們目前的方位。」雷納特告訴她。

他換一檔，開始龜速前進，透視著雨水朦朧的擋風玻璃。

「車燈關掉算了，」他說，「看得比較清楚。」

前方的小路陡然暗得深幽難測，但當尤莉亞的視覺能適應環境後，她看得見路旁的草原，每見一個陰影都像在草地上搖搖晃晃站著的老人，近看卻全是杜松。

霎然間，雷納特指著天空。

「來了！」他驚呼。「謝天謝地。」

尤莉亞往上看，見到一對紅白閃光劃過夜空，她知道是直升機，這時候警用無線電正好又吱喳響。

「他們好像找到什麼東西，」雷納特說，「在海邊。」

他踩油門，繞過一個彎道——一秒後，整輛車突然進入一道眩目的白光。這裡另有一輛車。

「該死！」坐在尤莉亞旁邊的雷納特驚呼。

他猛踩煞車但為時已晚，轉彎的來車並未減速。

「抓緊！」

尤莉亞咬牙緊握儀表板，迎接一場無法避免的衝擊。

撞擊力導致她往前撲，幸好她有安全帶保護。她看著引擎蓋像一團皺紙。

安全帶扣住她，但肋骨受衝擊劇痛難忍。

鴉雀無聲。撞車之後，安靜幾秒，一切無動作。

尤莉亞聽見駕駛座上的雷納特吐氣，喃喃咒罵著。

然後，他再開車燈。似乎只有一邊能亮，照到亮閃閃的那輛來車。

雷納特一手伸向副駕駛座前的置物箱。箱門被撞開了。他從裡面取出槍套。

「妳沒事吧，尤莉亞？」

她愣一愣。「沒事……沒事。好像還好。」

「妳待在車上。我馬上回來。」

雷納特打開駕駛座車門，冷風灌進來。尤莉亞猶豫著。隨後，她打開車門，但她留在車上。

一陣疼痛感竄遍她全身，激起淚水。

幾乎在同一瞬間，對方的車門也開了。一個寬肩長腿男蹣跚下車。

「你是誰？」她聽見雷納特叫嚷著。

「操，你是從哪裡冒出來的？」對方的嗓門比雷納特更大，怒焰高張。「他媽的車燈怎麼不開！開車幹嘛不開車燈？」

「鎮定一點，」雷納特說，「我是警察。」

「誰……你是亨利克森嗎？」對方質問。

尤莉亞伸腿下車，手忙腳亂拿起柺杖，勉強站起來，只可惜地面凹凸不平，她差點摔倒。

「你剛從海邊過來嗎？」雷納特問陌生人。

藉著車禍雙方的車燈，尤莉亞突然發現自己認得對方是誰。他來自朗維克，是飯店老闆。隨即，她連這人的姓名也記得了：袞納·隆耶爾。

「你是誰？」他大喊，語調是滿滿的怒氣。

「鎮定一點，袞納，」雷納特說。他顯然也認出來車駕駛的身分。「你剛去哪裡？」

「去……海邊。我剛開車去兜風。」

「有沒有見到耶洛夫·大衛森？」

「沒有。」

「我們正在找他。」雷納特指出。「那邊那一架直升機也在找他。」

「真的？」

袞納的態度是出奇地置身事外，尤莉亞心想。她上前一步，對雷納特喊：

「這裡離岸邊遠不遠？」

「大概不遠，」他回答。「幾百碼就到。」

「我想下去岸邊。」尤莉亞堅持。

她緊握枴杖，開始半走半跳前進，路過袞納的車子，走向石子路。

「袞納，你倒車讓路一下，」她聽見背後的雷納特說，「我想開車去岸邊。」

「亨利克森，你沒辦法……」

「把車子開走，」雷納特又說，這次咬字更清晰。「然後待在車上，我們需要想法子……」

他的言語迅速被風吹散。在車禍現場之外，尤莉亞又看得見直升機的閃光。直升機降落在前方兩三百碼。

她急忙走過去。小路上有泥水灘，她邊走邊滑跤，但她繼續前進。

接近時，她看得見直升機探照燈下有兩個男人，身穿淺灰色連身裝，正彎腰看著岸邊某物體。一個人。他們把那人從沙灘上抬起來。

「爸！」

男人朝她望過來。

沙灘上的人躺在毛毯上，毫無動作。又發生了，不會吧，尤莉亞心想。我不能連你也失去。拜託……不會吧。

毯子上的人咳一聲，羸弱的乾咳。

「爸！」尤莉亞呼喚。

「尤莉亞……」他徐徐轉頭，面向她。

再咳嗽一次。

「注意點，」男人之一警告。「我們想抬你起來。」

兩人合力抬起毯子上的耶洛夫，迅速抬他離開。

「我可以跟他一起去嗎？」尤莉亞懇求著，笨手笨腳尾隨。「我是他女兒。而且我是護士。」

「行不通，」最靠近她的男人說，不看她一眼。「坐不下。」

「你們要飛哪裡？」

「去卡爾馬急診室。」

儘管枴杖一直被草勾住，她照樣跟著救兵走，守在耶洛夫身邊。

「我會去醫院找你，爸。」

被扛進直升機之前，耶洛夫抬頭，尤莉亞終於看見他的臉。他面如死灰，但睜大眼睛，目光炯炯有神，忽然間對著她聚焦。他講了幾個字，太小聲，難以聽見。

「什麼？」她湊近仔細聽。

「是隆耶爾幹的。」耶洛夫以氣音說。

尤莉亞也以氣音回應：「他做了什麼，爸？」

「帶走……我們家彥斯。」

旋即，他像個包裹被送進直升機，然後機身門被關上。

飛行員關上機艙門之前說：「妳趕快讓開。」

尤莉亞拖著腳步後退，滿心不願意，頭腦覺得天旋地轉。

螺旋槳啟動之際，她站在五十碼外，看著螺旋槳越轉越急促。科技多神奇。黑暗中轟隆一聲，直升機載著年邁的父親直衝夜空，扶搖直上，最後朝西南方加速飛去。

較柔和的風聲和浪聲回來了，片刻不停歇。尤莉亞聽見一陣呼聲遠遠傳來，轉頭看。是雷納特。兩輛車仍在轉彎處撞成一團。儘管尤莉亞拄枴杖的雙臂痠痛，她仍再次握緊枴杖，往小路走去，折返車禍現場。

「是耶洛夫嗎？」雷納特說。

尤莉亞點頭。「對。他被送去卡爾馬。」

「好。」

袞納這時坐在車上，車門敞開，顯然是無法倒車讓警車通行。

剛才撞車後，袞納熄火，如今無法啟動，轉動鑰匙只聽見微弱的咔嚓聲。

袞納氣得捶打皮面方向盤。

「車子鎖好，留在這裡，」雷納特說，「你可以跟我們一起去瑪內斯。」

袞納嘆氣但別無選擇。他從積架車取出公事包，坐進警車副駕駛座，尤莉亞只好進後座，坐在雷納特正後方。

前往瑪內斯途中，她傾身向前，觀察著袞納。

他剛去海邊做什麼？他對耶洛夫說了什麼？

飯店業者袞納坐得直挺挺，顯然成了觀察對象而不自知，但車上的氣氛緊繃。

過了幾分鐘，雷納特問他：「你不準備對我說嗎？」

「說什麼？」

「你來海邊小路做什麼？」

「兜風啊，」袞納口氣冒失。「犯法嗎？」

「為什麼剛才開快車？」

「我開的是積架。」

「耶洛夫躺在海邊，你剛才知道嗎？」

「不知道。」

尤莉亞嘆氣。「他說謊。」她告訴雷納特。

袞納不理她。

「袞納，直升機剛才偵測到你的體熱，」雷納特說，「耶洛夫的體溫降太低了。幸好你在場，我們才找得到人。」

袞納不語。只是半瞇著眼望向窗外，他是漠不關心，還是筋疲力竭？

瑪內斯警察局前有車位，雷納特把警車停進去，打開警局門鎖，三人一起入內。

他打開電燈，走向辦公桌，電腦開機。袞納自行站到全廳正中央，有如軍人面對著部隊。

「我想簡短陳述事實就好，」袞納說，定睛於雷納特。「沒必要的話，我不想久留。我想回家。」

「我們全想回家，袞納，」雷納特說。他登入電腦。「咖啡，要不要？」

「不要。」袞納改看尤莉亞，問著：「要留她嗎？」

尤莉亞被簡稱她，雷納特似乎愕然一怔，但尤莉亞自己只搖搖頭。她有其他事情等著她操心。

「她趕著去醫院看父親，」她告訴在場兩人，「看看他能不能存活。」她注視袞納。「也問問父親，剛才在海邊發生什麼事。」

「好。妳去吧。」

袞納甚至不想看她，但他嘴角有一抹清晰可見的奸笑，彷彿他認為整件事具有莫大的娛樂性。

「坐下，袞納。」雷納特指著辦公桌旁的椅子說。

然後，他朝門邊的尤莉亞走兩三步，壓低嗓門說：「妳還好吧？」

她點點頭，拿起枴杖。「我去等等看有沒有公車，」她說，「沒公車可搭，我可以叫計程車。」

「待會兒可以打給我嗎？」雷納特說，「這裡一忙完，我馬上回家。」

尤莉亞微笑著點頭，好像今晚一切都很美好。

「待會兒見。」

她想對雷納特獻上一抱，但現場有袞納煞風景。

她步下門階，回到荒涼冰冷的街上。公車總站在廣場另一邊，她望過去。有一輛公車停在那裡——問題是，路線是南下或北上？

搭計程車去卡爾馬的話，幾百克朗跑不掉，但如果情急之下沒辦法，她也只能破費搭計程車。即使帳戶餘額因此歸零，即使到了醫院也是徹夜在急診室外空守候，她也非去醫院不可。她想在耶洛夫甦醒時陪伴在側。陪父親的心意雷納特應該能體會。何況，今晚他自己也有事要忙。

她過馬路，走向廣場。

忽然間，她想起那副奸笑——袞納臉上那種匪夷所思、似笑非笑的表情。

他剛撞爛了車子，也等於是遭耶洛夫指控是兇手，然而在警局裡，他站在辦公桌旁邊，嘴角卻仍掛著似笑非笑的神態，彷彿警局裡自有一條逃脫管道，等著他善用。

彷彿他在考慮……

尤莉亞過了馬路，在人行道上呆住了，心臟噗噗跳。想去公車總站的她已經走到半路，但她不假思索，立即掉頭回去，拄著枴杖邊走邊跳，想回去警察局。

往回走大約只有一百碼就能到警局，但尤莉亞未能及時趕到。

還在人行道上，她已聽見槍聲。只是短促、刺耳的砰一聲，沒激起回音，但聲音來自警局裡。

她隔窗聽見悶悶的撞擊聲。

過幾秒，又傳來另一記槍聲。

在枴杖扶持下，尤莉亞再走三步，但她動作太遲緩，索性拋開枴杖衝刺。

她跨兩步登上門階，腳下一陣刺痛。

一推開門，她嗅到煙硝味，立時止步。

現場毫無聲響。警局裡絲毫聽不見聲音。

尤莉亞遲疑地往裡面瞧，起初只見雷納特的雙腿從辦公桌下面露出來。她心跳暫停——隨即發現腿在動。

他一手撐地板，在辦公桌旁起身跪著，另一手用力按著淌血的額頭。

雷納特的槍套沒扣好。他緩緩翻身過來，抬頭看見尤莉亞，表情茫然恍惚。

「他在哪裡？」雷納特問，「袞納呢？」

尤莉亞明白狀況了。

中彈的不是雷納特——而是袞納．隆耶爾。

尤莉亞這時看得見飯店業者袞納，明瞭到袞納剛才的確是找到逃脫管道。

袞納不再奸笑了。他躺在辦公桌另一邊地上，雪亮的皮鞋抽抽抖抖著，鮮血開始從他頭上涓流而下，羽絨黃夾克沾滿粉紅色血跡。血滴在燈光下閃耀。

袞納直瞪著天花板，嘴巴半開，貌似驚訝，彷彿不太明瞭路已經走到盡頭。

在他右手裡，他依然握著雷納特的左輪警槍。

37

「你還好吧？」病床上的耶洛夫輕聲問。

雷納特聳聳肩，姿態疲憊。「還不賴。都怪我不夠警覺。」他沉沉嘆一口氣。「我早該料到他的意圖。」

「不要再自責了，雷納特。」病床另一邊的尤莉亞說。

「他擺了我一道。當時他坐下去，我以為他投降了……轉眼間，他居然衝向我，推我撞辦公桌，扯開槍套。我措手不及。」他嘆一口氣，摸摸額頭上的厚繃帶。「我太老了，反應太慢。早知就應該——」

「別自責了，雷納特，」尤莉亞又說，這一次加強語氣。「傷害你的是袞納，不是你傷害他。」

雷納特點頭，但似乎心有疑慮。

袞納．隆耶爾的第一槍只射中牆壁，但在死命奪槍過程中，雷納特頭撞到桌腳。後來他就醫額頭縫了幾針，以紗布裹住。

雷納特和尤莉亞此刻坐在病床兩旁，地點是波爾貢一家醫院，時間是傍晚，深黃色的秋陽正揮灑最後一道光輝，照耀窗外的市景。

耶洛夫希望他們探病不要待太久；他現在最想做的事是靜養。睡覺。他沒力氣講話，也沒力氣下床。

過去幾天發生什麼事，他印象模糊。據說，如果急救人員沒有迅速應變，他不可能逃過死劫。他處於病危狀態長達兩天。最後，他的情況終於改善，病情穩定下來。到了第四天，救護車轉送他來波爾貢就醫。

和卡爾馬比較之下，這裡的病房較為隱密，耶洛夫在二樓獨住一間，能眺望司洛茲科岩和波爾貢的屋舍。在瑪內斯郊外海邊，袞納殺害他不成，至今已過了五天。

「五天以來，這是我第五次來看你，爸，」尤莉亞告訴他。「我頭一次見你清醒。」

耶洛夫只點點頭，神色倦怠。

跌進沙灘的他如今左臂以紗布纏著三夾板，一腳裹著石膏，一袋點滴對著他手臂上的針頭輸送營養劑，另有一條管子連接尿袋，身上覆蓋著兩層毛毯——但他感覺仍比昨天更好。高燒慢慢減退了，穩定下降中。

耶洛夫想坐起來看看尤莉亞和雷納特。女兒趕緊起身，在他背後再塞一個枕頭。

「謝謝妳。」

他的嗓音非常虛弱，但話仍講得出來。

「你今天覺得怎樣，爸？」她問。

耶洛夫緩緩豎起右手拇指。他咳嗽著，吃力吸一口氣。

「起先醫生以為我有……肺炎。」他顫抖吸一口氣，然後說：「不過今天早上……醫生說，我只有支氣管炎，而且滿確定我……雙腳保得住。」他咳一咳再說：「合我心願。」

「你是一條硬漢，耶洛夫。」雷納特說。

耶洛夫對著高頭大馬的警察點頭。「袞納．隆耶爾……他也說過同樣的話。」

雷納特腰帶上的呼叫器突然嗶嗶叫。「又來了……」

雷納特嘆氣表達倦意。他看顯示幕一眼。

「看樣子，上級又想找我談，問個沒完沒了……我最好去回電。馬上回來。」

雷納特對尤莉亞微笑，她也報以微笑，並對著病床點點頭。

「別溜走喔，耶洛夫。」他又說。

耶洛夫慢慢對著他點頭，雷納特關門離去。

病房裡沉默下來，但這次場面總算不至於尷尬或敵意沖沖。現在沒有非說不可的話。尤莉亞一手放在耶洛夫的床罩上，對著他彎腰。

「大家都託我問候你，」她說，「蓮娜昨晚從哥特堡來電，說她就快來了。艾絲翠也問候你。約翰和戈斯塔昨天來看你，不過醫生說你還在睡。所以，你認識的所有人都在想念你。」

「謝謝妳。」耶洛夫再次咳嗽。「那妳……妳還好嗎？」

「還好，」尤莉亞趕緊說，「這幾天，我去雷納特家住一陣子。他家在松樹林裡——那裡好優美。只可惜，他大部分時間都坐著寫報告，寫了一堆，不然就是趕去波爾貢……我沒辦法幫他多少忙。大部分時間，我都坐在一旁擔心你。」

「我……不會有事的。」耶洛夫以氣音說。

「對。我現在知道了，」女兒說，「我也一樣。」

耶洛夫咳嗽後繼續：「這麼說，妳覺得比較堅強了？」

「對，」尤莉亞微笑說，彷彿不太理解他指的是什麼。「總之比以前堅強多了。」

「我最近一直在想……」耶洛夫說，「我不是很確定……不過我認為，我終於知道整件事是怎麼發生的。」

尤莉亞開始打哆嗦。

「整件事？」她問。

「整件事，」耶洛夫低語，「妳想不想知道……彥斯出了什麼事？」

「爸，袞納一五一十對你說出事情經過嗎？」

「他說了……幾件事。我懷疑不是全部。所以是事情的一部分……我只是猜測而已。不過，最後不是快樂的結局，尤莉亞。結局就是結局。妳想瞭解嗎？」

尤莉亞不知不覺屏息以待。她真的想瞭解嗎？

「告訴我吧。」她說。

「記不記得，妳剛到厄蘭島時，我說……兇手可能禁不住誘惑出現……想看一看彥斯的涼鞋？」

尤莉亞點頭。「結果他沒出現。」

耶洛夫望向窗外，夕陽已降到樹梢。他但願自己是個在夜色將至的時分聽鬼故事的小男孩，而非一個不得不娓娓道來的老人。

「我認為他出現了，」他說，「兇手來找過我們了……只是妳和我沒認出他。」

厄蘭島，一九七二年九月

袞納站在尼爾斯正前方，慢慢舉起沉重的鋤頭，在霧中環視周遭，彷彿想確定無人見證草原上的現狀或即將發生的事。

「你不能回家，尼爾斯，」他說，「你已經死了。你已經下葬了。」

尼爾斯搖搖頭。「放下鋤頭。」他說。

一陣死寂彷彿瞬間籠罩住整片大草原，彷彿蒼天底下的空氣流失殆盡。

「你先放下鏟子，尼爾斯。」

尼爾斯再一次搖頭。他偷偷瞄一眼另一位挖寶男馬姆。馬丁·馬姆趴在幾碼外的地上，抱著額頭，呼吸沉重。他不具威脅性。

反之，袞納殺氣騰騰。他半蹲成預備姿勢，握著鋤頭；倏然間，他微微歪頭，好像聽見不遠處的聲響。

「好吧，」他說，「我現在就放下鋤頭。」

他果然放下了。鋤頭噹一聲，重重掉在石塚旁。

「很好。」尼爾斯也放下鏟子，但他沒因此鬆懈下來。「現在，我想去……」

忽然，他也聽見聲響。音量變大了。從村道的方向傳來微弱嗡嗡聲，迅速膨脹成沉沉的怒吼。

汽車引擎聲。

「好像有人來湊熱鬧了。」袞納說。

他似乎不訝異。

過了幾秒，一個寬闊的物體漸漸成形，從他們背後的濃霧裡走過來，以四輪壓草地前進。又是一輛富豪車，這輛是褐色，閃閃發光，慢條斯理破霧而出，停在袞納的車子旁邊，然後熄火。

駕駛座的車門打開。

尼爾斯認不得這輛車，也不認識下車的男子，但他看得出，來人比他年輕許多歲，穿著熨燙筆挺的制服，佩槍插在槍套裡。男子關上車門，打直身子，調整夾克。

來人在尼爾斯面前止步。他目不轉睛看著尼爾斯。

「我們沒見過面，」來人說，「不過我常惦記著你。」

尼爾斯看得目瞪口呆。

「你殺害我父親。」男子說。

尼爾斯愣了幾秒，腦筋轉不過來。

「尼爾斯，這位是雷納特，」袞納說，「雷納特・亨利克森。他父親擔任過警司。記得你年輕時，許多年前……你和他父親在前往波爾貢的火車上相遇。」

警司的兒子。

尼爾斯終於瞭解了。他明白即將發生的事，終於有所反應。尼爾斯看見亨利克森摸索著槍套。尼爾斯倒退走進霧裡，拔腿就跑。

「站住！」

尼爾斯豈有遵命的道理；他繼續狂奔。佈局已久的天羅地網即將罩下來，但他憑蠻勁掙脫而出。

他已經不年輕了，在草地上的腳程也太遲緩，但是這畢竟是石灰岩草原，是他的領域。他低頭穿越濃霧逃逸，氣喘吁吁，直衝最靠近他的一大叢植物，心知隨時可能聽見背後傳來槍聲——幸好對方在他跑到杜松叢之前沒開槍。

尼爾斯聽見霧裡有幾陣叫囂聲。

他不停腳，繼續邁大步往前衝。

去斯坦維克村是這方向沒錯吧？

尼爾斯認為是。他快到家了，終於可以回家和母親團圓了，沒人能阻止他。

尼爾斯突然看見前方霧裡有個人影。他停下來，困惑著。

這人不是追兵，而是一個小男童，頂多五、六歲大。男童走出濃霧，在他面前幾小步之外止步。

男孩體型瘦小，穿短褲和單薄的紅襯衫，腳下是一雙小涼鞋。他不吭聲，抬頭看著尼爾斯，神情好奇，猶豫著，似乎不太害怕，但他明白自己應該提心吊膽。

然而，對兒童而言，尼爾斯不是壞人。他從小到大只做過自我防禦的事，而那年夏天弟弟溺水，他其實設法想救弟弟，只可惜晚了一步——他一輩子從來沒有傷害過小孩子。萬萬沒有過。

「哈囉。」尼爾斯沙啞地說。

他盡量穩住喘息，以免嚇壞小男孩。

男孩不應。

尼爾斯匆匆轉頭，左顧右盼一下，似乎不見追兵。有濃霧作屏障。此地不宜久留，但目前追兵暫時威脅不到他。

接著，他再看著男孩，收起笑容，輕聲問：

「你自己一個人嗎？」

男孩默默點頭。

「迷路了嗎？」

「好像是。」男孩囁嚅說。

「沒關係……在草原上，走到哪裡，我都認得路。」尼爾斯朝他接近一步。「你叫什麼名字？」

「彥斯。」男童說。

「彥斯，姓什麼？」

「彥斯・大衛森。」

「好。我的名字是……」

他猶豫一下——該用哪個名字？

「我名叫尼爾斯。」他最後說。

「尼爾斯，姓什麼？」彥斯說。有點像在玩遊戲。

尼爾斯笑一聲。

「我的名字是尼爾斯．坎特。」他說著再往前跨一步。

男童站著不動，周遭只見野草和石灰岩及杜松。在濃霧裡，天空下只有草、石和樹叢。尼爾斯盡量對他展笑顏，讓他知道一切平安。

大霧包圍著兩人，萬籟俱寂。

「沒事了。」尼爾斯說。

他打算帶小男童進村裡，問清楚他住哪裡，然後他自己才回家和母親團圓。

現在，尼爾斯和彥斯站得非常近。

隨即，隆隆引擎聲在後面的霧裡迴盪，尼爾斯想轉身逃跑，卻連一步也來不及邁出。

引擎聲擴大再擴大，似乎來自四面八方。

來車是褐色富豪車，在岩石和樹叢之間狂飆，在草地上蛇行，然後打直車頭，衝著他而來，對準尼爾斯。車子絲毫不減速。

向左或向右？

車子越變越大，好寬的一輛車。尼爾斯下決定的時間僅有一秒——太遲了。他只能睜大眼睛看，一手摟住男童。起不了保護作用。

萬物消失了一會兒。

一切安靜無聲。冰冷漆黑。

聲響回來了，宛如沉悶的回音。濃霧、寒氣、汽車引擎聲滴滴答答。

「逮到他了嗎？」有人問。

「有……我看得見他。」

尼爾斯躺在草地上，手腳攤開，右腿彎成詭異的折角，被身體壓住，但他感覺不到痛楚。

車子離他只幾碼，引擎怠速中。駕駛座車門打開。警察慢吞吞下車，左輪在手。

副駕駛座的車門也開啟。袞納也下車，但他逗留在車旁觀望。

警察走向尼爾斯，然後止步。

他不發一語，只盯著看。

尼爾斯忽然記得霧裡的男童彥斯——哪裡去了？

走了。

尼爾斯希望，彥斯．大衛森奔進濃霧裡消失了，穿著小涼鞋直奔回斯坦維克。成功跑掉了。

尼爾斯想跟隨他，想回家，但他無法動彈。腿一定是骨折了。

「結束了。」他僅說。

結束了，母親。在草原上完蛋了。

尼爾斯非常疲倦。用爬的，他是能爬回斯坦維克，但他沒力氣。

亡魂逐漸在他周遭出現，無聲的灰影聚集而至。

父親和弟弟艾克索。兩名德軍。火車上的警司，以及家鄉在斯摩蘭省的瑞典水手。

全死了。

高高站在他身旁的年輕警察點點頭。

「對，」他附和。「現在結束了。」

警察解除佩槍上的保險，槍口朝地，然後舉槍瞄準尼爾斯頭部，扣下扳機。

38

斷斷續續，耶洛夫緩緩低聲敘述尼爾斯．坎特魂斷荒郊的過程。

尤莉亞不得不湊近一點，以免聽不清楚。幸好她聽得一字不漏，一直聆聽到結尾的句點。

現在，她坐在病床邊，全身緊繃，說不出話。她不看耶洛夫。

沉默良久後，她說：「是這樣……發生的？」她接著問：「你剛才說什麼？事情發生在……你確定嗎？」

耶洛夫緩緩點頭。「相當確定。」他低聲說。

「為什麼？」尤莉亞說，「你怎麼確定？」

「這個嘛……綜合袞納對我的說法……在他等我被凍死的當下，」耶洛夫說，「他說……這事不只牽扯到拐騙薇拉．坎特的土地和金錢。他說這事也涉及復仇。可是……向誰復仇呢？誰想報復？我躺在沙灘上想了又想……只想得出一個人。」

尤莉亞搖搖頭。「不可能。」她說。

「不然，何必把尼爾斯．坎特帶回國呢？」耶洛夫堅持著。「好處絕對不在袞納．隆耶爾身上。尼爾斯待在南美洲，對袞納更值錢……在南美，他危害不到袞納，而且再多拖一年，袞納能再向薇拉騙到更多土地……和袞納能弄到手的無數土地相比，德軍的寶物是雞毛蒜皮。」他吸一口氣。「所以，另外有人希望尼爾斯回國……讓尼爾斯眼看就要回老家見母親了，才下手處決他。這樣懲罰他才合適。」

尤莉亞再度搖搖頭，但這次搖得有氣無力。

「這個人從旁幫忙袞納和馬丁，」耶洛夫繼續說，「幫他們運棺材回厄蘭島，開棺驗屍時這人也在場……有公信力的這人能說服大家相信，尼爾斯的遺體回家了。他是個值得信賴的年輕警察。」

耶洛夫轉頭看門口。

尤莉亞轉頭。

雷納特回來了。他打開病房門，尤莉亞沒注意到。他若無其事走進來。

「我剛才又和上級講過電話，」他告訴父女倆，「上級已經完成在瑪內斯的調查，所以我可以回去辦……」

雷納特停嘴，看著兩人陰鬱的神態。

「剛出了什麼事嗎？」他問。

「我們剛談到……那隻涼鞋，雷納特，」耶洛夫說，「彥斯的涼鞋。」

「涼鞋？」

「你向我借走的涼鞋，」耶洛夫說，「內地的刑事鑑定人員向你報告了嗎？有沒有查到線索？」

雷納特搖搖頭。「沒有，」他說，「沒有微物證據……什麼也沒化驗出來。」

「你說你送去化驗了。」尤莉亞看著他說。

「你真的送去了嗎？」耶洛夫說，「我們如果向鑑定人員查證，應該可以確定他們有沒有收到……對不對？」

「我不知道……也許可以吧。」雷納特說。

對話期間，他全程看著耶洛夫，但目光無慍怒，絲毫不見情緒。他臉色蒼白，雙手緩緩舉起，放在椅背上。

「有件事，我剛剛在懷疑，雷納特……」耶洛夫說，「你第一次和袞納見面是什麼時候？」

雷納特垂頭看著手。「不記得了。」他說。

「不記得嗎？」

「大概是在……六一或六二年吧。」他的語調呆板。「在夏天，在我剛去瑪內斯警察局報到的時候。他在朗維克的餐廳被闖空門……我去做筆錄。我們開始對話。」

「談到尼爾斯．坎特？」

雷納特點點頭。他視線不願轉向尤莉亞。

「也談其他事，」他說，「袞納知道……他發現我是中彈殉職警司的兒子。幾個禮拜後，他打電話找我。他約我再來見面。他想知道我有沒有興趣查出坎特的行蹤，引誘他回國，將他繩之以法，為我父親報一槍之仇……」

雷納特沒繼續說下去。

「你怎麼回應？」

「我說我有興趣，」雷納特回答，「我願意幫助他，他也願意幫助我。做做生意。」

耶洛夫慢慢點頭。「生意是不是在幾天前破局了？」他幽幽說，「在瑪內斯警局裡？你是不是怕他向你同僚揭發你？當時手槍握在誰手裡，雷納特……？袞納中的那一槍是誰開的？」

「不重要了。」他說。

「做做生意。」尤莉亞輕聲說。

她望向窗外。她看得見窗外暮色低垂，但這一次她想的不是暮色。

她在想，馬丁．馬姆弄到錢買大輪船。

她在想，袞納．隆耶爾以賤價搜刮大片土地套利。

她在想，她傾心的對象雷納特．亨利克森終於逮到尼爾斯．坎特並復仇了。

以上種種事件，全以她兒子的性命為代價。

「只是一場交易而已，」雷納特告訴父女倆，「我願意幫袞納和馬丁做幾件事……他們反過來願意幫我忙。」

「所以，起霧的那一天……你們約在草原見面。」耶洛夫說。

「那天早上，袞納來電通知我，他們正要去紀念石塚那裡，」雷納特說，「叫我去那裡會合。不過，我有事耽擱了，趕到時局面已經很混亂……馬丁．馬姆趴在地上，渾身是血，剛被坎特拿鐽子劈到。馬姆一直沒有完全復原……受傷幾天後，他頭一次腦溢血。」

「那我的彥斯呢？」尤莉亞沉聲說。

「純粹是意外，尤莉亞。我沒看見他……」雷納特粗啞地說；他依然不願正視尤莉亞。「坎特死後，我們發現……我們發現車子底下有一具小屍體……」

他沉默下來。

「你把他葬在哪裡？」耶洛夫問。

「葬在教堂墓園，在坎特的墳墓裡面。」聽雷納特的口氣，他宛若被迫回憶一場惡夢。「我們摸黑把小男孩和坎特運到墓園，在大門掛鈴鐺，提防閒人進來。然後我們剷開草皮，劏出來的土放在防水布上，挖了大半夜。馬丁和我和袞納，三個人一起挖……不停地挖。不堪回首。」

尤莉亞緊緊閉上眼睛。

她心裡想著，葬在石牆腳。我的彥斯，下葬在瑪內斯教堂墓園的圍牆邊，男性兇手滿腔仇恨——正如藍伯特所言。

她深深吸一口氣。

「不過，在你埋葬彥斯之前，」她眼睛閉著說，語調微弱。「那天晚上，你去斯坦維克協尋他。你率領搜救隊伍，去找你害死的小男孩……我的兒子……然後，你開車到處跑，假裝在草原上搜救，其實目的是湮滅你留下的證物。」

「不過，這幾年來，我日子並不輕鬆，」他輕聲說，仍無法正視尤莉亞。「我只想說，尤莉亞，保持緘默並不輕鬆。妳這次回厄蘭島……我是真心想幫助妳。我試著……我想遺忘二十年前的一切。我希望妳也遺忘。」他歇口，然後繼續：「我真心以為能共譜一段……」

「所以，躺在棺材裡的屍體真的是尼爾斯．坎特？」耶洛夫說。

雷納特點頭。「我好幾年沒和袞納交談了。即使有，也不是談這件事……我不知道他想對付你，耶洛夫。」

雷納特放開椅背，緩緩轉身，容貌恢復最原始的疲態——她發現恩斯特陳屍採石場的當天，雷納特臉上就是這副倦容。也許倦意比當初更深。

「我想講一件事……槍斃袞納的感覺勝過報復尼爾斯．坎特。」他說。

雷納特拉開門離開病房。

病房裡一片沉寂，只有耶洛夫的喘息聲。真相大白，無人喝采。

他看著女兒。

「我……為妳難過，尤莉亞，」他低聲說，「難過得不得了。」

她點點頭，視線與父親相接，淚水撲簌簌流下臉龐。

在這一刻，尤莉亞認為，她看得出彥斯長大成人的模樣。她從耶洛夫的臉上看得出來。祖孫兩人應該長得一模一樣。彥斯會有那麼一雙略微傷感的大眼睛，寬闊的額頭會有幾道沉思紋，目光睿智明理，能看清人世間的黑暗與光明面。

「我愛你，爸。」

她牽起耶洛夫的手，緊緊握住。

終章

像樣的春天終於來了。這一天，陽光普照，氣溫和煦，鳥語花香，厄蘭島的晴空高掛，宛如粉藍色的床單隨風飄搖。這一天，人生似乎再度充滿希望，再怎麼老邁也一樣。

每當春天姍姍來遲，記者邦特．尼伯格都覺得，只有走進春天，厄蘭島才算真正迎來新年的伊始。在這樣的日子裡，他總喜歡盡可能待在戶外。

邦特累積了許多休假日，大可趁春光明媚的這幾天去郊外踏青，去草原欣賞夜鶯無憂無慮的歌聲。在石灰岩草原上，最後幾灘融雪即將被日曬蒸發掉。然而，在今天這個日子，他想上班。

邦特在陽光下閉目幾秒，然後睜開眼睛，望著圍牆裡面的瑪內斯教堂。

去年冬季開棺的那一天，教堂墓園引來大批不請自來的好奇民眾圍觀，蔚為人海，被警方擋住，保持距離。本週四舉行的葬禮中，民眾寥寥無幾，全應牧師要求在圍牆外等候。

因此，邦特帶著筆記本，站在圍牆外。他是在場唯一的文字記者，身旁另有一名攝影記者走來走去。攝影記者很年輕，奉波爾貢總社命令而來，不顧邦特反對。邦特認為自己拍照便能交差，然而這是一則要聞，有轉戰全國性大報版面的潛力，因此邦特的陽春相機和攝影技術當然不夠看。

攝影記者在波爾貢總社的資歷很淺，是斯摩蘭省來的小伙子，名叫彥斯，和小男童主角同名。據推測，他把《厄蘭島郵報》視為新聞生涯的第一座跳板，幾年後可望進軍斯德哥爾摩某家晚報。他有雄心壯志，但言語乏味，不聊攝影時，三句不離影視名人，老是侈言他想偷拍誰的相片，或者談他想賭哪一匹賽馬。邦特對這兩個話題興趣缺缺。

彥斯沒有定性。教會委員規定記者在圍牆外站定位後，彥斯開始尋覓更好的視角，照相機隨時待命。

「我應該能進墓園裡面，」他對邦特說，望著圍牆另一邊，態度積極。「只要我偷偷爬向……」

邦特搖頭，沒有動作。

「待在這裡，」邦特低聲說，「站這裡就行了。」

於是，攝影和文字記者守在石牆外曬太陽。過了一陣子，送葬隊伍走出教堂。彥斯的自動相機嗚嗚轉動起來。

在步道上，死者母親尤莉亞．大衛森走在牧師身後，臉色安詳，身體紋風不動。她背後是死者外祖父耶洛夫。兩人都一身黑。後面跟著一名高高的男子，年齡和尤莉亞相近，穿著黑西裝。

「那個是誰啊？」彥斯放下相機悄悄問。

「小男孩的父親。」邦特回答。

尤莉亞．大衛森扶持著老父的手臂，父親一路挨著她，走向教堂尖塔南邊的墓穴。棺材入土之際，父女肩並肩站著，耶洛夫低頭，尤莉亞朝棺材板拋出一朵白玫瑰。

依邦特之見，現場氣氛溫馨。短短六個月之間，厄蘭島上壞事接踵而至：去年秋天在斯坦維克，恩斯特．亞德福森慘死採石場；才兩週後，袞納．隆耶爾葬身於警局；事後，警方在隆耶爾的朗維克飯店辦公室保險櫃搜出一隻小涼鞋，經過比對，吻合已故船東馬丁．馬姆寄給耶洛夫的涼鞋。

全案似乎完結之後，雷納特．亨利克森警官突然要求警方重新調查隆耶爾死因，亨利克森因而被起訴，罪名是謀殺隆耶爾，以及過失導致彥斯．大衛森死亡。

最後，在陰冷的冬天，尼爾斯．坎特的棺材出土。

警方鑑識科在墳墓上搭設刑案現場帳篷，外觀猶如大教堂旁的一座白布小教堂，低調工作數日，偶爾進門廊裡吹一吹暖氣。開棺驗屍期間，鑑識科發現，棺材裡不僅有尼爾斯，更有另一成年男子的屍骨。該男子身分有待確認，據信是瑞典籍人士，曾在南美洲定居多年。根據謠傳指出，他在南美洲遇害。

尼爾斯．坎特棺材底下有一凹洞，警方再尋獲一小具骨骸。偵辦至此，全案總算真相大白。聞訊，晚報、全國性電台、電視記者蜂擁而至瑪內斯採訪。邦特身為在地記者，位居新聞事件暴風眼，忙得不可開交——但邦特難以維持新聞工作者的客觀立場，在發稿時常感到一陣椎心的憂傷。他認識雷納特．亨利克森數十年了，在這一場風波裡找不到值得慶幸之處。

但如今，春陽高照，可以說是厄蘭島上的新年。深藏地底二十餘年，小男童總算能安然入土了。

下葬過程簡短，儀式結束後，尤莉亞與耶洛夫．大衛森緩步走回教堂，彥斯的父親米凱爾跟在後面。

圍牆外的邦特沒見到尤莉亞和耶洛夫交談，剛才儀式全程也不見父女對話，但他仍深信，這兩名親屬血濃於水，密不可分——他甚至有些嫉妒。

「看來是結束了，」攝影記者放下相機說，「我們可以走了吧？」

邦特再對尤莉亞和耶洛夫望最後一眼，如今接受了，知道先前見到父女之間的那場迷霧終於散盡。

「對，」邦特說，「我們可以回家了。」

他的筆記本上一個字也沒寫。回報社，他可能只寫幾小段，隨相片發表在報紙上。

這樣應該就能交差了。不過，日後假使有人問他，小男孩的葬禮氣氛如何，邦特・尼伯格可以這麼回答：現場感覺光明、莊嚴、祥和，就像——嗯，就像一個大結局。

銘謝辭

《霧中的男孩》時空背景主要設定在一九九〇年代中期，地點在風景優美的厄蘭島，但作者在書中揑造了部分事實。故事裡的人物和商家絕非以現實生活為依據，許多地名也純屬虛構。

在此感謝以下諸位與我分享多采多姿的人生見聞和回憶：我的船長外公Ellert Gerlofsson，以及理容師兼潛水員叔公Egon Gerlofsson。在史實方面，我想藉此感激布胡斯省（Bohuslän）的船長Stellan Johansson、哥特堡記者Kristian Wedel，以及延雪平市的律師Lars Oscarsson。

撰寫《霧中的男孩》過程中，許多友人曾在各方面助我一臂之力：Litter寫作社的Kajsa Asklof、Monica Bengtsson、Victoria Hammar、Peter Nilsson，以及Jacob Beck-Friis、Niclas Ekstrom、Rikard Hedlund、Caroline Karlsson、Mats Larsson、Carlos Olguin、Catarina Oscarsson、Michael Sevholt、Kalle Ulvstig、Anders Weidemann。我也想感謝位於卡爾馬的親戚Lasse與Eva Björk、費爾耶斯塔登鎮（Färjestaden）的Hans與Birgitta Gerloffson，以及波爾貢的Gunilla與Per-Olof Rylander。

本人也謹此感激所有不辭辛勞的優秀編輯，最大功臣是Minotaur期刊的Rickard Berghorn和Schakt出版社的Kent Bjornsson，後者對我多則短篇小說呵護有加。我也感謝Wahlstrom & Widstrad的Lotta Aquilonius以同等的愛護心關照《霧中的男孩》。

我母親Margot Theorin值得藉此讚頌一番，因為她不斷以厄蘭島人生百態的新舊書籍與方塊文章栽培我。

最後，我要獻上溫情擁抱並致謝的是Helena和Klara，因為妳們倆能寬容我做白日夢。

尤翰・提歐林

Storytella 102

霧中的男孩

Skumtimmen

霧中的男孩 / 尤翰.提歐林作 ; 宋瑛堂譯. – 初版. – 臺北市 :
春天出版國際, 2020.09
面 ;　公分. – (Storytella ; 102)
譯自 : Skumtimmen
ISBN 978-957-741-287-4(平裝)

881.357　　　109009729

ISBN 978-957-741-287-4
Printed in Taiwan

作　者　尤翰・提歐林
譯　者　宋瑛堂
總編輯　莊宜勳
主　編　鍾靈

出版者　春天出版國際文化有限公司
地　址　台北市大安區忠孝東路四段303號4樓之1
電　話　02-7733-4070
傳　真　02-7733-4069
E－mail　frank.spring@msa.hinet.net
網　址　http://www.bookspring.com.tw
部落格　http://blog.pixnet.net/bookspring
郵政帳號　19705538
戶　名　春天出版國際文化有限公司
法律顧問　蕭顯忠律師事務所
出版日期　二〇二〇年九月初版

定　價　470元

總經銷　楨德圖書事業有限公司
地　址　新北市新店區中興路二段196號8樓
電　話　02-8919-3186
傳　真　02-8914-5524
香港總代理　一代匯集
地　址　九龍旺角塘尾道64號 龍駒企業大廈10 B&D室
電　話　852-2783-8102
傳　真　852-2396-0050